W0000207

d'aujourd'hui

étranger

collection dirigée par
Jane Sctrick

SANG IMPUR

HUGO HAMILTON

SANG IMPUR

roman

Traduit de l'anglais (Irlande) par
KATIA HOLMES

Préface de
JOSEPH O'CONNOR

PHÉBUS

L'ÉDITEUR REMERCIE
L'IRELAND LITERATURE EXCHANGE,
(FONDS D'AIDE A LA TRADUCTION)
DUBLIN, IRLANDE
POUR SON SOUTIEN FINANCIER

www.irelandliterature.com
info@irelandliterature.com

Illustration de couverture :
Hugo Hamilton et son frère Franz
Coll. privée

Titre original de l'ouvrage :
The Speckled People

www.phebus-editions.com

QUAND ON EST PETIT...

par

JOSEPH O'CONNOR

Voici plusieurs décennies que Hugo Hamilton, écrivain dublinois, occupe une curieuse position dans la littérature irlandaise. « Écrivain pour écrivains », il jouit de la profonde admiration de ses confrères romanciers qui, davantage peut-être que le public des lecteurs, ont toujours estimé sa prose au lyrisme scrupuleux, son art du récit d'une rare habileté. Les critiques ont apprécié ses œuvres, les journalistes littéraires l'ont interviewé à l'occasion. Il s'est vu décerner des prix importants, et a figuré parmi les ultimes favoris de plusieurs autres. Des personnalités de la littérature ont souvent mentionné ses romans dans ces listes de « livres de l'année » que les journaux publient au moment de Noël. Autant d'éléments encourageants pour nombre d'entre nous qui étions de ses admirateurs... mais nous appelions de nos vœux le jour où un livre de Hugo serait reconnu par le vaste public, comme Hamilton le mérite depuis si longtemps. Or, ce succès est venu avec Sang impur. *Et ce n'est pas trop tôt !*

Non seulement ce livre magistral a suscité un peu partout des critiques extatiques, mais il s'est trouvé en tête des listes de best-sellers, dans son Irlande natale notamment. Enfin il a reçu des avalanches de louanges bien méritées aux États-Unis et en Grande-Bretagne, de la part de critiques aussi différents que Nick Hornby et Hermione Lee. L'intéressé est un homme modeste et silencieux qui préfère laisser parler son travail, et je soupçonne qu'il pourrait être gêné de s'apercevoir qu'il est en réalité un génie. Pourtant aucun autre mot ne convient pour résumer l'affaire.

Hugo Hamilton est le plus grand auteur irlandais dont vous n'avez pas encore entendu parler.

Né en 1953 dans un jeune État entiché de ses propres mythologies, fils d'une mère allemande catholique et d'un père républicain irlandais fantasque, il a grandi dans une maison où l'on devait obligatoirement parler l'allemand et le gaélique. L'anglais, mode d'expression quotidien de la plupart des Irlandais, était interdit aux enfants Hamilton comme étant chose étrangère et malsaine, la langue « inférieure » de l'ennemi traditionnel.

Le désengagement de ses parents par rapport à la réalité avait ses côtés comiques, bien qu'il soit sans doute plus drôle d'en parler que de l'avoir vécu. Le déni qui régnait dans ce foyer patriotique était tel qu'étaient bannies même les chansons à la mode venues de la perfide Albion. (Quelle meurtrière innocence sévit donc dans un monde où les Beatles passent pour de sinistres sires !) Tout ce qui était anglais était hors-la-loi puisque étranger, c'est-à-dire parfaitement excédentaire par rapport aux besoins proclamés de la culture.

L'indépendance arrachée de haute lutte à la Grande-Bretagne ne remontait qu'à une vingtaine d'années et tout ce qui rappelait l'Empire était strictement verboten. *« Mon père faisait comme si l'Angleterre n'existait pas », note Hamilton. Ce genre d'attitude hypocrite a souvent été celle des fidèles dévoués à la cause de l'Irlande nationaliste, tandis que les citoyens en masse migraient discrètement vers les villes britanniques, bannis de leur patrie par une situation économique insensée et un sentiment d'insularité de plus en plus écrasant.*

Les Irlandais ont nourri leurs cœurs de fantasmes, écrivait Yeats. Hamilton a lui aussi souvent évoqué les idéalistes abîmés. (On peut se demander si le fantôme de son père a influencé la création du personnage du policier Pat Coyne, l'antihéros visionnaire de ses romans Headbanger *et* Sad Bastard.*) Une drôle de révolution culturelle a marqué son enfance, placée sous le signe d'une véritable « purification ethnique » à l'échelle domestique. Sa mère, bien plus douce que son lunatique époux, achetait des* lederhosen *qu'elle faisait porter à ses fils à la manière des serveurs de* bierhaus. *Le fougueux père répliquait dans le même registre en persuadant* *ses garçons d'endosser les pull-overs traditionnels d'Aran, du genre de ceux que portaient, paraît-il, les paysans de l'Ouest irlandais (ce qui n'était même pas le cas). « On était irlandais en haut et allemands en bas », relève Hamilton avec son humour grinçant.*

Mais son livre ne nous sert pas la classique chronique du Dublin insolite, présentant sa troupe standard d'excentriques prétendument touchants. De bien plus sombres couleurs ont coulé sur la photo.

La grâce des beaux romans de Hamilton – Surrogate City *et* The Last Shot *– et le merveilleux comique sinistre des* Pat Coyne *forment ici l'assise d'une chronique qui fera date : opportune, et de superbe ampleur. (Rappelons tout de même que ses autres livres sont déjà une référence dans la littérature irlandaise de non-fiction.) Une brillante nouvelle datant des débuts de Hamilton s'intitulait* Goodbye to the Hurt Mind *(« Au revoir à l'esprit blessé »), formule qui aurait pu servir de sous-titre à* Sang Impur. *Car des teintes sanglantes rougissent la toile que peint ce livre. On fait bien comprendre aux enfants Hamilton que les gens « tachetés »* (speckled), *impurs, ceux de race ou de nationalité mixtes, ne font pas partie du quartier. Les petits futés du coin ne tardent pas à affubler le jeune narrateur du surnom d'Eichmann. On lui hurle des* achtung *et des* schweinhund *dans la cour de récréation. Sa maison est souillée de graffitis de swastikas, sa mère est traitée de nazie (alors qu'elle est issue d'une famille d'ennemis engagés de l'hitlérisme). Une violence qui s'exerce aussi directement contre le garçon : sauvagerie brute et physique des voisins comme du père. (Cet homme tristement abîmé récite des prières pour l'Irlande avant d'administrer des coups de baguette à ses fils parce qu'ils ont parlé anglais.) Rarement on a dépeint avec un courage aussi lucide ces fascismes quotidiens qu'endurent les enfants, voire qu'ils s'infligent entre eux. « Quand on est petit, on ne sait rien, note Hamilton. On ne sait pas quelles questions poser. »*

L'histoire de Sang impur *est contée sans aucune sentimentalité, dans une prose d'une simplicité trompeuse et envoûtante. Peu à peu, les secrets du père sont dévoilés; les freudiens remarqueront que le propre père de celui-ci s'était engagé dans les forces armées britanniques, comme des milliers de ses compatriotes. Chose qui passait pour honteuse et déloyale dans l'Irlande institutionnellement anglophobe de l'époque. (C'est tout récemment que la République a consenti à célébrer la mémoire de la multitude de ses citoyens qui ont combattu aux côtés de leurs camarades britanniques pendant les deux guerres mondiales.)*

L'auteur parcourt d'un œil qui ne cille pas le paysage émotionnel de l'histoire qu'il nous raconte, bien que nombre d'événements décrits dans ces pages soient déchirants. On est particulièrement bouleversé par le récit de l'expérience traumatique de la mère du petit Hamilton, alors une toute jeune femme, sexuellement terrorisée par un patron admirateur des nazis. Et pourtant jamais ces horreurs ne sont exploitées ou utilisées sur le mode de la facilité, par simple recherche d'effet. Le travail de l'écrivain vise ailleurs : à une authentique excellence, à une vraie profondeur.

L'écriture résonne des mêmes échos que ce malaise d'enfance qui habite les premiers chapitres de ce fantastique roman de formation qu'est Portrait de l'artiste en jeune homme *de James Joyce. Comme ce classique complexe du Canon irlandais,* Sang impur *suscitera des interprétations politiques divergentes. Certains y verront une émasculation du nationalisme ; d'autres, plus attentifs, sentiront à l'œuvre un respect silencieux pour ces facettes de la culture irlandaise que le livre semble, de prime abord, prendre pour cible. (« On ne peut pas détester son père, parce qu'on ne s'aimerait guère soi-même non plus », souligne Hamilton avec justesse.)*

Il professe en tout cas une authentique affection pour cette belle langue vernaculaire qu'on appelle parfois « la langue irlandaise » – terme politiquement chargé s'il en est, et de nos jours fort contestable. Le triste sort qu'elle a connu inspire par moments une vraie tristesse au lecteur : si seulement davantage d'enthousiastes de cet idiome l'avaient célébré comme un moyen de communiquer plutôt que comme un emblème de pureté idéologique ou raciale ! Quand on lit Hamilton en ces temps où l'Irlande devient, comme le reste de l'Europe, une terre d'immigration, on est frappé par le fait qu'il y aura bientôt dans ce pays des milliers de citoyens irlandais, égaux devant la loi, dont la langue maternelle ne sera ni l'anglais ni le gaélique. On se demande comment le républicanisme sur lequel repose théoriquement notre société s'adaptera à cette réalité – s'il le peut.

C'est bien sûr une preuve du bien-fondé moral d'un livre que de soulever des questions qui vont au-delà de l'histoire qu'il conte, et celui-ci le fait de magistrale façon. On peut le lire aussi, par moments, comme une désopilante méditation sur l'effroyable impuissance de l'enfance. Et sur ce point, Sang impur *rappelle* L'Attrape-cœur *de J. D. Salinger, dont la brillance est ici égalée, voire surpassée.*

La rage impuissante du père hante au fond tout le livre, elle souffle en rafales sur l'écriture, telle une tempête au Connemara. L'Irlande a beau être libre, elle n'est pas assez irlandaise. « Il y a tant de choses en Irlande qui ne sont pas encore finies *! » Mais ce père est évoqué de manière complexe, de sorte qu'il finit vraiment par prendre vie sous nos yeux, par nous émouvoir même. Le lecteur est consterné par sa façon d'enchaîner, comme autant de lubies, cent « affaires » d'avance vouées à l'échec, dans ses rêves poignants d'indépendance financière. L'une des entreprises qu'il projette – l'importation de crucifix en Irlande – s'avérera à peu près aussi lucrative que la livraison de glaçons dans l'Antarctique. (Et l'on repense à Joyce : le personnage de sa nouvelle « Contreparties », que le monde humilie et qui se défoule sur ses enfants.) Au cours d'une scène profondément ambiguë, Hamilton adolescent et son père font mine de ne pas se voir dans la rue : un épisode qui ne se laisse pas facilement oublier... Nombreux sont les passages de cette sorte, où l'écriture, malgré ses beautés, apparaît comme bouleversée, soulevée par l'émotion de ce tout qu'elle évoque. Et pourtant la prose ici n'est pas ostentatoire ni même particulièrement riche ; les phrases ont la limpidité d'une eau claire, qualité bien trop rare dans la production littéraire irlandaise d'aujourd'hui.*

Les admirateurs de Hamilton savent que ce n'est pas la première fois qu'il explore le terrain de la biographie. La très forte nouvelle « Noël nazi », comprise dans le recueil Dublin Where the Palm Trees Grow *(1996), était manifestement une répétition générale de* Sang impur. *A ceci près que dans la présente chronique, Hamilton atteint des sommets que ses plus fervents partisans même auraient pu croire hors de sa portée. L'aplomb de ses romans* The

Love Test *et* The Last Shot, *l'économie de ses nouvelles, ses incursions dans l'écriture de scénarios fusionnent dans ces pages en un tout qui est une assez majestueuse réussite. Rien de moins que son premier chef-d'œuvre. Cela, bien sûr, au prix d'une extraordinaire discipline narrative. Un chapitre particulièrement évocateur nous raconte comment sa mère s'est perdue à vélo dans la tempête, alors qu'elle rentrait à Dublin après un pèlerinage rural. Quiconque établirait une anthologie de ce qui compte dans la littérature irlandaise ne saurait exclure ce chapitre de son ouvrage. On voit là à l'œuvre un ton d'*understatement *des plus éloquents, cette rare subtilité qui révèle beaucoup en restant sur la réserve, timide presque. Il fait un temps effroyable cette nuit-là, de mystérieux visiteurs débarquent dans le cottage où la mère a trouvé refuge, et le maître de maison qui cherche à être aimable profère des horreurs : « Heil Hitler ! Bien joué les Allemands, pour la sacrée belle raclée qu'ils ont flanquée aux British ! » La jeune mère allemande, si loin de chez elle, offre tout cela au Ciel en silence, en réparation des terribles choses qui se sont produites pendant la guerre.*

La prose alors devient poésie, tant elle est chargée d'intensité, de beauté pure. L'anglais n'est peut-être pas la langue maternelle de Hugo, mais il l'écrit dans ces moments-là avec une grâce éthérée.

Beaucoup de choses dans ce livre jettent un jour révélateur sur l'histoire terrible et confuse que la Grande-Bretagne et l'Irlande ont malgré tout en commun : l'histoire de deux peuples remarquablement proches l'un de l'autre, et depuis longtemps, alors que leurs leaders ont si souvent rabâché les vains discours divisionnistes du passé. De quoi nourrir une ample méditation sur tout ce que charrie la notion de nationalité : peut-elle servir à quelque chose de bon ou n'est-elle qu'une plaie de l'humanité, un vestige de l'adolescence troublée de l'espèce ? Il ne fait pas de doute que la langue, la structure et la voix narratrice de ce livre plein de saveur tirent leur eau des puits les plus noirs de l'enfance. (Chose frappante, ce sont souvent ici les adultes qui ont l'air d'enfants perturbés, alors que les enfants sont d'une sagesse qui dépasse de loin le nombre de leurs années.) Un écho au Paddy Clarke Ha Ha Ha *de Roddy Doyle, ainsi qu'à d'autres classiques contemporains de la littérature qui savent évoquer, eux aussi, ce que c'est que d'être petit…*

Lire Sang impur, *c'est se rappeler pourquoi les grands écrits ont à nos yeux tant d'importance. C'est aussi voir tous les clichés de l'Irlande de la fin du XXe siècle subtilement dénoncés et détruits. Voilà un ouvrage riche de sève, dont la force rare opère comme une délivrance – ce qui ne l'empêche pas d'être dénué du moindre soupçon de prétention. Un livre pour notre temps, et sans doute pour tous les temps.*

JOSEPH O'CONNOR

J'attends l'ordre de montrer ma langue. Je sais qu'il va la couper et j'ai de plus en plus peur chaque fois.

ELIAS CANETTI

I

Quand on est petit, on ne sait rien.

Quand j'étais petit, je me suis réveillé en Allemagne. J'ai entendu des cloches, je me suis frotté les yeux et j'ai vu le vent qui gonflait les rideaux comme un gros ventre. Et puis je me suis levé, j'ai regardé par la fenêtre et j'ai vu l'Irlande. Après le petit déjeuner, on est tous sortis dehors en Irlande et on est allés à la messe à pied. Après la messe, on est descendus au grand parc vert au bord de la mer, parce que je voulais montrer à ma mère et à mon père que je pouvais me tenir debout sur le ballon et compter jusqu'à trois avant que la balle gicle de sous mes pieds. Je courais après mais je ne voyais rien avec le soleil dans les yeux et je suis tombé sur un homme couché dans l'herbe, la bouche ouverte. Il s'est redressé tout d'un coup en criant : « Crénom de Dieu ! » Il m'a dit qu'à l'avenir il fallait regarder où j'allais. Alors, je me suis vite relevé et j'ai filé rejoindre ma mère et mon père. Je leur ai raconté que le monsieur avait dit « Crénom de Dieu ! » mais ils avaient tous les deux le dos tourné et ils riaient en regardant la mer, comme s'ils se moquaient d'elle. Mon père riait et clignait les yeux derrière ses lunettes, ma mère avait la main sur la bouche et elle riait en regardant la mer, elle riait tellement qu'elle en avait les larmes aux yeux et j'ai pensé : peut-être qu'elle ne rit pas du tout mais qu'elle pleure.

Ses épaules se soulèvent, elle a les yeux rouges et elle n'arrive pas à parler : comment savoir ce que ça veut dire ? Savoir si elle est triste ou heureuse ? Et comment savoir si son père est heureux ou toujours en colère contre toutes ces choses en Irlande, qui ne sont pas encore finies ? On sait que le ciel est bleu, que la mer est bleue et qu'ils se rencontrent là-bas très loin, à l'horizon. On peut voir des bateaux à voile collés sur l'eau, des gens qui se baladent avec des cornets de glace. On peut entendre un chien qui aboie en rouspétant contre les vagues. On peut le voir debout dans l'eau, il jappe et il essaie de mordre l'écume. On peut voir le temps que prend l'aboiement pour arriver jusqu'à soi – on dirait qu'il vient d'ailleurs et qu'il n'appartient plus du tout au chien, comme si le toutou s'était enroué et avait perdu la voix à force de hurler.

Quand on est petit, on ne sait rien. On ne sait pas où on est, qui on est, ni quelles questions poser.

Et puis un jour, ma mère et mon père ont fait un drôle de truc. D'abord, ma mère a écrit une lettre chez elle en Allemagne, en demandant à une de ses sœurs de lui envoyer des pantalons neufs pour mon frère et moi. Elle voulait qu'on porte un vêtement allemand : des *Lederhosen*. Quand le paquet est arrivé, on brûlait d'envie de les enfiler et de courir dehors jusqu'au bout de la ruelle, derrière les maisons. Ma mère, elle n'en croyait pas ses yeux. Debout, un peu en retrait, elle battait des mains et elle a dit : « Maintenant, vous êtes des vrais garçons. Vous pouvez escalader les murs et grimper aux arbres tout votre soûl, ces pantalons de cuir allemands sont indestructibles », et ils l'étaient. Alors, mon père a voulu qu'on porte aussi un truc irlandais. Il est sorti illico acheter des chandails d'Aran tricotés à la main. De gros pull-overs en laine blanche avec des torsades ; ils viennent de l'ouest de l'Irlande et ils sont indestructibles aussi. Alors mon frère et moi, on est sortis en courant, avec nos lederhosen et nos tricots d'Aran. On sentait la laine brute et le cuir neuf, irlandais en haut, allemands en bas. On était indestructibles. On pouvait faire du toboggan sur les rochers de granite, tomber sur des clous, s'asseoir sur du verre. Maintenant, plus rien ne pouvait nous piquer. On a couru sur la petite route encore plus vite que d'habitude, frôlant au passage des orties qui nous arrivaient aux épaules.

Quand on est petit, on est comme une feuille de papier vierge sans rien de marqué dessus. Mon père écrit son nom en irlandais, ma mère écrit le sien en allemand et il reste un blanc pour tous les gens dehors, qui parlent anglais. Nous, on est « spéciaux », parce qu'on parle irlandais et allemand et qu'on aime l'odeur de ces vêtements neufs. Ma mère a l'impression de se retrouver au pays. Mon père dit : votre langue, c'est votre maison. Votre pays, c'est votre langue. Et votre langue, c'est votre drapeau.

Mais nous, on n'a pas envie d'être spéciaux. Là dehors, en Irlande, nous, on veut être comme tout le monde, pas un « parle-irlandais », pas un Allemand, ni un Boche ni un nazi. On nous appelle les « frères nazis » sur le chemin des magasins. On est coupables, il paraît, alors je rentre chez moi dire à ma mère que je n'ai rien fait. Mais elle secoue la tête : « Non, tu ne peux pas l'affirmer. Tu ne peux rien nier, tu ne peux pas contre-attaquer, tu ne peux pas te prétendre innocent. Ce n'est pas important de gagner. » Elle nous apprend à céder, à passer devant eux et à les ignorer.

Nous avons de la chance d'être en vie, elle explique. Nous vivons dans l'endroit le plus chanceux du monde, sans guerre, sans rien à craindre, avec la mer à côté et l'odeur du sel dans l'air. Il y a des tas de bancs bleus où on peut s'asseoir pour regarder les vagues, des tas de coins où nager. Des tas de rochers à escalader et des mares où pêcher des crabes. Des boutiques qui vendent du fil de pêche, des hameçons, des seaux et des lunettes de soleil en plastique. Quand il fait chaud, on peut s'acheter une glace à l'eau et voir des journaux étalés sur les vitrines pour empêcher les chocolats de fondre au soleil. Des fois, il fait si chaud que le soleil vous pique sous votre chandail, on dirait des coups d'aiguille dans le dos. Le goudron de la route fait des bulles qu'on peut percer avec le bâtonnet de la sucette glacée. Vous vivez dans un pays libre, elle explique, où il y a toujours du vent et où on peut respirer profondément, inspirer l'air jusqu'au fond des poumons. C'est comme si on était en vacances toute sa vie parce qu'on entend des mouettes le matin, on voit des voiliers devant les maisons et les gens ont même des palmiers dans leurs jardins. Dublin-où-poussent-les-palmiers, elle dit, parce que ça ressemble à un paradis et que la mer n'est jamais loin, comme un verre d'eau bleu-vert au bout de chaque rue.

Mais ça ne change rien. On nous crie : « *Sieg Heil! Achtung! Schnell, schnell. Donner und Blitzen!* » Je sais qu'ils vont nous faire passer en jugement. Ils ont écrit des trucs sur les murs, sur le côté du magasin et dans les ruelles. Un de ces quatre matins, ils vont nous attraper et nous poser des questions, et on ne sera pas capables de répondre. Je les vois nous regarder, attendre le jour où nous serons seuls et où il n'y aura personne dans les parages. Je sais qu'ils vont m'exécuter, parce que mon frère aîné, ils l'appellent Hitler, et moi, j'ai droit au nom d'un SS qui a été retrouvé en Argentine et ramené pour être jugé, à cause de tous les gens qu'il avait tués.

– Je suis Eichmann, je dis un jour à ma mère.

– Mais c'est impossible !

Elle s'agenouille pour me regarder dans les yeux. Elle me prend les mains et les pèse pour voir quel poids elles font. Et puis elle attend un moment pour chercher les mots qu'elle a envie de me dire ensuite.

– Tu connais ce roquet qui aboie devant les vagues ? Tu le connais, ce chien qui n'appartient à personne et qui aboie toute la journée en rouspétant contre les vagues, jusqu'à ce qu'il soit enroué et qu'il n'ait plus de voix du tout ? Il ne sait pas grand-chose.

– Je suis Eichmann, je lui répète. Je suis Adolf Eichmann et je vais m'acheter une sucette glacée. Après, je descendrai à la mer regarder les vagues.

– Attends, elle me dit. Attends ton frère.

Elle est debout à la porte, la main devant la bouche. Elle pense qu'on part en Irlande et qu'on ne rentrera plus jamais à la maison. Elle a peur qu'on se perde dans un pays étranger où les gens ne parlent pas notre langue et ne nous comprendront pas. Elle pleure parce que je suis Eichmann et qu'elle ne peut rien faire pour nous empêcher de sortir et d'être des nazis. Elle nous dit de faire attention et elle nous regarde traverser la rue jusqu'à ce qu'on arrive au coin et qu'elle ne puisse plus nous voir.

Alors, là, on essaie d'être irlandais. Au magasin, on demande la sucette glacée en anglais et on prétend qu'on ne sait pas un mot d'allemand. Nous avons peur d'être allemands, alors nous courons jusqu'au front de mer, aussi irlandais que nous pouvons l'être, pour être sûrs que personne ne nous remarque. Debout devant la rambarde, on regarde les vagues s'écraser contre les rochers et les embruns blancs s'envoler dans l'air. On sent le sel sur nos lèvres, on voit l'écume gicler des fissures comme un flot de lait. Nous sommes irlandais et nous crions « Bon Dieu ! » chaque fois que la vague se met en rouleau et vient taper sur les rochers avec un grand boum.

– Bon Dieu ! Crénom de Dieu ! j'ai dit.

– Bon Dieu, quel crénom de bon Dieu d'énorme gros bidon ! a crié Franz, et puis on a ri et on a couru sur la plage en agitant nos poings.

– Grosses brutes de vagues ! je leur ai crié, parce qu'elles n'arrivaient jamais à nous attraper et elles le savaient.

J'ai ramassé un galet et je l'ai lancé sur une des vagues, droit dans son ventre mou, juste là où elle se dressait pour se jeter sur nous avec son gros bidon comme une soucoupe verte, et sa frange de cheveux blancs qui lui tombait sur les yeux.

– Couché, espèce de gros bidon de brute !

On a ri quand le caillou a tapé sur la vague avec un ploc et elle, elle n'a rien pu faire d'autre que de se rendre et se coucher sur le sable, les bras en croix. Il y en a qui essayaient de nous échapper, mais on allait trop vite pour elles. Nous, on ramassait de plus en plus de galets pour les frapper l'une après l'autre, parce qu'on était irlandais et que personne ne pouvait nous remarquer. Le chien était là, et je t'aboie et je t'aboie, et nous, on était là à repousser les vagues, parce qu'on ne savait pas grand-chose.

II

Je sais qu'ils ne veulent pas de nous ici. Je peux les voir passer de la fenêtre de la chambre des parents, ils viennent du terrain de football qui est près de notre rue et ils redescendent vers les magasins. Ils ont des bâtons, ils fument des mégots de cigarette et ils crachent par terre. Je les entends rire. C'est juste une question de temps : on sera bien obligés de sortir et ils seront là à attendre. Ils découvriront qui on est. Ils nous diront de repartir là d'où on vient.

On n'a rien à craindre, dit mon père : nous sommes les nouveaux Irlandais. Pour partie originaires d'Irlande, pour partie d'ailleurs – mi-irlandais, mi-allemands. Nous sommes les gens tachetés, il explique, les *brack people*, « les bigarrés ». Un mot qui vient de la langue irlandaise, du « gaélique » comme ils l'appellent quelquefois. Mon père a été instituteur à un moment donné, avant de devenir ingénieur, et *breac* est un mot que les Irlandais ont apporté avec eux quand ils sont passés à l'anglais. Ça veut dire tacheté, pommelé, chiné, moucheté, coloré. Une truite est brack, un cheval tacheté aussi. Un *barm brack* est un pain avec des raisins dedans – un nom emprunté aux mots irlandais *bairín breac*. Ainsi, nous sommes les Irlandais tachetés, les Irlandais bigarrés. Un pain brack irlandais maison, truffé de raisins allemands.

Mais je sais que ça signifie aussi que nous sommes marqués. Que nous sommes étrangers, que nous ne serons jamais assez irlandais, même si nous parlons la langue irlandaise et même si nous sommes plus irlandais que les Irlandais eux-mêmes (mon père le dit). Nous, on est « tachetés » sur la figure, alors il vaut mieux rester à l'intérieur de la maison, là où ils ne peuvent pas nous attraper. Chez nous, on peut être soi-même.

Je regarde par la fenêtre et je vois la lumière changer sur la rangée de maisons de brique rouge, de l'autre côté de la rue. Je vois les balustrades, les stores de toile rayée tirés sur les portes d'entrée. Il y a un jardinier qui taille une haie et ses cisailles font un bruit anglais, parce que tout ce qui se dit dehors est en anglais. Il y a un autre pays là dehors, très loin. Un nuage passe au-dessus de la rue et je vois le jardinier lever les yeux. J'entends ma mère parler derrière moi : « La lumière a quelque chose d'étrange cet après-midi, le soleil est éclipsé par le nuage, il jette une sorte de lumière sourde, genre lanterne, sur les murs de brique rouge, et on se croirait en fin de journée. »

Falsches Licht, elle appelle ça, parce que tout ce qui se dit à l'intérieur de la maison est en allemand, ou en irlandais. Jamais en anglais. Elle vient à la fenêtre pour regarder elle-même et elle répète : fausse lumière. Elle aspire l'air à fond par la bouche, les dents serrées, et ça veut dire qu'il va pleuvoir. Ça veut dire que les mouettes vont bientôt remonter de la mer et se mettre à brailler en s'installant sur les cheminées. C'est un signe pour les gens : il faut qu'ils se précipitent dehors pour rentrer leur linge. Un signe pour le jardinier d'aller se mettre à l'abri à l'intérieur, parce qu'il y a déjà des grosses gouttes sur le trottoir. Et quand toutes les gouttes se rejoignent et que le trottoir est tout mouillé, ma mère descend à la cuisine.

Elle nous laisse jouer avec certaines de ses affaires. Franz, mon frère aîné, ma jeune sœur Maria et moi, on regarde tous les trucs posés sur sa coiffeuse : rouge à lèvres, ciseaux, pince à ongles, rosaire. Il y a une brosse à cheveux sur le dos avec un peigne blanc planté dedans, comme une scie. Une coupe de pinces à cheveux, une boîte de poudre et une bouteille bleu et or avec le chiffre 4711 [1] écrit dessus en gros. On vide un coffret à bijoux et on trouve un serpent d'émeraude que ma mère appelle le Smaragd. Maria répète tout fort le grand chiffre 4711 en se donnant une bénédiction

1. N° 4711 est la marque de l'eau de Cologne originale, élaborée selon une formule du XVIIIe siècle. (*Toutes les notes sont de la traductrice.*)

derrière les oreilles, aux poignets et derrière les genoux, plein de fois, exactement comme fait ma mère, et toute la pièce se remplit du parfum de l'eau de Cologne. Je regarde l'empreinte que la brosse à cheveux laisse sur mon bras. Franz trouve un porte-monnaie en crocodile avec des tas de pièces d'argent dedans et nous sommes riches. L'odeur de pluie et de cuir se mêle à celle de l'eau de Cologne. Dans les tiroirs, de chaque côté de la coiffeuse, on trouve des lettres, des écharpes et des bas. Des passeports et des photos, des billets de train, des places de couchettes dans des trains de nuit.

Et puis on est tombés sur les médailles. J'ai su immédiatement que c'étaient des médailles allemandes, parce que tout ce qui appartient à ma mère est allemand. Elle nous raconte toujours des tas d'histoires sur Kempen, où elle a grandi, alors je savais que mon grand-père Franz Kaiser avait vécu la Première Guerre mondiale et ma mère la Seconde Guerre mondiale. Je savais que ma grand-mère Berta était chanteuse d'opéra et que mon grand-père Franz était un jour allé l'entendre à l'opéra national de Krefeld : tous les autres gens offraient des fleurs, alors il avait décidé de lui envoyer un bouquet de bananes à la place, et c'est comme ça qu'ils étaient tombés amoureux et qu'ils s'étaient mariés. Des fois, ma mère met la radio pour voir si elle peut entendre des airs que chantait sa mère. Je sais que l'Allemagne est loin quand je vois les ombres que ma mère a des fois autour des yeux. Je le sais à sa façon de se taire. A sa façon de rejeter la tête en arrière, des fois, pour rire tout fort de certaines choses que son père avait coutume de faire. Comme le jour où il a demandé au facteur de lui prêter sa casquette et l'a remercié poliment, avant de grimper sur le monument au milieu de la place pour aller la coller sur la tête de saint George.

On n'avait pas besoin de nous expliquer que ces médailles militaires, c'étaient celles de Franz Kaiser. Quand il était de service pendant la Première Guerre, sa femme Berta prenait le train pour lui porter à manger une fois par jour, dans un panier d'osier. Des fois, elle déposait juste le panier tout seul dans le train, et il revenait vide le soir. Et puis, un jour, son mari a dû partir au front et il est rentré avec une maladie aux poumons qui l'a tué. Il n'allait déjà pas très bien avant la guerre ; on n'aurait jamais dû l'enrôler dans l'armée, dit ma mère, parce qu'il est mort quand elle n'avait que neuf ans. Elle se rappelle encore l'odeur des fleurs dans la chambre autour de son cercueil et les ombres autour des yeux de sa mère. Alors, j'épingle sur moi la médaille de Franz Kaiser qui a une croix au bout et je marche d'un pas militaire sur le plancher nu de la chambre des parents, je me regarde dans la glace de la coiffeuse et je salue. Pendant ce temps-là, mon frère derrière moi en fait autant avec sa propre médaille, suivi de ma sœur avec le serpent d'émeraude.

Ensuite, le soleil a éclairé la rue, dehors, et j'ai cru que quelqu'un avait allumé la lumière dans la chambre. Le nuage était déjà passé et parti ailleurs, il y avait de la vapeur qui s'élevait du trottoir. Le jardinier était ressorti et taillait sa haie, on n'entendait rien d'autre nulle part, sauf ma sœur Maria qui respirait par la bouche et le bruit du chemin de fer à la gare de temps en temps. Une odeur de gâteau qui cuit montait de la cuisine jusqu'en haut de l'escalier et nous aurions dû dévaler les marches pour lécher les restes de pâte dans la jatte. Nous aurions dû partir en courant pour aller attendre mon père au train. Mais nous étions trop occupés à fouiller toutes ces vieilleries.

Au début, il ne semblait pas y avoir grand-chose dans l'armoire de mon père, juste des boutons de manchette, des cravates et des chaussettes. Mais c'est alors qu'on a trouvé la grande photo en noir et blanc d'un marin. Il était en uniforme de marin, avec une vareuse à revers blancs et un cordon qui pendait sur la poitrine. Il avait des yeux doux et sa figure me plaisait. J'ai eu envie de devenir marin, même si je n'avais pas idée de ce qu'il faisait dans l'armoire de mon père, ce marin-là.

Je sais que mon père vient de Cork, qu'il travaille comme ingénieur à Dublin et qu'il écrit son nom en irlandais. L'Irlande, c'était encore aux Britanniques quand il était petit. Dans la famille de son père, ils étaient tous pêcheurs. Son père, un jour, il a fait une chute sur le pont, il a perdu la mémoire et il est mort pas longtemps après dans un hôpital de la ville de Cork. Mais nous, on n'en parlait jamais. Je savais qu'on allait avoir des embêtements quand mon père rentrerait mais je n'y ai pas réfléchi, même pas en voyant son costume des dimanches se balancer sur un cintre devant moi.

Même pas en entendant les trains entrer en gare, l'un après l'autre. On a continué à tout inspecter en vitesse, à sortir des tiroirs remplis de mouchoirs, de gants, d'antimite et de chaussettes roulées en boule.

Il y avait des boîtes au fond de l'armoire, pleines de lettres et de cartes postales, de certificats et d'images pieuses. Et on a fini par découvrir d'autres médailles. Des lourdes médailles de bronze cette fois-ci, une pour chacun de nous. Celle que j'ai épinglée sur moi, elle pendait au bout d'un ruban à rayures, exactement pareil que les stores décolorés par le soleil, en face de chez nous. Nous, on ne savait pas d'où elles venaient, ces nouvelles médailles de bronze, sauf qu'elles avaient dû appartenir au marin caché au fond de l'armoire. Les papiers d'identité imperméables, ils devaient être à lui et aussi les photos du *HMS Nemesis*, avec une rangée de marins alignés sur le pont comme une chaîne humaine. C'était lui qui avait dû recevoir toutes les cartes postales du roi George qui lui souhaitait un joyeux Noël victorieux.

En Irlande, il y a des choses qui ne sont pas bonnes à savoir. Je n'avais pas idée que j'avais un grand-père irlandais qui ne savait même pas parler irlandais. Il s'appelait John Hamilton et il était dans la Marine, la British Navy, la Royal Navy. Il s'était engagé à quinze ans, encore gamin, et il avait servi à bord de navires de plein de sortes : le *Defiance*, le *Magnificent*, le *Katoomba*, le *Repulse*. Sa chute s'était passée sur un vaisseau britannique, le *HMS Vivid*, quand il n'avait que vingt-huit ans. Il était mort du mal du pays et d'avoir perdu la mémoire. Mais moi, je ne savais rien de tout ça. On a une photo de Franz Kaiser et Berta Kaiser au salon, elle a la tête posée sur l'épaule de son mari et ils rigolent tous les deux, à côté d'un grand verre de vin sur la table devant eux. Mais chez nous, au mur, il n'y a pas de photo de John Hamilton ou de sa femme Mary Frances, tout seuls ou ensemble. Nos grands-parents allemands sont morts, nos grands-parents irlandais sont morts et oubliés. La médaille de bronze que je portais à côté de la Croix de fer de mon grand-père allemand, je ne savais pas que c'était une décoration de la Marine britannique. Et qu'elle avait été remise à ma grand-mère irlandaise, Mary Frances, avec une petite pension de veuve de guerre – elle avait dû se battre pour. Je ne savais pas que mon grand-père irlandais, John Hamilton, et mon grand-père allemand, Franz Kaiser, ils avaient dû se trouver face à face pendant la Grande Guerre. Ni que la même guerre avait rendu ma mère et mon père orphelins. Ni que je portais côte à côte les médailles de deux empires différents.

Je ne savais pas quelles questions poser. J'entendais les trains arriver l'un après l'autre et je savais que nous n'avions pas le droit de parler la langue du marin. Il est interdit de parler anglais à la maison. Mon père veut que tous les Irlandais reviennent à leur langue, alors il a inventé une règle : on n'a pas le droit de parler anglais, parce que votre maison, c'est votre langue, et il veut que nous, on soit irlandais, pas britanniques. Ma mère ne sait pas faire des règles comme ça, elle, parce qu'elle est allemande et elle n'a rien contre les Britanniques. Elle a sa langue à elle ; au départ, elle était venue en Irlande pour apprendre l'anglais. Alors, on a le droit de parler la langue de Franz Kaiser mais pas celle de John Hamilton. On peut parler irlandais ou allemand, mais l'anglais, c'est une sorte de province étrangère là dehors, à notre porte. Il n'a pas pu nous parler, le marin de l'armoire aux cheveux courts et aux yeux doux qui regardent ailleurs. Et moi, je n'aurais pas pu lui poser de questions, même s'il était encore vivant. Même s'il était venu nous voir, prêt à nous raconter ses voyages autour du monde sur ces navires, à nous raconter toutes les villes et les ports qu'il avait vus.

Il y avait tellement de boîtes au fond de l'armoire qu'on pouvait s'asseoir dedans et faire semblant d'être dans un autobus. On l'a appelé le bus numéro huit et Franz était le chauffeur, avec un chapeau à la place du volant. Moi, j'étais le contrôleur, tout décoré de médailles, et Maria était le seul passager, à part le costume du dimanche de mon père suspendu sur un cintre et le marin silencieux sur le siège arrière, qui regardait ailleurs, par la fenêtre.

– Accrochez-vous à la barre, s'il vous plaît ! j'ai dit, et Maria est montée dans le bus. (Elle portait sa bourse de crocodile et elle a payé son billet avec les précieuses pièces.) Billets, s'il vous plaît ! je lui ai demandé sans arrêt, jusqu'à ce qu'il ne lui reste plus d'argent et que je sois obligé de la laisser entrer sans payer.

J'ai sonné la cloche en tapant sur la poignée du tiroir avec mon poing, et puis j'ai fermé la porte et l'armoire a démarré dans le noir complet. Maria s'est mise à pleurer, elle voulait descendre mais c'était déjà trop tard parce que le bus allait si vite qu'il a commencé à pencher. On n'a pas eu le temps de dire ouf que l'armoire était couchée sur le côté. La seule chose qui l'a empêchée de s'écraser jusque par terre, c'est le lit des parents. On n'a même pas compris ce qui s'était passé. Tout ce qu'on savait, c'est que maintenant, on était enfermés et on ne pouvait plus ouvrir la porte. Et qu'on allait avoir des embêtements. On n'a plus dit un mot pendant un moment et on a attendu de voir ce qui allait se passer. Mais Maria n'arrêtait pas de pleurer et puis Franz s'est mis à appeler à l'aide.

– *Mutti*, Ma Ma !

Je me suis mis à appeler aussi. Ma mère était loin, en bas à la cuisine en train de cuire le gâteau. On a crié, mais crié. On a attendu longtemps. Mais personne ne nous a entendus, même pas le jardinier, les voisins ou un passant dans la rue, parce que eux, ils n'entendent que ce qui est en anglais. Personne ne savait même qu'on appelait au secours, parce que les mots qu'on disait n'étaient pas les bons. On était des enfants dans une armoire et on pouvait toujours crier et frapper, personne n'entendait rien.

Un moment plus tard, j'ai entendu la voix de ma mère dehors : elle n'en croyait pas ses yeux. Elle en avait pourtant vu des choses bizarres en Allemagne pendant la guerre et en Irlande aussi, à son arrivée dans le pays, mais elle n'avait encore jamais vu d'armoire qui pleure, renversée sur le côté. Elle n'arrivait pas à soulever le meuble toute seule ou à ouvrir la porte coincée contre le lit. Mais tout finirait par s'arranger, elle a expliqué, parce que même si on devait rester encore un peu dans le noir, elle allait nous raconter une histoire jusqu'à ce qu'il arrive de l'aide. On l'a écoutée et on a failli s'endormir dans un brouillard de 4711, d'antimite et d'odeur de gâteau qui montait de la cuisine, jusqu'à ce que mon père rentre. Tout d'un coup, l'armoire s'est redressée et la porte s'est ouverte. Il faisait de nouveau jour. Je me suis frotté les yeux et j'ai vu mon père qui clignait les yeux derrière ses lunettes et qui parlait en plissant le front.

– Qui vous a autorisé à fouiller dans mes affaires ? il a demandé, parce qu'il ne voulait pas qu'on sache qu'il avait eu un père dans la Marine. Un père qui ne savait pas parler irlandais et qui avait été du côté des Britanniques dans une guerre contre les Allemands, quand son propre pays n'était pas encore libre.

Maria était pelotonnée dans les bras de ma mère et, maintenant qu'elle était sortie, elle pleurait encore plus que quand elle était enfermée. Elle racontait que Franz était le chauffeur, que j'étais le contrôleur et qu'elle était juste passagère, comme le marin sur le siège arrière. La voix de mon père a rempli la pièce et ça a piqué fort quand sa main m'a tapé mais ce n'était rien parce que, bientôt, on s'est tous retrouvés en sécurité et ma mère a parlé de gâteau en dessert. Les médailles ont été enlevées et rangées. La photo du marin aux yeux doux a disparu et on ne l'a plus jamais revu, lui. Personne n'a plus parlé de lui. Je n'avais pas de moyen de le garder dans ma tête parce qu'il était parti, retourné dans l'armoire d'où personne ne pouvait le sortir. On ne savait pas comment garder souvenir de lui et, comme lui, on a perdu la mémoire.

III

Ma mère s'appelle Irmgard et, avant, elle était dans un grand film avec plein de guerre, de gens tués et de trains qui brûlent. Un film en noir et blanc qui se passait en Allemagne, il y a longtemps. Un monsieur l'avait piégée dans un endroit qui s'appelait Venlo, où elle travaillait, et elle n'arrivait pas à s'échapper. Exactement comme le jour où on était dans l'armoire, elle explique, parce qu'elle était loin de chez elle et elle ne pouvait pas appeler à l'aide. Elle ne pouvait pas écrire à la maison ou raconter ce qui se passait à une de ses sœurs. Elle ne savait pas à qui parler. Stiegler, il s'appelait, le monsieur. Il ne voulait pas l'écouter quand elle lui parlait et il ne voulait pas non plus la laisser partir. Et même, il lui disait de sourire. Elle avait bien trop peur pour ça mais, lui, il posait une main sur ses lèvres à elle et il l'obligeait à montrer ses dents, comme un grand sourire malheureux. Elle ne peut pas raconter plus. Elle n'en a parlé à personne d'autre, pas même à ses sœurs ni à mon père. Un jour, quand on sera grands, on entendra l'histoire en entier. Mais pour l'instant, on est trop petits et il y a des choses sur l'Allemagne qui ne sont pas bonnes à tourner dans sa tête. « C'est un film que vous pourrez voir quand vous serez grands. »

Tout ce qu'on a besoin de savoir, nous, c'est qu'à la fin du film, quand la guerre est finie, ma mère s'enfuit en Irlande en pèlerinage. Elle rencontre mon père à Dublin et ils parlent de presque tout, sauf de la fois où le monsieur l'a piégée à Venlo. Ils repartent en Allemagne pour se marier, avec de la neige partout. Ils traversent le paysage blanc et ils montent sur une montagne au bord du Rhin, le Drachenfelz, et ensuite mon père la ramène en Irlande, sur une autre montagne près de l'Atlantique qui s'appelle Croagh Patrick.

– Et voilà comment se termine le film, elle explique, parce que c'est l'heure de dormir et elle ne veut pas qu'on continue à l'appeler et à lui poser des questions sur l'Allemagne – elle ne peut pas y répondre.

FIN. « Le film est fini. »

Elle dit ça aussi des fois, quand on commence à se battre pour les restes de pâte à gâteau dans la jatte. Ou comme la fois où on est allés sur la plage et on y est restés toute la journée jusqu'à ce qu'il se mette à pleuvoir : elle a dit dommage que ça finisse comme ça. Pareil si quelque chose se casse, comme le jour où le vase bleu qui venait de chez son père et sa mère à Kempen s'est écrabouillé dans le hall et elle a dit : c'était un très joli film mais, maintenant, il est fini.

Dans le film de ma mère, elle était dans une maison où personne d'autre n'habitait. La nuit, quand tout le monde était parti, elle avait peur et elle fermait la porte de sa chambre à clé. Elle savait que ça ne servait à rien de crier au secours parce que personne ne l'entendrait. Et puis elle entendait le monsieur entrer et elle ne pouvait rien faire, à part prier et espérer qu'un jour ça finirait. Elle l'entendait monter l'escalier comme s'il en comptait les marches. Elle l'entendait respirer devant sa porte. Elle voyait la poignée tourner et elle sentait une odeur de cognac.

Dans la journée, le monsieur était toujours très gentil avec tout le monde. Il avait l'air très bien, en costume avec une chemise propre tous les matins et des belles chaussures. Il parlait gentiment et il serrait la main de tous ceux qui arrivaient pour travailler. Il souriait, il se souvenait même des anniversaires de chaque personne. Quand quelqu'un avait eu des mauvaises nouvelles, il apportait des fleurs au bureau. Tout le monde disait qu'il était gentil pendant la journée et toujours plein de compliments. Il avait lu des tas de livres et il était très généreux, il offrait des billets pour le théâtre et l'opéra.

Mais on ne peut pas toujours se fier aux gens gentils. Des fois, il n'y a pas moyen de se défendre contre la bonté, explique ma mère. On se laisse facilement embobiner par des compliments, des sourires, des bonnes paroles. Pourtant, on ne peut pas se laisser entuber pour des trucs comme des fleurs, des billets de théâtre et des invitations à l'opéra. Tout le monde peut se tromper mais il y a des erreurs qu'on ne peut même pas raconter : on se sent si bête qu'on peut juste s'en prendre à soi-même. Ma mère veut que nous, on ne se laisse jamais pigeonner par des belles paroles. Elle veut qu'on n'ait jamais de trucs à regretter, parce que en Allemagne chacun a des choses dans sa tête qu'il garde pour lui. Chacun a des trucs qu'il voudrait bien qu'ils ne soient jamais arrivés.

Quand on est petit, on peut hériter d'un secret sans même le connaître. On peut se retrouver enfermé dans le même film que sa mère, parce qu'il y a des trucs qui vous sont transmis sans même qu'on s'en rende compte. Pas juste un sourire ou une voix, mais des choses que personne ne dit jamais et qu'on ne comprend que plus tard, quand on est grand. Elles sont peut-être là dans mes yeux, comme dans ceux de ma mère, et tout le monde peut les voir. Ou bien elles sont cachées dans ma voix, dans la forme de mes mains. C'est peut-être un truc qu'on porte en soi comme un objet précieux qu'on vous a dit de ne pas perdre.

– Le film sera encore à l'affiche quand vous serez grands, elle raconte.

Tout ce qu'on a besoin de savoir pour le moment, c'est qu'elle s'est enfuie en Irlande pour devenir pèlerin dans un pays saint avec des prêtres et des ânes qui ont des croix sur le dos. Elle a choisi l'Irlande parce qu'elle avait entendu dire qu'il y avait des tas de ruines de monastères. Elle ne s'attendait pas à autant de pauvreté. Mais les Irlandais, ils savaient s'arranger avec la pauvreté en faisant la fête, en fumant, en racontant des histoires et en chantant. Celui qui avait un paquet de cigarettes, c'était un millionnaire en Irlande. Et puis les Irlandais n'avaient jamais cherché à faire de mal à personne, alors peut-être qu'ils ne jugeraient pas une Allemande. Ç'avait été si excitant, les jours avant son départ d'Allemagne, elle explique, parce que jamais personne de sa famille n'était encore allé si loin. Tout le monde parlait de l'Irlande, même les voisins : comment était le temps là-bas, comment étaient les maisons à l'intérieur? Qu'est-ce qu'il fallait qu'elle emporte, qu'est-ce qui n'était pas nécessaire ? Elle avait fait et défait ses bagages tellement de fois que, pour finir, c'était dur de croire qu'elle partirait.

A la gare, elle a pris sa tante Ta Maria, son Onkel Gerd et sa petite sœur Minne dans ses bras, mais elle n'arrivait pas à sentir qu'elle les quittait. Ils avaient tous les larmes aux yeux, ils ne voulaient pas la laisser monter dans le train parce qu'ils croyaient qu'elle ne reviendrait jamais. Ils lui ont fait promettre d'écrire toutes les semaines. Même une fois assise à sa place, même quand les wagons ont démarré avec une secousse et que le train est sorti de la gare, elle avait encore du mal à ressentir autre chose que de la peur. En Allemagne, on avait l'habitude d'avoir peur. Elle a agité la main, lentement. Elle a vu défiler des maisons, des clôtures et des champs, mais elle avait toujours l'impression d'être piégée. Pourtant, elle explique, il arrive un moment où on ne se soucie plus de rien, où la peur et le doute s'en vont. C'est un moment de faiblesse et de force à la fois : plus rien n'a d'importance et on cesse d'avoir peur.

Elle y repense des fois comme si c'était arrivé hier, comme si le film n'avait pas eu de fin, comme si elle n'allait jamais réussir à s'enfuir. Quand les gens savent bien raconter les histoires, il y a peut-être une raison : des fois, ils ont des choses qu'ils ne peuvent pas dire, qu'ils doivent garder secrètes à tout prix, et ils ont besoin de se rattraper autrement. Alors, elle, à la place, elle nous raconte l'histoire du pèlerinage. L'Irlande, c'était un pays où on pouvait faire confiance à tout le monde, les gens priaient tous les jours et on pouvait aller là-bas réciter des rosaires en réparation de tout ce qui s'était passé pendant la guerre.

C'était une fin formidable pour un film de partir à vélo sur les petites routes avec le soleil qui perce les nuages à l'oblique, comme sur les images saintes : il éclairait les montagnes comme sur une scène d'opéra, en clignotant à travers les trous des murs de pierre sèche. Partout des murs de pierre sèche, partout de l'herbe peignée par le vent dans une seule direction. Des arbres courbés comme des vieux messieurs et partout du vide, à part les meules de foin dans les champs et les ruines de monastères. Une fois ou deux, en chemin, il y avait eu des vaches sur la route et elle avait été obligée de s'arrêter carrément. Les grosses figures de vaches la regardaient, elles avaient l'air très étonnées de voir une Allemande en Irlande après la guerre.

Et puis il s'est mis à pleuvoir et à faire nuit, et elle a dû se dépêcher de trouver un endroit pour dormir. Il pleuvait tellement que de l'eau lui giclait des yeux quand elle battait des paupières et ses épaules tremblaient de froid. Elle est descendue de bicyclette parce que c'était impossible d'aller plus loin. Un monsieur lui a montré une maison : ça n'avait même pas l'air d'une pension de famille, mais il valait mieux s'arrêter là, parce qu'on n'y voyait plus. Il y avait de la lumière à l'intérieur et la dame de la maison est venue à la porte avec plein d'enfants derrière elle. Une petite avait sa robe dans la bouche et ils regardaient tous ma mère, comme si elle venait de débarquer avec la pluie.

– Ce n'est pas souvent qu'on voit une Allemande à vélo toute seule par ici ! la femme a dit.

En Irlande, on ne sait jamais si les gens parlent avec admiration ou pas, raconte ma mère. Les Irlandais, ils sont forts pour dire des choses entre l'admiration et l'accusation, entre l'envie et le dédain. La femme l'a regardée de haut en bas : les vêtements allemands avaient l'air de lui plaire, mais elle ne lui faisait pas entièrement confiance.

– J'arrive de Lough Derg, a expliqué ma mère

Là, ça a tout arrangé : ah, c'était un pèlerin ! Elle était venue en pèlerinage en Irlande pour prier, à cause de toutes les mauvaises choses qui étaient arrivées en Europe.

A la cuisine, ils l'ont fait asseoir et manger. Pendant ce temps-là, tout le monde la regardait et le monsieur de la maison n'arrêtait pas de lui poser des questions sur l'Allemagne. Est-ce que le pays était en ruine, comme ils disaient dans les journaux ? Elle a dû décrire les villes d'après la guerre – Nuremberg, Hambourg, Dresde. La maîtresse de maison n'arrêtait pas de répéter : « Vous plaisantez ! » mais tout de même, les gens en Allemagne ne seraient pas allés inventer des trucs pareils. Les enfants avaient les yeux rivés sur ma mère. Ils étaient si timides qu'ils n'osaient pas s'approcher d'elle. Comme si c'était une actrice de cinéma. Ils parlaient d'elle comme si elle était encore dans un film. « Elle va bien prendre encore un peu de pain », proposait le monsieur. « Elle va avoir besoin d'un petit whiskey », il a dit quand elle a eu fini de manger, comme s'ils devaient fêter l'invitée débarquée avec la pluie.

L'homme de la maison a levé son verre et tous les enfants ont levé les yeux.

– Heil Hitler ! il a fait.

Il avait un grand sourire sur la figure, ma mère raconte. Elle, elle ne savait pas quoi dire. Il essayait juste d'être aimable, bien sûr. Ça faisait partie de l'hospitalité à l'irlandaise.

– Bien joué, les Allemands ! il a ajouté.

Les Allemands, c'est vraiment des gens formidables, il a dit, et il a répété plusieurs fois que c'était dommage qu'ils aient perdu, parce que c'était une nation puissante. Il lui a fait un clin d'œil d'admiration et il a laissé un long silence, il attendait de voir comment elle réagirait.

– Bien joué, les Allemands, pour la sacrée belle raclée que vous avez flanquée aux British ! Bien joué pour ça au moins, Hitler !

Il voulait juste être hospitalier, pour la mettre à l'aise, dit ma mère. Elle, elle ne pouvait pas discuter avec lui. Elle était enfermée dans l'histoire allemande et elle ne pouvait pas en sortir. Alors, elle a souri : la route avait été longue, depuis Lough Derg. Elle les a remerciés de l'avoir accueillie si gentiment mais elle a dit qu'elle n'arrivait plus à garder les yeux ouverts.

On lui a donné une chambre où il y avait un petit feu qui brûlait. Ses vêtements étaient encore tout fumants de vapeur. Ça sentait le chou et les murs humides. Le lit s'enfonçait au milieu mais elle était si fatiguée que plus rien n'avait d'importance et il ne lui a pas fallu longtemps pour s'endormir au son de la pluie. Elle entendait les voix des enfants de l'autre côté du mur et, des fois aussi, l'homme de la maison qui parlait d'une voix basse. Dehors la pluie chuchotait, elle tapait dans une cuvette d'émail et se jetait dans une rigole, avec un bruit comme un rosaire qu'on récite toute la nuit.

Un peu plus tard, elle s'est réveillée et elle a vu la dame de la maison debout à côté du lit avec une lampe à la main, qui lui secouait doucement le bras. Il y a une urgence, la femme a expliqué.

Ça ne l'ennuierait pas de céder le lit et de passer la nuit dans une autre chambre ? Il y avait trois hommes dehors sur le seuil de la porte, trempés jusqu'aux os, et ils avaient besoin d'un endroit pour la nuit.

– Je ne peux pas les renvoyer, les pauvres créatures !

Ma mère raconte qu'elle a dû se lever et emporter ses affaires dans la chambre de la famille et la femme lui a montré leur lit. Les enfants dormaient à poings fermés dans un autre lit. La pièce était pleine de fouillis, avec des vêtements et des journaux par terre, des morceaux de nourriture aussi, et même un harnais de cheval, une fourche à foin et des bottes de caoutchouc. Ma mère, elle est restée plantée là à regarder autour d'elle, comme si elle n'en croyait pas ses yeux.

– C'est juste un peu pagaille et cracra, la femme a dit.

– Mais, et votre mari ?

– Ne vous inquiétez pas, cocotte. Il va rester au coin du feu.

On ne peut pas se plaindre quand on est un pèlerin qui s'est enfui d'Allemagne, ma mère raconte. Les difficultés, il faut les offrir au Ciel. Pour ceux qui ont moins de chance et pour toutes les horreurs qu'il y a eu. Alors elle s'est simplement couchée avec la femme de la maison. Elle a senti la chaleur qui était restée derrière l'homme. Elle pouvait entendre respirer la chambre entière, jusqu'à ce que la femme se mette à parler dans le noir. Elle l'a écoutée un moment et puis elle s'est mise à parler aussi, comme s'il y avait des choses qui ne peuvent se dire que dans le noir.

Jamais elle n'a vu les hommes, elle raconte. Elle les a entendus entrer et parler bas entre eux un moment dans la chambre. Elle n'a jamais revu le monsieur de la maison non plus, mais elle l'a entendu à la cuisine taper sa pipe contre la cheminée. Elle a entendu les enfants rêver de temps en temps et les vaches se bousculer dehors dans la grange. Elle a senti l'odeur de la pluie et elle l'a entendue tambouriner sur le toit – on aurait cru que quelqu'un continuait à réciter le rosaire. Elles ont chuchoté pour ne pas réveiller les petits. Et elles ont parlé longtemps, comme si elles étaient sœurs.

IV

Sur la porte de notre maison, il y a écrit le chiffre deux. Je sais le dire en allemand : *zwei*. Ma mère nous apprend à compter les marches de l'escalier : *eins, zwei, drei*... Et quand on arrive à dix, on peut recommencer ; il y a tellement de marches jusqu'en haut qu'on peut leur donner le nombre qu'on veut. Et quand on est en pyjama, on dit bonne nuit les oiseaux, bonne nuit les arbres, jusqu'à ce que ma mère se remette à compter à toute allure, et alors on saute dans nos lits aussi vite que possible : eins, zwei, drei...

Il y a des ouvriers dans la maison et ils savent fumer. Ils ont fait une montagne dans le jardin, derrière la maison, et ils sont assis dessus, en train de boire du thé et de manger des sandwiches. Ils fument, ils mélangent du sable et du ciment avec une pelle. Ils sifflent, ils font un creux au milieu et ils versent de l'eau pour faire un lac. Des fois, l'eau du lac déborde par le côté avant que la pelle puisse la rattraper. Nous, on fait pareil avec des cuillères. Les ouvriers, ils ont des mots différents, pas les mêmes que ceux de ma mère, et ils nous apprennent à compter en anglais : *one, two, three*. Mais mon père dit que ce n'est pas permis, il va leur parler.

Un jour, il y a eu un renard dans la cuisine, exactement comme dans le livre d'histoires. Les ouvriers étaient partis, alors ma mère a fermé la porte et elle a appelé la police. Un *Garda* est venu chez nous, il est entré dans la cuisine tout seul et il s'est mis à faire des pan pan. Il y a eu une odeur de poudre et on a attendu dans l'escalier un bon moment, jusqu'à ce que le Garda ressorte avec le renard mort sur une pelle : la queue pendante, et du sang sur la gueule et sur le nez.

– Vous n'aurez plus d'inconnus chez vous, plaise à Dieu ! il a dit.

Le Garda a montré ses dents à ma mère et l'a appelée « madame ». Les ouvriers, eux, ils disent m'ame. Nous, on dit Mutti ou Ma Ma, et à mon père *Vati*, même s'il est de Cork. Le Garda avait une moustache et il a dit que ce n'était pas un renard qu'on avait eu dans notre cuisine mais un rat gros comme un renard. Et le rat était très *glic*, il a raconté, parce qu'il s'était caché derrière le fourneau et il n'avait pas voulu sortir avant que le feu et la fumée l'obligent à le faire.

Il y a d'autres gens qui habitent au dernier étage de notre maison, tout en haut de l'escalier, plus loin qu'on peut compter. Les O'Neill, ils s'appellent, et ils n'enlèvent jamais leurs chapeaux, parce qu'ils pensent que le couloir d'entrée, c'est comme la rue, explique ma mère. Ils sont très bruyants et mon père fait la grimace. Il monte leur parler, et quand il redescend il dit qu'il veut que les O'Neill quittent les lieux. Il ne veut plus qu'on fende de bois sous son toit.

Áine est venue s'occuper de nous quand ma mère a dû aller à l'hôpital. Elle est du Connemara et elle a des mots différents, pas les mêmes que ceux des ouvriers, ceux des O'Neill, ceux du Garda ou ceux de ma mère. Elle nous apprend de nouveau à compter les marches, mais en irlandais : *a haon, a dó, a trí*… Elle, elle ne prépare pas nos vêtements le soir et elle ne raconte pas d'histoires. Elle ne m'appelle pas Hanni ou Johannes, mais Seán, ou des fois Jack, mais mon père dit que ça, c'est pas bien. Je ne dois jamais me laisser appeler Jack ou John, parce que moi, je ne suis pas ça. Mon père a changé son prénom, il l'a rendu irlandais. Moi aussi, je changerai de nom quand je serai grand.

Áine ne sait pas les mots de ma mère mais elle peut dire ceux du Garda. Elle nous emmène promener au bord de la mer et elle nous montre les crabes qui courent de traviole et le chien qui aboie pour rien toute la journée. Elle veut aller à Londres, elle explique, mais c'est très loin. Le Connemara aussi, c'est très loin. Moi, je dis que Londres est le premier loin, et Connemara, le deuxième loin. « Oui », elle est d'accord. Elle reste assise longtemps à regarder de l'autre côté de la mer pour voir Londres. Et puis on va avec elle aux magasins pour acheter des sucreries et j'en ai plus que Franz parce que je suis très *glic*. Elle nous apprend à marcher sur le mur, tout le long du chemin pour rentrer par le bord de mer, et Franz invente une chanson là-dessus : « *Walk on the wall, walk on the wall...* »

Ma mère est revenue avec un bébé qui s'appelle Maria, alors maintenant, il y a Franz, Johannes et Maria. Eins, zwei, drei. On parle de nouveau allemand et ma mère nous montre comment elle donne à manger au bébé avec son sein. Maria ouvre la bouche et remue la tête, et ensuite, ma mère doit lui changer sa couche, parce que le bébé a fait « *A A* », la grosse commission. Ensuite, ma mère installe Maria dans le jardin avec un voile sur le landau, pour empêcher les oiseaux de lui voler ses rêves.

Áine nous a de nouveau emmenés à la mer, parce que Franz avait un filet de pêche et il voulait attraper un des crabes, mais eux, ils étaient trop rapides, *too fast*. J'ai dit qu'ils étaient tous *two fast* et *three fast* – deux rapides et trois rapides. Oui, a dit Áine. Elle a sorti une boîte avec une petite glace et elle s'est mis du rouge à lèvres. Elle a enlevé ses chaussures pour se tremper les pieds dans une des mares à crabes. J'ai commencé à jeter des galets dans les mares. Franz a été tout mouillé et Áine a dit « A A » en irlandais. Et puis j'ai jeté une pierre dans la mare d'Áine : elle m'a couru après et elle n'a pas voulu me laisser marcher sur le mur en rentrant, alors j'ai essayé de marcher de traviole, comme les crabes.

Ma mère sait tout. Elle sait que j'ai jeté des cailloux mais Áine a expliqué que ce n'était « pas moitié si terrible que ça » – la même chose que ma mère dit, sauf que les mots sont différents : « *Halb so schlimm.* » Ma mère a agité le doigt en disant : « *Junge, Junge!* » Pareil que quand Áine dit « *Boy, oh boy!* » en anglais et « *a mhac ó* » en irlandais.

Ce soir-là, ma mère nous a emmenés à la gare chercher mon père au train. Elle nous a soulevés pour qu'on regarde les rails par-dessus le mur. On a fait des signes et on a crié en direction du train qui passait à toute allure sous la passerelle, et puis on s'est mis à courir vers mon père qui sortait de la gare. Mon père, il est différent des autres hommes. Il n'a pas de moustache mais il a des lunettes, et aussi il boite. Il balance son porte-documents et il y a un côté où sa jambe se pose par terre comme si le sol était mou sous son pied. Comme quand on marche avec un pied sur le trottoir et l'autre dans le caniveau. Ma mère l'embrasse et elle met un bras autour de lui. Il regarde Maria dans le landau, pour voir si elle a les yeux ouverts. Franz essaie de prendre le porte-documents et moi, j'essaie de marcher comme mon père, mais ce n'est pas permis. Il me colle une calotte derrière la tête et ma mère s'agenouille pour me dire que ce n'est pas bien d'imiter les gens. Il faut toujours marcher comme tu le fais d'habitude, pas comme ton père ou comme les crabes, juste comme toi-même. A la maison, mon père était encore en colère. Il a voulu savoir pourquoi je jetais des pierres dans les mares, alors je lui ai raconté qu'Áine avait dit A A en irlandais. J'ai mélangé les mots comme on mélange du sable avec du ciment et de l'eau. J'ai pris les mots d'Áine pour raconter à mon père qu'elle avait dit A A – ce que fait le bébé, mais ça, c'est les mots de ma mère.

– Qu'est-ce que tu as jeté ? a demandé mon père.

– Des *stones*.

Je me suis vu en double dans ses lunettes et il a fait la grimace, exactement comme il fait quand les O'Neill fendent du bois, en haut.

– Des stones ! il a répété, très fort.

Et puis il s'est levé.

Ma mère s'est mise à rire, mais rire, tellement qu'elle en avait les larmes aux yeux.

– C'est si drôle d'entendre tellement de mots et de pays tout mélangés, elle a dit.

– Des stones ! a répété mon père. Je ne tolérerai pas ça.

– Ce n'est pas « moitié si terrible que ça », a dit ma mère qui était toujours en train de s'essuyer les yeux.

– Elle est là pour leur parler irlandais ! a crié mon père.

Alors ma mère a essayé de l'empêcher de monter parler à Áine. Elle le retenait par le bras en disant :

– Attends donc jusqu'à demain matin. Laisse-moi lui parler.

Mon père dit qu'on ne fendra plus de bois et qu'on ne parlera plus anglais sous son toit. Je reste réveillé et je regarde la lumière sous la porte. La nuit, j'entends ma mère et mon père parler pendant longtemps. J'entends les O'Neill qui montent l'escalier et mon père qui sort sur le palier pour voir s'ils vont commencer à fendre du bois. Et puis la lumière s'éteint. J'entends l'eau qui murmure. J'entends un renard qui rit. J'entends des pierres qui tombent dans des mares, j'entends du sable et du ciment mélangés à la pelle. Et puis, c'est le silence et personne ne l'écoute, sauf moi.

Le lendemain, ma mère a parlé à Áine. Elle, elle ne sait pas dire les mots d'Áine. Alors, c'est avec les mots du Garda et des ouvriers que ma mère lui demande de ne plus jamais nous parler avec les mots du Garda et des ouvriers.

– Vous devez essayer de leur parler irlandais, a dit ma mère.

– A quoi ça leur sert ? a demandé Áine.

– Je vous en prie. C'est le souhait de mon mari.

Bon, chez nous, il faut faire attention et réfléchir avant de parler. On ne doit pas dire les mots du Garda ou des ouvriers : c'est de l'anglais. On parle avec les mots d'Áine du Connemara – c'est de l'irlandais –, ou avec ceux de ma mère – c'est de l'allemand. Je ne peux pas parler à Áine en allemand et je ne peux pas parler à ma mère en irlandais, parce qu'elle, elle rirait et elle me chatouillerait. Je peux parler à mon père en allemand et en irlandais, et il peut parler au Garda et aux ouvriers à notre place. Dehors, il faut se méfier aussi, parce qu'on ne peut pas acheter une sucette glacée en allemand ou en irlandais, et des tas de gens ne connaissent que les mots du Garda et des ouvriers. Mon père dit qu'ils feraient mieux de se dépêcher d'apprendre l'irlandais et vite, parce que nous n'achèterons plus rien en anglais.

Des fois, Áine se parle dans la glace. Des fois, quand les O'Neill traversent le hall pour sortir de la maison, ma mère leur dit *good morning* mais eux, ils ne répondent rien du tout et ils sortent juste, comme s'ils ne comprenaient pas leur propre langue. Des fois, l'homme du magasin de *fish and chips* dit : «*Guten Morgen*», comme s'il avait oublié sa langue. Des fois les gens chuchotent. Des fois, ils épellent les mots. Il y en a aussi qui essaient carrément d'oublier leur langue : Áine, elle continue de dire stones comme s'il n'y avait pas de mot pour ça dans sa propre langue.

Stone «*mór*» et *stone* «*beag*», elle dit. Grosse pierre et petite pierre.

Le samedi, Áine est allée en ville en autobus pour parler anglais.

Les O'Neill étaient partis aussi et mon père était au jardin, en train de retourner la terre. Il allait se débarrasser de la montagne que les ouvriers avaient laissée derrière eux et il ferait pousser des fleurs et des radis, il a expliqué, alors je l'ai regardé planter la bêche dans le sol et appuyer dessus avec son pied. Les vers qui habitaient la montagne ont dû déménager en brouette. Mon père la vidait et il étendait la terre dans un autre coin du jardin. Et puis il me laissait tenir la brouette, pendant qu'il la remplissait de nouveau.

Franz avait construit un mur avec une rangée de briques et il marchait dessus en chantant : « *Walk on the wall, walk on the wall…* » Mon père s'est arrêté de creuser et lui a dit d'arrêter. Il refaisait la grimace O'Neill. Mais Franz, il continuait à répéter « *Walk on the wall* », parce que c'était sa chanson et il ne pouvait pas l'oublier. Alors, mon père a planté la bêche dans la montagne et elle est restée debout là, toute seule, pendant qu'il marchait vers Franz et le frappait. Il lui a collé une claque sur l'arrière de la tête. Franz est tombé du mur et sa figure a tapé sur les briques. Quand il s'est relevé, il avait du sang partout autour du nez et de la bouche, comme le renard. Il a ouvert la bouche mais il est resté longtemps sans rien dire, comme s'il avait oublié comment se servir de sa voix, et j'ai cru qu'il allait être mort. Et enfin, il s'est mis à pleurer et mon père l'a pris par la main très vite et l'a ramené à l'intérieur.

Ma mère l'a installé à côté de l'évier en répétant tout le temps : « *Mein armer Schatz !* » et elle a commencé à nettoyer le sang qu'il avait sur la figure. Franz, il pleurait sans arrêt et il essayait de parler mais il ne savait pas quels mots utiliser. Et puis, ma mère s'est retournée vers mon père et l'a regardé comme si elle n'en croyait pas ses yeux.

– Il a le nez cassé ! elle a dit.

Il y avait des gouttes de sang par terre, dans la cuisine. Elles dessinaient un chemin jusque dans le jardin. Mon père a dit qu'il regrettait beaucoup mais qu'il fallait obéir aux règles. Franz s'était de nouveau remis à parler anglais. Là, ma mère et mon père n'avaient plus de langage du tout : mon père est ressorti et ma mère a fait monter Franz à l'étage. Il a continué à pleurer un bon moment, même quand le sang s'est arrêté, et ma mère avait peur qu'il ne reparle plus jamais. Elle s'est assise sur le lit, elle a passé son bras autour de nous deux et elle nous a raconté ce qui était arrivé quand elle était en Allemagne dans un mauvais film. Elle nous serrait très fort et j'ai cru que mes os allaient se casser. Elle pleurait, ses épaules se secouaient. Elle nous a dit qu'elle allait rentrer en Allemagne, qu'elle nous emmènerait avec elle. Elle s'est mise à faire sa valise, en se demandant ce qu'il fallait emporter et ce qu'il fallait laisser en Irlande.

Par la fenêtre, j'ai regardé mon père remplir la brouette, la pousser jusque dans un autre coin du jardin, la vider, la rapporter et recommencer. Je l'ai regardé creuser et creuser encore, jusqu'à ce que la montagne soit partie. J'avais envie d'aller lui raconter que ma mère avait réparé le nez de Franz avec une histoire ; que je ne dirais plus jamais « *Walk on the wall* », aussi longtemps que je vivrais ; que ma mère allait partir et nous emmener avec elle. Mais il n'a pas levé les yeux une seule fois, il ne m'a pas vu faire des signes. Lui, il a fait un grand feu dans le jardin et la fumée est passée par-dessus les murs pour aller dans les autres jardins, autour des maisons, et elle est sortie dans la rue. Il continuait d'entasser de plus en plus de mauvaise herbe et de feuilles avec une grosse fourche, comme s'il voulait envoyer un message de fumée dans le monde entier. Le feu pétillait et sifflait, ça sentait la cigarette. Mon père était debout, la fourche à la main et, de temps en temps, il disparaissait. Des fois, la maison entière disparaissait et les gens devaient croire qu'on ne reviendrait plus jamais.

Ma mère portait Maria d'un bras et la valise de l'autre. Elle a posé la valise par terre dans le couloir, pour pouvoir ouvrir la porte d'entrée et s'enfuir dans la rue. Je savais que mon père allait nous chercher partout dans cette fumée. Mais ma mère a dit qu'on n'allait pas se laisser de nouveau piéger. Elle a empoigné la valise et nous a dit de la suivre, mais à ce moment-là j'ai entendu mon père rentrer du jardin. On a entendu ses pas venir jusqu'à nous comme s'il comptait les gouttes de sang par terre. Nous, on avait beau essayer de s'enfuir vite, c'était trop tard : il était déjà là, juste derrière nous. Je sentais l'odeur de la fumée sur ses vêtements. Il a demandé à ma mère où elle s'imaginait qu'elle allait sans argent. Il n'y avait plus rien en Allemagne, il a dit, elle n'avait plus de maison pour rentrer avec trois enfants. Il a refermé la porte d'entrée et il a dit que maintenant, elle était mariée. Alors elle s'est assise sur la valise et elle s'est mise à pleurer.

– Elle a juste un peu le mal du pays, c'est tout, a expliqué mon père – il a souri : Je vais mettre de la musique allemande.

Il a embrassé la main de ma mère et il a remonté la valise en haut.

Et puis la grosse musique a rempli toute la maison. Elle est entrée dans chaque chambre, elle est montée jusqu'en haut de l'escalier. Dehors, le feu a continué de brûler jusqu'à la nuit et je me suis de nouveau posté devant la fenêtre de la chambre avec ma mère, pour dire au revoir la fumée, au revoir les oiseaux, au revoir les arbres. Mais on n'est partis nulle part. On est restés en Irlande et ma mère nous a dit d'aller nous coucher. Eins, zwei, drei.

V

Mon père s'appelle Jack et il est dans une chanson, une grande ballade avec plein de couplets qui parlent de quitter l'Irlande et d'émigrer. Elle est si longue, cette chanson, qu'on ne peut même pas la chanter en entier en une journée. Elle a plus de mille couplets et ils parlent tous de liberté, de mourir de faim et, pour finir, de partir ailleurs dans un autre pays. Mon père ne chante pas très bien mais il répète sans arrêt le refrain : il faut vivre en Irlande et être irlandais.

« Plus jamais nous ne quitterons notre terre natale pour aller errer ailleurs. » Voilà ce qu'il dit quand nous sommes sur le front de mer, agrippés à la balustrade bleue, à regarder les voiliers blancs. Il ne veut pas qu'on aille vivre en Angleterre ou en Amérique où les gens, ils parlent seulement anglais et ils rêvent tout le temps de rentrer au pays. Alors, nous restons en Irlande où nous sommes nés, avec la mer entre nous et tous ces autres pays, avec la cloche de l'église qui sonne et le bateau postal qui fait la traversée. Mon père, lui, il avait eu une idée nouvelle : plutôt que de toujours partir ailleurs, pourquoi ne pas amener des gens d'ailleurs en Irlande ? C'est pour ça qu'il avait épousé ma mère et maintenant, c'est elle qui fait tous les rêves et qui chante qu'elle est loin de son pays à elle. C'est ma mère qui a quitté ses « rivages natals », et ça veut dire que nous, on a tout de même fini par vivre dans un pays étranger, puisqu'on est des enfants d'ailleurs.

Mon père, il vient d'une petite ville qui s'appelle Leap, dans l'ouest du comté de Cork, le West Cork, et il a des tas d'oncles et de cousins qui ont dû émigrer. Un de ses oncles a envoyé sa première lettre d'Amérique au bout de vingt ans, juste pour dire à tout le monde : ce n'était pas vrai, les rumeurs qui circulaient encore en Irlande au sujet d'une fille qu'il avait abandonnée seule avec un bébé. C'est facile de raconter ce qui vous chante sur les gens qui sont partis. Et facile pour ceux qui sont partis de renier l'Irlande, de regarder en arrière et de dire que c'était plein de pauvreté et d'échecs. Ils ont peut-être gagné beaucoup de sous à l'étranger mais ils se sentent seuls, explique mon père, et ils voudraient que tous ceux qui restent encore en Irlande viennent les rejoindre là-bas. Mon père et son petit frère Ted, ils devaient émigrer aussi. Ils habitaient une maison à la limite de la ville, avec leur mère et une photo de marin sur la cheminée. Ils avaient prévu de partir en Amérique travailler avec leur oncle mais ils ont décroché une bourse et ils sont allés à l'école.

La ville s'appelle Leap (le Saut) à cause d'un Irlandais célèbre, O'Donovan, qui avait réussi à échapper aux Britanniques en sautant par-dessus une gorge de ce coin-là : *Léim Uí Dhonabháin*, le Saut de Donovan, comme ils l'ont appelée. Les flics l'avaient poursuivi partout dans la campagne, O'Donovan, mais il s'était enfui en sautant par-dessus la gorge impossible et, eux, ils avaient eu peur de le suivre. « Au-dessus du Saut, au-dessus des lois » : voilà ce qu'avaient dit les gens de la ville. Il n'y avait pas de liberté à cette époque-là. Mais la ville entière pouvait difficilement sauter par-dessus la gorge derrière O'Donovan, alors les gens sont restés où ils étaient, avec les Britanniques qui commandaient. Ils parlaient du saut, ils allaient se promener là-bas l'été pour regarder de l'autre côté. Mais personne ne pouvait en faire autant. Alors la ville s'est appelée du nom de ce truc qui aurait aussi bien pu ne jamais se passer : elle s'est appelée Leap, parce que c'était ce que les habitants auraient aimé faire, ce qu'ils voyaient dans leurs rêves, ce qu'ils mettaient dans leurs chansons.

Il y en a eu des tas qui ont émigré, raconte mon père. Ceux qui sont restés ont expliqué à leurs enfants qu'à moins de vouloir sauter comme le fameux Donovan et passer le restant de leurs jours à fuir, ils feraient aussi bien de parler anglais, parce qu'on ne parle pas autre chose dans les endroits comme l'Amérique, le Canada, l'Australie et l'Afrique du Sud. L'anglais, on le parle sur les bateaux, on le parle dans les films. La langue irlandaise, c'est mauvais pour les affaires, ils ont expliqué, alors à quoi bon risquer sa vie à franchir une gorge au danger mortel, juste pour être irlandais ? C'était une folie rien que d'y penser. Tout le monde dans le comté de Cork s'est mis à parler anglais. Les jeunes et les vieux vous collaient des *boy!* à la fin de chaque phrase : « Tu réussirais juste à te tuer, boy ! », ils disaient. Eux, ils auraient pu sauter pardessus la gorge n'importe quand, sans problème, boy. Et ils répétaient tout deux fois, pour être sûrs qu'on les croyait. Ils vivaient au-dessus des lois, il paraît, et ils n'avaient pas besoin de le prouver, boy.

Dans la chanson de mon père, il y a aussi plein de massacres, de gens morts et de grandes maisons qui brûlent. Il nous en raconte des morceaux, comme la fois où la bataille a commencé dans le West Cork quand des gens ont voulu descendre le drapeau anglais. Ça parle aussi d'enfants qui avaient caché des bonbons dans des trous de balle sur le mur de la laiterie ; et d'un monsieur qui s'appelait Terence MacSwiney, le lord-maire de Cork, qui est mort en faisant la grève de la faim dans une prison de Londres. Mon père met le disque d'une chanson qui parle d'un autre homme du nom de Kevin Barry, pendu à Dublin un lundi matin. Il nous raconte la fois où les soldats britanniques sont entrés chez lui à Leap : ils ont menacé de faire brûler la maison parce qu'ils croyaient que des rebelles tiraient de la fenêtre du haut. Mon père et sa famille, ils ont dû s'enfuir et partir pour Skibbereen en pleine nuit. La charrette s'est retournée dans la descente avec toutes leurs affaires et l'âne s'est retrouvé les quatre fers en l'air, comme un scarabée sur le dos. Et puis, après le départ des Britanniques, il s'est passé exactement la même chose : les Irlandais se sont mis à se battre entre eux, parce que c'était ce qu'ils avaient appris des Britanniques. Et un jour, mon père et sa famille ont dû quitter leur maison une deuxième fois : les soldats de l'État libre d'Irlande menaçaient de la brûler, parce qu'ils étaient sûrs d'avoir vu des francs-tireurs de l'IRA à la fenêtre d'en haut.

Mon père dit : « Fini les combats et les morts. » Il ne veut plus voir de gens chassés de chez eux sous prétexte que maintenant il faut vivre pour l'Irlande et arrêter de se chamailler entre nous pour des bêtises. Il y a trop de trucs à faire et trop d'endroits à visiter en Irlande, comme la tour ronde de Glendalough et le nouvel immeuble de l'IMCO[1] qui ressemble à un navire blanc quand on passe devant en bus. Mon père paie son billet en irlandais et des fois, quand l'autobus tourne le coin de la rue, on a l'impression qu'il va foncer droit dans une devanture. On va au zoo et on pique-nique dans Phoenix Park. De là, on voit une grande flèche dressée, loin – le Wellington Monument. On court sur la pelouse mais on n'a pas le droit de jouer sur le monument, parce que c'est une chose que les Britanniques ont laissée derrière eux en oubliant de l'emporter. Attendez donc qu'on ait nos monuments bien à nous ! dit mon père.

Sur certains passages de la chanson, mon père ne veut rien nous dire. Il y a des couplets sur la ville de Leap et sur d'autres trucs qu'il ne veut pas se rappeler. Comme le portrait du marin sur la cheminée. Ou les gens de la ville qui se moquaient de lui à cause de son père qui était tombé et qui avait perdu la mémoire dans la Marine. C'était mal d'avoir une mère qui touchait encore de l'argent du Roi d'Angleterre. Alors, les gens insultaient mon père, et ils disaient qu'il ne serait jamais capable de sauter par-dessus la gorge.

« Toute malédiction retombe toujours sur son auteur », dit mon père.

Il promet de nous emmener visiter la ville de chez lui, mais il ne le fait jamais. Il préfère nous montrer l'avenir, alors c'est pour ça qu'il y a des couplets de la chanson qu'il laisse complètement de côté. Il a perdu la mémoire quand il était petit et il a juré qu'à la place il serait le premier après O'Donovan à sauter par-dessus la gorge. Il a expliqué : tant qu'ils dépendaient de la Grande-Bretagne pour leurs boulots et qu'ils parlaient anglais, ils n'étaient pas au-dessus des lois. Alors, le moment venu, mon père a sauté le pas. Il n'a pas émigré, il ne s'est pas mis à boire du whiskey ou à inventer des histoires. Non : il a changé de nom et il a décidé de ne plus jamais avoir le mal du pays. Il s'est épinglé un insigne de pion-

1. Intergovernmental Maritime Consultative Organization.

nier, il a changé le nom de Jack contre Seán, il a fait des études d'ingénieur et il a parlé irlandais, comme si la ville de chez lui n'existait pas, comme si son propre père n'existait pas, comme si tous ceux qui avaient émigré n'existaient pas.

Il y a des choses qu'on hérite aussi de son père, pas juste le front, le sourire ou une jambe qui boite, mais d'autres trucs, comme la tristesse, la faim, les blessures. On peut hériter de souvenirs qu'on préférerait oublier. Il y a des choses qui peuvent vous être transmises, enfant, comme la colère impuissante. C'est là, dans votre voix, comme dans celle de votre père, comme si vous étiez né un caillou à la main. Quand je serai grand, moi aussi je m'enfuirai pour échapper à mon histoire. Moi aussi j'ai des choses que je veux oublier, alors je changerai de nom et je ne reviendrai plus jamais.

Mon père, il fait comme si l'Angleterre n'existait pas. Comme s'il n'avait jamais entendu parler de ce pays et qu'il n'était même pas sur la carte. Il s'intéresse plus à d'autres pays. Pourquoi on ne danserait pas aussi avec d'autres partenaires – l'Allemagne, par exemple ? Quand il était étudiant, il s'était mis à apprendre l'allemand et à écouter de la musique allemande – Bach et Beethoven. Toutes les semaines, il allait à Dublin suivre des cours. C'était plein à craquer parce qu'ils étaient donnés par le docteur Becker, un vrai Allemand. L'Allemagne était un endroit plein de musique magnifique et d'inventions formidables, mon père le savait ; un jour, l'Irlande serait pareille, avec sa langue à elle, ses inventions à elle. En attendant, elle n'existait pas vraiment, sauf dans l'esprit des émigrés qui regardent en arrière ou des idéalistes qui regardent en avant. L'Irlande n'existait que dans les chansons, loin, très loin dans le passé ou dans l'avenir.

Et puis il s'était mis à faire des discours. Les gens n'avaient pas tous la radio à cette époque-là, ils ne pouvaient pas tous lire les journaux, alors ils allaient écouter ceux qui prenaient la parole dans O'Connell Street. On savait que les gens étaient d'accord avec votre discours quand ils jetaient leurs casquettes en l'air en vous acclamant. La plus grosse foule, avec la plus grande quantité de chapeaux qui partaient en l'air, c'était toujours pour De Valera, devant la Grand-Poste. Certains avaient des haut-parleurs mais les bons parleurs, ils n'avaient besoin de rien d'autre que de leurs voix. Mon oncle Ted raconte que le meilleur de tous était vers le haut de la rue, un homme du nom de Larkin qui avait une fameuse façon de tendre les bras par-dessus la foule.

Mon père ne jetait son chapeau en l'air pour personne, alors il s'était mis à faire ses propres discours à l'autre bout de la rue, avec ses amis. Ils avaient leur journal à eux et leurs tracts à eux, et un insigne du parti qui avait la forme d'un petit « e » pour Éire : Irlande. Il était temps que l'Irlande se tienne sur ses deux pieds et devienne un vrai pays, pas un endroit qu'on voit dans ses rêves, disait mon père. Les Irlandais avaient passé suffisamment de temps à construire des murs de pierre sèche et à toujours dire le contraire. Il n'y a pas de règles pour démarrer un nouveau pays et mon père, ça ne l'intéressait pas de dire des choses quand tout le monde était d'accord dessus. Il avait sa façon bien à lui d'abaisser le poing à la fin d'une phrase, comme pour frapper sur la table. Les chapeaux partaient en l'air autour de lui, et comment ! Il avait la foule dans sa poche quand il mettait la main sur son cœur et il aurait pu piquer tous les chapeaux volants de De Valera, de Larkin et de Cosgrave, mais il s'est mis à parler irlandais et les gens ne comprenaient pas tous ce qu'il racontait.

Un jour, il s'est acheté une moto, une BSA, pour pouvoir circuler dans le pays et faire des discours dans les petites villes. Il filait sur les routes étroites avec ses lunettes de motard, son écharpe qui flottait au vent derrière lui et la musique des chants de Schubert dans l'oreille. L'Irlande serait bientôt comme l'Allemagne avec sa grande culture à elle et ses inventions à elle, il disait ; jamais l'Irlande ne pourrait se battre aux côtés des Britanniques dans une guerre contre l'Allemagne. Des fois, il s'arrêtait pour faire une prière, s'il y avait un petit sanctuaire au bord de la route. Ou pour parler à quelqu'un en irlandais. Quelquefois, il y avait du bétail sur la route et il était obligé d'attendre que le paysan lui ouvre un passage au milieu, et les grosses têtes des vaches avaient la frousse. Elles se mettaient à sauter et elles filaient dans tous les sens pour échapper au bruit nouveau de la moto qui passait entre elles.

Et puis mon père a eu cette grande idée de faire venir en Irlande les gens des autres pays. Quand la guerre était finie, il a rencontré ma mère à Dublin et il a décidé de fonder une famille allemande-irlandaise. Il continuait de faire des discours et d'écrire des articles pour le journal, et de circuler partout avec sa moto et ses lunettes. Mais quelle meilleure façon de démarrer un nouveau pays que de se marier avec une femme et d'avoir des enfants ? Parce que c'est ça, un nouveau pays, il explique : des enfants. Au bout du compte, c'est nous, le nouveau pays, les nouveaux Irlandais.

Voilà, c'est comme ça que le film finit et que la chanson continue. Ma mère, elle n'avait jamais imaginé qu'elle allait rencontrer quelqu'un, et encore moins un Irlandais qui parle allemand et qui aime la musique allemande. Elle n'avait jamais imaginé qu'elle resterait en Irlande pour de bon, qu'elle parlerait d'écoles irlandaises, de faire des confitures en Irlande, de choisir des souliers d'enfants. Mon père lui a demandé si elle voulait bien aller se promener avec lui et corriger sa prononciation. L'Allemagne avait une musique si formidable que lui, il voulait lui parler de quelque chose de formidable en Irlande aussi : parler de saint Patrick, de l'histoire de l'Irlande et de la liberté irlandaise. Il lui a expliqué qu'il n'avait pas peur des sacrifices. Il parlait vite, comme s'il était encore en train de faire un discours et que les gens jetaient leurs chapeaux en l'air par milliers, en se fichant de savoir s'ils retomberaient un jour.

Ma mère disait qu'elle devait rentrer en Allemagne, parce que c'était aussi un pays qui venait juste d'obtenir sa liberté et qu'il fallait le redémarrer depuis le début. Lui, il ne voulait pas émigrer ou quitter ses « rivages natals ». Il avait acheté une maison, pas loin du bord de mer. Il n'y avait pas encore de tableaux aux murs. Pas de meubles non plus, juste une table et deux chaises à la cuisine et une statue de la Vierge Marie. Le soir, on pouvait se sentir seul et se languir des siens, parce que c'était si silencieux et si vide, juste à écouter la radio dans une pièce avec une ampoule électrique nue et le papier peint qui pelait aux murs. Mais au bout du compte, on démarrerait une nouvelle république avec des enfants « tachetés », irlandais-allemands.

Ils se sont mariés à Noël, en Allemagne. Tout s'est passé très vite, parce qu'il fallait agir immédiatement, sans trop réfléchir. Elle n'a pas eu de robe blanche mais de la neige à la place, une épaisse neige silencieuse. Ils sont partis ensemble en train, le long du Rhin.

Ils ont discuté de l'avenir et il lui a dit qu'elle pourrait toujours parler allemand à la maison. Elle a dit qu'elle essaierait d'apprendre l'irlandais aussi. Les enfants seraient habillés comme en Irlande et comme en Allemagne. Elle savait bien faire les gâteaux et raconter des histoires. Lui, il était bon bricoleur. Il achèterait un appareil photo pour pouvoir prendre plein de photographies et elle, elle les garderait dans un journal intime, avec les premières mèches de cheveux des enfants. Elle noterait tout, leurs premiers mots, leurs premières larmes et toutes les actualités du monde.

Mais certaines choses, ils n'en avaient pas parlé. Elle avait gardé son secret ; et lui aussi, il avait enterré son passé. Il avait caché le portrait de son père dans l'armoire ; il ne voulait pas offenser ma mère en mettant les photos d'un marin britannique aux murs de la maison. Elle, pourtant, elle n'avait rien contre l'Angleterre. Il ne s'agissait pas de se marier *contre* quelque chose mais *pour* du neuf, elle a expliqué. Ma mère a même inventé un nouveau signal, pour qu'on ne se perde jamais. Un sifflement sur trois notes : deux notes courtes qui descendent et qui finissent sur une note longue, comme un code secret qu'aucune autre famille au monde ne pourrait reconnaître.

Ils sont montés sur une montagne dans chacun de leurs pays. On n'aurait pas pu trouver deux montagnes plus différentes. Ils sont d'abord allés au célèbre Drachenfelz, juste à côté du Rhin. Ils ont couché à l'hôtel qui est au sommet et ils ont pris le petit déjeuner en regardant le fleuve à leurs pieds, avec des péniches qui remontaient et qui descendaient sans bruit, comme des jouets. Elle gardait les billets de train, les notes d'hôtel et même les minces napperons de papier décoré qu'on met sous les tasses de café. Tout était important, rien ne serait jamais oublié. Elle n'oublierait pas l'odeur de la mer non plus, ni celle du gasoil, ni les figures des Irlandais sur le bateau, pendant la traversée jusqu'en Irlande. Ils sont montés sur une montagne célèbre en Irlande qui s'appelait Croagh Patrick, pour prier. Elle était bien plus difficile à escalader, celle-là, et il y avait des gens qui grimpaient même pieds nus sur les cailloux pointus du chemin. Le vent s'est levé si vite à un moment donné qu'ils ont été obligés de s'accrocher aux rochers. Il n'y avait pas de téléphérique, pas non plus d'hôtel en haut pour prendre un café et des gâteaux. Mais quand ils sont arrivés à la petite église, au sommet, ils ont entendu les voix des gens qui récitaient le rosaire ensemble et il y avait une vue formidable. Ils ont regardé toutes ces terres en bas, avec des maisons et des champs minuscules, et des toutes petites îles dans l'Atlantique.

VI

Chez nous, c'est un pays où il fait bien chaud et où il y a un gâteau au four.

Ma mère, elle arrange tout avec des gâteaux, des histoires et des câlins qui vous font craquer les os. Quand tout le monde a été gentil, mon père achète des plumiers avec six crayons de couleur dedans, tous taillés en pointe. Je dessine un renard avec du sang autour du nez. Franz dessine la maison et on est tous dans une pièce différente : Vati, Mutti, Franz, Hanni et Maria, chacun est debout à une fenêtre et fait des signes. Áine est à Londres. Les O'Neill sont partis aussi, et on n'entend plus fendre du bois ni parler anglais. Dans la maison, tout le monde est dans le même pays et utilise de nouveau les mêmes mots.

C'est dimanche, il y a une odeur de cire sur le plancher. Ça sent le gâteau qui cuit, le repassage et la cire dans toute la maison, parce que Onkel Ted vient pour le dîner. Onkel Ted, c'est le frère de mon père, un prêtre jésuite, et il vient nous voir après être allé nager au Forty Foot. Il a encore les cheveux mouillés et peignés avec des rayures. Un jour, longtemps avant d'être prêtre, il a sauvé la vie de mon père quand ils étaient encore à l'école et qu'ils allaient nager à Glandore, pas loin de l'endroit où ils habitaient. Mon père commençait à se noyer, alors son petit frère a dû sauter à l'eau en chemise, pour le sauver. Après, mon père ne pouvait pas parler parce qu'il a frissonné longtemps. Mais maintenant, on n'en parle pas. Onkel Ted sait l'allemand aussi, mais il ne dit pas grand-chose. Il n'a pas peur du silence, ma mère explique. Elle essaie de montrer que les Allemands sont très corrects et polis, et Onkel Ted essaie de montrer la même chose pour les Irlandais. Et puis c'est le moment de plonger la main dans la poche de veste d'Onkel Ted pour sortir le sac de bonbons, et on a le droit d'en prendre deux chacun, et pas plus.

Hors de la maison, c'est différent.

Un jour, ma mère nous a laissés aller seuls à la boutique mais elle nous a donné un bout de corde et nous a dit à tous d'y rester accrochés, pour ne pas être séparés. Une vieille dame s'est arrêtée : elle a trouvé que c'était une façon formidable d'être sûr qu'on ne se perdrait pas. Ma mère dit que nous sommes entourés de vieilles femmes. Miss Tarleton, Miss Tomlinson, Miss Leonard, Miss Browne, Miss Russell, Miss Hosford, les deux Miss Ryan, les deux Miss Doyle, les deux Miss Lane, Mrs Robinson, Mrs McSweeney – et nous au milieu de toutes ces vieilles dames. Certaines sont gentilles, d'autres nous détestent. Il y a des protestantes et des catholiques. La différence, c'est que les cloches des protestants font une chanson, alors que celles des catholiques sonnent pareil tout le temps.

Il faut faire attention quand on tape du pied dans un ballon, parce que s'il file dans le jardin de Miss Tarleton, à côté, vous ne le revoyez plus. Ne mettez pas le pied dans mon jardin ! elle nous a dit. Mrs McSweeney est gentille, elle, et elle nous appelle pour qu'on entre prendre un caramel du Yorkshire. Les deux Miss Lane en face, de l'autre côté de la rue, elles ont un jardinier qui a voulu nous rendre notre balle, un jour, mais une des Miss Lane est apparue à la fenêtre et elle a secoué la tête d'un côté et de l'autre. Le jardinier est resté planté là, il ne savait plus quoi faire. On l'a supplié de nous la donner, vite, avant qu'elle ait le temps de descendre, mais il ne pouvait pas parce qu'il travaillait pour Miss Lane et pas pour nous, et elle était déjà sur le seuil de la porte : « Donnez-moi donc ce ballon ! » Elle allait le « confisquer », elle a dit. On est restés devant la clôture jusqu'à ce que Miss Lane dise : « Fichez-moi le camp ! Éloignez-vous de la clôture. Maintenant, disparaissez ! »

Ma mère a ri. « Confisquer, ce n'est pas tuer ou poignarder. Ça veut juste dire prendre le contrôle d'un objet qui appartient à quelqu'un d'autre. » Un jour, j'ai confisqué les petites voitures de mon frère et je les ai jetées par-dessus le mur de derrière qui nous sépare du jardin de Miss Leonard, mais elle nous les a rendues. Une autre fois, Miss Tarleton a déclaré une amnistie du football et on a récupéré neuf ballons. Il y en avait même qui n'étaient pas à nous et ils ont presque tous été de nouveau confisqués, et très vite. Miss Tarleton aurait aussi bien pu les donner directement aux Miss Lane. Ma mère voudrait savoir si les Miss Lane jouent au football dans leur cuisine, le soir. Elle aimerait bien savoir ce qu'elles ont contre nous, les Miss Lane, parce qu'elles viennent juste de lui claquer la porte au nez.

Peut-être qu'elles détestent encore les Allemands, dit ma mère mais mon père répond qu'elles détestent encore davantage leur propre pays. Elles se croient encore en Grande-Bretagne et elles ne supportent pas d'entendre des enfants parler allemand dans la rue. Ou pire encore, irlandais. Ça veut dire qu'on doit être très, très gentils avec elles, explique ma mère, pour qu'elles ne se sentent pas « exclues ». « Vous devez essayer de ne pas lancer les fusées si haut parce que le "boum" effraie les vieilles dames et elles croient que les Pâques sanglantes [1] recommencent. Faites bien attention que le ballon n'aille pas dans leur jardin ! » Mon père dit que c'est notre faute si on perd le ballon parce que leur jardin, c'est leur pays et on n'a pas le droit d'y entrer. Notre pays, il est divisé en deux parties, il explique, le Nord et le Sud, comme deux jardins. La Grande-Bretagne a confisqué six comtés du Nord et c'est encore elle qui commande là. La différence entre un pays et l'autre, c'est le chant qu'on chante au cinéma à la fin de la soirée, le drapeau qui flotte sur la poste et les timbres qu'on lèche. Une fois, quand mon père travaillait au nord de l'Irlande, dans une ville qui s'appelait Coleraine, il a refusé de se lever au cinéma parce que ce n'était pas le bon chant qu'on passait. Des gens ont voulu le mettre le dos au mur et le fusiller. Après ça, il a quitté son boulot et il est rentré dans son propre pays, où il pouvait parler irlandais quand il voulait.

Alors, il faut faire attention pour savoir dans quel pays on envoie

1. La proclamation d'un gouvernement provisoire de la république d'Irlande, indépendante et souveraine, le lundi de Pâques 1916 à Dublin, entraîna une sanglante répression de la part du pouvoir britannique. « L'insurrection de Pâques », telle qu'on la nomme en anglais, est semble-t-il connue en français sous le nom de « Pâques sanglantes ».

son ballon et pour quel chant on se lève au cinéma. On ne peut pas agiter le mauvais drapeau ou porter les insignes qu'il ne faut pas, comme les coquelicots rouges avec le point noir au milieu[1]. Attention, il faut savoir pour qui on doit être triste et ne pas fêter le souvenir de ceux qui sont morts du mauvais côté.

Mon père aime aussi claquer la porte d'entrée de temps en temps. C'est lui le plus fort pour claquer les portes, il fait trembler toute la maison. Des tas de trucs se mettent à vibrer. Les pendules, les verres et les tasses frémissent dans toute la rue quand c'est mon père qui va ouvrir la porte. Il envoie un message au monde entier, et le message dépend de qui a frappé. Si c'est la vieille dame à la couverture qui dit : « Dieu vous bénisse, Monsieur » et qui promet de prier pour lui et toute la famille ; si c'est l'homme qui aiguise les cisailles du jardin sur sa grosse roue, ou quelqu'un qui quête pour les missions, il leur donne de l'argent et il referme la porte doucement. Si c'est des marchands de tapis, il dit non avec la tête et il pousse la porte avec fermeté. Si c'est les deux hommes en costume avec des bibles, il claque la porte pour être sûr que pas une seule de leurs paroles ne pénètre dans le hall. Et si c'est un des vendeurs de coquelicots, il la claque si vite que toute la rue en tremble. Parfois, elle claque toute seule, la porte, avec plein de colère, mais c'est juste parce que celle de derrière est restée ouverte et qu'il y a un courant d'air dans la maison.

Un jour, Mr Cullen qui habite de l'autre côté de la rue nous a demandé de l'aider à laver sa voiture. Et après, il nous a donné une tablette de chocolat, une entière à chacun, parce qu'il travaille chez Cadbury's et qu'il a toujours dans son coffre des boîtes et des boîtes de tablettes de chocolat et de barres Trigger. Une dame est passée dans la rue, elle vendait les insignes rouges avec le point noir au milieu. Alors, en plus du chocolat, Mr Cullen a acheté un insigne pour chacun de nous et il l'a épinglé sur nos pull-overs. Il y avait des tas de gens de notre rue qui en avaient – Miss Tarleton, Mrs Robinson, Miss Hosford et les deux Miss Lane.

1. En Grande-Bretagne, le Dimanche du souvenir (le dimanche le plus proche du 11 novembre) célèbre la mémoire des victimes des deux grandes guerres mondiales. Des coquelicots rouges sont vendus au profit d'œuvres qui aident les familles d'anciens combattants.

Nous, on ne savait pas que c'était pas bien. On ne savait pas que porter le mauvais insigne, c'était comme chanter le mauvais chant au cinéma. Mais quand mon père nous a vus rentrer à la maison avec des coquelicots, il a claqué la porte, et toutes les pendules, les tasses et les soucoupes ont frissonné. Franz aussi. Mon père a arraché les coquelicots à toute allure, si vite qu'il s'est piqué le doigt avec l'épingle et j'ai cru que c'était l'insigne qui saignait. Il s'est précipité à la cuisine, il a ouvert la porte du fourneau, et il a jeté les insignes au feu. Et puis il a mis son doigt sous le robinet et il a cherché un pansement pendant que les insignes brûlaient et j'ai trouvé que c'était un gros gaspillage, parce que Mr Cullen, il les avait achetés avec ses sous.

– Qui vous a donné ces maudits machins ? a interrogé mon père.

– Pas comme ça, a dit ma mère. Ils ne comprennent pas.

– Qui vous a donné ces coquelicots ? – je voyais que mon père détestait même dire le mot. Ce sont des coquelicots de l'armée britannique. Qui vous les a donnés ?

– Mr Cullen.

– Mr Cullen n'en a pas le droit. Je vais aller lui dire deux mots.

Mais ma mère l'a tiré par le coude, une fois de plus. Elle lui a expliqué que le père de Mr Cullen était mort dans la Première Guerre mondiale et qu'il ne fallait pas l'offenser. Mr Cullen, lui, il y met pourtant du sien pour nous offenser, a dit mon père. Il y avait eu des tas de braves gens tués du côté allemand aussi, sans compter les Irlandais qui étaient morts en se battant contre l'armée britannique au lieu de la rejoindre. Et tous ces gens morts à cause de la grande famine : personne ne vend d'insignes pour les aider, eux. Mr Cullen se moquait de nous, il nous donnait des coquelicots exprès, parce que les Allemands avaient perdu la guerre, et les Irlandais six comtés. Ma mère a dit qu'elle n'était pas offensée ; Mr Cullen était un homme bien trop gentil pour inventer des salades pareilles. C'était le moment d'avoir le cœur large. Ce n'était pas important de gagner. Et un jour, ils commémoreraient tous les gens morts dans ces guerres, pas seulement les leurs.

– Ils n'ont pas d'enfants, elle a expliqué.

J'avais peur que mon père découvre qu'on nous avait donné du chocolat et que ça parte au feu aussi. Un jour, on était rentrés de courses avec des Smarties et Franz en avait laissé tomber une dans la rue ; ma mère lui avait dit de la laisser là parce que c'était sale. Alors, il avait jeté le reste des Smarties par terre : si une était sale, elles devaient toutes être sales. Alors moi, j'ai cru que cette fois-ci c'était pareil et qu'on avait rapporté à la maison un truc du dehors, de la rue : un truc sale.

– Que je ne revoie jamais ces machins-là ! a menacé mon père.

– Mais explique-leur donc, pour l'amour du ciel ! a dit ma mère.

Elle n'aime pas qu'on nous prenne des trucs sans les remplacer par autre chose. Elle veut que tout soit expliqué calmement, qu'on s'asseye.

Alors mon père s'assied à table, nous on se met en face de lui, et il nous explique pourquoi nous ne pouvons pas accepter que quelqu'un (n'importe qui) nous donne des coquelicots. D'abord, il y a eu l'empire britannique, il dit, et il sort une carte du monde et nous montre tous les morceaux en rose qui appartenaient aux Britanniques. Et puis il dit que les Allemands aussi ont voulu un empire, mais l'idée n'a pas plu aux Britanniques, et ça a donné la Première Guerre mondiale. Des millions d'hommes sont morts quand ces deux empires se sont battus, et pas un seul n'a même été tué sur son propre sol. Les grands pays se chamaillaient à propos des petits. Et puis, au beau milieu de tout ça, les Irlandais ont décidé de proclamer leur propre État libre. « Nous ne servons ni le roi ni le kaiser » : voilà ce que les Irlandais se sont dit et qu'ils ont répété à tous les autres petits pays du monde. Mais après ça, c'est dur de comprendre ce que mon père explique parce que Kaiser, c'est le nom de famille de ma mère, et moi, je ne sais pas la différence entre la Première Guerre mondiale et la Deuxième, je ne sais pas ce que c'est, les « nazis », et ce qu'ils ont à voir avec nous. Ma mère dit que les Allemands ne se sont guère mieux conduits que les Britanniques, qu'au lieu de se contenter d'avoir un empire et des esclaves, les nazis ont fait de leur propre peuple des esclaves. Les Allemands se sont changés eux-mêmes en esclaves et ils se sont mis à tuer tous les autres gens qui n'étaient pas assez allemands, mais mon père répond que c'est tout pareil.

« C'est une voie sans issue », il dit, et moi, je pense qu'il y a des gens qui se font tuer au bout de cette voie sans issue et je n'ai plus envie d'aller là-bas. Tout ce que vous avez besoin de savoir, répète mon père, c'est que les coquelicots ne sont pas permis dans la maison, et le chapitre est clos. Nous aurons nos insignes, nos drapeaux et nos chants bien à nous. Le jour de la Saint-Patrick, on nous donne un *shamrock*[1], des insignes verts et de la gelée de trois couleurs, avec de la glace.

Le soir, au lit, j'ai peur du silence. Je peux voir la lumière qui passe sous ma porte et je pense que mon père a toujours envie d'aller trouver Mr Cullen mais que ma mère le retient et lui dit de laisser tomber. Tout ça, c'est le passé. Nous sommes dans l'avenir et il faut se conduire comme l'avenir. Et puis j'entends la musique monter du salon. De la grosse musique allemande qui se répand de nouveau partout dans la maison, jusqu'en haut de l'escalier, et qui entre sous la porte avec la lumière.

Le dimanche, Onkel Ted vient encore dîner avec ses cheveux mouillés, peignés avec des rayures. Je lui parle des ballons que Miss Tarleton nous a rendus mais que les Miss Lane ont repris. Je lui raconte qu'on a eu la permission de laver la voiture de Mr Cullen et qu'il nous a donné du chocolat. Je lui parle des coquelicots et de tous les gens tués au fond de la voie sans issue, mais ma mère dit qu'on ne va pas s'étendre là-dessus maintenant. Je lui raconte que dans l'autobus, un homme a dit « Nazi ! » à ma mère dans sa barbe, mais on ne va pas parler de ça non plus. Et puis arrive le moment de mettre la main dans la poche d'Onkel Ted pour prendre des bonbons et je ne sais plus ce qu'il faut dire ou ne pas dire.

Après ça, c'est difficile de savoir ce qui est bien ou mal. Ma mère nous dit qu'on s'est mis à faire des tas de trucs qui n'ont pas de sens. Un jour, Franz s'est fourré des petits cailloux dans l'oreille et il n'entendait plus rien. Maria s'est collé un gros pois dans le nez et ça a tellement enflé que le docteur a dû venir l'enlever. Franz s'est tapé sur le pouce avec un marteau et son doigt est devenu tout bleu. Et moi, je me suis mis à enterrer dans le jardin toutes les petites cuillères en argent avec écrit dessus les initiales de mon grand-père, FK, et ma mère a dû retrouver le trésor. Elle rit et elle espère que nous ne ferons plus d'imbécillités pendant quelque

1. Le trèfle, emblème de l'Irlande.

temps. Mais un jour, je me suis mis à jeter des petites voitures dans le feu. J'ai apporté à la cuisine la boîte avec toutes mes voitures et j'ai ouvert la porte du fourneau, tout seul. J'ai vu les autos posées sur les charbons orange. Je les ai regardées brûler un moment, s'allumer en bleu et en vert jusqu'à ce que les flammes disparaissent et que les autos deviennent noir et argent. L'une après l'autre, j'ai jeté mes petites voitures sur le charbon jusqu'à ce que ma mère arrive et me demande si j'avais perdu la boule. Elle m'a tiré en arrière et elle a refermé la porte du fourneau en la claquant. Elle s'est agenouillée et elle m'a regardé droit dans les yeux. Elle, elle arrange tout avec des câlins qui vous craquent les os. Elle m'a raconté une histoire et elle a dit : maintenant, tout est oublié, on n'en parle plus.

VII

Un jour, le fourneau a éclaté. Il s'est mis à siffler et à faire plein de clic et de clac, à cause des mauvaises choses qu'on avait jetées dedans. Il chauffait si fort qu'on pouvait l'entendre craquer à l'intérieur. Et puis il y a eu un grand boum et le chauffe-eau a explosé : de l'eau brune et très chaude a giclé sur tout le parterre de la cuisine, on aurait cru du thé au lait. Ma mère a demandé à mon père d'appeler les pompiers. Lui, il a froncé les sourcils en aspirant de l'air entre ses dents. Et puis il a éteint le feu lui-même. Il a pris les charbons rouges sur une pelle et il les a transportés dehors, et puis il a remonté ses manches pour vider le thé avec un balai, par la porte de derrière.

En plus, c'est l'hiver et voilà notre maison qui se remplit de souris. Les tuyaux sont froids et il y a des souris dans toutes les pièces, parce qu'elles entrent en se glissant sous la porte de derrière. Il en rentre de plus en plus tous les jours, et toutes les souris de la ville vont finir par habiter chez nous, dit ma mère. Elles se baladent dans le hall et dans l'escalier, partout où on va. On les voit filer dès qu'on ouvre la porte pour entrer dans une pièce. Mais elles sont surtout sous l'escalier, là où on range des affaires comme les pots à confiture, les casseroles et les vieilles chaussures. Il y en a tellement qu'il faut regarder où on pose les pieds, parce qu'un jour où Franz descendait en courant les trois marches qui vont du hall à la cuisine, un bébé souris est sorti de sous l'escalier et il s'est fait écrabouiller. On s'est tous accroupis pour examiner le cadavre raplapla jusqu'à ce que ma mère dise qu'on ne devrait pas tant s'intéresser au sang et qu'elle l'emporte sur une pelle.

Il fait si froid qu'on reste dans une seule pièce, près du feu, là où il fait bien chaud, mais quand on sort de là pour monter dans nos chambres, on croirait qu'on sort dans la rue et on doit enfiler son manteau. Ma mère me montre ses mains et dit qu'elles ne vont jamais se réchauffer. Elles sont bleues et vertes de froid, comme des maquereaux. Elle veut que j'aie pitié de ses mains : « S'il te plaît, laisse-moi les mettre à réchauffer sous ton tricot. Sois un gentil petit bonhomme, donne un abri à mes pauvres mains bleu poisson ! Laisse-les juste entrer une petite seconde ou deux pour prendre de la chaleur. » Alors, je hurle et je ris, ma mère hurle et rit, parce que les maquereaux nagent vite et ils glissent sous mon chandail, ils passent autour de mon cou et descendent dans ma chemise, et ma mère dit : « *Wie schön, wie schön warm !* » (Ah, que c'est agréable, que c'est bien chaud !)

Áine est revenue de Londres mais elle est si triste qu'elle ne parle plus qu'à son image dans la glace. Elle ne peut même plus dire « *Walk on the wall* » en irlandais ou en anglais, ou descendre au bord de la mer, parce que ses jambes ne veulent plus la porter. Elle ne retournera plus jamais à Londres mais elle ne veut pas non plus rentrer au Connemara, alors elle habite chez nous. On l'entend quelquefois pleurer en haut, et ma mère dit qu'il lui est arrivé quelque chose, un truc qu'on ne peut pas expliquer et pas oublier, et que nous, on doit juste attendre qu'elle retrouve ses mots. Onkel Ted est obligé de venir faire le signe de croix sur elle, mais elle ne revient toujours pas et personne ne sait plus quoi faire. C'est la pire des choses d'être triste pour soi-même. On est capable d'aider les autres mais, souvent, on ne peut pas s'aider soi-même.

La nuit, on peut entendre les souris gratter et se courser. Pendant un moment, on a compté le nombre de souris qu'on voyait tous les jours mais on ne savait jamais si on ne recomptait pas la même souris dans des pièces différentes. Mon père a acheté deux souricières pour les attraper mais ça n'a pas suffi, alors il en a acheté une autre qui pouvait en prendre trois d'un coup. Ça n'a rien changé. Même si on en piégeait trois par jour, il faudrait cent ans pour les attraper toutes, a expliqué ma mère, parce qu'elles arrivent à faire des bébés plus vite qu'on ne peut les tuer. La seule chose à faire, c'était d'arrêter d'en parler et elles plieraient bagage. Un jour, on a trouvé dans le piège une souris morte, à moitié mangée par ses amies, et ma mère a dit que c'était le moment de cesser d'en parler. Les souris, ça n'a pas de sentiments, elle a expliqué, et il y a aussi des gens qui n'en ont pas.

Áine passait toutes ses journées assise dans son lit à fumer des cigarettes. Ma mère a dit que le mieux, c'était qu'elle se trouve un boulot, comme ça elle pourrait s'acheter des habits neufs, sortir, voir du monde. Mais les jambes d'Áine ne voulaient même pas la porter jusqu'à la porte d'entrée, alors ma mère est allée voir tous les voisins en demandant s'ils avaient entendu parler de nouveaux boulots. Elle a parlé à ceux qui ont un magasin de trucs pour hommes et à des gens dans deux épiceries. Et après un bon bout de temps, elle a trouvé un travail dans un magasin de cadeaux mais Áine, elle a éclaté en sanglots dès le premier jour et le propriétaire a dit à ma mère qu'une boutique de cadeaux, ça doit être un endroit heureux. Personne ne voudrait rien acheter à une vendeuse avec des larmes aux yeux. Lui, il aurait préféré que ma mère vienne travailler chez lui, il a dit. Elle aurait adoré ça, elle a répondu, mais elle avait des mains comme des maquereaux et personne n'achèterait rien à quelqu'un qui avait des mains de poisson froid.

Ma mère a dit qu'elle savait ce qui clochait : Áine se sentirait mieux si elle avait des jolies chaussures et ses jambes la porteraient dans la rue sans honte. Mon père a répondu que c'était du gaspillage, que tout le monde dans notre famille avait besoin de souliers, mais ma mère a dit qu'on récupérerait bien l'argent d'une manière ou d'une autre. Alors, Áine a eu des chaussures neuves mais ça n'a rien changé. La nuit, elle laissait la lumière allumée dans sa chambre et mon père a dit que c'était encore du gaspillage, parce qu'elle ne lisait même pas, elle restait assise là à fumer. Lui, il avait arrêté de fumer quand il voulait s'acheter des disques allemands : la seule façon de se les payer, c'était de prendre l'argent des cigarettes. S'il avait eu une souris par cigarette que fumait Áine, et un penny par souris attrapée, il aurait pu s'acheter tous les opéras et toutes les symphonies qui ont jamais existé chez Deutsche

Grammophon. C'était la cigarette qui la rendait triste, Áine. Et puis, un matin, ma mère a trouvé un trou noir dans une des taies d'oreiller et elle a eu peur que la maison finisse brûlée.

Tous les jours, ma mère s'assied près d'Áine et elle essaie de la faire sourire, mais personne ne peut vous faire sourire si vous n'en avez pas envie, ma mère dit. Tous les jours mon père part au travail en train. Tous les jours on attrape trois souris, et tous les jours il en arrive de nouvelles. Tous les jours, je hurle et je ris quand les mains-maquereaux de ma mère entrent sous mon chandail. Tous les dimanches, Onkel Ted vient dîner après avoir nagé au Forty Foot, parce qu'il ne craint pas le froid. On lui raconte les choses qui sont arrivées, mais on ne parle pas des souris, d'Áine ou des trous noirs qu'elle a faits dans ses robes. Ma sœur Maria retrousse sa robe pour montrer son ventre à Onkel Ted et puis on fouille dans sa poche pour prendre des bonbons. Il monte au premier et fait le signe de croix sur Áine et, quand il redescend, il dit que ma mère devrait l'emmener danser, Áine.

– Mais des danses irlandaises, ajoute mon père. Il faudrait que ce soit des danses irlandaises.

Et puis tout le monde se tait un moment et se regarde. Jusqu'à ce que tout d'un coup, ma mère éclate de rire : elle a oublié comment on fait pour danser. Les deux frères se taisent et regardent ma mère rire, mais rire : elle, elle pense qu'elle est venue d'Allemagne, qu'elle a fait tout ce chemin pour emmener une Irlandaise danser des danses irlandaises ! Onkel Ted sourit et attend que ma mère ait fini. Il est très sérieux et il explique qu'il y a des choses qu'on n'oublie jamais, comme monter à vélo, nager et aider les autres. Alors, un soir, ma mère et Áine se sont mises en dimanche et elles sont allées danser en ville. Ma mère avait sa robe bleue à pois blancs et Áine ses souliers neufs et une robe sans trous. Mon père est resté à la maison à lire et nous, on s'est assis sur le tapis à jouer aux petites voitures et à écouter les souris.

Ma mère a raconté que les danses irlandaises, ce n'était pas pareil que la valse ou toutes les autres danses qu'elle connaissait. En Irlande, les pieds ne touchent même jamais le sol ! Tout le monde flottait en l'air, sauf un monsieur qui tapait de temps en temps du talon par terre, en rythme avec la musique, comme s'il essayait de percer un trou dans le plancher. Le dancing sentait la fumée, le parfum et la sueur, et il était plein de gens de tous les âges. Il y avait aussi un prêtre et des sœurs, assis sur des chaises. Une vieille dame aux cheveux longs dansait comme si elle avait seize ans. Tous les hommes étaient d'un côté de la salle, toutes les femmes de l'autre. Les femmes dansaient comme si les hommes n'existaient pas, et des gens à la buvette discutaient devant leur thé et leurs sandwiches comme si les danses n'existaient pas. Ma mère a regardé trois garçons se partager une bouteille de limonade gazeuse. Chaque fois qu'un d'eux buvait avec la paille, les deux autres le surveillaient pour vérifier qu'il ne dépassait pas un certain repère avant de repasser la limonade au suivant. Ils buvaient si vite qu'ils en avaient les larmes aux yeux.

Des hommes arrivaient tout le temps de l'autre côté de la salle pour inviter ma mère à danser, mais elle, elle souriait et secouait la tête pour dire non. Elle les remerciait et leur demandait de danser plutôt avec Áine. On peut voir la figure d'un homme s'allonger, dit ma mère. Mais une fois qu'ils avaient fait tout le chemin, ils ne pouvaient pas juste tourner les talons et repartir les mains vides. Sauf qu'Áine, elle ne voulait pas danser non plus. Ses jambes étaient devenues molles, elle disait. Alors, l'homme était obligé de la prendre par la main et de la tirer, avec ma mère qui la poussait par-derrière. Áine, elle essayait de s'accrocher à sa chaise avec le pied mais la chaise était traînée sur le plancher derrière elle jusqu'à ce que, finalement, ma mère l'enlève. Et même là, l'homme avait un mal de chien à faire danser Áine parce qu'elle, ses pieds restaient sur le plancher et ne voulaient pas bouger. Ma mère a dit qu'Áine avait du ciment dans ses chaussures, et tous les hommes avaient vite arrêté de venir.

C'était drôle, elle raconte, une Allemande qui pousse une Irlandaise pour la faire danser quand elle ne veut pas. C'est dur de comprendre ce qui se passe dans la tête des gens, en Irlande. Les Irlandais, ils dansent avec leurs têtes et ils parlent avec leurs pieds. Chacun sait ce qu'il y a dans la tête de tous les autres mais personne ne le dit à haute voix. Ils aiment bien tout garder à l'intérieur. Les Allemands disent ce qu'ils pensent, les Irlandais gardent ça pour eux, et peut-être que des fois, la manière irlandaise est mieux. En Allemagne, elle explique, les gens réfléchissent avant de parler, pour que leurs mots soient vraiment ceux qu'ils ont voulu dire, mais en Irlande ils réfléchissent après avoir parlé, pour comprendre ce qu'ils ont voulu dire.

Après la danse, Áine a vraiment perdu tous ses mots. Il y avait quelque chose dans sa tête qui la rendait malade et si elle n'en parlait pas, elle mourrait, a expliqué ma mère. Elle ne mangeait plus non plus, elle fumait seulement. Un jour, le Dr Sheehan a dû venir parce que Áine s'était mise à se faire des trous aux jambes et aux bras avec ses cigarettes. Il faudrait qu'elle aille à l'hôpital, le docteur a dit, mais Onkel Ted est encore revenu faire le signe de croix sur elle. Il a passé longtemps avec elle dans sa chambre à lui parler très doucement et à remuer la tête d'un côté et de l'autre. Il lui a laissé plein de temps pour se souvenir de tout ce qui était arrivé et, finalement, elle a parlé dans sa langue. Elle a dit quelque chose en irlandais à Onkel Ted et il est redescendu avec la réponse. Pour qu'Áine arrête de se faire des trous de cigarette aux bras et aux jambes, pour qu'un jour elle retrouve le sourire et arrête d'être triste, il fallait qu'elle récupère son bébé. Alors, un jour, ma mère et Áine sont sorties et elles sont revenues avec un nouveau bébé. Áine allait rentrer chez elle parce que maintenant, elle était de nouveau heureuse. Elle n'avait plus besoin de fumer des cigarettes et de parler toute seule parce qu'elle pouvait parler avec le bébé. Ma mère l'a aidée à remplir sa valise de tas de vêtements de bébé d'Allemagne et elles ont ri parce que Áine a dit que c'était presque comme si un bébé allemand rentrait au Connemara. Et le jour où elle est partie, c'est ma mère qui a pleuré parce que Áine avait le sourire.

Des ouvriers sont venus réparer le fourneau. Il y a de nouveau eu du thé au lait tout brun par terre à la cuisine, mais ça a été vite terminé et les tuyaux ont recommencé à chauffer. Mon père a fourré plein de charbon dans le fourneau et la maison s'est réchauffée. Et puis on nous a livré du charbon. Un camion s'est arrêté dans la rue. Les hommes aux figures noires et aux mains noires ne pouvaient pas passer par le côté pour aller derrière la maison, alors ils ont dû passer par l'intérieur. Ma mère avait peur que le vent claque les portes avec colère, alors nous, on a dû les tenir pour qu'elles restent ouvertes : Franz à l'entrée, moi à la porte du milieu et Maria à la porte de derrière. Ma mère nous a dit de compter les sacs au fur et à mesure. Les gens comptent dans leur tête en Irlande, il paraît, mais en Allemagne on compte à haute voix. Alors on a compté tout fort : *Eins, zwei, drei, vier, fünf*... Jusqu'à quinze. Les livreurs marchaient courbés en deux sous les sacs lourds, ils laissaient des longues marques noires aux endroits où les sacs frottaient contre le mur au passage. Il fallait descendre trois marches pour aller dans la cuisine et sortir par la porte de derrière, et là, ils se tenaient chaque fois au cadre de la porte en posant une main noire dessus. Un des hommes m'a fait un clin d'œil et j'ai oublié où j'en étais de mes chiffres. Je ne savais plus si je devais compter le sac qui arrivait ou celui qui était déjà passé. Mais j'ai entendu Franz dire le chiffre suivant à l'entrée et j'ai pu me rattraper.

Quand la réserve a été pleine et que le charbon commençait à déborder sur le chemin, les hommes sont remontés dans le camion. L'un d'eux a compté les sacs vides, comme s'il ne pouvait pas se fier à nous pour compter juste. Il est revenu à l'intérieur avec un bout de papier rose couvert de marques de doigts noires et il a demandé une signature à ma mère. Pour être sûr qu'elle était d'accord, qu'il n'y avait pas eu d'erreur de comptage et que personne n'était parti en emportant un sac vide. Mais il ne pouvait pas y avoir d'erreur puisqu'on avait compté à haute voix en allemand pendant que l'homme comptait en anglais, et le chiffre était pareil dans les deux langues.

VIII

Ma mère doit rentrer chez elle à Kempen et on ne peut pas venir avec elle. Elle est au téléphone dans le salon, elle pleure et elle parle à l'Allemagne, tout fort, nous on est devant la porte et on écoute jusqu'à ce qu'elle sorte avec des ombres autour des yeux. Elle est obligée de partir quelque temps. Alors nous, on doit aller habiter la maison avec une porte jaune où on ne parle pas irlandais et pas allemand, mais seulement anglais. Ma mère prépare toutes nos affaires sur le lit et les met dans un sac. On se lève très tôt le matin, il fait encore nuit dehors et la lumière de la chambre est si forte qu'on ne peut pas la regarder. En plus, il fait froid et Franz est debout sur le lit en caleçon, il frissonne, il chante une note longue en claquant des dents. J'arrive à enfiler ma chemise tout seul mais pas à la boutonner parce que j'ai les doigts mous. Ma mère est pressée, elle me pince le cou en boutonnant le bouton du haut et elle me dit pardon, et puis c'est l'heure d'y aller. Il fait nuit dehors dans la rue et on peut souffler son haleine comme de la fumée. Il fait encore nuit quand on monte dans le bus et quand on arrive à la maison à la porte jaune, et je n'arrive pas à marcher parce que j'ai les jambes molles. J'ai les deux jambes qui boitent et je m'accroche au manteau de ma mère parce que je ne veux pas émigrer et vivre dans un autre pays qu'elle.

Je ne sais pas où c'est, l'Allemagne. Je sais que c'est loin de l'Irlande parce qu'on ne peut pas y aller en bus, on peut juste la regarder sur la carte. Je sais qu'il y a eu la Première Guerre mondiale et la Deuxième Guerre mondiale, et que la deuxième ne serait pas arrivée sans la première. Je sais que les Allemands voulaient un empire et que ce n'était pas permis. « La chèvre voulait avoir une longue queue mais elle n'en a eu qu'une courte », nous dit ma mère quand on a envie d'un truc qu'on ne peut pas avoir.

Je n'aime pas la maison à la porte jaune. Je n'aime pas la chambre avec les cabinets et les dix popos accrochés au mur. Je n'aime pas l'odeur du drap de caoutchouc brun sur le lit, ni l'odeur de la crème anglaise. La maison avec une porte jaune et de la crème anglaise jaune est un endroit où vous attendez que votre mère revienne et on entend des fois les autres enfants pleurer dans l'escalier parce que eux aussi, ils attendent. Franz n'a pas voulu manger la crème anglaise ou aller au cabinet. Il a fermé la bouche et il a dit qu'il ne la rouvrirait plus jamais, pour le restant de sa vie. L'infirmière a voulu faire comme si la cuillère était un train qui entrait dans la bouche de Franz mais lui, il secouait la tête et la tournait ailleurs. Il ne pouvait manger et aller au cabinet qu'en allemand. Alors mon père a dû venir pour l'emmener au cabinet. Moi, j'ai fermé ma bouche et j'ai refusé de parler parce que l'infirmière ne voulait pas dire au revoir à la lune. Je lui ai dit qu'elle était d'un autre pays et mon père a dû venir une autre fois dire à l'infirmière le mot *lune* en irlandais.

Je sais que le père de ma mère, Franz Kaiser, avait une papeterie dans la ville de Kempen mais que personne n'avait de sous pour lui acheter des choses, alors il avait dû fermer. Mais ça ne l'empêchait pas de raconter des blagues et de jouer des tours aux gens, juste pour voir leur tête. Ma mère dit qu'il était bien connu pour tous les trucs drôles qu'il faisait, parce qu'il réparait toujours après. Un jour, au Café Kranz, il a fourré son doigt dans le trou d'un beignet et l'a tenu en l'air en demandant combien ça coûtait, juste pour voir leurs têtes quand il dirait que c'était trop cher. Mais ensuite, il les a tous achetés et il en a donné un chacun à ma mère et à ses quatre sœurs, et un aussi à tous les autres enfants qu'il a trouvés sur la place du marché.

Un jour, il a joué un tour à l'officier qui commandait l'armée belge. Je sais que la ville de ma mère était dans la vallée du Rhin, et elle était occupée par les Belges et les Français, en punition pour la Première Guerre mondiale. Elle avait été confisquée aux

Allemands par le traité de Versailles. Alors, une nuit, Franz Kaiser et son cousin Fritz, ils ont inventé un nouveau tour. Ils ont pris un pot de chambre en porcelaine et ils l'ont rempli d'encre de la boutique. Ils ont étalé une feuille de papier sur la table et ils ont apporté la grosse plume qu'il y avait dehors, au-dessus de la porte du magasin. Et puis ils ont invité l'officier commandant de l'armée belge à venir boire un verre chez eux, juste histoire de voir sa tête quand ils l'amèneraient à la table, en lui demandant de signer un nouveau traité. L'officier était très en colère mais ils lui ont offert un cigare et le meilleur vin de la maison. Tout le monde aimait les blagues de Franz Kaiser, raconte ma mère, même ceux à qui il jouait les tours ; la Deuxième Guerre mondiale ne serait peut-être pas arrivée s'il y avait eu plus de gens comme lui. Ensuite, les nazis ont pris le pouvoir et on n'a plus eu le temps de blaguer en Allemagne.

Lui, alors, il est tombé malade et ma mère devait lui raconter ce qui se passait dehors, sur la place. Il était assis dans un lit au salon du premier étage, au-dessus de la boutique, avec une grande alcôve et un piano près de la fenêtre. Elle devait regarder dehors et lui dire qui passait par là. Et tous les jours, la mère de ma mère jouait du piano pour aider son mari à aller mieux. Elle chantait le *Freischütz* et toutes les chansons de Schubert qu'elle avait chantées à l'opéra de Krefeld, quand il lui avait envoyé un bouquet de bananes à la place des fleurs. Tous les jours, elle lui rasait la figure et jouait du piano, mais il n'allait pas mieux. Ma mère avait neuf ans, et un jour, il lui a demandé de lui apporter un miroir pour qu'il puisse se dire au revoir. Il n'avait plus envie de savoir qui passait devant la maison. Tout ce qu'il a fait, c'est regarder dans la glace en silence, pendant longtemps. Et puis il s'est fait un sourire en disant : « *Tschüss, Franz...* »

Ma mère n'oubliera jamais l'odeur des fleurs tout autour de son lit, ni les gens de la ville tous debout dehors, sur la place du marché. Elle se souvient des ombres autour des yeux de sa mère quand le cercueil est sorti de la maison. Ce n'est peut-être pas si bon que ça d'être l'enfant de deux personnes qui s'aimaient tant, elle dit, parce que c'est comme si on était dans un roman, dans une chanson ou dans un grand film, et on risque de ne plus jamais en sortir.

Après ça, sa mère à elle était toujours habillée en noir. Tous les soirs, elle réunissait les cinq filles au salon, au-dessus du magasin. Marianne, Elfriede, Irmgard, Lisalotte et Minne, toutes en train d'écouter les chansons de Schubert en regardant les gens traverser la place Buttermarkt pour aller au cinéma. Ma mère se souvient de la pluie douce et triste : l'enseigne du cinéma Kempener Lichtspiele devenait floue et les troncs d'arbre tout noirs. Il ne restait plus d'argent en Allemagne, alors sa mère a dû donner des leçons de piano et mettre une bougie dans la cheminée pour qu'on croie qu'il faisait chaud dans la maison. Elles ont dû vendre des affaires comme des chandeliers et des vases. Les meubles ont commencé à disparaître et les pièces avaient l'air vides. L'Allemagne était si pauvre à ce moment-là qu'elles ont décidé d'émigrer au Brésil.

Il se passait des choses dans la ville de Kempen qui faisaient peur aux gens. Tout le monde avait peur des communistes, et une nuit deux hommes en chemise brune ont été battus à coups de bâtons dans la rue, à côté de la vieille école. Et puis tout s'est retourné, et les communistes ont été battus à coups de bâtons et à coups de poing par les hommes en chemise brune. Les gens restaient chez eux à cause de ces histoires-là. Ils ne voulaient pas sortir. L'Allemagne appartenait aux « gens du poing », dit ma mère, et c'était mieux de recommencer ailleurs. Au Brésil, par exemple.

Les deux sœurs les plus âgées, Marianne et Elfriede, devaient partir en premier pour épouser deux garçons allemands déjà là-bas. Un mouvement catholique de la vallée du Rhin mettait des jeunes filles allemandes en rapport avec des jeunes Allemands, pour démarrer une nouvelle vie à planter le café et le tabac et à chercher des arbres à caoutchouc. Le mouvement organisait le voyage d'abord jusqu'à San Francisco et puis vers le Brésil, par le même chemin que les missionnaires. Marianne et Elfriede suivaient des cours spéciaux le week-end, pour apprendre l'agriculture. Ma mère et ses sœurs se sont mises à préparer leurs affaires sur leurs lits pour faire leurs bagages, et à lire des livres sur la forêt où il pleut. Elles savaient qu'il ferait très chaud et elles ont acheté des chapeaux et des éventails. Il y aurait aussi des tas d'insectes, alors elles ont dû apprendre à fumer pour les éloigner.

– On peut essayer les pipes, maintenant ? demandait toujours Lisalotte.

Mais avant tout, elles ont dû s'asseoir près du piano et apprendre toutes les chansons de Schubert. Au Brésil, on continuerait de chanter des chansons allemandes et de raconter des histoires allemandes, ce serait aussi important que de fumer pour éloigner les insectes. Et peut-être même que la musique aiderait à faire revenir les bons moments. Il n'était peut-être pas trop tard, la musique aiderait les « gens de la parole » à reprendre le pouvoir en Allemagne aux gens du poing. Elles ont même chanté un ou deux airs à la mode, des chansons swing que tout le monde sifflait ou chantait sur la place Buttermarkt.

Elles ont chanté et elles ont ri, tellement que leur mère en avait les larmes aux yeux et personne ne savait plus si elle pleurait ou si elle riait. Et enfin, elles ont sorti les pipes et les ont remplies de tabac pris dans une blague en tweed. Elles ont sorti le briquet à pierre aux initiales FK que Franz Kaiser prenait pour les cigares. Toutes les affaires restées là depuis l'époque où il invitait des gens de la ville à venir chez lui et à fumer jusqu'à ce qu'on ne voie même plus le papier peint. C'était le moment que les filles en fassent autant. Elles allumaient les pipes et se les passaient à la ronde. Chacune devait s'entraîner à tirer des bouffées, à tousser, à cracher et à tenir la pipe d'un côté de la bouche. L'odeur de tabac remplissait la pièce, comme si le père de ma mère était revenu.

« Enfin, la pièce sent de nouveau l'homme ! » a dit ma mère, et elles n'ont pas pu s'empêcher de rire et de tousser si fort qu'elles ne pouvaient plus parler. Elles se sont entraînées à chanter et à fumer tous les soirs, jusqu'à ce qu'elles soient prêtes à partir. Mais à ce moment-là, la mère de ma mère, Berta, est tombée malade. Elle n'était pas capable de vivre sans Franz Kaiser, en Allemagne ou au Brésil. Elle est morte et il y a eu un autre grand enterrement avec des tas de gens debout dehors, sur la place Buttermarkt, attendant que le cercueil sorte de la maison. Ma mère et ses sœurs ont dû aller habiter chez leur Onkel Gerd et leur tante Ta Maria. Fumer la pipe et parler du Brésil, c'était terminé, parce que Onkel Gerd était maire de la ville et il a expliqué qu'il ne pouvait pas les laisser émigrer avant qu'elles aient dix-huit ans. Elles auraient le mal du pays, il a dit. Elles auraient beau faire des gâteaux allemands et chanter des chansons allemandes, leur patrie leur manquerait. Il n'a pas dit qu'elles n'avaient pas le droit de partir, mais il les a toutes réunies au salon et il leur a retourné la question.

– Qu'est-ce que vous feriez à ma place ? il leur a demandé. Si vous vous retrouviez tout d'un coup avec cinq filles charmantes, est-ce que vous les enverriez au Brésil se faire dévorer par des insectes ?

Après ça, Onkel Gerd a eu des tas d'embêtements, parce qu'il ne voulait pas entrer dans le parti nazi. Les gens de la parole n'avaient plus de place en Allemagne, il a expliqué. Les gens du poing avaient volé tous les mots, ceux de l'église, ceux des vieilles chansons, ceux des livres et des films. Ils étaient entrés de force dans le théâtre et ils avaient pris le spectacle pour le mettre dans la rue. Tout le monde était excité par les nouvelles couleurs et les mots neufs. Mais si on ne faisait pas partie des gens du poing, il fallait apprendre le silence. On ne peut parler que dans l'intimité de son chez-soi, a expliqué Onkel Gerd. On pouvait dire des blagues à la maison mais elles devaient rester là, parce que ce n'était plus sûr de parler dehors. Il y avait des plaisanteries qu'on ne pouvait plus faire sur la place Buttermarkt, parce que les gens du poing s'étaient emparés de l'Allemagne. Des tas de choses ne se seraient pas passées, s'il y avait eu plus de gens comme Onkel Gerd, ma mère a dit.

Un jour, mon père est venu à la maison à la porte jaune et il nous a ramenés chez nous en autobus. Il souriait et il a dit qu'on ne serait plus jamais obligés de manger de la crème anglaise. Je sais que l'Allemagne est un endroit plein de gâteaux et de bonnes choses qu'on ne peut pas trouver en Irlande, parce que ma mère est rentrée avec quatre grosses valises pleines de chocolat, de jouets et d'habits. Il y avait des nouveaux jeux aussi, comme celui où on jette toutes les petites baguettes de couleur sur le plancher, n'importe comment, et il faut les sortir du tas une par une. Ma mère avait l'air neuve parce qu'elle avait des habits neufs. Elle souriait tout le temps, elle avait un nouveau parfum. Elle avait rapporté un plat et un chandelier en étain qui venaient de chez son père et sa mère. Elle avait des photos de la maison et, un jour, on irait là-bas, elle a dit. Mon père et ma mère ont bu du vin et il y avait de la grosse musique allemande plein partout dans la maison, peut-être même dehors aussi et jusqu'au bout de la rue.

Des fois, ma mère se retourne tout d'un coup pour nous prendre tous dans ses bras, et j'ai la figure écrasée contre Franz et Maria. Elle a quelquefois envie de mordre dans le bras de Maria et d'en prendre un morceau, un tout petit. Des fois, elle a les larmes aux yeux parce qu'elle est heureuse ou parce qu'elle est encore triste pour Onkel Gerd. C'était un homme bon et il parlait très peu, juste quand il avait quelque chose à dire. Son enterrement, ç'avait été le plus grand que ma mère a jamais vu à Kempen, parce qu'il avait été maire dans le temps et qu'il n'avait pas voulu se mettre avec les gens du poing. Il n'avait pas eu peur de résister. Elle a accroché une photo de lui au salon pour qu'on le voie et qu'on l'aime.

Ma mère a aussi rapporté une machine à écrire, et quelques jours plus tard, elle l'a ouverte et elle m'a permis de taper mon nom, Johannes. Les lettres s'envolent et elles frappent la page. *Tapetape. Tapetape.* Des fois, il y a deux lettres qui restent coincées en l'air et ma mère dit qu'il faut y aller plus doucement, frapper juste une touche à la fois. Elle me tient le doigt et m'aide à trouver la lettre. J'appuie sur la touche et la lettre bondit si vite qu'on a à peine le temps de la voir. Et puis elle claque contre le papier, comme par magie. J'ai envie d'écrire : « Johannes est le plus gentil garçon du monde », mais ça prendrait trop longtemps. Alors je demande si je peux plutôt écrire : « Johannes est le garçon le plus culotté du monde » et ma mère rit aux éclats. Je suis à la fois le plus gentil et le plus culotté, elle dit, parce que c'est moi qui reçois le plus de claques de mon père, et moi qui ai le plus de câlins de sa part à elle, pour réparer. Après, Franz veut écrire qu'il ne sera jamais obligé d'émigrer et de retourner à la maison jaune mais il est trop tard, on doit monter se coucher vite vite.

Le soir, j'entends ma mère qui tape à la machine en bas, dans la cuisine, elle tapetape toute seule pendant que mon père lit au salon. Les lettres s'envolent et tapent sur la page plus vite que quand on parle. Elle tapetape et tapetape, parce qu'il y a une histoire qu'elle ne peut raconter à personne, pas même à mon père. On ne peut pas avoir peur du silence, elle dit. Et les histoires qu'on est obligé d'écrire, elles sont différentes de celles qu'on raconte aux gens à haute voix, parce qu'elles sont plus dures à expliquer et qu'il faut attendre le bon moment. La seule chose qu'elle peut faire, c'est les mettre sur le papier pour que nous, on les lise plus tard.

« A mes enfants, elle écrit. Un jour, quand vous serez assez grands, vous comprendrez ce qui m'est arrivé, comment je me suis fait piéger en Allemagne et je n'ai pas pu venir à mon propre secours. Je veux vous parler de l'époque où j'avais peur, quand j'étais dans ma chambre, que je ne pouvais pas appeler à l'aide et que j'entendais les pas d'un homme du nom de Stiegler qui montait l'escalier. »

IX

Le premier jour d'école, j'ai giflé la maîtresse. Ça allait faire des tas d'embêtements, je le savais. Onkel Ted allait être obligé de venir faire le signe de croix sur moi, j'ai pensé, mais ma mère n'a rien dit quand elle est venue me chercher, elle a juste souri. La maîtresse a dit, elle, que jamais un enfant ne l'avait frappée et que j'étais le gamin le plus culotté qu'elle avait vu de toute son existence. Ma mère était si fière de moi qu'elle a souri et qu'elle s'est agenouillée pour me regarder dans les yeux un bon moment. Dehors, elle a raconté à toutes les autres mères que j'avais giflé la maîtresse et elles ont secoué la tête. En rentrant à la maison, le contrôleur du bus a levé les yeux vers le ciel et il a dit que j'irais loin. Ma mère en a même parlé au monsieur à un bras chez le marchand de légumes.

– Celui-là, il va vous en faire voir ! ils ont tous dit, mais ma mère a secoué la tête.

– Oh non ! Il sera comme son oncle, Onkel Gerd.

La maîtresse s'appelle Bean Uí Chadhain et l'école Scoil Lorcáin. On descend des marches pour entrer dans la classe, au fond, et il y a plein de bruit à cause de tous les autres enfants et une odeur sucrée, comme un sac d'école avec un sandwich à la banane dedans. Il y a des jouets dans des caisses pour qu'on joue, mais pas mal sont cassés et les petites voitures ont des bouts de pâte à modeler collés sur les roues. Il y a une carte du monde au mur et on apprend à chanter et à aller au cabinet en irlandais – on va au *leithreas*. Après, on se met de nouveau en rangs pour sortir dans la cour ; là, des grandes filles se courent après en hurlant, pendant que des grands garçons se courent après et se battent, de l'autre côté du mur. Et puis c'est l'heure de chanter la chanson du petit renard roux. Tous ceux qui ont été gentils ont droit à un *milseán*, un bonbon, et s'il y en a qui ont été culottés, ils doivent se mettre debout sur la table pour bien montrer leur culot.

On a chanté tous ensemble : « *Maidirín a rua, 'tá dána* », le petit renard roux est culotté. Sauf que *culotté*, ça ne veut pas juste dire culotté, mais aussi mignon, coquin, courageux et qui n'a pas du tout peur des gens. On chantait : le petit renard roux n'a peur de personne. Mais après, Bean Uí Chadhain m'a mis sur la table et elle a dit que je n'aurais pas de bonbon.

– *Dána, dána, dána* (Culotté, culotté, culotté), elle a dit.

Alors, je l'ai giflée et ma mère est fière de moi. Elle est si heureuse qu'elle pose la main sur mon épaule et raconte à toute l'Irlande ce que j'ai fait. Les gens secouent la tête, pas pour dire comme elle mais pour montrer qu'ils ne sont pas d'accord. Quand Onkel Ted vient ce dimanche-là, il est le seul qui remue doucement la tête de haut en bas. Mais, des fois, on ne sait plus ce qui est bien ou mal parce que lui, il bouge toujours la tête comme ça, même quand on lui raconte des mauvaises choses qui sont arrivées. Il dit : il y a des trucs qu'on ne peut faire qu'une fois dans sa vie et que la plupart des gens ne font jamais. Mon père explique que Bean Uí Chadhain est la femme d'un écrivain irlandais célèbre qui s'appelle Máirtín Ó Cadhain. Il a écrit un livre sur les morts qui parlent. Ça se passe dans un cimetière du Connemara où tous les morts se parlent et les gens qui meurent apportent des nouvelles histoires du monde des vivants, sur terre. Tu as giflé la femme de l'écrivain, dit mon père, et lui aussi il est fier, parce que ce livre était écrit en irlandais. Et les morts ont les meilleures conversations de toutes. Il y a plein de gens qui ne parlent pas vraiment avant d'être morts, parce que c'est seulement à ce moment-là, au cimetière, qu'ils peuvent raconter plein de choses qu'ils ont gardées secrètes toute leur vie.

Ma mère dit qu'il ne faut avoir peur de personne. On ne doit permettre à personne de vous rendre petit, comme ils avaient essayé de faire avec Onkel Gerd. Lui, il avait dû tenir sa langue et ne rien dire de son vivant mais maintenant, il parle dans la tombe. Il parle au père et à la mère de ma mère, à Kempen, il leur raconte que finalement ma mère n'est pas allée au Brésil mais qu'elle est partie vivre en Irlande. Maintenant, ils taillent une belle bavette : ils parlent de comment c'était au bon vieux temps, des blagues de Franz Kaiser, de pourquoi les gens n'ont plus le sens de l'humour de nos jours, sauf ceux qui sont déjà dans la tombe et qui n'ont plus rien à perdre. Maintenant, Franz Kaiser joue tous les tours qu'il n'a pas eu le temps de faire avant de mourir. Et Onkel Gerd annonce à tout le monde là en bas qu'Hitler est mort. Des histoires étaient déjà arrivées jusque-là avec la guerre, parce que tous les avions qui rentraient en Angleterre avaient lâché des bombes sur la boulangerie de Kempen un matin, très tôt, quand tout le monde faisait la queue pour acheter du pain. Des histoires de gens tués partout en Europe, parce que personne n'avait pu empêcher les gens du poing de prendre le pouvoir.

Ma mère dit qu'on ne peut pas empêcher les morts de parler dans la tombe. On ne peut pas faire taire les gens en les obligeant à rester chez eux, en les enfermant ou en leur interdisant d'écrire dans les journaux. C'est pour ça qu'il ne faut jamais avoir peur de parler. Tous ceux qui sont morts dans la famine d'Irlande parlent toujours, dit mon père. Ils murmurent avec des lèvres sèches et ils regardent dehors avec des yeux vides. Vous ne pouvez aller nulle part en Irlande sans les entendre. Il suffit de marcher dans les champs du West Cork : les voix ne se taisent jamais, pas même pour un moment. Beaucoup de gens nés après la famine ont été incapables de parler, parce qu'ils avaient perdu leur langage et c'est pour ça qu'ils parlent anglais et qu'ils sont obligés d'écouter les mots, avant, pour être sûrs de ce qu'ils vont dire. Mais tout ça va s'arranger maintenant qu'on reparle irlandais.

Il vaut mieux être mort que de ne pas pouvoir parler, dit ma mère. Ils avaient essayé d'empêcher Onkel Gerd de parler. Il était maire, *Bürgermeister*, et ils venaient le voir tous les jours en lui demandant de faire des choses qu'il ne voulait pas faire. Ta Maria était la sœur de Berta, la mère de ma mère, et elle s'appelait *Frau Bürgermeister*, Madame la mairesse. Et puis, tout d'un coup, ils se sont retrouvés avec cinq filles. Il a fallu s'en occuper et les envoyer à l'école tous les jours en train, chez les sœurs à Mühlhausen. Alors, quand des gens sont venus chez lui et lui ont dit que le maire devait appartenir au parti nazi, il a répondu chaque fois qu'il était père de cinq filles et il a secoué la tête. Ils étaient aimables et polis, ils parlaient aussi à Ta Maria quand elle traversait la place Buttermarkt, dans l'espoir qu'elle le ferait changer d'avis. Onkel Gerd, ils l'aimaient bien, c'était un bon maire, ils disaient, ils ne voulaient pas qu'il soit rendu petit comme Lamprecht, cet autre homme qui avait été emmené dans un camp à Dachau, parce qu'il avait continué à écrire dans le journal. Ils espéraient que ça n'arriverait pas à un homme avec cinq nouvelles filles charmantes.

Tous les soirs, Onkel Gerd passait un long moment assis en silence, raconte ma mère, parce que des fois, ce n'était pas facile de savoir ce qui était bon ou mauvais. Ma mère et ses sœurs continuaient d'aller à l'école et, tous les dimanches, elles rendaient visite à leur père et à leur mère au cimetière. Elles passaient devant leur ancienne maison de la place Buttermarkt mais elles ne rentraient jamais, parce que maintenant, d'autres gens habitaient là. La ville avait changé. Tout le monde était pauvre et c'était normal de mendier et d'avoir une jambe en moins. Des gens qui n'auraient même jamais eu l'idée de demander quelque chose avant, ils venaient chercher de l'aide chez Onkel Gerd. Et puis, il y a eu des élections et le parti nazi a promis qu'il n'y aurait plus jamais de mendiants en Allemagne. La nuit, il paraît, des groupes d'hommes se rassemblaient autour de grands feux, en dehors de la ville. On ne savait pas si c'était excitant, effrayant ou les deux, parce que le jour des élections, la ville était pleine de voitures et de gens qui buvaient de la bière dans leurs habits du dimanche, et il y a eu des embêtements quand Onkel Gerd est allé voter.

Ils étaient très rusés, raconte ma mère. Ils voulaient voir de quel côté était Onkel Gerd, alors ils lui ont donné un bulletin de vote avec une marque spéciale dessus. Il a regardé les noms des partis, avec des cases à côté pour mettre des croix. Le parti nazi était en haut de la liste et tous les autres, comme le SPD et le parti du Centre, étaient dessous. Il a tenu le bulletin de vote à la lumière et il a découvert un petit filigrane dans le coin, qui n'aurait pas dû être là. Il a compris qu'après, ils pourraient vérifier dans quelle case il avait mis sa croix.

– Le vote reste secret jusqu'à nouvel ordre, a dit Onkel Gerd en leur rendant le papier.

Tout le monde avait les yeux sur lui, la salle était silencieuse. Il savait qu'il allait y avoir des embêtements parce qu'il avait demandé ce que ce filigrane faisait sur son bulletin de vote, mais le monsieur officiel a juste souri : vous vous tracassez trop pour ça. De toute façon, si vous avez la conscience tranquille et rien à cacher, le filigrane ne vous embêtera pas, parce que tout le monde vote aussi pour le parti nazi.

– Et le secret du vote ? a demandé Onkel Gerd.

Si tout le monde allait voter pour le parti nazi, ça ne vaudrait pas mieux que ce soit par choix ? Il a refusé de partir. Il savait que c'était le seul moyen d'être honnête et de ne pas se défiler, comme tout le monde. Il n'a pas dit qu'il était contre celui-ci ou pour celui-là. Il est simplement resté là à attendre pendant que les officiels chuchotaient entre eux en se demandant quoi faire. Ils ont fini par lui donner un bulletin de vote propre, parce qu'ils ne pouvaient plus supporter de regarder sa figure et ils n'avaient pas envie que le maire reste planté dans le bureau de vote toute la journée, les bras croisés, pour que tout le monde le voie.

C'est très important de prendre position, explique ma mère. Onkel Gerd avait gagné son combat dans le bureau de vote mais il est rentré chez lui en sachant que tout était perdu. Quelques jours plus tard, on a appris que dans les autres villes de la vallée du Rhin, les maires n'avaient pas remarqué le filigrane sur le bulletin de vote et ils n'avaient pas eu sa chance. Ils avaient été chassés de leur place dès le lendemain et remplacés par des gens qui étaient du côté du parti nazi. Beaucoup de maires avaient été battus, a raconté ma mère. Les gens du poing étaient venus chez eux et après ça, certains avaient été malades pendant longtemps et ne pouvaient plus bien entendre, ou bien ils avaient eu des ennuis de reins et ils n'étaient jamais retournés travailler.

Onkel Gerd était resté maire parce que personne ne savait quelle case il avait cochée. Mais ça n'a pas duré longtemps non plus parce qu'un jour, ils sont venus dans son bureau et lui ont demandé de faire des choses qu'il ne voulait pas faire. Et tout d'un coup, c'est devenu contre la loi d'être maire sans appartenir au parti nazi et il a dû partir. Ils lui ont donné une dernière chance mais il a continué de secouer la tête. Un autre homme attendait de prendre sa place et de s'asseoir, dès qu'Onkel Gerd aurait débarrassé son bureau. Il y a eu des poignées de main et une conversation polie mais, brusquement, tout était fini, et ça a été dur de rentrer à la maison ce soir-là. Dur de croiser les gens dans la rue parce que tout le monde savait qu'il n'était plus rien. Et même plus dur encore d'expliquer ça à Ta Maria et à leurs cinq nouvelles filles. Ta Maria avait le tablier relevé jusqu'aux yeux quand ils se sont tous réunis au salon. Debout là, il leur a expliqué qu'il continuerait à faire tout son possible pour s'occuper d'elles, même s'il n'était plus maire, même si personne ne savait d'où viendrait l'argent. On l'avait rendu petit mais il ne les laisserait pas tomber. Il y avait des femmes dans la rue qui disaient encore Frau Bürgermeister à Ta Maria, mais c'était juste une habitude et ça n'avait pas vraiment d'importance. Ceux qui n'étaient pas du côté des nazis n'avaient plus rien à dire.

Après ça, Onkel Gerd restait le plus souvent assis chez lui sans dire un mot. Des fois, il jouait du luth le soir, ou il allumait un cigare et laissait la fumée remplir la pièce jusqu'à ce qu'on ne le voie plus, comme s'il s'était évaporé. On aurait dit que le Bürgermeister avait carrément disparu de la ville, parce que c'était ce que les nazis voulaient, et même quand il allait à pied à la messe ou à la bibliothèque, personne ne le voyait. Il passait presque tout son temps à la maison pour lire des livres, parce qu'il y avait très peu de gens à qui il pouvait parler et la lecture était la meilleure conversation possible. Pas besoin de cacher les secrets. C'était aussi bien qu'une conversation qu'on aurait pu avoir au cimetière.

Je suis le garçon qui a giflé la maîtresse. Je suis le garçon qui n'a peur de rien, dit ma mère. Un jour, elle n'est pas venue me chercher à l'école. J'ai couru jusqu'à la grille mais elle n'était pas là. Elle était en retard parce que le chauffeur du bus ne l'avait pas vue tendre la main. En Irlande, les chauffeurs de car sont aveugles, elle a expliqué, parce qu'ils ne savent pas ce que c'est d'être passager. Alors elle n'est pas venue et j'ai couru sous la pluie sur tout le chemin du retour. Elle m'attendait à la porte quand je suis arrivé. Elle m'a enlevé mes chaussures et les a bourrées de papier journal. Elle les a posées à côté du fourneau et elle s'est mise à me frotter la tête avec une serviette et à rire parce que mes cheveux se dressaient comme des piquants de hérisson. Et puis ça a été l'heure de faire un gâteau. Je suis resté près d'elle à la cuisine et j'ai essayé de lui apprendre l'irlandais. Elle tenait la jatte d'un bras et remuait avec l'autre. J'ai regardé sa bouche quand elle a répété le mot « lait » en irlandais. C'était tout faux. Ses lèvres essayaient de parler allemand et c'était drôle de l'entendre dire le mot comme si elle ne savait pas ce que c'était, le lait. J'ai essayé d'autres mots irlandais, comme eau, pain, beurre, mais elle n'a pas su non plus ce que c'était. Chaque fois qu'elle essayait de le dire bien, elle était obligée de sourire et d'abandonner, parce qu'elle savait que l'irlandais était ma langue.

– *Ceol*, j'ai dit. C'est la musique.

– Ceol, elle a répété, mais ce n'était toujours pas juste.

Elle s'est agenouillée et elle m'a regardé redire le mot. Elle a levé ses mains en l'air comme si elle comptait jusqu'à dix avec ses doigts pleins de pâte à gâteau. Elle a suivi mes lèvres des yeux mais elle n'arrivait pas à voir la différence. Alors elle s'est remise à son gâteau en essayant de répéter le mot toute seule.

– Ceol, ceol, ceol.

Elle trouvait ça drôle que je lui apprenne à parler. Maintenant, c'était moi le maître et elle l'écolière qui apprend à dire des mots et qui essaie de devenir grande. Le soir, des fois, après le dîner, elle allait à l'école en bus pour apprendre l'irlandais et nous on devait l'aider à faire ses devoirs. Mais elle ne peut pas être irlandaise. C'est trop dur.

Alors, moi, j'ai inventé une règle pour l'irlandais à la cuisine : j'ai dessiné un trait et j'ai dit que celui qui traversait la frontière et qui entrait dans mon territoire, il n'avait pas le droit de parler allemand, seulement irlandais. Si ma mère, Franz ou Maria voulaient entrer, ils devaient s'arrêter et d'abord dire un mot en irlandais. S'ils parlaient allemand, je les expulsais. Même ma mère devait se mettre à l'irlandais si elle voulait entrer dans mon pays. Mais elle a ri : si je l'arrêtais, il n'y aurait pas de gâteau jaune avec du chocolat dessus. On ne peut pas établir des règles comme ça à la cuisine. C'est comme feraient les nazis. Moi, je lui répète que personne ne peut aller contre mes règles, mais elle continue à rire en se moquant. Elle dit qu'elle va passer la frontière et me chatouiller. Elle enfourne le gâteau et puis elle répète « musique » en irlandais. Et même si elle ne le dit pas bien et si elle continue de le prononcer avec des lèvres allemandes, je ne peux pas l'empêcher de franchir la ligne, je ne peux pas l'empêcher de rire et de me chatouiller à mort.

X

D'abord, vous mélangez le beurre et le sucre. Vous devez tourner fort, ma mère explique, mais ensuite il faut y aller tout doux parce qu'on ne veut pas faire un gâteau malheureux. Si vous êtes en colère quand vous faites un gâteau, il n'aura le goût de rien. Vous devez traiter les ingrédients avec respect et avec affection. On soulève le mélange et on y glisse l'œuf battu comme une lettre d'amour dans une enveloppe, elle dit en riant fort. On laisse entrer des baisers d'air dans la farine et on tourne dans un seul sens, sinon les gens sentiront le goût du doute. Et quand on verse le mélange dans le moule, on met un bout de papier brun tout autour et un autre à plat dessus, pour faire un chapeau qui empêchera le gâteau de brûler. Et une fois que la lettre est postée et le gâteau au four, il faut rester très tranquille et attendre. Il ne faut pas courir dans la maison en criant et en claquant les portes. Il ne faut pas se disputer et dire des méchantes choses sur les autres. On chuchote, on fait des signes de tête, on marche sur la pointe des pieds à la cuisine.

Ma mère aime la radio. Elle écoute la chanson «*Roses are Red, My Love, Violets are Blue*», mais elle n'a pas le droit de la chanter, elle peut seulement l'écouter quand mon père est au travail. Quand il rentre à la maison, il met les nouvelles. La lumière s'allume et on voit tous les noms de villes comme Budapest et Prague, mais il faut un moment pour que la radio chauffe et que les voix sortent. Après les nouvelles, la radio doit parler irlandais. « Si vous chantez, chantez une chanson irlandaise », dit le monsieur du poste, et mon père remue la tête pour dire d'accord. S'il y a une chanson populaire en anglais, mon père repousse brusquement sa chaise qui couine fort par terre et il se précipite sur le poste pour le fermer. La voix ne prend pas son temps pour repartir, elle disparaît tout de suite. Mais il faut quelques secondes à mon père pour éteindre la radio, avant que la voix ait le temps d'arriver à *Sugar is sweet, my love...*, et ça suffit pour qu'un bout de chanson s'échappe et les paroles flottent dans le *breakfast room*. On est tous assis autour de la table en silence mais on peut entendre la chanson qui fait un écho sur les murs. Elle se colle au plafond. Elle se colle à l'intérieur de votre tête. Et même si ma mère n'a pas le droit de la chanter, elle ne peut pas arrêter de se la fredonner à la cuisine, après.

Il y avait de la bonne musique à la radio en Allemagne, ma mère raconte. Il y avait des grands chanteurs comme Richard Tauber et, avec de la chance, on entendait des bonnes histoires et du théâtre. Mais il n'avait pas fallu longtemps pour que viennent les discours. Les gens pensaient que Goebbels et Hitler avaient la rage parce qu'ils étaient toujours furax avec de l'écume à la bouche, racontait Onkel Gerd. Brancher la radio, c'était comme si on laissait quelqu'un entrer chez soi. On croyait pouvoir se fier à lui, il faisait semblant d'être votre ami et il se mettait à vous dire des trucs à l'oreille. Et une fois qu'on l'avait invité à entrer l'après-midi pour boire le café et manger du gâteau, on était plutôt lent à réagir. Des fois, Onkel Gerd répondait à la radio, il agitait le doigt, debout au milieu de la pièce, mais ça ne servait à rien parce que la radio n'écoutait jamais. Ta Maria disait qu'on peut toujours reconnaître quelqu'un de bien à ses chaussures et à ses mains, mais Onkel Gerd expliquait que la radio, elle restait assise dans votre salon, bien polie et bien convenable, mais avant même qu'on ait eu le temps de s'en rendre compte, on se retrouvait d'accord avec les ragots et les rancunes les plus scandaleuses. La radio, elle vous donnait l'impression d'appartenir à un grand pays. L'impression d'être en même temps en sécurité, blessé et fier – tout ça à la fois. Certains n'avaient pas du tout d'amis et pas d'avis personnel, juste la radio et la voix d'Hitler furax avec de l'écume à la bouche. La radio, c'était une crapule qui n'écoute jamais, une crapule avec des belles mains, des belles chaussures et de la belle musique.

– On ne peut pas tourner le bouton pour éteindre ce qui se passe dehors, disait Ta Maria.

Mais Onkel Gerd préférait le silence. Des fois, ils se mettaient tout près du poste et ils écoutaient de la musique de jazz de Londres en secret, comme ma mère quand mon père est au travail. Mais c'était dangereux aussi. Chez nous, c'est dangereux de chanter une chanson ou de dire ce qu'on a dans la tête. Il faut se méfier, sinon mon père risque de se lever et de vous éteindre, comme la radio.

A Kempen, le monsieur du poste pouvait tout simplement entrer chez n'importe qui et s'inviter à boire le café et à manger du gâteau. Les gens l'accueillaient en ouvrant les bras. Des fois, ils sortaient leur plus belle nappe de lin et ils allumaient une bougie. Certains se mettaient en dimanche pour écouter la radio. S'il y avait un concert de Strauss, ils applaudissaient avec le public de la salle de concert de Vienne, comme s'ils y étaient eux-mêmes. Ils croyaient ce qu'ils entendaient. Et avant même de s'en rendre compte, ils applaudissaient aussi les discours, parce qu'ils n'avaient pas idée de ce qu'ils laissaient entrer chez eux. La mairie de la place Buttermarkt s'appelait alors « la Maison brune », parce qu'elle était pleine d'hommes en uniformes bruns. Lamprecht, le monsieur du journal, avait été emmené au K.Z. de Dachau où il ne pouvait plus dire un mot et c'était ce qui arriverait à Onkel Gerd aussi, s'il ouvrait la bouche. Ils avaient tourné le bouton pour l'éteindre. Et lui, il n'avait plus de nom, plus de voix. Il n'avait plus de figure, plus de cheveux, plus d'yeux. Personne ne le voyait, même quand il allait à la messe le dimanche matin et, un jour, ils ont inventé une règle : les gens juifs n'auraient plus de nom ni de figure non plus. Tout le monde devait faire comme s'ils avaient disparu aussi. On ne pouvait plus leur acheter leurs gros cornichons au vinaigre quand ils venaient sur la place du marché, on ne pouvait même pas leur dire bonjour. Eux, ils continuaient de marcher dans la rue mais personne ne pouvait les voir. Ça a été assez facile parce que, une fois que le maire et le monsieur du journal n'étaient plus là, n'importe qui d'autre a pu disparaître aussi.

« *Unverschämt* », a dit Ta Maria. Personne ne pourrait obéir à une règle pareille. Onkel Gerd a trouvé que ce n'était pas allemand, ça ne tiendrait pas longtemps. On continuerait de saluer les

Juifs dans la rue, comme toujours. Ils auraient beau inventer des règles dans la Maison brune, on continuerait de reconnaître les noms et les visages juifs. Mais ça n'avait plus guère d'importance, c'était comme si des gens sans figure disaient bonjour à d'autres gens sans figure. Ç'aurait aussi bien pu être les morts qui se parlaient au cimetière. A la Maison brune, on se fichait pas mal de savoir si Onkel Gerd saluait les Juifs ou pas, vu que de toute façon, lui, il n'existait pas. Mais on ne se fichait pas de ma mère et de ses sœurs : on ne voulait pas qu'elles disparaissent, elles. Alors ils ont inventé une autre règle qui les forçait à rejoindre la *Bund deutscher Mädels*, la Ligue des jeunes filles allemandes. Une règle de plus qu'on ne pouvait pas respecter. Elles l'ont ignorée et elles ont continué d'assister à leurs réunions de la jeunesse catholique, jusqu'au jour où des gens sont venus chez elles pour les interroger. Trois cents autres jeunes filles de Kempen et des environs avaient toutes assisté aux réunions de la BDM sans poser de questions, alors pourquoi pas les filles Kaiser ?

Ta Maria avait entendu causer au Café Kranz, sur le Burgring. Elle allait prendre le café là-bas tous les après-midi, parce que c'était l'endroit où on écoutait ce qui se racontait en ville, ce qui se chuchotait, les choses que la radio ne disait pas. Le mieux, pour le moment, c'était – paraît-il – de suivre le mouvement et de voir ce qui se passerait. De toute façon, ce n'était pas si grave que ça, parce que les gens plaisantaient sur la BDM et lui donnaient des noms marrants en secret. Au lieu de l'appeler la Ligue des jeunes filles allemandes, tout le monde disait maintenant la *Bund deutscher Matratzen* – la Ligue des matelas allemands. Ça aurait fait rire son père, racontait ma mère.

Onkel Gerd les a toutes réunies au salon et leur a demandé de s'asseoir. Il a attendu un long moment pour choisir ses mots en silence et puis il les a regardées, lentement, l'une après l'autre, et leur a dit que c'était à elles de décider. Il était toujours calme. Il ne faisait pas confiance à ce qui était dit avec émotion, comme à la radio. Lui, il parlait lentement, avec des phrases claires, en respirant sans bruit et en bougeant à peine la tête, comme un père. Il pouvait faire un sacrifice, lui, ça allait, il a expliqué, mais il ne les obligerait pas à en faire autant.

– Vous avez un instinct et vous avez un intellect, et si la loi vous oblige d'assister aux réunions de la BDM, eh bien, il y a peut-être d'autres portes de sortie. Parfois, c'est bien de contourner les obstacles sur la pointe des pieds, pour éviter les ennuis.

» Le « non silencieux », il a dit. On va se servir du non silencieux.

La place Buttermarkt était pleine de couleurs ce dimanche-là. Il y avait des drapeaux partout, flottant au-dessus des arbres et suspendus à toutes les fenêtres autour de la place. Il y avait aussi des colonnes dressées, avec des ailes d'aigle dessus. Des haut-parleurs ont craché des discours et de la musique militaire toute la matinée et un immense portrait du Führer a été posé dehors, contre la Maison brune. Ma mère raconte qu'elle a levé les yeux et qu'elle a vu un long drapeau rouge avec une swastika noire sur un cercle blanc, accroché à la fenêtre près de là où, autrefois, sa mère jouait du piano et son père s'était dit au revoir dans la glace. Des fois, il faut se mordre la lèvre et ne pas se permettre d'avoir mal, elle a expliqué.

Onkel Gerd a dit que ce n'était qu'une question de temps avant que quelqu'un se mette en tête de jouer au bon Dieu. La réunion de la BDM avait été fixée à la même heure que la messe, pour que les jeunes filles de Kempen se détournent de l'Église et appartiennent à l'État, comme une grande famille. Ma mère avait insisté pour se lever, pour assister à la messe du matin, tôt. Elle pouvait entendre les haut-parleurs de la place, comme si on voulait noyer les prières à l'intérieur de l'église. Et quand elle est arrivée en retard sur la place, le missel sous le bras, la cheftaine de la BDM était déjà furax avec de l'écume à la bouche. Elle a dit aux jeunes filles de Kempen qu'elles n'auraient plus jamais besoin de messe ou de missels, de bougies, de foulards sur la tête ou de processions de la fête du Sacré-Cœur de Jésus, parce que maintenant elles se consacreraient au Führer. Un jour, les hommes en brun sont entrés de force dans l'école des sœurs à Mühlhausen, ils ont tout cassé et ils ont peint des swastikas sur les murs des classes. Et pas très longtemps après ça, ils ont carrément fermé le couvent, et alors les sœurs aussi ont dû disparaître.

Les pages du missel, elles ne ressemblent pas à celles des autres livres. Elles sont douces et minces, faciles à plier et à tourner sans aucun bruit à l'église. Mais dehors, à la grande assemblée de la BDM sur la place, raconte ma mère, elles ont fait un grand raffut que personne n'a pu ignorer. Toutes les filles devaient lever le bras droit pour saluer. Alors, quand ma mère a levé le sien, son missel est tombé sur les pavés avec un « clac ». Il s'est ouvert et la brise a tourné les pages. On a pu les entendre sur toute la place, peut-être même dans toute la ville. Elle s'est baissée et elle l'a ramassé. Elle a enlevé la poussière de la couverture et, finalement, elle a levé le bras en l'air en direction du portrait du Führer, sur la *Rathaus*. On aurait dit que, tout d'un coup, la place entière penchait, comme un tableau de traviole ou comme quand on se courbe pour regarder par-derrière entre ses jambes et qu'on voit les choses avec le vertige. C'était le moment d'être obéissant, de « jurer allégeance » au Führer, c'était l'heure du « non silencieux ».

– Je jure sous serment de – NE PAS – servir le Führer, aussi longtemps que je vivrai.

Après, c'était juste comme n'importe quel autre dimanche. Tout était normal, à part les drapeaux et les haut-parleurs qui étaient encore sur la place Buttermarkt. Les boutiques sont restées fermées mais on pouvait acheter des gâteaux et on voyait les gens sortir du Café Kranz avec de précieux paquets enveloppés de papier de couleur, et les porter bien à plat en marchant. Ils sont allés fleurir les tombes, comme tous les autres dimanches. Et puis ça a été l'heure de se préparer pour les visites de l'après-midi.

Il faut d'abord ouvrir les portes pour être sûr que l'odeur de soupe ne flotte plus dans le hall quand les visiteurs arriveront. Un nez sensible est capable de renifler un soupçon de graisse dans l'air, dit ma mère. Et puis on laisse l'odeur de gâteau qui cuit envahir les lieux. On serait prêt à commettre un péché mortel à tous les coups pour un bon petit café, raconte ma mère, et puis elle rit tout fort parce que c'était ce que disait sa tante, Ta Maria. L'odeur de café et de gâteau, c'est comme un signe de bienvenue chaleureux, comme prendre quelqu'un dans ses bras. Votre invité, il aura envie de monter droit au lit pour se pelotonner avec le gâteau. Et quand on sert le gâteau, il faut le couper sans le toucher. Il faut le servir avec autant d'affection qu'on en a mis à le faire, avec la pelle en argent qui est dans la famille depuis des générations. Le gâteau doit se présenter sur l'assiette comme s'il n'avait jamais été touché par une main humaine.

Le dimanche après-midi, on allait se promener. On mettait nos manteaux, nos bonnets et nos gants, parce qu'il y avait du vent et qu'il faisait froid dehors. Mon père croisait son écharpe sur la poitrine et nous aussi. Les gants de Maria étaient attachés à un élastique à l'intérieur des manches de son manteau, pour qu'ils ne risquent pas de se perdre. On est passés devant la gare où mon père prend le train tous les jours. On est arrivés à un endroit où on pouvait marcher en envoyant des coups de pied dans les tas de feuilles brunes et les faire crisser. Mon pantalon frottait de temps en temps l'intérieur de ma jambe et ça me faisait mal. Des fois, quand on tournait le coin de la rue, le vent était si fort qu'on ne pouvait plus respirer ou parler. On était obligés de pousser fort contre lui, si fort qu'on éclatait de rire.

Et puis on est arrivés au magasin et tout le monde a eu de l'argent de poche. Franz voulait une sucette au caramel, et moi un sachet de poudre de Mistral avec une sucette pour tremper dedans. On a attendu dehors pendant que mon père et ma mère étaient encore dans le magasin et essayaient d'aider Maria à décider ce qu'elle voulait acheter. Il y avait des garçons debout, le long du mur de la boutique, et ils se sont mis à nous appeler « nazis ». Il y avait plein de trucs de ce genre écrits à la peinture sur le mur, y compris une grosse swastika rouge. Ils ont continué à dire qu'on était des nazis jusqu'à ce que ma mère sorte et les entende.

– Heil Hitler ! ils ont crié.

Ils n'avaient pas le droit de dire ce genre de truc et j'ai regardé ma mère pour voir ce qu'elle allait faire. Ils l'ont répété et ils ont ri tout fort – impossible qu'elle ne l'ait pas entendu. Elle s'est même arrêtée et les a regardés un instant. Mais elle n'a rien dit. Je savais qu'elle se mordait les lèvres. Je savais à ses yeux qu'elle était triste que ça arrive mais qu'elle n'y pouvait rien.

– Venez, marchons !

Elle n'a pas attendu que mon père et Maria sortent, elle nous a simplement fait faire demi-tour et on s'est éloignés du magasin. On pouvait les entendre rire derrière nous et claquer des talons. J'étais sûr que mon père ferait quelque chose mais il n'a rien dit non plus et on est tous vite descendus au bord de la mer.

La mer, on pouvait la sentir et l'entendre parce qu'elle était très forte. Les vagues s'écrasaient contre les rochers, ils étaient tout blancs et bruns. Les mouettes planaient en l'air et essayaient de garder l'équilibre au-dessus des vagues. Nous, on était alignés debout, agrippés à la balustrade avec des marques de rouille brune qui poussent à travers la peinture bleue. Le chien était là aussi, le chien qui n'appartient à personne et qui aboie en rouspétant contre la mer, si fort qu'il finit par être enroué et qu'il ne peut plus parler. De derrière la balustrade, on pouvait regarder les vagues droit dans les yeux quand elles se précipitaient vers nous et ma mère a dit : « Dieu vienne au secours de ceux qui sont en mer ! » Les vagues étaient si fortes que quand elles se jetaient sur les rochers, l'écume sautait très haut, on aurait dit un arbre blanc. Des bouts d'algues noires étaient jetés en l'air sans pitié. On a dû reculer pour ne pas être mouillés. On recevait juste une petite pluie sur la figure et on sentait le goût du sel. On répondait aux vagues en criant mais on avait du mal à parler à cause du vent. En voilà une grosse, disait mon père, mais il y avait tellement de bruit que, de toute façon, on n'entendait rien, la mer était si bruyante qu'elle en était silencieuse. Ma mère ne disait rien, elle regardait juste les vagues, très loin. Des vagues de plus en plus grosses tout le temps, qui tapaient sur les rochers et qui rebondissaient en plein devant nous.

XI

J'aime bien répondre à côté. Mon père s'assied tout au bout de la table dans le breakfast room : il attendra jusqu'à ce que je lui donne la bonne réponse, il dit, même si ça doit prendre la journée entière.

– Cinq et six font… ?

Mon père a été instituteur à une époque, alors il sait ce qu'il fait. Il explique : ils ont eu une bourse, lui et son frère Ted, et maintenant, il veut que je sois le plus fort d'Irlande en tables de multiplication. Je peux me voir deux fois dans ses lunettes, assis les bras croisés. Il attend, il attend pendant que je me racle la cervelle et je me dis que – NON – je – NE – donnerai – PAS – la bonne réponse. Je la connais mais je plisse le front, je lève les yeux au plafond, je mets même la main devant ma bouche : il paraît que ça aide à réfléchir.

– Neuf, je réponds.

– Faux ! Réfléchis encore.

Nous avons tout notre temps. On est samedi après-midi, il dit, et on a mieux à faire. Il pourrait être installé au salon à lire un des six livres : sur l'histoire de l'Allemagne, sur la guerre civile espagnole, sur les vies de saints, sur les îles Blasket, l'ébénisterie ou l'apiculture. Moi, je pourrais être dehors à courir dans le jardin. Franz m'attend pour aller jouer au football. Mais nous resterons assis ici dans le breakfast room toute la journée et toute la nuit s'il le faut. Alors je fais un nouvel essai, les yeux à moitié fermés, le front plissé et en me fredonnant : Voyons, voyons, cinq et six font… ? J'ai donné toutes les mauvaises réponses qu'il pouvait bien y avoir, il ne reste plus rien d'autre que la bonne.

Je regarde la mauvaise oreille de mon père, tout aplatie et sans forme, violette. Un jour, je lui ai demandé ce qui était arrivé et il m'a raconté qu'un professeur en pension l'avait frappé avec une règle en acier. Maria a dit qu'elle prierait pour que ça guérisse mais il a plissé le front et cligné les yeux : il ne voulait plus qu'on regarde son oreille et qu'on en parle, il a dit. Ma mère nous a raconté ensuite qu'il n'avait pas eu de père, que son oreille s'était mise à saigner en pension et qu'elle avait perdu toutes ses sensations, parce qu'il avait le mal du pays et qu'il se languissait de sa mère. C'est difficile de ne pas regarder son oreille et de ne pas penser à la règle d'acier qui tombe sur lui comme une épée. Je repense souvent à ces choses-là en pensant qu'elles n'arriveront pas. J'essaie d'imaginer que j'arrête la règle avec mon bras. Je m'imagine en train de me battre pour écarter le professeur avec un balai à long manche. Je m'imagine pliant l'oreille de mon père pour lui redonner sa forme, comme avec de la pâte à modeler.

– Concentre-toi !

Sa main frappe la table si brusquement que je saute en l'air. Alors ma mère arrive parce qu'elle non plus, elle n'a pas envie que ça dure éternellement. Elle dit qu'il est temps de céder et que je serai libre de partir. J'entends Mr Richardson qui tape dehors avec un marteau et l'écho qui revient en traversant les jardins. J'entends la tondeuse de Miss Tarleton ; je sais qu'il n'y a guère d'herbe sur sa pelouse mais qu'elle la tond quand même. Et puis j'entends deux boum du canot de sauvetage, l'un après l'autre, avec un grand espace entre les deux, et ma mère dit : « Ça va mal en mer ! » J'entends la porte de derrière de chez Corbett qui se referme avec un bruit d'éternuement. Et puis le silence revient. Tout le monde attend la bonne réponse. Ma mère secoue la tête en signe de oui. Mon père a le regard fixe. Et Franz est à la porte avec le ballon de football.

– Zéro.

Je ne pouvais plus penser à une autre réponse, c'était la seule que je n'aie pas encore donnée, en dehors de la bonne réponse. Mais alors là, ça a été les vrais embêtements, le vrai silence. Des gens qui seraient passés devant notre maison n'auraient rien entendu, juste les respirations. Maintenant, je pouvais voir les yeux de mon père derrière les lunettes et il avait l'oreille chauffée au rouge, comme un morceau de charbon sorti du fourneau. Il a repoussé sa chaise qui a hurlé très fort par terre et il m'a dit d'attendre pendant qu'il allait chercher une bonne baguette dans la serre, une qui ne se casserait pas, cette fois.

Ma mère a secoué la tête parce que, maintenant, ça ne dépendait plus d'elle. Elle a répété plusieurs fois : « Qui n'entend pas doit sentir », parce que c'est ce qu'on dit en Allemagne. Je voyais bien qu'elle regrettait que ça arrive mais qu'elle ne pouvait rien faire pour l'arrêter. Elle a emmené Franz et Maria et elle a fermé la porte. J'ai entendu se refermer aussi la porte « entre-deux », celle qui sépare le derrière de la maison du devant. J'ai entendu ma mère monter l'escalier, s'éloigner de plus en plus et refermer une autre porte derrière elle, pour ne plus rien entendre et ne pas avoir à penser à ce qui allait se passer. Il n'y avait plus personne, pas même le bruit de marteau dehors, et tout ce que j'entendais, c'était le sifflement de la baguette dans l'air. Mon père faisait du bruit en respirant et pensait à des tas de choses coléreuses dans sa tête, comme les vies des saints, l'apiculture et la fois où il était à l'école à Dunmanway et où il ne pouvait pas rentrer à la maison, chez sa mère. Il pensait à tous ces trucs qu'il n'avait pas pu faire dans sa vie et qu'il allait me faire faire à sa place. Il a dit qu'il continuerait à me battre toute la journée et toute la nuit, jusqu'à ce que je donne la bonne réponse.

– Onze ! j'ai crié. Onze, onze, onze !

Alors, il s'est arrêté et il m'a demandé si j'étais redevenu sage.

– Oui.

– Dis-le.

– Je suis redevenu sage.

A l'heure du dîner, je sentais encore les traces rouges et brûlantes derrière les jambes. Franz et Maria ont voulu les voir mais je n'avais pas envie qu'on parle de moi, pas même ma mère. Mon père m'a serré la main, il a dit qu'il était temps de tourner la page. Il était temps de sourire parce que nous devions tous recommencer à être amis. Moi, je n'arrivais pas à sourire. Alors il m'a pris le menton, il m'a écarté les lèvres avec ses doigts et j'ai dû montrer mes dents.

– Personne ne peut vous forcer à sourire, a dit ma mère.

Elle, elle a eu une meilleure idée. Elle m'a offert un biscuit en rab, un de plus qu'à tout le monde. Et puis elle s'est mise à raconter une histoire, sur la fois où ils s'étaient mariés et ils étaient allés en haut de deux montagnes, une dans chaque pays. Quand ils voyageaient ensemble en train dans la vallée du Rhin, ils étaient assis dans un wagon avec un jeune garçon qui regardait par la fenêtre et mangeait des biscuits qu'il prenait dans un sac en papier brun. Tout le long du chemin jusqu'à Coblence, le garçon a mangé un biscuit après l'autre sans dire un mot, comme s'il ne devait plus jamais revoir un biscuit de sa vie, comme s'il avait peur de revoir le temps sans biscuits. De temps en temps, il fermait le sac et il le posait, comme s'il se disait qu'il n'allait plus lui en rester. Mais il ne pouvait pas résister et il recommençait, et il a continué jusqu'à ce qu'ils soient tous finis.

Ensuite, j'ai été malade un bon moment. Ça a commencé après le jour où on a aidé à faire les vitres, d'abord avec du savon et puis avec des journaux roulés en boule qui « couinent sur le verre comme des chiens sauvages qui aboient au loin dans les collines », dit ma mère. Les fenêtres étaient si propres qu'on avait l'impression d'être dehors ; comme s'il n'y avait plus de vitre du tout. Après ça, j'ai eu du mal à respirer parce que le bruit des chiens sauvages est rentré dans ma poitrine. J'ai été obligé de rester au lit et de les écouter hurler jour et nuit. Ma mère est venue avec de la pâte à modeler et des petites voitures. Elle a acheté des nouveaux albums à colorier et des crayons neufs, mais j'avais les doigts tout mous et je ne pouvais pas dessiner. Elle a apporté un plateau mais je ne suis même pas arrivé à manger les biscuits, alors elle m'a assis bien droit dans le lit et elle m'a fait boire du thé au citron – au moins une gorgée pour ta mère, elle a dit.

La nuit, elle a laissé la porte grande ouverte et la lumière montait de l'escalier mais j'avais peur quand même. La fenêtre faisait du bruit et il y avait un grand morceau de papier peint décollé, dans le coin de la chambre ; on aurait dit un bonhomme avec un chapeau qui arrivait de côté à travers le mur, de la pièce d'à côté. Au début, j'ai ri : tu es juste un bout de papier peint, toi ! Mais, lui, il continuait à me lorgner avec un seul œil et il avançait toujours, l'épaule droite en avant. Un réverbère de la rue éclairait la chambre et, des fois, le bonhomme se mettait juste dans la lumière ; des fois, il reculait et il retournait dans le noir. J'avais très chaud et je frissonnais, les deux en même temps. J'ai posé ma main sur le mur et j'ai commencé à lui crier d'arrêter, jusqu'à ce que ma mère arrive en courant et s'asseye sur mon lit. Elle a dit que j'étais trempé de sueur et elle a apporté une serviette chaude pour m'éponger la poitrine. C'est de ta propre imagination que tu as peur, elle a expliqué. Mon père est monté et il a coincé un morceau de papier plié dans la fenêtre, pour l'empêcher de faire du bruit. Il a allumé la lumière une minute pour prouver qu'il n'y avait pas de bonhomme qui entrait par le mur, et puis il a souri et il m'a embrassé le dessus de la tête. Il a écouté le hurlement dans ma poitrine et il a dit que ça n'avait pas l'air aussi vilain qu'avant. Et puis il est redescendu et ma mère est restée assise sur mon lit pour me lire des histoires.

– Je ne veux pas être un nazi, je lui ai dit.

– Mais tu n'en es pas un.

Elle a souri et elle a bordé les couvertures autour de mon cou, avec juste ma tête qui dépassait. Je lui ai répété ce que les garçons disaient sur nous devant la boutique.

– Je ne veux pas qu'ils m'appellent un nazi.

– Ignore-les.

Elle m'a regardé un moment : c'étaient eux, les vrais nazis. Il ne fallait pas tant m'inquiéter parce que, généralement, c'est ceux qui ont des choses à cacher qui traitent les autres de nazis.

– Ils veulent faire croire à tout le monde qu'ils sont innocents. Alors ils traitent les autres de nazis, aussi souvent qu'ils le peuvent. C'est partout pareil, dans le monde entier.

Elle m'a caressé le front. Ce que racontaient les gamins devant la boutique, ce n'était pas important. Si j'étais un vrai nazi, je le saurais. On arrive peut-être à cacher des choses aux autres en pointant le doigt ailleurs, mais des trucs pareils, on ne peut pas se les cacher à soi-même. Ce qui compte, c'est ce qu'on a dans la tête.

– Mais ça ne va pas les arrêter.

– Tu ne peux pas les arrêter, elle a dit. Tu ne peux pas passer ton temps à raconter au monde entier ce que tu n'es pas. Ce serait ridicule. Je ne peux pas t'envoyer au magasin du bout de la rue avec une pancarte autour du cou disant : « Je ne suis pas un nazi ».

Il était temps de se concentrer sur les bonnes choses. Bientôt, j'irais mieux, je recommencerais à courir partout sans chiens qui hurlent dans ma poitrine. Et mon père avait une nouvelle idée pour gagner de l'argent, et comme ça on pourrait enlever le papier peint. Ton père, il est très dur, des fois, elle a expliqué, mais il sait ce qui est bon pour l'Irlande. Il ne veut pas se mettre en colère mais il a des tas de choses qui le tracassent et il fait de son mieux. Le lendemain, il était en bas, occupé à démarrer la nouvelle affaire qui le rendrait riche, pour qu'on puisse enlever le vieux papier peint. Il avait acheté un bureau pour le salon. Il a mis le téléphone dessus et une lampe, pour pouvoir s'asseoir comme dans un vrai bureau bien à lui. Il a acheté plein de papeterie aussi et il a donné un nom à son affaire : Kaiser & Co., il l'a appelée, parce que c'était le nom de ma mère et que sa famille avait longtemps été dans le commerce avant de faire faillite. Il a acheté une machine à imprimer le nom sur le papier, pour ne pas avoir besoin de l'écrire chaque fois, et quand son business a été prêt, il s'est assis à son bureau pour attendre les coups de fil. Il fallait faire moins de bruit dans la maison, parce qu'il devait essayer de deviner de quoi les habitants de l'Irlande avaient le plus besoin en ce moment.

Ma mère a dit que je commençais à aller mieux. Alors elle m'a laissé descendre au salon pour voir le nouveau bureau. Mon père était sorti acheter des timbres et je me suis couché sur le canapé avec tous les coussins et des couvertures, pendant que ma mère s'asseyait au bureau avec son journal, pour écrire toutes les choses qui arrivaient à notre famille. Elle collait tout dedans : les photos, les mèches de cheveux, les billets d'entrée au zoo. Elle y écrivait des tas d'histoires : comme le jour où je n'avais pas donné la bonne réponse, ou comment Franz rangeait ses chaussettes en forme de crucifix tous les soirs, avant de se coucher. Dedans, elle mettait aussi les trucs qui se passaient dehors dans le monde, comme la photo de journal des tanks en Hongrie et une photo de l'Irlandais, Ronnie Delaney, à genoux, qui remerciait Dieu parce qu'il avait gagné la course aux jeux Olympiques de Melbourne, en Australie. Et puis elle est partie à la cuisine et ça a été notre tour de jouer au bureau. Maria a commencé à dessiner au mur et Franz a trouvé une allumette.

« Allume-la », j'ai dit, sauf que je n'ai même pas eu à le dire parce que l'allumette l'a fait elle-même avec sa petite tête rouge : elle demandait qu'on l'allume. Franz l'a frottée sur le mur et elle s'est enflammée. Il a tout de suite soufflé dessus pour l'éteindre, vite, mais mon père avait dû l'entendre. Sa bonne oreille est capable d'entendre des trucs à des kilomètres de distance. Il a demandé si on avait allumé une allumette. Il a appelé ma mère parce qu'elle a un bon nez et, à eux deux, ils ont pu le prouver. C'est pour ça que les gens se marient, elle a expliqué, parce que l'un a une bonne oreille, l'autre un bon nez et, si tout va bien, nous, on aura les deux et ça nous aidera dans la vie à ne pas faire des choses qu'on regretterait plus tard.

Des fois, ma mère arrivait à éviter des embêtements en parlant. Quand on ne peut pas empêcher les choses de se passer, elle a expliqué, on les contourne sur la pointe des pieds. Elle était capable de trouver une porte de sortie, même quand il y aurait dû avoir des gros, gros embêtements et que mon père aurait dû être encore plus en rage que jamais. Mon père avait prouvé qu'on avait allumé une allumette, mais il avait aussi d'autres raisons de piquer une colère en voyant ce que Maria avait fait. Elle, elle avait pris un crayon et dessiné des traits sur tout le mur, tout autour de la pièce.

« Regardez ça ! » a dit ma mère. Mon père a fait une grosse grimace mais elle a eu une idée pour l'empêcher de se mettre en rage. Elle a tapé dans ses mains en disant : « Ah ! c'est le plus beau dessin que j'aie vu de ma vie, il faut le photographier pour mon journal ! » C'était un dessin de ma mère avec les bras étirés sur les quatre murs, tout autour de la pièce, pour tenir tous ceux qui entraient. De toute façon, il n'y aurait plus de colère chez nous parce que nous avions un grand projet pour l'affaire Kaiser & Co. Mon père avait trouvé de quoi les Irlandais avaient le plus besoin : ils allaient importer des croix d'un endroit célèbre en Allemagne, des croix en bois sculpté d'Oberammergau.

J'étais encore malade. Les chiens hurlants sont revenus et une jambe a commencé à avoir un drôle de truc aussi. Elle s'est mise à gonfler petit à petit et elle a fini par être deux fois plus grosse que l'autre. Onkel Ted est passé faire le signe de croix et le Dr Sheehan est venu aussi, parce que j'étais encore un nazi et je le savais. Il m'a appelé « jeune homme » et il a dit que cette fois c'était du sérieux. Ma jambe allait bientôt exploser. Il fallait que j'aille à l'hôpital et une ambulance est venue. Je ne pouvais pas marcher, alors les messieurs sont montés au premier, ils m'ont enveloppé dans une couverture rouge et ils m'ont porté pour descendre, on est passés par le couloir, par la porte, et devant les gens dans la rue qui étaient plantés près du portail. Ma mère pleurait, les voisins disaient que je serais vite remis, plaise à Dieu ! Ils allaient prier pour moi jour et nuit.

Dans l'ambulance, je ne voyais pas où j'allais, j'ai essayé de suivre les rues dans ma tête : tourner au coin de chaque rue, passer devant l'église et le parc public. Mais je me suis perdu, j'étais aveugle avec les yeux grands ouverts et je savais qu'ils m'emmenaient dans un autre pays où on ne parlait que l'anglais. J'ai senti l'odeur de l'hôpital, il y avait des docteurs et des infirmières debout, tout autour de moi, qui se penchaient pour regarder. Ils ont écouté ma poitrine et ils ont entendu les chiens hurler. Ils ont regardé ma jambe et ils l'ont mesurée. Tous les jours, des nouveaux docteurs venaient l'examiner et coller des aiguilles dedans. Certains ont dit que c'était un mystère. Ça leur a fait se gratter la tête parce que rien n'était jamais arrivé comme ça dans les livres de médecine et ils n'avaient pas de moyens de soigner ma jambe. Et puis un jour, les hurlements se sont arrêtés. Ma jambe s'est mise à dégonfler. Ma mère est venue me voir en m'apportant une petite voiture neuve et elle a dit que je commençais à aller mieux. L'infirmière m'a montré les mesures sur le tableau. Les docteurs, ils n'en revenaient pas, ils ont dit que ma jambe allait être célèbre et qu'elle entrerait dans l'histoire s'ils arrivaient à l'expliquer. J'étais déjà célèbre, a dit l'infirmière, parce que j'étais un garçon allemand-irlandais et que tout le monde me connaissait. Le soir, je l'ai suppliée de me laisser rentrer à la maison. Elle a souri et m'a caressé la tête : je devais rester à l'hôpital jusqu'à ce que les docteurs disent que j'étais complètement normal.

– Je suis de nouveau bien, j'ai dit.

– Tu veux dire que tu vas mieux ?

– Oui, je vais mieux. Trop mieux.

– Oui, bien sûr, mon chou.

Mais elle ne pouvait toujours pas me laisser rentrer avant que les docteurs le disent. Tout le monde était parti, l'hôpital était silencieux. Toutes les lumières étaient éteintes, excepté la petite, à la porte. L'infirmière rangeait des choses autour de moi et ne parlait pas beaucoup. Ses chaussures blanches couinaient doucement en marchant par terre.

– Je ne suis pas un nazi, j'ai dit.

Elle a levé les yeux et elle a souri.

– Je ne suis pas allemand. Je te promets.

– Je le sais, mon chou. Je te crois.

XII

Ça devrait être plus facile de vendre un crucifix en Irlande. Ma mère ferme la porte d'entrée, elle est debout dans le hall, encore en manteau, et elle lève les yeux vers l'image de la Vierge Marie. Elle a fait toutes les églises, tous les couvents et tous les hôpitaux de Dublin. Un jour, on y est allés avec elle en bus et un prêtre nous a donné à chacun un bonbon – un « coussin de satin ». Il a souri, il a failli dire oui pour la croix, mais il a secoué la tête à la dernière minute. Des belles croix de chêne d'Oberammergau, sculptées à la main, et personne n'en veut ! dit ma mère. C'est difficile à croire, quand on pense à tous ces gens en Irlande qui prient au moins deux fois par jour, et à toutes les raisons de prier qu'ils ont encore !

– Il y a sûrement quelqu'un qui a besoin d'un crucifix !

C'était exactement pour ça que mon père avait démarré une affaire, pour vendre un truc vraiment nécessaire aux Irlandais et auquel on croie soi-même. Les croix, nous y croyons. Nous nous agenouillons tous les soirs et nous prions pour que Dieu soit de notre côté, qu'il soit notre associé dans l'affaire. Mais finalement, personne ne veut des croix et ma mère s'assied dans la cuisine sans même enlever son manteau, elle secoue la tête et elle souffle lentement, comme si elle voulait être la championne du pas reprendre d'air avant d'y être vraiment obligée. Elles sont peut-être trop chères, elle dit. Peut-être que c'est déjà trop tard, qu'il y a déjà assez de croix en Irlande. Ou que c'est pas le genre de croix qu'il faut, que les Irlandais n'aiment que celles où Jésus a du sang aux mains et aux pieds, avec une coupure sur le côté et un rouleau de papier en haut qui dit INRI.

Des fois, elle ne comprend pas l'Irlande : ils aiment des trucs bizarres comme les gâteaux roses, la glace molle, le sel et le vinaigre. Ils dépensent tout leur argent en costumes de Première Communion. Ils n'aiment pas servir les gens ni faire la queue non plus : quand le bus arrive, ils oublient les règles et ils se précipitent sur la porte. En Irlande, les chauffeurs d'autobus sont aveugles et les marchands n'ont pas envie de vous vendre leurs produits. Le boucher découpe la viande avec la cigarette au bec et personne ne sait dire « non ». En Irlande, ils secouent la tête de haut en bas quand ils veulent dire non, et de droite à gauche quand ils sont d'accord avec vous. C'est comme dans les films, elle explique : si quelqu'un lève les yeux et dit un truc avec l'air inquiet, on sait que c'est le contraire qui va se passer. On vous annonce : personne n'en sortira vivant, tout le monde va mourir mais, à la dernière minute, quelqu'un vient vous sauver. Et à l'arrêt du bus : quand tous les gens commencent à dire qu'il n'y a plus d'autobus qui circule, enfin il en arrive un et tout le monde se précipite pour monter dedans.

Des fois, c'est les Irlandais qui ne comprennent pas ma mère. Quand elle essaie d'être aimable et d'aider, ils trouvent qu'elle se mêle de leurs affaires et qu'elle fait du bruit. Quand elle tâche de prévenir les autres mères que leurs enfants mangent trop de bonbons ou traversent sans regarder, elles disent qu'elles ne tiennent pas à ce qu'une Allemande dicte à leurs enfants ce qu'ils doivent faire. Un jour, devant la boutique, il y avait une dame avec un landau tout neuf, avec des grandes roues et le mot *Pedigree* écrit sur le côté. La dame en était très fière, c'était comme une auto neuve. Ma mère a admiré le landau neuf mais elle a dit qu'il fallait se méfier qu'il ne se renverse pas, avec le bébé dedans. Alors, la dame l'a appelée « nazie » et lui a dit de s'occuper de ses oignons.

Des fois, personne ne comprend ce que ma mère veut dire. Et aussi, personne n'a idée d'où se trouve Oberammergau. Elle leur explique que c'est un endroit en Bavière où ils font la crucifixion tous les dix ans, un peu comme quand on monte jusqu'à Croagh Patrick. Ils secouent la tête de haut en bas, ils disent oui et ils prennent l'air très intéressé, alors pourquoi ils n'achètent pas des croix de chêne sculptées à la main, pas avec du sang, juste avec les clous, et le reste laissé à l'imagination ?

– C'est les chaussures, elle dit pour finir.

Personne ne vous achètera jamais rien si vous n'avez pas l'air un peu convenable. On peut voir le caractère d'une personne à ses mains et à ses chaussures, elle dit, comme Ta Maria répétait toujours. Onkel Gerd, il disait pourtant le contraire, lui : c'est seulement ce que vous avez dans la tête qui fait de vous une crapule ou un saint. Mais quand vous voulez vendre quelque chose, explique ma mère, peu importe que vous soyez une crapule ou un saint, parce qu'ils regardent juste ce que vous avez sur le dos. Il faut être honnête, mais vous ne pouvez tout de même pas raconter aux gens que, chez vous, le papier peint se décolle des murs.

Alors, on va en ville pour qu'elle se trouve une paire de chaussures convenables. Je m'accroche au poteau de l'arrêt de bus, je tourne autour et je décolle, je monte aussi haut que je peux en attendant l'autobus. On se chamaille pour avoir la place près de la fenêtre et pour être celui qui garde les billets, jusqu'à ce que ma mère dise ça suffit, ce n'est pas important de gagner. Tout le monde se retourne pour nous regarder parce qu'on est de nouveau allemands. Alors on est obligés d'être sages, de rester tranquilles et de faire le signe de croix quand on passe devant une église, pour prouver que les Allemands sont des gens convenables et qu'on n'a rien fait de mal. Je fais semblant d'être irlandais et je regarde passer l'immeuble de l'IMCO qui est comme un navire blanc.

Mon père dit que les Irlandais ne peuvent pas vivre éternellement de leur imagination. Maintenant, il leur faut de l'argent dans les poches. C'est le moment de travailler dur pour pouvoir être libre, pour que plus jamais personne ne meure de faim ou ne soit pauvre comme tous les gens du West Cork. Il n'a pas envie que la chanson de l'émigration continue pour toujours, alors il est temps de parler irlandais et de faire de l'Irlande un pays où on peut mieux vivre. Il nous raconte comment sa mère Mary Frances a dépensé tout son argent pour qu'il aille à l'université de Dublin pendant qu'elle, elle jeûnait et elle avait à peine de quoi vivre. Il nous dit combien d'argent il avait exactement chaque semaine pour manger et se loger, après quoi il lui restait deux pennies : un pour la messe le dimanche, l'autre pour une lame de rasoir. Il envoyait sa lessive à la maison par la poste et il faisait tout le chemin à vélo pour rentrer à Leap à Noël, parce qu'il ne pouvait pas se payer le train ou le car. Il n'y avait pas moyen d'emprunter de l'argent à une banque et, sans les Jésuites qui lui avaient prêté des sous dans sa dernière année, aujourd'hui il n'aurait pas été là, mais en Amérique ou au Canada. Il a remboursé cet argent aussi vite qu'il a pu, dès qu'il a décroché son premier boulot d'ingénieur à Dublin – fabriquer des allumettes chez Maguire et Patterson.

Même quand mon père a commencé à envoyer des sous à la maison, Mary Frances n'a pas été capable de les dépenser pour elle-même, parce que les Irlandais ne savaient pas encore le faire. Tout ce qu'elle voulait dans la vie, elle, c'était assurer l'éducation de ses deux fils : un ingénieur et un jésuite. Et ça a été le plus beau jour de sa vie quand mon père est rentré à Leap avec les initiales de son diplôme écrites derrière son nom. Mieux que ça : les Jésuites ont même autorisé Onkel Ted à partir voir sa mère une journée, pour la première fois en sept ans. Elle est restée assise à regarder ses deux fils. Ils étaient ensemble dans sa cuisine pour quelques heures au moins, et elle les a regardés jusqu'à ce qu'Onkel Ted reparte, très tôt le matin, pour rentrer au séminaire de *Bog of Allen*.

Le père de mon père était mort à Cork et la Marine a d'abord refusé de leur verser une pension. La mère a dépensé jusqu'à son dernier sou pour faire ramener le corps au pays et le faire enterrer au cimetière de montagne au-dessus de Glandore. Après, elle n'avait plus de quoi payer le loyer et le propriétaire a voulu qu'elle parte. Il a écrit une lettre au commissariat en demandant de « procéder à une expulsion immédiate », alors elle est allée à l'église et elle a annoncé au prêtre qu'elle allait se coucher. Elle ne faisait pas de politique : certains se moquent pas mal de savoir qui est au gouvernement parce que pour eux, ça ne change rien de rien. Il y avait aussi des gens en Irlande qui ne s'intéressaient pas aux armes, juste à l'éducation mais, en tout cas, tout le monde détestait les propriétaires. Alors, elle a emmené ses deux garçons à l'étage et elle s'est couchée. Si on voulait l'expulser, il faudrait les arracher à leurs lits, elle a dit.

Ce n'était pas non plus la première fois qu'il arrivait une chose pareille en Irlande. L'oncle de Mary Frances, il avait été chassé de chez lui et le cottage avait été brûlé, parce qu'il refusait de continuer à payer un loyer à son propriétaire. Il n'avait plus nulle part où aller et, sans les gens du coin qui lui avaient construit un tout petit cottage, il serait devenu un vagabond, comme tous ceux qui marchaient sur les routes après la famine. Nous aussi, on aurait été des vagabonds, on aurait passé notre vie à aller d'un endroit à un autre et à frapper aux portes pour vendre des tapis, mon père a expliqué. Et c'est pour ça qu'il leur donne de l'argent quand ils viennent chez nous et disent : « Dieu vous bénisse ! » Pour finir, l'oncle est parti en Amérique. Mais avant de quitter l'Irlande, il a fait un grand discours à la *Land League*[1], sur une estrade, à Skibbereen. Il s'est levé et il a parlé : il était temps de faire disparaître les propriétaires de la surface de la terre, il a dit. Et là, il a fait un grand geste du bras droit par-dessus la foule et il a envoyé valser le chapeau du prêtre assis derrière lui. Alors l'histoire a bien fait rigoler tout le monde, même longtemps après son départ. Il y avait des tas de gens jetés hors de chez eux à ce moment-là, raconte mon père, jusqu'au jour où Michael Collins a parlé en leur nom et démarré la résistance.

Ma mère va quelquefois chez les voisins pour des « matinées-café ». Mrs Corcoran invite toutes ses amies chez elle pour manger des sandwiches et des gâteaux, et pour papoter. Elles trouvent ma mère très snob et pas très aimable, parce qu'elle ne sait pas papoter et qu'elle a l'accent allemand. Ma mère dit que Mrs Corcoran, elle a un drôle d'accent aussi : elle et ses amies, elles ne parlent pas anglais comme les autres Irlandais. C'est à cause de la famine, explique mon père : elles parlent comme ça, parce qu'elles ont peur que la langue irlandaise revienne et que cette fois, ça tue tout le monde dans le pays. Les Irlandais boivent trop et parlent trop, il dit, et ils ne veulent pas parler irlandais parce que ça pue la pauvreté et les morts abandonnés par terre dans les champs. C'est pour ça qu'ils parlent un anglais snob et qu'ils font comme s'il ne

1. Ligue agraire : association de fermiers irlandais créée en 1879 et dissoute en 1881, qui militait pour la réduction des fermages et pour une réforme agraire radicale.

s'était jamais rien passé. Mon père parle de gens morts sur des bateaux-cercueils voguant vers l'Amérique, et ma mère de gens morts dans des trains en route vers la Pologne. Mon père parle d'expulsions à Leap, ma mère d'expulsions à Kempen. Mon père dit que les nôtres sont morts pendant la famine, ma mère répond que ceux qui sont morts à cause des nazis sont les nôtres aussi. Chacun a des choses qu'il ne peut pas oublier.

Ma mère les aime bien, les Irlandais, mais elle ne veut plus aller à des « matinées-café ». On y parle tout le temps de vacances, de nouveaux achats – des autos ou des machines à laver. Mrs Corcoran parle de l'endroit où elle est allée l'été dernier, elle montre les souvenirs qu'elle a rapportés, comme le taureau noir d'Espagne et un grand bol de Grèce avec des zigzags dessus. Cette fois-ci, elle est allée en Afrique du Sud, raconte ma mère, et elle a rapporté des tas de trucs en bois sculpté. Mais elle n'a pas rapporté que ça parce que, au beau milieu de la matinée, Mrs Corcoran s'est mise à dire que les Noirs ne seraient jamais pareils que les Blancs. Jamais ils ne rattraperaient le retard, même s'ils recevaient plein d'éducation.

Chez le marchand de chaussures, on s'assied en rang d'oignons et on nous donne un lacet de réglisse chacun pendant que ma mère passe très longtemps à essayer des souliers. Elle fait claquer les talons l'un contre l'autre, pour voir comment ils sonnent. En Irlande, c'est aussi dur d'acheter des chaussures que de vendre un crucifix, elle dit. Des fois, il faut carrément supplier les gens pour qu'ils vous vendent quelque chose. La vendeuse a commencé par sourire, à dire à chaque paire de souliers qu'ils étaient superbes. Elle croyait qu'en Allemagne les gens doivent essayer toutes les chaussures du magasin avant de pouvoir se décider. Ma mère, elle s'est mise à imaginer des souliers qui n'existaient pas, des chaussures d'Italie, des chaussures fantastiques qu'elle avait vues quelque part dans le temps. Ma mère et la vendeuse ne se comprenaient pas. Finalement, elle a pris la paire bleu foncé qui allait avec sa robe bleue avec des gribouillis blancs : c'est avec celles-là que ses pieds ont l'air le plus petit. Elle a marché dans le magasin une dernière fois, elle a fait un tour devant la glace, elle est revenue et elle a payé.

Maintenant, ma mère peut vendre n'importe quoi. Franz a porté la boîte avec les chaussures neuves et on a traversé O'Connell Street en se tenant la main, comme pour faire la chaîne. Quand on lève les yeux vers la Colonne de Nelson, on a par moments l'impression que les nuages blancs sont immobiles et que c'est la ville qui bouge, qui court très vite vers la mer. Si vous fermez les yeux, vous pouvez entendre des pas, des autobus et des voitures tout autour de vous. Des mouettes, aussi. Il y avait des mouettes sur le toit de la Grand-Poste et sur les épaules de Daniel O'Connell aussi.

Mon père avait pris sa demi-journée et il est venu nous retrouver au restaurant. Il a regardé les chaussures neuves et les a trouvées belles. C'était un grand jour pour nous, on ferait bientôt des affaires et du bénéfice. Il avait un grand sourire. Il a des tas de dents bien droites, et quand il parle on dirait souvent qu'il fait un discours. Il se met à cligner les yeux et à parler vite, comme s'il ne pouvait jamais arriver à dire tout ce qu'il veut. Il y a beaucoup d'hommes qui aiment tourner les choses à la plaisanterie et faire rire les gens, explique ma mère, et c'est bon de rire un coup. Mais mon père, il s'y prend autrement. Il sait rire aussi, à en avoir les larmes aux yeux. Mais il reprend toujours son sérieux ensuite, parce que c'est un homme à idées. Un homme qui ne pourrait jamais vivre pour lui seul, dit ma mère, seulement pour ses enfants et pour son pays. C'est pour ça qu'il plisse le front même quand il n'est pas en colère, parce qu'il est pressé de faire toutes les choses qui ne sont pas encore finies en Irlande.

Ma mère a dit qu'on pouvait prendre un gâteau chacun, sauf les roses parce qu'ils sont trop sucrés et ne laissent rien à l'imagination. Mon père n'a pas voulu de gâteau, parce que ceux-là n'ont rien à voir avec ceux qu'elle fait. Les gens se battraient pour manger les gâteaux de ma mère ou n'importe quelle autre chose sortie de ses mains. Là, il a pris les mains de ma mère et les a levées en l'air, pour que tout le monde les voie dans le restaurant. Ma mère a souri, gênée. On a eu l'impression qu'il allait se lever et faire un discours sur elle, devant tout le restaurant. (Des fois, on peut se laisser emporter par l'odeur du café, dit ma mère.) Il avait les yeux doux. C'étaient des mains précieuses, il a dit. Peu importe si on se retrouvait avec des croix en bois sculpté d'Oberammergau plein partout dans la maison, parce qu'ils avaient des tas de nouvelles idées, eux. D'autres trucs affreusement nécessaires aux Irlandais. Comme des parapluies. Des pieds pour les sapins de Noël. Des jouets allemands. On vendrait des choses si bien faites et si belles que les gens se battraient pour les acheter.

Ensuite, mon père a acheté des crosses de *hurling*[1] mais il a prévenu qu'il nous les reprendrait si on s'en servait comme épées pour se battre. Il faisait noir quand nous sommes rentrés à la maison et mon père nous a montré le verre de whiskey qui se remplissait sans arrêt, sur le côté d'un immeuble. Il y avait aussi un paquet de cigarettes qui disparaissait et se rallumait lentement, morceau par morceau. Les mouettes n'étaient plus là, mais il y avait des hommes dans la rue qui criaient comme des mouettes pour dire des noms de journaux. *Herald-a-Press, Herald-a-Press*. Dans le train, tout le monde nous regardait, parce qu'on était des Allemands avec des crosses de hurling. Ma mère nous a raconté l'histoire de Rumpelstiltskin : il avait dit tous ses secrets dans les bois, où il croyait que personne ne pouvait l'entendre. Tous les passagers du train écoutaient. Ils s'abandonnaient tous à l'histoire – pourtant, elle était en allemand. Un monsieur était déjà endormi et Maria se donnait beaucoup de mal pour garder les yeux ouverts. Ma mère, elle finit toujours l'histoire de la même façon : « Et s'il n'est pas encore mort, c'est qu'il doit être toujours en vie. » Alors, j'ai réfléchi à ça un moment et j'ai regardé les lumières de la ville défiler et clignoter.

1. Ancien sport national irlandais, un peu semblable au hockey.

XIII

Il faut longtemps pour que les choses arrivent jusqu'en Irlande. Mon père et ma mère attendent tous les jours une grosse caisse qui doit arriver d'Allemagne. Il est assis à son bureau du salon, ma mère tape à la machine dans le breakfast room. Et puis mon père reçoit une lettre : la caisse est arrivée à Dublin mais le gouvernement irlandais ne veut pas la lâcher avant qu'il ait payé plein d'argent, presque autant qu'il a payé pour ce qu'il y a dedans. Alors, il part chercher la caisse en taxi. Nous, assis au salon, on attend qu'il l'ouvre. Elle est pleine de chapeaux en papier pour se déguiser en policier, en marin, en pompier, en docteur ou en infirmière. Il y a aussi des pétards allemands et des tas de cannes en caramel de toutes les couleurs. Ils sont beaux, dit ma mère, mais nous ne pouvons pas jouer avec, parce qu'il faut les vendre. Ma mère et mon père mettent de la musique et ils boivent du cognac, parce que c'est un peu d'Allemagne qui arrive enfin en Irlande et ma mère n'a plus autant le mal du pays. L'Allemagne n'est peut-être pas aussi loin que nous le croyons, elle explique. Et puis, il est temps que mon père mette des chapeaux et des cannes en caramel dans une valise, pour faire le tour des boutiques le lendemain. Il ne faudra pas longtemps pour que toute la caisse soit vendue. Il ne faudra pas longtemps pour qu'on voie ces chapeaux dans toutes les boutiques de la ville. Les gens se battront pour en acheter d'autres.

Tous les soirs, on prie pour avoir de la chance dans notre affaire. On prie pour les gens en Allemagne et en Irlande, pour Ta Maria et Onkel Wilhelm, pour Uncle Gerald qui boit trop à Skibbereen.

Et puis on prie aussi pour le nouveau bébé. Un jour, ma mère nous permet d'écouter son ventre : le petit frère ou la petite sœur qui donne des coups de pied et qui joue au football, elle dit. Et puis je suis au lit et je ne dors pas, et je les entends chuchoter pendant qu'ils se couchent. Tous les soirs, j'entends ma mère dire que l'argent n'a pas d'importance, que dans la vie il y a des choses bien plus importantes que l'argent, parce qu'on sera riches quand le nouveau bébé sera né. Tous les soirs, je l'entends se laver les pieds, parce que vos pieds sont vos meilleurs amis.

Tous les matins, mon père va à la gare à pied, la valise dans une main, son porte-documents dans l'autre. Il s'arrête à mi-chemin pour changer de main, et puis il continue. A midi, il quitte le bureau et il fait le tour de la ville avec la valise, il va voir les boutiques de jouets et les grands magasins. Et tous les soirs, il rentre à la maison et s'arrête à mi-chemin pour changer de main, parce que la valise n'est pas plus légère, elle est de plus en plus lourde et la poignée laisse une marque sur sa main. Il a essayé tous les magasins de Dublin, mais il n'a pas vendu un seul chapeau. Il se met à faire les hôtels et les pubs, il va même jusqu'à l'aéroport, très loin, à l'autre bout de la ville. Et un soir, il est rentré en bus si tard qu'il n'a même pas pu porter la valise jusque chez nous, tellement elle était lourde. Il boitait et il a laissé la valise près de l'arrêt du bus, jusqu'à ce que ma mère aille la chercher avec la poussette. Et puis c'est mon père qui a enlevé ses chaussures et ses chaussettes, une par une, pour se laver les pieds. Parce que vos pieds, ils peuvent être aussi votre pire ennemi.

Les chapeaux, les pétards et les cannes en caramel n'ont rien qui cloche. Ils sont vraiment chouettes, tout le monde le dit. Les gens dans les magasins, les pubs et les hôtels, ils disent qu'ils voudraient bien en acheter mais qu'ils ne peuvent pas. Pas parce que c'est des trucs allemands, pas parce que l'Allemagne a perdu la guerre ou à cause de ce que les nazis ont fait. Et ça n'a rien à voir non plus avec la famine irlandaise, ou parce que les gens en Irlande n'ont pas d'argent à dépenser pour leur plaisir et pour faire la fête. Le problème, ce n'est pas les chapeaux et les pétards. C'est le nom, notre nom de famille. Mon père ne vendra rien à personne, sauf si on prononce son nom correctement en irlandais.

C'est le nom qui est la cause de tous les embêtements. Le nom irlandais : Ó hUrmoltaigh.

Les gens, ils bondissent en arrière et ils font une drôle de tête, ils vous demandent de répéter. Ils ne font pas encore confiance aux trucs irlandais.

– Mais qu'est-ce que c'est, en anglais ?

On ne peut tout de même pas trahir son nom de famille. Mon père dit qu'on ne peut pas donner la version anglaise, Hamilton, même si on nous le demande plein de fois. On ne peut même pas avouer qu'il existe une version anglaise. Si on nous appelle Hamilton, on fait comme si ce n'était pas à nous qu'on parlait. Notre nom, il prouve qui nous sommes et à quel point nous sommes irlandais. Nous devons être capables d'un sacrifice, même si on se moque de nous. Ils peuvent nous torturer, faire de nous des martyrs et nous clouer sur la croix : on ne cédera pas pour autant. Ce serait bien plus facile de les laisser faire comme ils veulent, de leur donner le nom anglais, juste pour être aimable et pour simplifier, pour qu'ils puissent acheter des trucs. Mais mon père dit qu'il ne peut pas y avoir de compromis. C'est dur pour les affaires, mais on ne peut pas trahir son propre nom, parce que si le chèque est au nom de Hamilton, il le renverra et il ne l'acceptera que quand il lui sera payé en irlandais.

Votre nom, c'est important. Comme votre figure, votre sourire ou votre peau. On chante une chanson à l'école, au sujet d'un homme de Donegal qui avait un jour écrit son nom en irlandais sur une charrette à âne. L'Irlande était encore aux Britanniques à ce moment-là et il était interdit d'écrire son nom en irlandais. Toutes les charrettes devaient avoir le nom du propriétaire écrit dessus en anglais. Aussi, quand un policier a vu ce nom en irlandais, l'homme a été arrêté et amené au tribunal. L'agent a dit qu'il n'avait pas vu de nom sur la charrette, parce que l'irlandais, ce n'était pas une langue qu'il savait lire. Il y avait eu un procès célèbre, avec Patrick Pearse comme avocat du propriétaire de la charrette. La loi était britannique, le propriétaire avait perdu le procès et il avait dû payer une grosse amende. Mais ç'avait quand même été une grande victoire pour les Irlandais parce que, après ça, tous les propriétaires de charrettes de Donegal, ils s'étaient mis à écrire leurs noms dessus en irlandais. Et la police ne pouvait rien y faire, parce qu'ils étaient trop nombreux. Alors, c'est pour ça que nous aussi, nous écrivons notre nom en irlandais.

Ma mère a dit qu'elle allait essayer de vendre les chapeaux avec une plus petite valise. Alors, tous les soirs, elle faisait le tour des hôtels et des clubs du coin, pendant que mon père restait à la maison pour s'occuper de nous. Le Royal Marine Hotel, le Royal Yacht Club, le Royal Irish Yacht Club, le Crofton Hotel, le Pierre Hotel, le Castle Hotel, le Salt Hill Hotel et le Khyber Pass Hotel. Elle a tellement marché que ses chaussures neuves lui faisaient mal. Elle a grimpé jusqu'en haut de la montagne une deuxième fois, pour voir le directeur du Shangri-La Hotel, le monsieur qui ne savait pas dire non.

Le Shangri-La, c'était un vieil hôtel avec des grands rideaux de velours bleu aux fenêtres, pleins de vieille fumée. Le monsieur qui ne savait pas dire non lui a demandé de s'asseoir au salon pour pouvoir bien regarder ce qu'il y avait dans la valise. Il a d'abord remué la tête de droite à gauche et elle a pensé qu'elle était venue pour rien. Mais il a dit qu'ils étaient absolument superbes. Il a fait tellement de compliments que, brusquement, ma mère a cru qu'elle les avait tous vendus d'un coup, sans même dire un mot. Elle avait des rêves dans sa tête : elle allait rentrer à la maison en courant avec une valise vide et commander encore plein de choses pour qu'elles arrivent tout de suite. Le problème était de savoir à quelle vitesse le gouvernement irlandais lâcherait les caisses par la suite. « Inutile de préciser que la marchandise est allemande, a dit le directeur du Shangri-La, parce que tout ce qui est vraiment bien fait, c'est forcément allemand. » Il savait qu'elle était allemande aussi, par son accent, il lui a demandé son nom et là, les embêtements ont recommencé.

– Ó hUrmoltaigh, elle a répondu. Irmgard Ó hUrmoltaigh.

– Seigneur ! Jamais je ne m'en souviendrai.

Il a sorti un paquet de cigarettes et lui en a offert une mais ma mère ne sait pas encore fumer.

– Ce serait-il Hurley, en anglais ? il a demandé.

– Non, elle a répondu en souriant.

Il a pris un des bonnets de marin pour l'admirer et elle a attendu qu'il se décide, qu'il dise combien de chapeaux il allait prendre, combien de cannes en caramel et de pétards. Bientôt, les gens des autres hôtels et des magasins se mordraient les doigts de ne pas les avoir achetés quand ils en avaient eu l'occasion.

– Hermon, Harmon ? Et si on disait Harmon ?

Ma mère a répété son nom en irlandais, parce qu'on ne peut pas trahir sa peau. Lui, il a essayé plein de fois de lui tirer le nom anglais de la bouche. Et quand il ne lui restait plus d'idées pour deviner, il a finalement essayé de le prononcer en irlandais, mais quel boulot !

– Ó Hermity, Ó Hamilty, Ó Hurmilly… Ó Himmel.

Ma mère n'a pas pu s'empêcher de rire – à cause de ses pieds, elle nous a dit. Elle avait les pieds fatigués : ils chantaient, ils suppliaient d'être lavés et mis au lit. Alors, le directeur s'est gratté la tête, il a soufflé de la fumée et il l'a appelée Ó Himmel, et elle n'a pas pu s'empêcher de rire tout fort.

Mrs Ó Himmel – Mrs Ó Heaven, Mme Ciel.

Celui-là, personne ne l'avait encore jamais dit. Il y avait des chapeaux et des bâtons de caramel un peu partout et elle riait de son propre nom. Le nom le plus difficile du monde. Personne dans toute l'Irlande ne le prononçait bien, même pas ceux qui parlaient bien l'irlandais. La plupart des voisins et des marchands le massacraient complètement, alors, au bout d'un moment, ma mère se fichait de comment ils le disaient, aussi longtemps que ça prouvait qu'elle était bien irlandaise et que ça ne lui causait pas d'embêtements avec mon père. Le facteur l'appelait Mrs O'Hummity, le poissonnier Mrs O'Hommilty, et le monsieur du magasin de fruits et légumes qui a un seul bras, il faisait de son mieux et il disait Mrs O'Hervulty. Si seulement ils avaient pu se mettre tous d'accord sur une seule version ! Mais c'était différent à chaque fois. Et ça avait toujours quelque chose de drôle, alors les gens souriaient. Ou bien ils essayaient de ne pas sourire. La plupart arrivaient juste à dire Mrs O'Hum. Le boucher avec sa cigarette au bec l'appelait juste Mrs O… Et des fois, elle rentrait chez elle sans nom du tout : ah, si les choses pouvaient être encore aussi claires et simples qu'avant, il y a très longtemps, quand elle s'appelait Irmgard Kaiser !

– Ó hUrmoltaigh, elle a de nouveau essayé de dire, parce qu'on ne peut pas détester son propre nom. C'est un nom de Cork. Mon mari est de County Cork.

– Ah, voilà qui explique tout ! a dit le directeur.

Il a voulu savoir ce qui l'avait amenée en Irlande et comment elle avait épousé un homme de Cork, imaginez-vous un peu ! Elle a répondu qu'elle adorait la mer. Elle aimait l'odeur de la mer et le bruit des vagues qui s'écrasent sur les rochers. Il lui a demandé si elle avait le mal du pays. Il savait qu'elle essayait de vendre ces trucs d'Allemagne juste parce qu'elle était si loin de chez elle, parce qu'elle ne pouvait pas rentrer en Allemagne et qu'elle voulait apporter un peu de son pays ici, en Irlande. Est-ce qu'elle voulait un verre ? Elle avait un joli accent et une belle voix, il a dit. Il serait ravi de l'entendre parler un peu allemand, n'importe quoi. Mais maintenant, il ne regardait plus du tout les chapeaux, juste elle et ses chaussures. Il serait ravi qu'elle revienne boire un verre une autre fois, quand elle ne serait pas si occupée. Et pour finir, quand elle lui a carrément posé la question des chapeaux et des pétards, il a étendu les bras et il n'a pas pu dire non. Il ne pouvait pas dire oui, mais pas non plus dire non. Il aurait adoré les prendre tous, jusqu'au dernier, mais il ne pouvait pas.

– Je regrette.

Tout ça pour rien. Ça a été encore plus dur de les remettre tous dans la valise. Comme s'il y en avait encore plus qu'au départ. Déjà qu'elle n'en avait pas vendu un seul, en plus on aurait dit qu'ils avaient commencé à se reproduire. Ma mère s'est endormie dans le bus en rentrant et elle s'est seulement réveillée quand elle était déjà loin de son arrêt. Elle est revenue en arrière à pied et, quand elle est arrivée à la porte, elle a d'abord dû s'asseoir, encore en manteau, et enlever ses chaussures, parce qu'elle avait les pieds en feu. Elle a dû fermer les yeux et se laver les pieds jusqu'à ce qu'ils soient de nouveau amis avec elle. Elle était très silencieuse. Elle ne pouvait pas parler et elle n'a pas voulu nous laisser écouter le bébé dans son ventre. Elle n'avait plus de nom.

Un jour, un monsieur en auto est venu emporter la caisse avec les chapeaux et les pétards. On a eu le droit de choisir un chapeau chacun mais le reste a été vendu pour presque rien, un peu partout dans County Cork, et mon père a dit que c'était une erreur d'essayer de faire venir des trucs d'Allemagne. Il valait mieux produire des choses à la maison, alors ma mère a démarré une fabrique de bonbons. Une odeur de caramel et de chocolat a flotté partout dans la maison pendant des semaines et des semaines. Tous les soirs, elle préparait des mélanges et elle les cuisait. Des fois, les bonbons sortaient trop durs ou trop mous, mais mon père disait que c'est toujours comme ça qu'une affaire démarre, en faisant des expériences. Si ses bonbons n'étaient pas comme ceux des magasins, c'est parce qu'ils étaient bien meilleurs. Ma mère les mettait tous dans des petits bocaux avec des étiquettes et des rubans. Les gens feraient bientôt la queue à notre porte, a dit mon père. Mais l'ennui, c'est que personne ne voulait de bonbons maison. Alors, les bocaux se sont empilés, ils ont attendu et attendu sur des étagères sous l'escalier. Et finalement, on a dû les donner ou les manger nous-mêmes. Ma mère a ri : nous étions nos meilleurs clients. Et quand le dernier bocal a été vidé, on n'a plus reparlé de la fabrique de bonbons.

Mon père a décidé que la seule façon de gagner de l'argent en Irlande, c'était de ne pas en dépenser. Alors il s'est mis à éteindre la lumière et à brûler aussi peu de charbon que possible. Il a inventé des nouvelles règles : on allait faire notre propre pain et notre propre confiture. Il a trouvé un supermarché où les produits étaient moins chers que partout ailleurs et il y allait en bus pour rapporter à la maison ce qu'il nous fallait. Un jour que ma mère n'avait plus de beurre et qu'elle avait dû en acheter dans une boutique voisine, il a voulu savoir pourquoi elle ne respectait pas les règles. Elle a répondu que pour acheter du beurre bon marché, elle aurait dû dépenser plus d'argent, à cause du ticket de bus. Alors, si on faisait le calcul, le beurre local était moins cher et on l'avait plus vite. On ne peut pas économiser sur ce qu'on n'a pas, elle a expliqué. De toute façon, il ne fallait pas s'inquiéter parce qu'on serait riches quand le bébé naîtrait. Mais mon père a fait la grimace et il a claqué la porte parce que tout le monde allait contre ses règles.

Après ça, tous les soirs mon père est resté assis tout seul à son bureau du salon, jusqu'à ce qu'il trouve enfin la bonne idée. Il est sorti en courant pour nous annoncer qu'il avait trouvé ce qui était le plus nécessaire aux Irlandais. Il avait recommencé à cligner les yeux, il parlait très vite, il essayait de rattraper toutes les idées qu'il avait dans sa tête. Pourquoi il n'avait pas repéré ça plus tôt ? Un dimanche après-midi, pendant qu'on se promenait, il avait remarqué que tous les noms de rues étaient encore en anglais. Il s'était planté près d'une plaque qui disait Royal Terrace et il s'était demandé comment un parle-irlandais pouvait marcher dans ces rues sans se perdre. Après ça, il s'est mis à écrire des lettres au gouvernement et à la municipalité. La machine a imprimé l'adresse en haut de chaque feuille et ma mère lui a tapé les lettres. Enfin, ça marchait. Tous les matins, il emportait une pile de lettres à la poste. Il avait déjà essayé tellement de trucs comme les croix, les chapeaux, les pétards, les bonbons et les économies, mais maintenant les affaires démarraient, il fallait changer les noms de rues.

De Vesci Terrace, Albert Road, Silchester Road, Neptune Terrace, Nerano Road, Sorrento Road. Il les a tous fait mettre en irlandais, ces noms, l'un après l'autre. Royal Terrace est devenu Ascal Ríoga, parce que l'argent et le profit, ce n'est pas tout, il a dit. Le dimanche, on allait voir à pied partout, pour être sûrs qu'on avait fait toutes les rues. Il nous parlait des grands poètes et savants irlandais qui avaient vécu dans le Munster[1] – là d'où il venait, lui. Et en particulier de son grand-père, connu sous le nom de Tadhg Ó Donnabháin Dall, Ted O'Donovan l'aveugle. Quand tous les noms de personnes et d'endroits avaient été écrits en anglais, partout en Irlande, tous ces poètes et ces parle-irlandais avaient perdu leur chemin. Ils s'étaient tout d'un coup retrouvés en pays étranger. Il nous racontait comment ils étaient tous devenus aveugles du jour au lendemain : ils marchaient à tâtons dans le noir, sans leur langue. Aujourd'hui, c'était le moment de remettre les noms en irlandais, pour que les gens sachent de nouveau où ils allaient.

Et puis ma mère a été malade et elle a dû rester au lit. On avait le droit de monter dans sa chambre un petit peu et de lui parler. Maria lui caressait le bras et moi, j'étais le docteur. Jusqu'à ce

1. Province du sud-ouest de l'Irlande qui comprend six comtés dont celui de Cork. Bastion de la culture traditionnelle.

qu'arrive le vrai docteur Sheehan et là, nous, on devait attendre devant la porte. On pouvait l'entendre pleurer, ma mère, parce que le bébé avait arrêté de jouer au football. Il était encore dans son ventre mais il n'en sortirait pas vivant. Je savais qu'elle pleurait pour d'autres choses aussi, parce que l'Allemagne était si loin, parce que personne ne voulait de chapeaux en papier en Irlande, et parce que en Irlande, elle n'avait plus de nom, plus de figure et plus de pieds. Onkel Ted est venu et il a fait le signe de croix. Elle avait des ombres autour des yeux quand on a eu le droit de rentrer dans la chambre, mais elle a essayé de sourire. Elle a mis ses bras autour de nous et elle a dit qu'elle était riche parce qu'elle avait trois enfants.

En bas à la cuisine, mon père a essayé de faire cuire un gâteau. Il voulait aider, il voulait faire que tout aille mieux, alors il a enfilé le tablier et il a mélangé les ingrédients comme ma mère lui avait expliqué. Il nous envoyait de temps en temps en haut pour lui demander quoi faire ensuite, et ma mère souriait et nous renvoyait en bas pour lui dire d'allumer le four. Il a fait tout ce qu'on lui disait, pas à pas. Il a levé les mains en l'air, compté jusqu'à dix dans sa tête avec de la pâte plein les doigts et, avec son accent de Cork, il a répété toutes les instructions allemandes venues d'en haut. Et quand il a eu fini, il a enfourné le gâteau, l'odeur est allée partout dans la maison et tout le monde a marché sur la pointe des pieds. Mais quand le gâteau est sorti du four, ça n'allait pas du tout. Mon père a plissé le front et cligné les yeux très vite quand il a vu : le gâteau était tout retombé au milieu. Ma mère n'a pas ri. Elle a dit que c'était bien. Il avait fait de son mieux, mais il y a des choses qui ne peuvent pas se traduire en irlandais.

XIV

Il y a un monsieur qui vient chez nous pour voir mon père. Il s'appelle Gearóid, il n'est pas très grand mais il sourit beaucoup et il a une grosse voix, comme la radio. Dans le hall, il me serre la menotte dans ses deux mains, il me tape sur l'épaule et il me regarde dans les yeux très gentiment, parce qu'il aime bien entendre parler irlandais. Il est l'ami de mon père et tout change à la maison quand il vient en visite. Tout est traduit en irlandais. Tout devient irlandais : les tables, les chaises, les rideaux et même les tasses à thé et les soucoupes. La musique à la radio doit être irlandaise. Nous, on doit tout faire aussi en irlandais : aller jouer, être heureux et ne pas se disputer. Ma mère doit s'asseoir au salon et écouter, même si elle ne comprend pas un mot. Il n'y a pas beaucoup de rires ou de petits verres de cognac, juste Gearóid et mon père qui parlent et qui sont furax avec de l'écume à la bouche, à cause de toutes ces choses en Irlande qui ne sont pas encore finies.

Gearóid a une auto, une Volkswagen avec plein de journaux sur la banquette arrière, écrits en irlandais et en anglais. Le journal s'appelle *Aiséirí* (Résurrection, en irlandais) et il y a une photo des hommes de la municipalité qui enlèvent une vieille plaque de rue en anglais et qui en remettent une neuve en deux langues, avec l'irlandais en haut et l'anglais en bas, en deuxième. Il y a aussi un article dans le journal sur mon père et une lettre de Mullingar. Un jour au travail, mon père a refusé de répondre à une lettre parce qu'il y avait marqué pour « John Hamilton ». Il l'a renvoyée plusieurs fois de suite, puisque ce n'était pas son nom. Il leur a dit qu'il n'y avait pas de John Hamilton à la Compagnie de l'électricité, la CE de Dublin. Il a fait comme s'il y avait eu une grosse erreur et que la lettre était pour quelqu'un d'autre, dans une autre compagnie. Peut-être même dans un autre pays : au Bureau de l'électricité d'Angleterre, d'Amérique ou d'Afrique du Sud peut-être. Ça a causé des tas d'embêtements, cette lettre qui n'a pas arrêté de faire des aller et retour pendant des semaines et des semaines, parce que les habitants de Mullingar, eux, ils ont dû attendre tout ce temps-là avant qu'on répare leurs poteaux électriques. Le pays entier pouvait bien être dans le noir : mon père, il s'en fichait. Finalement, les gens de Mullingar ont retrouvé leur électricité, mais seulement après avoir appris à respecter son nom propre. Mais après ça, le patron de la CE a refusé de donner une promotion à mon père parce que l'irlandais, c'était mauvais pour les affaires.

Au salon, Gearóid sourit, il tape dans ses mains et ça fait un gros boum ! Mon père, c'est un homme qui fait les choses parce qu'il y croit et pas juste pour l'argent, il dit. C'est un vrai combattant, il a écrit des articles pour *Aiséirí* et il a fait des grands discours à O'Connell Street à une époque. Aujourd'hui encore, les gens sont toujours prêts à jeter leurs chapeaux en l'air pour un bon discours. L'Irlande est loin d'être fichue et il reste plein de « dé-anglicisation » à faire. Mon père dit qu'il aime son pays aussi fort que jamais mais que maintenant, il se bat d'une autre façon, à travers ses enfants. Il va se servir de ses propres enfants comme d'une arme, il explique, parce que les enfants, c'est plus fort que les armées, plus fort que les discours, les articles ou des tas de lettres au gouvernement. Un enfant, ça vaut plus que mille bombes et mille fusils.

« Vous êtes la sève de vie, Gearóid dit à ma mère en irlandais. La langue irlandaise se meurt jour après jour. Elle s'étouffe et meurt lentement avec tous ces gens qui parlent anglais à la radio et au gouvernement. » Mais en vrai, il veut dire le contraire, comme dans les films. Il lève le poing en l'air et dit que la langue n'est pas morte du tout, que la bête a encore de quoi remuer un peu, aussi longtemps qu'il restera une famille comme la nôtre dans le pays. Même si l'irlandais n'est pas notre langue maternelle et si nous parlons allemand aussi, nous sommes quand même plus irlandais que beaucoup d'autres. *Teaghlach lán-ghaelach*, il nous appelle : « un foyer irlandais pur jus ». Et puis Gearóid doit repartir. Il ne reste pas pour dîner, parce qu'il doit aller voir d'autres familles et leur apporter le journal aussi. Debout à la porte, on le regarde monter dans son auto – on l'entend démarrer, on dirait un grand grognement. Et puis on fait au revoir avec la main, la famille « irlandaise pur jus » sur le seuil de la porte.

Après, mon père nous raconte la fois où il a fait un discours à Dublin, avec des milliers de gens qui levaient la tête pour le regarder. Chaque fois qu'il marche dans O'Connell Street, il entend encore les hourras. C'est une chose qu'on n'oublie jamais, on la garde avec soi, comme le bruit de la mer dans les oreilles. Il enlève ses lunettes et se met à faire un discours à la table du dîner. Sa figure a l'air très différente, comme s'il y avait un autre homme dans la maison, un homme que je n'ai encore jamais vu. Il a deux marques rouges, une de chaque côté du nez. On dirait qu'il a les yeux plus petits et plus foncés, et sa voix devient plus dure et plus grosse, comme à la radio. On dirait qu'il ne nous a jamais vus non plus, qu'il est étonné de se retrouver dans cette maison. Et il parle si vite qu'il a un petit morceau de crachat sur sa lèvre du bas. Chaque fois que Gearóid vient à la maison, il est comme ça, après. Une minute, il est heureux et fier, et la minute d'après, il est triste et en colère, parce que tout le monde en Irlande ne fait pas ce qu'il leur a dit de faire.

Il nous parle du temps où il allait partout dans le pays, avec sa moto qui faisait peur aux vaches quand il passait. Il a vu des vaches secouer la tête pour essayer de se débarrasser du bruit, comme après un mauvais rêve. Il raconte la fois où la police a voulu empêcher un article qu'il avait écrit. Les agents sont venus aux bureaux d'*Aiséirí* en disant qu'ils feraient fermer le journal, mais Gearóid n'avait pas peur d'eux. Ils n'avaient pas peur d'aller en prison pour ça, ils y croyaient, même si tout le pays devait être contre eux. Alors, ils ont imprimé le journal avec l'article dedans parce qu'il faut faire ce qui est juste, il dit. Ma mère secoue la tête de haut en bas, parce qu'elle pense à la fois où Onkel Gerd a refusé d'être un nazi. J'ai envie d'être fier de mon père aussi, alors je lui demande ce qu'il y avait dans l'article et pourquoi ils avaient voulu le bloquer, mais il ne veut pas répondre. Ma mère ne sait pas non plus, alors on attend tous qu'il nous le raconte.

– Explique-leur donc, elle dit.

Il n'a pas envie d'en parler. Je sais que tout ça, c'est dans l'armoire d'en haut, mais je n'ai plus le droit de m'approcher de rien. Je sais qu'il y a des piles de vieux journaux, des trucs du temps où il faisait des discours, cachés dans des caisses. Alors je lui repose la question : pourquoi la police a voulu fermer le journal ? Mais il tape un grand coup de poing sur la table et toutes les tasses et les petites cuillères sautent en l'air. Maria frissonne.

– Je ne veux pas être interrogé par ma propre famille !

Et puis il part au salon en claquant la porte. Ma mère reste avec nous un bon moment et, à la place, elle nous raconte ses histoires d'Allemagne. Elle, ça ne la gêne pas d'être interrogée. Des fois, elle dit des trucs qu'on ne comprend pas. Elle dit en regardant très loin qu'un jour nous ferons un procès à nos parents en leur demandant ce qu'ils ont fait.

– Maintenant, c'est vous les père et mère, et nous sommes les enfants.

Elle se met à débarrasser sans y penser. Elle ne regarde même pas ce qu'elle fait. Ça n'a pas de sens d'empiler des assiettes pour défaire la pile après. Je sais qu'elle repense à quand elle était petite fille à Kempen. Les choses étaient différentes quand elle était petite en Allemagne et quand mon père était petit en Irlande. Nous, on serait bientôt les adultes, elle dit, et eux, les enfants. On grandirait et on regarderait en arrière, toutes ces choses qu'ils avaient faites dans leurs vies, comme essayer de vendre des crucifix, des chapeaux en papier et des bonbons. Et aussi, on examinerait les secrets cachés dans l'armoire.

– Vous direz que vous étiez enfants et que vous ne saviez pas grand-chose.

Alors elle se remet à débarrasser, à empiler les assiettes et à ramasser les couteaux et les fourchettes. Nous, on se remet à lui poser encore des questions. Je veux savoir si maintenant elle est irlandaise ou allemande.

– Quel pays tu aimes ? demande Franz.

L'Irlande, elle répond, parce que c'est là qu'elle habite maintenant, là que le facteur lui apporte ses lettres, là que ses enfants vont à l'école.

Et l'Allemagne ? Elle dit qu'elle aime aussi l'Allemagne, beaucoup beaucoup, parce que c'est là qu'elle est née et qu'elle est allée à l'école, là que le facteur venait à la porte – elle s'en souvient.

– Tu ne peux pas aimer deux pays, je dis. C'est impossible.

– Pourquoi pas ?

– Et s'ils se mettent à se battre ?

– Je n'aime pas juste un seul de mes enfants, je les aime tous, même quand ils se mettent à se battre.

A l'école, ils nous apprennent à aimer notre pays. On chante une chanson sur les Britanniques qui rentrent chez eux. Le *máistir* sort un diapason et tape sur le bureau avec. Ça résonne et quand il pose le diapason, debout sur le bois, on entend une note longue. On la fredonne et on chante une chanson sur les Britanniques qui quittent l'Irlande.

Ó ró sé do bheatha 'bhaile...

C'est une drôle de chanson, très polie. Elle dit aux Britanniques : on espère que vous resterez en bonne santé et que vous ferez bon voyage pour rentrer chez vous. Quand on chante ça, on se sent fort. On est assis à son pupitre avec tous les autres garçons autour qui chantent en même temps et on se sent fort dans son ventre et jusqu'au cœur, parce que ça parle de perdre et de gagner.

Le maître dit que l'histoire irlandaise, c'est comme un match de hurling à Croke Park : votre équipe – County Mayo – perd pendant longtemps mais, à la fin du match, les gars commencent à remonter et ils gagnent la partie à la dernière minute. Perdre d'abord, c'est la meilleure façon de gagner, il explique. Il nous raconte l'histoire d'un monsieur qui s'appelait Cromwell ; il était en train de gagner et il a envoyé les Irlandais en Connacht[1] ou en enfer. Mais lui et ses hommes, ils ont fait une grosse bêtise : ils ont laissé en

1. Saisissant raccourci de l'histoire irlandaise : les propriétaires catholiques et royalistes furent bannis dans le Connacht à la fin du XVIIe siècle, suite aux attaques de Cromwell et de ses successeurs, et l'insurrection de Pâques date de 1916...

Irlande des tas de gens morts qui ont continué à parler au cimetière. Quels idiots, mais quels idiots ! dit le maître, parce que alors il y a eu les Pâques sanglantes, plein de batailles et de morts, et les Britanniques ont dû rentrer chez eux, même s'ils ne voulaient pas. Le jeu était fini et le drapeau britannique a dû être abaissé à Dublin Castle. Michael Collins est arrivé en retard et il a fait attendre le vice-roi. Mais il a dit que les Britanniques l'avaient fait attendre huit cents ans, lui ; quelques minutes ne changeraient rien. Le maître tape le diapason sur le bureau et on recommence à chanter. Même quand on ne chante pas la chanson dans notre classe, on l'entend venir d'une autre classe, un peu plus loin.

Mon frère a des embêtements parce qu'il écrit de la main gauche et le maître veut que tout le monde en Irlande écrive de la même main. Franz ne peut manger qu'avec sa main gauche, et pareil pour écrire. C'est un *ciotóg*, dit le maître. Ma mère est obligée d'aller à l'école et d'expliquer au maître qu'Onkel Ted était un ciotóg aussi, et que maintenant il est jésuite. Mais ça ne change rien et le maître attache la main de Franz dans le dos, pour être sûr qu'il écrive seulement de la main droite. Tout ce qui sort sur la page, c'est des gribouillis. J'ai envie de l'aider parce que le maître rit : on dirait qu'un escargot a traversé la page avec de l'encre sur lui.

Perdre, je sais ce que c'est, parce que je suis irlandais et je suis allemand. Ma mère dit qu'on ne devrait pas avoir peur de perdre. Gagner, ça rend les gens méchants. C'est bien que les Irlandais ne perdent plus. C'est bien d'aimer son pays et d'être patriote mais ça ne veut pas dire qu'il faut tuer les gens des autres pays. Parce que c'est ce que les Allemands ont fait, du temps des nazis. Ils ont voulu tout gagner et ils ont fini par tout perdre. Comme dans un match de hurling ? Oui, elle répond lentement, comme un match de hurling très brutal.

Le maître dit que je suis un rêveur et ça, c'est pire qu'un ciotóg. Je disparais toujours ailleurs, il dit. Il aimerait pouvoir m'attacher la tête mais c'est impossible : il peut se passer n'importe quoi, dans sa tête on reste libre d'aller n'importe où on veut. On peut aller n'importe où dans l'univers, plus vite que la vitesse de la lumière, mais maintenant c'est le moment d'être ici, il explique, dans cette glorieuse république d'Irlande. Il tape sur le bureau avec sa baguette et me demande dans quel fichu pays je me trouve donc. En Allemagne ? Alors il est obligé de venir jusqu'à mon pupitre et de me ramener en Irlande en me tirant par l'oreille. Il n'y a qu'un seul moyen de m'empêcher d'émigrer encore : attacher ma tête avec un poème, après la classe. Je dois rester en retenue et apprendre par cœur un grand poème sur un prêtre qui a été pendu il y a longtemps dans la ville de Ballinrobe, là d'où vient le maître, dans le County Mayo. Quand tout le monde est parti, on reste assis seuls dans la classe et on apprend les vers sur le prêtre « pendu, éviscéré et débité en morceaux », parce qu'il avait parlé contre les Britanniques. Je peux voir que le maître a des poils qui poussent dans les oreilles, comme de l'herbe. Et je pense au sang sur l'herbe à Ballinrobe.

A l'école, il y a des bandes. Elles se bagarrent à l'heure du déjeuner et toujours pour une seule chose : gagner ou perdre. Une des bandes s'appelle « la cavalerie » et ils doivent chercher des Indiens à tuer. Quand on est dans une bande, on se sent fort dans le ventre. On court, on crie et tous les autres ont peur. Mais ils ne veulent plus de moi parce que je suis un rêveur, alors le mieux, c'est de rester adossé au mur et de faire attention qu'ils ne chopent pas mon frère. Un jour, je les ai vus traverser la cour à toute allure et flanquer un coup de poing dans le ventre d'un garçon. Lui, il était en train de manger et quand ils l'ont frappé, il a laissé tomber ses sandwiches et il a ouvert la bouche. Ça n'a pas fait de bruit, il y a juste eu un morceau de sandwich qui est sorti et qui est tombé par terre aussi. Il est resté comme ça un bon moment, penché en avant la bouche grande ouverte avec de la bave qui dégoulinait. C'étaient des sandwiches à la confiture, je l'ai vu parce que le pain blanc était coloré en rose. J'ai pensé à sa mère qui les avait faits et, maintenant, ils étaient gaspillés, les sandwiches. Quelqu'un est venu et les a ramassés mais le garçon ne voulait plus manger, juste pleurer. Alors on a pu entendre sa voix très fort, comme un cri pointu avec plein de douleur dedans.

Quand on est rentrés en classe, le maître a dit que les bandes, c'était terminé. Le garçon frappé par la cavalerie était rentré chez lui et le maître a fait un grand discours sur la famine des pommes de terre en Irlande. Les gens avaient la bouche verte parce qu'il ne restait plus que de l'herbe à manger. C'est un scandale de frapper quelqu'un au ventre quand il mange, il a dit. J'ai regardé dehors et j'ai vu les sandwiches restés par terre. La cour était vide. J'ai posé mes yeux sur les mouettes qui criaient et qui se battaient à cause des sandwiches à la confiture.

Et puis le maître se remet à taper un grand coup sur son bureau, comme s'il voulait que sa baguette soit un diapason et fredonne une note longue. Il dit qu'il en a marre que je rêve et que je ne sache pas dans quel pays je suis. Voilà les embêtements qui arrivent et j'ai envie d'aller au cabinet, urgent. Il va me punir, mais pas avec la baguette, pas avec un poème ou une chanson sur la famine. Il va m'envoyer à l'école des filles et ça, c'est la pire des pires punitions : aller là-bas avec des rubans dans les cheveux. Il m'attrape par l'oreille et on s'en va vers le pays des filles à la vitesse de la lumière. Je m'assieds au fond de la classe et je vois les filles se retourner et rigoler doucement, jusqu'à ce que ce soit l'heure de rentrer.

A la maison, ma mère dit qu'on a recommencé à faire des trucs bizarres. Quand c'était presque l'heure de dîner, elle nous a dit de porter le plat de purée de pommes de terre sur la table. Mon père était en train de lui parler à la cuisine ; elle, elle écoutait et elle cuisinait en même temps, alors moi, j'ai emporté la purée dans la pièce où on joue et j'ai enlevé le couvercle. Avec une cuillère, j'ai envoyé un peu de purée sur le mur. Elle est restée là et on l'a regardée un moment. J'en ai envoyé une autre cuillerée au plafond et elle est restée collée là aussi. Ça faisait chaque fois un drôle de bruit, un genre de « floc », et ça donnait une forme différente à chaque coup : comme un petit nuage une fois, et puis comme un truc pointu tourné vers le bas.

Maria a voulu courir « rapporter » aux parents ce que je faisais. Mais moi, je lui ai dit qu'on devait faire un sacrifice. J'ai fermé la porte et j'ai dit que c'était notre devoir de faire ça pour l'Irlande. Il fallait faire autant de formes qu'on pouvait. Franz a pris des morceaux de purée dans sa main et, tous les deux ensemble, on a essayé de recouvrir le plafond. Des fois, un morceau se décollait et retombait, et Maria hurlait. Nous, on riait et on a continué à jeter de la purée tant qu'on pouvait, jusqu'à ce qu'il n'y en ait plus et que toute la pièce soit recouverte. Ma mère est arrivée et elle a vu le plat en verre par terre, vide. Elle a dit qu'on avait perdu la boule. Mon père s'est précipité dans la pièce, il a regardé les morceaux de purée au plafond : ils ne s'enlèveraient plus jamais. Ils seraient là pour toujours. Là, on avait vraiment des gros embêtements ! Mais ma mère n'a pas voulu laisser mon père nous taper. Au lieu de se mettre en colère, elle a dit : on ne peut pas punir une chose pareille, parce que ça n'arrive qu'une fois dans une vie. Mon père avait toujours le front plissé mais elle l'a entouré d'un bras et lui a dit que ça n'avait pas d'importance de se passer de purée pour un jour, qu'ils avaient de la chance d'avoir des enfants avec tellement d'imagination. Elle a souri : « Parce qu'il en faut, de l'imagination, pour faire un truc aussi fou que ça ! »

XV

J'étais de nouveau malade. Les chiens hurlaient dans ma poitrine. Je ne pouvais même pas manger le porridge du petit déjeuner. Je regardais l'anneau de lait tout autour, je sentais la vapeur chaude qui montait vers ma figure, mais je voyais trouble et je n'arrivais pas à respirer. Mon père a dit que j'essayais de manquer l'école. Il avait été instituteur dans le temps, il savait quand les gens inventaient des trucs et, si j'étais vraiment malade, je n'aurais pas besoin de le prouver. Mais quand ça a été le moment d'aller à l'école, j'avais les jambes molles et je n'ai pas pu marcher. J'ai entendu Franz dire que j'étais tout blanc, alors ma mère et mon père ont dû m'aider à remonter l'escalier, un de chaque côté de moi. Et à mi-chemin, ma tête est tombée sur la marche devant moi et j'ai senti le bois froid sur mon front. J'entendais un bourdonnement dans mes oreilles et la voix de ma mère, très loin, qui m'appelait. Et puis j'ai dormi.

Quand je me suis réveillé, mon père était parti. Il y avait juste ma mère assise dans l'escalier ; elle attendait que je revienne. Elle m'a demandé si j'étais prêt à continuer et puis elle m'a aidé à faire le reste du chemin jusqu'au lit. Elle est restée avec moi. Elle s'est assise sur le lit et elle a réparé un chandail avec des fils de laine bleue sur le coude. Il y avait des garçons à l'école qui avaient des coudes en cuir ; nous, on en avait des bleu foncé. Elle m'a raconté des histoires pour faire partir les hurlements. Moi, je restais couché à la regarder. Des fois, je m'endormais et je me réveillais plus tard, et je voyais qu'elle était toujours en train de réparer le même endroit et de raconter la même histoire, comme si le temps ne passait pas.

Elle m'a raconté la fois où il y avait eu un grand feu à Kempen. Elle avait peur du feu, elle a expliqué, parce qu'un jour, les cheveux de sa sœur Lisalotte avaient pris feu près d'une bougie. Quand on voit arriver des trucs pareils, quand on les voit de ses propres yeux et que ça arrive à quelqu'un d'autre, c'est bien pire que quand ça vous arrive à vous, et on s'en souvient bien plus. Elle ne peut pas oublier le jour où des gens sont venus mettre le feu à la synagogue et elle espère que moi, je ne serai jamais obligé de voir des choses pareilles. L'Allemagne était malade à ce moment-là et elle avait mis longtemps à s'en remettre.

Ma mère avait dû abandonner l'école et aller travailler. Onkel Gerd n'avait plus d'argent, maintenant qu'il avait perdu son travail de maire. Elle a trouvé un boulot au bureau de l'état civil de Kempen et elle a dû apprendre à taper à la machine et à classer des noms par ordre alphabétique. Elle se souvient que les gens venaient se renseigner pour savoir si leurs grands-pères ou leurs grands-mères avaient été juifs un jour. Elle se rappelle une vieille dame si heureuse : elle avait les larmes aux yeux et elle avait mis la main sur le cœur en apprenant qu'elle faisait partie des chanceux. D'autres n'avaient pas autant de veine. Tous les jours, des gens venaient vérifier qu'ils n'étaient pas juifs. Tous les jours, Ta Maria se demandait quand ce serait le tour des catholiques. Et, pas longtemps après, les nazis ont fermé le couvent de Mühlhausen et ils ont écrit des mots dégoûtants sur les murs des salles de classe.

Ma mère avait des grandes nattes jusqu'à la taille à ce moment-là, comme deux cordes noires. Ta Maria a décidé qu'il était temps de les couper. Il était temps de grandir et d'avoir l'air d'une grande personne. Alors, un jour, ma mère a cessé d'être une fille. Elle a demandé au coiffeur de lui faire le « Rouleau olympique », parce que c'était la coiffure des femmes dans les films, mais ses cheveux avaient déjà été coupés trop court pour ça et elle a dû attendre qu'ils repoussent. C'est drôle qu'on puisse être chamboulé à ce point pour un truc pareil et que ça puisse vous paraître si important, elle dit ; on pleure souvent plus pour les petites bricoles que pour tous les grands malheurs réunis. Elle a dû mettre un chapeau et Ta Maria a promis de l'accompagner à Krefeld et de lui acheter des chaussures neuves pour réparer.

Ma mère dit qu'elle était au travail quand le sale coup est arrivé, elle n'a rien vu. Elle l'a entendu raconter plus tard par sa plus jeune sœur, Minne, mais elle avait senti l'odeur de la fumée dans les rues, cet après-midi-là. La synagogue brûlait, la brigade des pompiers était à côté et ne faisait rien. Des hommes en uniforme brun avaient fait le tour des maisons juives et Minne les avait vus passer avec des bâtons rouges. Les rideaux volaient à travers les vitres cassées et il y avait des livres par terre sur le trottoir. Les lettres de quelqu'un volaient dans la rue comme des ordures et des enfants se baladaient en ville avec des touches noires et des touches blanches en ivoire qui venaient d'un piano.

Onkel Gerd a dit qu'on ne pouvait pas prendre part à ça. On ne pouvait pas regarder un spectacle pareil. Les gens de Kempen, eux, ils soufflaient, ils pensaient qu'ils avaient bien de la chance de ne pas être juifs. Ce soir-là, ils sont tous allés à la grande procession catholique en ville : des centaines de gens ont traversé la place Buttermarkt avec des bougies et des torches, sans bruit, en priant et en chantant des hymnes, comme si, à partir de maintenant, ils avaient besoin de se sentir spécialement près de Dieu.

Le lendemain, Ta Maria a emmené ma mère à Krefeld mais c'était impossible d'acheter quelque chose ce jour-là. Quand elles sont arrivées dans la rue marchande, elles ont vu des chaussures qui avaient été jetées par terre. Les Allemands regretteraient ça un jour, a dit Ta Maria. Il n'y avait pourtant pas si longtemps qu'ils s'étaient enveloppé les pieds dans des journaux ! Et maintenant, il y avait des chaussures partout sur le pavé et les gens marchaient dessus. On pouvait sentir l'odeur de cuir. On se serait même cru dans un paradis de la chaussure où il suffisait de ramasser et d'essayer. C'était la ville où la mère de ma mère avait chanté à l'opéra national. Et maintenant, les gens s'arrêtaient pour regarder ce qu'il y avait derrière les vitrines cassées. Un homme-sandwich marchait sur le trottoir avec de la réclame pour des bas de femmes, comme s'il ne s'était rien passé. Ça n'avait pas de sens. Des chaussures chères. Toutes neuves. Il y avait des « premier choix ». Et d'autres encore dans leurs boîtes ou à moitié sorties, comme pour les montrer. D'autres boîtes étaient tout aplaties, piétinées. Les papiers de soie bleu-gris tout minces qui emballent les chaussures neuves montaient et descendaient la rue, soufflés par le vent. On aurait dit que tout le monde s'en fichait, que personne n'aurait plus jamais besoin de se chausser, qu'on détestait les chaussures.

Je n'arrivais pas très bien à respirer. Mes épaules montaient et descendaient pour essayer de prendre de l'air. Ma mère me caressait la tête et elle écoutait les hurlements dans ma poitrine. Elle priait pour que j'aille mieux. Elle me souriait et me disait que bientôt tout s'arrangerait, parce que sa sœur aînée Marianne allait venir avec sa fille Christiane. Et Tante Marianne, elle s'y connaissait pour aider les gens à respirer. Elle les aidait à Salzbourg, quand ils avaient du mal.

Ma mère a passé des jours et des jours à faire le ménage. Elle a briqué l'escalier, et toutes les choses en bois de la maison brillaient. Elle a mis des fruits dans une coupe sur la table, elle a fait un gâteau. Tante Marianne prendrait ma chambre. Il n'y avait plus de papier peint dedans, juste du plâtre rose et quelques grandes fentes, mais ça avait l'air propre et sympathique, a dit ma mère, et c'était tout ce qui comptait. Et dès que Marianne entrerait chez nous, elle verrait la vieille malle de chêne qui venait de chez elles, place Buttermarkt, et elle se croirait à la maison.

Ma mère avait son tailleur bleu avec les grands cols blancs. Elle s'est mis du grand chiffre 4711 sur les poignets et elle portait le serpent vert Smaragd. On était en dimanche, nous aussi, sans coudes bleus, et on n'a pas arrêté de regarder par la fenêtre jusqu'à ce que Tante Marianne et Christiane arrivent en taxi avec leurs valises. Alors ma mère a laissé tomber son tablier par terre à la cuisine et elle a couru dans tout le couloir en souriant et en pleurant en même temps. Tante Marianne souriait et pleurait aussi quand elles se sont prises dans les bras et se sont reculées pour se regarder de la tête aux pieds.

Elles répétaient tout le temps : «*Ja, ja, ja!*» et «*Nein, nein, nein!*».

Elles n'en croyaient pas leurs yeux. Elles secouaient la tête, elles essuyaient leurs larmes et elles se reprenaient dans les bras. « Ja, ja, ja ! » et « Nein, nein, nein ! » et « Ja, ja, ja ! », jusqu'à ce que Tante Marianne se retourne pour nous regarder. Elle connaissait nos noms à cause des lettres et des photographies, mais elle a dû s'agenouiller pour bien nous regarder, un par un. Elle savait tout. Elle savait, pour le dessin de Maria : ma mère avec les bras tout autour des murs. Elle savait que j'avais giflé la maîtresse. Elle savait, pour la purée au plafond.

Mon père a porté les valises, il souriait à tout le monde. Christiane a parlé avec nous, et Tante Marianne avec ma mère, comme s'il n'y avait pas une minute à perdre. Elles ont dit tous les noms, un par un – Ta Maria, Elfriede, Adam, Lisalotte, Max, Minne et Wilhelm, et puis tous les noms des enfants –, comme si elles devaient voyager en Allemagne dans leurs têtes jusqu'à ce qu'elles aient posé toutes les questions et raconté toutes les histoires. Ma mère a voulu tout entendre deux fois de suite, elle se mettait les mains sur la figure, comme si elle n'arrivait pas à croire ses oreilles.

Tante Marianne apportait un nouveau parfum dans la maison. Tout le monde voulait être près d'elle tout le temps, s'asseoir à côté d'elle à table. Maria la suivait partout. Ma mère et Tante Marianne ne pouvaient pas être séparées non plus, parce qu'elles continuaient à parler même quand elles n'étaient pas dans la même pièce. Même quand Tante Marianne était en haut et ma mère à la cuisine, elles n'arrêtaient pas de se rappeler des choses, tout fort, et elles se parlaient d'en haut et d'en bas de l'escalier, comme si elles étaient de nouveau chez elles, dans la maison de la place Buttermarkt. Tante Marianne l'appelait Irmgard. Nous, on continuait de dire Mutti, et c'était comme d'avoir deux mères à la maison parce qu'elles avaient les mêmes dents, les mêmes yeux et les mêmes cheveux. Elles avaient les mêmes mots, la même façon de rire fort, jusqu'à en avoir les larmes aux yeux. Elles avaient la même façon d'éplucher une orange en enlevant les bandes de pelure de haut en bas, et le même truc pour découper la peau en forme de dents. Deux mères qui jouaient au monstre avec des grandes dents orange pendant que mon père sortait chercher du charbon pour le fourneau.

« Ou, ou, ou, ou… ! » elles faisaient toutes les deux. Et puis elles éclataient de rire et elles riaient si fort qu'elles ne pouvaient plus s'arrêter. Elles rigolaient, elles tremblaient. Même que mon père a arrêté de verser du charbon dans le fourneau pour venir voir ce qui se passait.

La valise de Tante Marianne était pleine de jouets et de livres pour tout le monde. Il y avait des tas d'ours en gomme, plein de chocolat et de biscuits qu'on n'aurait jamais pu trouver dans les boutiques en Irlande. Elle avait apporté un niveau à bulle pour mon père et un train mécanique pour moi et Franz. D'autres cadeaux ont été enveloppés et rangés immédiatement, pour Noël. Il y avait des biscuits à manger maintenant et d'autres à garder pour plus tard. Tante Marianne sortait les affaires une par une, avec beaucoup de soin, en expliquant d'où elles venaient. Elle nous a donné la permission de lire tout de suite les histoires de *Mecki*. Ça parlait d'un hérisson qui voyage dans le monde entier dans un ballon à air chaud avec son équipage : Charlie Pingouin et un chat qui s'appelait Kater Murr. Personne ne connaît Mecki en Irlande et les Irlandais, eux, ils se moquent de nous parce qu'on ne sait pas qui est le Petit Chaperon rouge – nous, on ne se rend pas compte que c'est pareil que *Rotkäpchen*.

Tout était de nouveau allemand à la maison. A table le soir, toutes les histoires étaient en allemand. La fille de Tante Marianne, Christiane, elle avait des nattes nouées au-dessus de la tête et elle portait un *dirndl* comme dans les contes de fées. Tante Marianne a dit que c'était charmant de voir Franz et moi en lederhosen et en chandails irlandais. Allemands en bas, Irlandais en haut. C'était remarquable qu'on sache parler trois langues, elle a trouvé. Ma mère lui a raconté que parfois on se trompait, et qu'un jour Maria était rentrée à la maison en disant : «*Ich kann es nicht believen*», ce qui est une façon de mélanger l'allemand et l'anglais pour dire : « Je n'arrive pas à le croire. » Tante Marianne a dit que notre allemand était différent, plus doux, plus comme dans le temps. Et elle a voulu entendre parler irlandais, alors nous avons dit une prière et elle a trouvé que ça ne sonnait pas pareil non plus, pas du tout comme l'anglais.

Je voulais que Tante Marianne reste chez nous pour toujours. Je suis allé au bord de la mer avec elle. Je lui ai montré les plaques des rues qui avaient été changées et mises en irlandais. Je lui ai montré où habite le docteur et où sont les magasins. Je lui ai raconté qu'il y a un écho quand on passe devant chez le cordonnier. Parce que, quand on crie vers l'intérieur de la boutique, le cordonnier crie aussi, sans lever les yeux. Elle a ri : c'était exactement le genre de choses que son père aurait fait. Des gens s'arrêtaient pour lui parler. Le poissonnier l'a reconnue tout de suite : « Vous devez être la sœur ! » Il lui a parlé longtemps et Tante Marianne a dû expliquer qu'elle aussi, elle venait d'Allemagne, mais que maintenant elle habitait en Autriche, à Salzbourg.

– Salzbourg. Je vois de quoi vous parlez, il a dit.

On est allés à Glendalough en car avec elle pour voir la tour ronde. On a pris le thé avec des gâteaux dans un hôtel et on l'a aidée à coller des timbres sur des tas de cartes postales. L'Irlande est si belle, elle a dit. Elle enviait ma mère de vivre dans un pays où les gens étaient si aimables et parlaient anglais tout le temps. Mais mon père n'était pas content qu'elle dise ça. A table, ce soir-là, il a essayé de s'empêcher d'être en colère. Il ne voulait pas faire d'histoires pendant qu'il y avait une invitée dans la maison mais il y avait quelque chose que Tante Marianne n'avait pas encore compris, sur l'Irlande, et il fallait l'expliquer.

– Un jour, le poissonnier parlera sa propre langue, il a dit.

Tante Marianne a trouvé qu'il n'y avait pas de mal à parler anglais. Mais mon père a secoué la tête de droite à gauche. Non, nous étions les nouveaux enfants irlandais, et bientôt tout le pays parlerait irlandais dans les magasins. Les enfants sont les armes les plus puissantes, il a dit, plus puissantes que des armées. Alors, Tante Marianne a eu une dispute avec mon père. Elle a dit toutes les choses que ma mère ne peut pas dire : c'est mal de se servir des enfants dans une guerre. Tout le temps qu'elle parlait, elle gardait un bras autour de Maria, comme si elle voulait la protéger pour le restant de sa vie.

– En Allemagne aussi, on s'est servis des enfants !

Ça a été la seule dispute à la maison pendant qu'elle était là. Le dernier soir avant son départ, elle nous a montré une photo de la maison où elle habite, en Autriche. Une maison avec une petite clôture en bois dehors, près du château sur la montagne qui s'appelle le Mönchberg. Un jour, on viendrait la voir là-bas. Alors, ils ont parlé des autres visiteurs connus qui étaient venus là chaque été. Des gens comme Oskar Kokoschka, le célèbre peintre. Des gens comme Ernst Rathenau – son cousin Walther avait été assassiné par les nazis à Berlin. Ma mère a regardé la photo et elle a dit que c'était un bon endroit pour bien respirer à fond. En regardant par la fenêtre tous les matins, on pouvait voir le château en haut, comme s'il était sorti du rocher pendant la nuit.

Quand Tante Marianne est repartie chez elle, Christiane est restée avec nous pour qu'elle puisse aller à l'école en Irlande et apprendre l'anglais. Ma mère m'a raconté l'histoire de quand elle était allée voir sa sœur Marianne sous la neige. C'était pendant la guerre, quand personne n'avait grand-chose à manger. Ma mère est allée en train jusqu'à Salzbourg et elle a escaladé le Mönchberg à pied en hiver avec un seau de choucroute, parce que Marianne n'avait rien. Elle se rappelle la neige épaisse partout et le silence. Tante Marianne a toujours été forte, même s'il y a eu des malheurs dans sa vie et si son mari Angelo n'est jamais rentré de la guerre. Ma mère et Marianne, elles avaient rencontré Angelo le même jour, une fois, quand elles étaient en vacances à la campagne. Et après, Angelo a envoyé un paquet à chacune, avec exactement le même cadeau à l'intérieur, un livre de Thomas Mann. Mais c'est Marianne qui s'est mariée avec lui, pendant que la guerre continuait encore. Ils se sont mariés « par procuration », a expliqué ma mère. Un jour, Marianne s'est assise dans sa maison de Salzbourg avec une photo d'Angelo et un verre de vin devant elle, et pendant ce temps-là, à Split, Angelo était assis avec ses amis et une photo de Marianne devant lui. Ils se sont mariés à des milliers de kilomètres de distance. Et c'est pour ça qu'ils sont encore si proches, même si elle n'a plus jamais eu de nouvelles de lui, plus de lettres. Elle a attendu, attendu, mais il n'est jamais revenu de la guerre. Et puis un jour, Marianne a démarré une pension de famille. Et c'est pour ça que tous les gens célèbres comme Ernst Rathenau et Oskar Kokoschka viennent chez elle, au Mönchberg, parce que Marianne a été gentille avec les gens qui avaient des mauvais poumons et qui ne pouvaient pas très bien respirer en Allemagne, et maintenant, c'est eux qui sont gentils avec elle.

J'allais mieux. Les hurlements se sont arrêtés. Mais on avait des embêtements dans la rue. Tout le monde savait qu'on était de nouveau allemands. A la poissonnerie, le patron s'est penché par-dessus le comptoir pour nous regarder et il a dit le mot *Achtung*, comme si maintenant tous les Irlandais allaient parler allemand. Les gens se sont tous retournés. Le poissonnier a essayé de dire d'autres mots allemands et je sais qu'il blaguait, parce que c'est un monsieur gentil avec une figure rouge et qui rit si fort que ça fait un écho dans tout le magasin. Les autres gens font pareil : ils nous demandent tout le temps de dire des trucs en allemand. Mais nous, on a peur. Je fais semblant de ne pas savoir un mot d'allemand. Je raconte que je suis irlandais et que je sais seulement l'anglais. Mais devant les magasins, les garçons nous voient avec nos lederhosen et ils nous appellent nazis.

«*Donner und Blitzen!*» je les entends crier. Ils répètent sans arrêt «*Sieg Heil!*» en levant un bras en l'air.

Je sais qu'ils trouvent tous ces mots dans les illustrés qu'ils lisent chez le coiffeur. Ma mère dit que c'est tout ce qu'ils connaissent de l'Allemagne. Il y a toujours quelqu'un pour rire en Irlande, explique mon père. Il ne laisse pas entrer les illustrés chez nous parce qu'ils sont en anglais et qu'à chaque page il y a des Allemands qui meurent.

Et puis, c'est le moment de parler de Noël. Parce que c'est quelque chose d'allemand aussi, Noël. Ma mère nous raconte qu'un ciel rose, c'est signe que les anges font des gâteaux. Les anges déposent des sucreries dans l'escalier. Ma mère chante *Tannenbaum* et la neige se met à tomber, comme si elle l'avait commandée. Des gros flocons qui descendent silencieusement, on ne les remarque même presque pas. On est sortis dans la rue et on a levé le nez vers la neige qui tombait le long du réverbère. Un ou deux flocons me sont tombés sur les yeux, j'avais des sourcils blancs. Franz a ouvert la bouche pour essayer de manger de la neige, c'est comme des sucettes glacées gratuites, il a dit. Ma mère est sortie : on devrait tous se laver la figure, elle a dit. Elle a ramassé de la neige sur le mur dans ses mains nues et elle l'a frottée sur sa figure. Merveilleux ! Et on a tous fait pareil qu'elle, même mon père, on s'est nettoyé la figure avec la neige blanche toute neuve.

XVI

C'était un nouveau pays des neiges. Il avait neigé toute la nuit et, le matin de Noël, quand je me suis réveillé et que j'ai regardé par la fenêtre, j'ai vu l'Allemagne. C'était tout recouvert de neige, tout gonflé de neige. Les toits des maisons, les voitures, les arbres, les murs des jardins et même les poubelles : tout était blanc et propre. Sur le chemin de la messe, la rue était comme une chambre silencieuse et Maria a dit que la neige parlait sous nos pieds. Il y avait un gant perdu que quelqu'un avait enfilé sur une pique de balustrade, pour que le propriétaire puisse venir le rechercher. Mais le gant était plein de neige, comme une énorme main blanche qui vous disait de vous arrêter.

La neige n'est pas seulement pour les enfants, je le savais parce que ma mère a dit que tout le monde devient un enfant avec la neige, même mon père. Lui, il ne voulait pas montrer qu'il était excité. Il ne voulait pas faire de boules de neige ou d'autres trucs comme ça, mais je voyais bien qu'il était heureux parce que, quand ils s'étaient mariés en Allemagne à Noël, ils avaient fait toute la vallée du Rhin ensemble, dans la neige. La neige en Allemagne, c'est quelque chose ! il disait. Normalement, l'hiver est trop doux en Irlande et la seule neige qu'on voit, c'est sur les images des boîtes à biscuits ou bien c'est le coton pour le berceau de la crèche ou le sucre glace sur les gâteaux. A cause du Gulf Stream, il a expliqué. Il a ri : l'Irlande aurait préféré être sous un autre climat, du reste les gens s'étaient mis à faire pousser des palmiers dans leurs jardins. Les pensions de famille le long de la côte s'appelaient

Santa Maria ou Stella Maris, et il y avait des tas de rues comme Vico Road ou Sorrento Terrace qui vous donnaient l'impression d'être dans un pays plus chaud. Mais ce matin-là à Noël, toutes les rues auraient dû avoir un nom allemand, parce que tout était enveloppé de blanc, même les palmiers.

La seule chose qui était différente, c'étaient les guirlandes de Noël qui clignotaient aux fenêtres. Mon père et ma mère, eux, ils ne mettraient jamais de guirlandes sur l'arbre, je le savais. On avait des bougies, parce que c'est ce qu'on fait en Allemagne et ma mère avait même des bougeoirs spéciaux avec une pince pour les accrocher aux branches. On avait des anges en chocolat suspendus et des tas d'autres trucs arrivés d'Allemagne dans un gros paquet. Je savais que les autres enfants, ils avaient le Père Noël et ils savaient ce qu'il allait leur apporter. Des fois, dans la rue, les gens nous demandaient ce que le Père Noël allait nous apporter et on ne savait pas. On n'en parlait jamais. Une fois, un voisin nous avait emmenés voir le Père Noël dans un magasin, mais j'avais repéré ses doigts marron, à cause des cigarettes. Il toussait beaucoup et je l'ai vu après qui buvait une tasse de thé, sans la barbe. Aussi, je savais qui c'était, parce qu'une autre fois je l'avais vu sortir du pub Eagle House : il n'arrivait pas très bien à marcher et il était obligé de se tenir au mur.

Nous, au lieu de ça, on avait *Christkind* et, en tout cas, tout était secret jusqu'à la dernière minute. On n'avait même pas le droit d'entrer au salon pendant l'Avent, parce qu'il y avait déjà des cadeaux posés dans le coin, derrière le canapé, sous une grande feuille de papier marron. On avait juste le droit d'aider à faire le sapin de Noël et une fois, quand ma mère a dû sortir de la pièce pour aller chercher quelque chose, j'ai eu envie de regarder sous le papier mais j'ai eu peur que le Christkind reprenne tous les cadeaux. Ma mère a dit que ce ne serait pas les cadeaux qui seraient enlevés mais la surprise, et c'est bien pire. Je savais que les autres enfants allaient avoir des revolvers et des panoplies de cowboys mais nous, on n'avait jamais de revolvers, d'épées ou d'autres trucs qui servent à se battre. Nous, on avait une surprise et une chose fabriquée par mon père, et aussi un truc éducatif, comme un microscope.

C'était dur d'attendre. On faisait la queue dans le couloir, la plus jeune devant, l'aîné en dernier. Mon père était au salon en train d'allumer toutes les bougies et on sentait l'odeur des allumettes. Quand tout était prêt, il ouvrait grand la porte et on voyait le reflet des bougies dans ses lunettes. Ma mère se mettait à chanter *Tannenbaum* pendant qu'on entrait lentement dans la pièce et qu'on découvrait tous les cadeaux et les sucreries posés sur les fauteuils. Il y avait un chemin de bonbons semés par terre, comme si le Christkind avait été trop pressé au dernier moment. Ensuite, tout était une surprise. Il y avait des jouets, des jeux et des livres d'Allemagne, et je savais que j'avais drôlement de la chance qu'on soit allemands à Noël. On s'agenouillait pour dire merci et alors, mon père mettait le disque du Chœur d'enfants de Cologne et les cloches de la cathédrale de Cologne sonnaient si fort que le son voyageait par-dessus la mer jusqu'à Dublin, et il remplissait toute la maison. On aurait aussi bien pu être à Kempen, disait ma mère, avec le goût des *Pretzel*, du *Lebkuchen* et des patates en massepain roulé dans la cannelle.

Plus tard, on est sortis jouer dans la neige. On a fait un bonhomme de neige dans le jardin devant la maison et c'est seulement quand on a vu d'autres enfants dans la rue qu'on s'est rappelé où on était. Il y avait des marques, là où ils avaient enlevé la neige des trottoirs ou des murs et, dessous, on pouvait voir l'Irlande. Aussi, une auto avait dérapé et laissé deux grosses traces noires sur la route. On allait d'un jardin à l'autre pour chercher des couches de neige fraîche que personne n'avait touchée, des endroits où la terre était encore couverte de rêve. Et quand tous les autres enfants ont disparu à l'intérieur des maisons pour le repas de Noël, on est allés jusqu'au terrain de football pour voir quelle épaisseur de neige il y avait.

Mais là, on a été attaqués par une bande de garçons qui s'étaient cachés. Nous, on ne les avait jamais vus mais eux, apparemment, ils nous attendaient. On était piégés dans la petite rue et on ne pouvait plus rentrer à la maison. Maria et moi, on a couru et on a filé à l'intérieur du terrain de foot par une ouverture dans la clôture de fil barbelé, mais ils nous ont coursés. Les autres avaient déjà attrapé Franz : ils l'ont poussé contre le mur et ils lui ont posé un bâton en travers de la nuque. Ils lui ont tordu un bras derrière le dos et ils l'ont forcé à marcher vers le terrain de foot. Là où ils nous avaient aussi attrapés, Maria et moi, près d'une rangée de grands eucalyptus. Un d'eux était en train de fourrer de la neige sous la veste de Maria et elle s'est mise à pleurer.

– Laissez-nous tranquilles ! elle a dit mais ils ont ri, c'est tout.

Franz, lui, il ne disait rien. Il restait juste planté là et il attendait en silence. Il faisait ce que ma mère nous avait toujours conseillé : faire comme s'ils n'existaient pas. J'ai fait pareil. Moi, je voulais qu'ils croient que rester planté à cet endroit-là du terrain de football, c'était exactement ce que j'avais envie de faire à ce moment-là. Je me suis rappelé ce que ma mère disait sur les batailles. Maria aussi, elle a arrêté de résister et eux, ils n'ont plus eu envie de fourrer de la neige sous son tricot parce que ce n'était plus drôle. Ils n'avaient peur de rien. Ils nous ont poussés avec des bâtons contre la clôture de barbelés du terrain de foot. Le chef de la bande n'avait même pas peur du froid, parce qu'il a pris de la neige et il l'a aplatie en forme de disque plat et glacé, pendant que les autres soufflaient tous dans leurs mains pour se réchauffer.

– Salauds de nazis ! il a dit.

Ils se sont mis en cercle autour de nous et ils ont parlé à voix basse. Un des garçons a poussé un morceau de neige sale vers Franz, avec sa chaussure : il allait le forcer à la manger. Mais Franz l'a ignoré. Je savais que dans sa tête, Franz disait le non silencieux. Et puis Maria s'est mise à pleurer. Moi aussi, j'en avais envie, mais Franz m'a arrêté.

– Ne leur donne pas ce plaisir-là !

Ils ont répété salauds de nazis plusieurs fois en prenant l'accent allemand. Ça a été comme un signal pour quelques-uns et ils se sont mis à baragouiner des trucs qui n'avaient pas de sens. « *Gotten, Blitzen, fuckin' Himmel.* » Un des garçons a commencé à danser, à tourner en rond en tapant des pieds sur la neige et en disant : « *Sieg Heil!* » et, tout d'un coup, j'ai eu envie d'éclater de rire. Je les trouvais très drôles et j'avais envie d'être irlandais comme eux, de rire et d'inventer aussi des mots idiots, tout ce charabia qu'ils avaient récolté dans les illustrés et dans les films où les Allemands étaient toujours les perdants. Il y en avait un qui essayait de parler allemand tout seul, avec une figure toute tordue de douleur :

« *Rippen schtoppen... Krauts. Donner und Blitzen, Himmel, Gunther-Schwein... Messerschmidt...* » il a dit dans une longue rafale. Et puis, brusquement, il est mort dans la neige : il est tombé à la renverse et il s'est mis à trembler, comme s'il était truffé de balles. « Aaargh... »

Je n'ai pas pu m'empêcher de rire. Je me voyais en membre de la bande, je les rejoignais pour me balader dans les rues avec eux et me moquer de tout. Je me sentais tout tendre dans mon ventre en pensant que je pourrais être ami avec eux. Mais ça n'a pas plu au chef. Lui, il voulait que je sois l'ennemi, il voulait voir si nous, les Allemands, on était vraiment des durs. Alors il a jeté la boule de neige et elle m'a tapé sur l'œil avec un éclair blanc, comme un caillou dur, glacé. Je ne voyais plus rien et je me suis frotté l'œil, mais je ne voulais pas me laisser pleurer, parce que je n'avais pas envie de lâcher mon frère. Je leur ai montré que rien ne pouvait me faire de mal et que les Allemands ne sentent pas la douleur.

Ils ont continué à parler entre eux pour essayer de décider ce qu'ils allaient faire de nous. J'en ai entendu un dire qu'il fallait nous passer en jugement. Ils étaient tous d'accord :

– Ouais, passez-les en jugement !

– Coupables ou non coupables ?

Ils pouvaient dire n'importe quoi sur nous, on ne pourrait jamais le nier, je le savais. Juste ou faux : ça n'avait plus d'importance. Ils ont raconté des trucs sur le naufrage du *Bismarck* et sur les fours à gaz mais nous, on ne savait encore rien là-dessus. J'ai eu envie de leur expliquer ce que ma mère disait sur le non silencieux mais ça les aurait juste fait rigoler, je le savais. Ça ne servirait à rien. On était à la merci de leur tribunal dans la neige. Il n'y avait personne d'autre au monde pour dire qui avait tort ou raison. Les gens étaient tous chez eux le jour de Noël, et on était seuls sur le terrain de football blanc avec la brise qui poussait la cime des arbres derrière nous. Le ciel était de nouveau gris et vert au-dessus des grands poteaux des buts, comme s'il allait encore neiger. Bas dans le ciel, on voyait les éclairs blancs ou argentés des mouettes et je savais qu'il fallait juste attendre.

– Bon, maintenant il faut rentrer, Maria a décidé tout d'un coup, comme si elle pouvait liquider toute cette affaire en faisant comme les grandes personnes.

Elle a voulu avancer mais ils l'ont juste repoussée.

– Exécutez-les ! a crié l'un d'eux.

Ils n'avaient même pas le temps de faire un procès. Peut-être qu'ils étaient engourdis par le froid, comme nous, et qu'ils avaient envie de rentrer à la maison manger des bonbons et s'amuser avec leurs jouets. Alors ils ont décidé d'exécuter directement la sentence et ils se sont mis à faire des boules de neige. Faites-les bien dures, un d'eux a dit ; un autre a fourré le bout de neige sale dans son arsenal. Quand ils ont tous eu un tas de boules de canon blanches à leurs pieds, nous, on a attendu l'ordre de tirer et on a regardé le chef lever la main. L'attente ne finissait pas. J'ai pensé à toutes sortes de trucs qui n'avaient rien à voir avec être un nazi. Je me suis rappelé que les mots « gris » et « vert » sont les mêmes en irlandais. J'ai pensé aux patates en massepain. Et à la forme spéciale du plum-pudding, comme un crâne. J'ai pensé à la cloche qui ne marche plus, au mur de la chambre de mon père et de ma mère. Et j'ai pensé aux trois petits cadrans du compteur à gaz sous l'escalier – j'ai pensé à tout ça avant que la main finisse par retomber et qu'un cri déclenche une grêle de tir blanc et aveuglant.

– Ce n'est que de la neige, a dit Franz.

Il avait les mains sur les yeux. Il les a gardées là même après qu'ils sont repartis. Le terrain de foot était vide et silencieux et il commençait déjà à faire nuit.

Mon père a rallumé les bougies du sapin de Noël et on aurait aussi bien pu être à Kempen, installés au salon à manger du gâteau de Noël. On s'est assis sur le tapis et on a joué à un jeu de cartes où il y a toujours quelqu'un qui se retrouve avec une image de corbeau noir. Alors, on lui fait une marque sur le nez avec un bout de charbon et on continue jusqu'à ce que tout le monde ait perdu et ait le nez noir. Mon père s'est levé et il a ouvert la porte de la grande bibliothèque pour sortir la bouteille d'Asbach Uralt. Il a enlevé le bouchon avec un petit bruit pointu qui ressemblait à un hoquet, il a versé du liquide dans deux verres et toute la pièce s'est remplie de l'odeur du cognac, en plus de celle des aiguilles de pin, des allumettes et de la cire des bougies.

« Un cognacounet », ma mère appelait ça. Elle aimait bien que les choses aient l'air d'être plus petites qu'en vrai, comme on fait en irlandais, parce que tout est mieux quand c'est petit, inoffensif, moins gourmand. Elle prenait des petites gorgées lentes en fermant les yeux pour pouvoir penser à ce qu'elle buvait. C'est comme un bisou du bon Dieu là-haut, elle a dit. Elle a ri et répété : comme un tout petit bisounet du bon Dieu.

Mon père a mis un disque. Il l'a sorti de la pochette en faisant bien attention de ne pas toucher la musique avec ses doigts quand il l'a posé sur le tourne-disque. Il plissait le front mais personne ne peut être en colère quand c'est Noël, je le savais. Il a laissé tomber l'aiguille tout doucement avec son deuxième doigt et on a entendu des craquements avant que la dame commence à chanter en allemand. Une voix haute si belle qu'on aurait cru des pièces d'argent qui tombaient dans l'escalier, ma mère a expliqué. Et puis à la fin, il y a eu une seule note et elle est montée si haut en l'air qu'elle est restée dans la pièce longtemps après la fin de la chanson.

De temps en temps, une bougie crépitait et crachotait. Et dehors, il faisait nuit. Je savais que maintenant le terrain de football était vide et qu'il n'y avait plus personne dehors dans le monde. De la neige neuve avait recouvert les traces de pas, c'était facile d'oublier ce qui s'était passé. On avait été exécutés mais on était au chaud et il y avait une bonne odeur d'arbre de Noël dans la pièce, alors c'était facile d'oublier qu'on avait eu les mains si froides dehors, si engourdies. On avait du jus d'orange à boire et des anges en chocolat à manger. Mon père a mis un autre disque pendant que ma mère respirait le parfum du cognacounet. Maintenant, on était tous en sécurité et on avait de la chance d'être allemands, mais je savais que ce n'était pas encore fini.

XVII

J'imagine sans arrêt comment ça serait si les choses n'arrivaient pas.

Quand vous êtes au lit et que vous pensez assez fort, vous pouvez faire comme si des tas de trucs n'arrivaient pas. Je peux faire semblant qu'au lieu d'être dans mon lit je flotte au-dessus et mes pieds sont à des kilomètres d'ici, de l'autre côté de la mer. Je peux faire semblant que je ne peux pas me servir de mon bras gauche, que je n'ai qu'un bras, comme Mr Smyth du magasin de fruits et légumes. Je peux dire que mon père ne boite pas. Et je n'arrête pas de penser qu'il n'y a jamais eu de trucs comme Hitler ou les nazis, parce que comme ça, ma mère ne serait pas tombée sur la glace et ne se serait pas cassé les dents. Le jour où on est partis à la messe tôt le matin et qu'il faisait encore nuit, qu'il y avait de la glace sur toutes les routes et qu'on a dû donner la main à ma mère : je n'arrête pas de penser que ce jour-là, il n'est jamais arrivé.

Ma mère dit que je suis un rêveur, c'est vrai ce qu'ils racontent sur moi à l'école. Je suis le garçon qui vit dans l'espace, à un million de kilomètres d'ici. Elle me sourit avec toutes ses dents neuves et elle dit bonne nuit. Mais c'est elle qui rêve et qui continue d'espérer que certaines choses ne sont jamais arrivées, parce qu'elle reste dans la chambre après avoir éteint la lumière, juste pour se mettre devant la fenêtre un moment, avant de redescendre. La lumière qui vient de la rue dehors agite les branches des arbres devant sa figure. On n'entend rien et, pendant un long moment, elle ne dit pas un mot.

– Personne ne peut vous forcer à sourire, elle dit.

– Quoi ? je demande.

Mais ce n'est pas à moi qu'elle parle, je le sais, elle se parle juste à elle-même, comme s'il n'y avait plus qu'elle dans la pièce.

– On peut vous obliger à montrer les dents, mais à quoi bon ? Personne ne peut vous faire sourire contre votre gré.

Des fois, c'est dur de comprendre ce qu'elle veut dire. Mais je sais qu'elle parle du mauvais film en Allemagne, quand les maisons et les trains brûlaient. Elle est debout là, les branches noires et blanches bougent sur sa figure et sur le mur derrière elle, on dirait qu'elle est coincée sur l'écran, qu'elle est sous le réverbère et qu'elle attend quelqu'un.

Je sais qu'il y avait des tas d'hommes qui voulaient sortir avec elle en Allemagne, mais ils étaient tous « bruns » – ça voulait dire nazis – et elle devait attendre quelqu'un de mieux. Ta Maria disait toujours que ce n'était pas une bonne époque pour les hommes, heureusement qu'elle, elle n'avait pas besoin de se chercher un mari ! « J'aimerais encore mieux un soldat avec une jambe en moins qu'un de ces jeunes diables au foyer en uniforme brun ! » Alors, ma mère leur a dit non, à tous. Pourtant, chaque fois elle rit et elle chante la chanson de l'homme qui embrasse le chien.

Ich küsse Ihre Hand Madam, und denk es wär Ihr Mund.
Ich küsse Ihren Mund Madam, und denk es wär Ihr Hund.

(« Je baise votre main, Madame, et je pense : si c'était votre bouche !

Je baise votre bouche, Madame, et je pense : si c'était votre chien ! »)

Alors, elle a attendu et elle a continué de travailler au bureau de l'état civil de Kempen, jusqu'au jour où elle est partie en vacances dans les montagnes Eifel avec Marianne et elles ont rencontré Angelo. Lui, c'était un homme bien. Il était sérieux et il avait beaucoup d'humour. Au début, c'était difficile de savoir celle des deux qui l'intéressait le plus, parce qu'il s'occupait pareil des deux. Il avait lu les mêmes poèmes de Rilke qu'elles. Il était poli et il ne voulait pas en laisser une hors de la conversation. S'il passait une matinée à marcher à travers champs avec Marianne, l'après-midi, il revenait avec la petite sœur. Le soir, sur leurs lits de camp, elles parlaient de lui en chuchotant, comme si c'était le seul homme bien qui reste en Allemagne.

Ça a été les meilleures deux semaines que ma mère a jamais passées de sa vie, je le sais parce qu'elle aime encore en parler. Et quelque temps après, elle a reçu un paquet de lui avec dedans une écharpe et un livre. Elle était si contente de ce cadeau qu'elle est allée le raconter à tout le monde, partout, même aux gens vieux qui travaillaient au bureau de l'état civil. Jusqu'au jour où Marianne lui a écrit en disant qu'elle aussi, elle avait reçu une écharpe et le même livre. Alors, ça a été le moment de laisser la place, ma mère a dit, parce que c'était Angelo, et plus tard il a épousé Marianne et il n'est jamais rentré de la guerre.

Et puis elle n'est plus dans ma chambre. Les branches continuent à bouger devant l'écran mais elle est redescendue, elle fait tape-tape sur la machine pour écrire toutes les choses qu'elle ne peut raconter à personne, même pas à mon père. Les trucs qu'on ne peut pas dire dans une chanson ou dans une histoire, seulement avec une machine à écrire, pour que les gens les lisent un jour, plus tard, tout seuls, sans vous regarder dans les yeux.

Elle s'est trouvé un nouveau travail à Düsseldorf, au bureau central de l'emploi. Elle était contente d'être enfin dans une ville où il se passait des choses, où on pouvait aller au théâtre et rencontrer des nouvelles personnes. Le bureau était dirigé par un homme énergique qui s'appelait Stiegler : il arrivait tous les matins en sentant l'after-shave, habillé d'un beau costume et avec le journal déjà lu, plié sous son bras. Il avait des belles chaussures et toujours les cheveux bien peignés. Il saluait tous les gens par leur nom et il serrait la main de chacun en la prenant dans les siennes avec une grande chaleur. Ma mère était la plus jeune et au bureau, les femmes plus âgées qu'elle disaient que c'était un bon patron qui aimait bien plaisanter de temps en temps, pas comme le vieux rassis qui était là avant lui. Herr Stiegler était humain, elles disaient, et pas du tout vilain garçon. Il était moderne aussi parce qu'il était marié mais ça ne l'empêchait pas de flirter innocemment de temps en temps, juste histoire de s'amuser un peu. Et quand c'était l'anniversaire de quelqu'un, il faisait attention qu'on n'oublie pas.

Je sais qu'elle n'aimait pas beaucoup ce travail mais Herr Stiegler la félicitait, il disait qu'elle était très intelligente. Il était très fort pour les compliments. Et si elle se trompait en tapant une lettre, il ne criait pas, il ne l'humiliait pas devant les autres femmes mais il lui montrait juste la faute d'orthographe pour qu'elle la corrige discrètement. Il fallait être obéissant et efficace, même si le travail était rasoir ou n'avait pas de sens. Une fois même qu'elle avait fait une grosse faute et qu'il aurait dû être vraiment furieux, il a juste souri et dit que, franchement, c'était un boulot de cochon, qu'il attendait mieux d'elle. Et sa façon de le dire était si inspirante qu'on pouvait seulement jurer de faire mieux la prochaine fois.

Il n'y avait pas beaucoup de contact avec les autres employés en dehors des heures de bureau. Tout le monde rentrait chez soi dans sa famille. Aussi, un soir, Herr Stiegler a invité ma mère à aller au théâtre pour faire connaissance de sa femme. Frau Stiegler a été très gentille, et après la pièce elle a continué la conversation dans un café voisin, avec un verre de vin. C'étaient des gens cultivés, elle a découvert, et quelques jours plus tard au bureau, quand Herr Stiegler a remarqué un livre de poèmes de Rilke dans son sac, il a été capable d'en discuter avec elle : « Pourquoi ne pas lire un poète du nom de Stefan George, un vrai maître allemand ? il a même dit après. Les plus grands poètes sont aussi les plus grands patriotes. »

Elle se sentait un peu moins comme une orpheline à Düsseldorf. Maintenant, elle était grande. Elle avait dix-neuf ans et ses sœurs l'enviaient parce qu'elle pouvait faire des tas de nouveaux trucs, comme aller au concert et voir les derniers films qui mettraient des années avant d'arriver dans une petite ville comme Kempen. Elle s'est acheté des habits neufs et elle a changé de coiffure. Le Rouleau olympique ne lui allait plus tout à fait et elle a décidé de laisser ses cheveux au naturel, avec ses boucles – les autres femmes du bureau ont dit qu'elles auraient donné cher pour avoir des boucles pareilles. Tout le monde l'a admirée, même Herr Stiegler, même s'il n'a rien dit devant tout le monde. Il a attendu de trouver une grosse faute de frappe et il est allé directement à sa table pour l'informer qu'il était un peu déçu par son travail.

– Mais la coiffure, ça, c'est une vraie réussite ! il a murmuré.

Ma mère dit que le monde serait merveilleux si on pouvait tous voir l'avenir et ce qui va se passer. Comme ça, des tas de choses n'arriveraient pas du tout. Si on voyait le futur, on pourrait empêcher deux trains de se foncer dedans et s'écrabouiller. Les Allemands sont très forts pour deviner ce qui va se passer et pour se préparer, à cause de tous les trucs qui n'ont pas marché, avant. Mais dans ce monde, il y a encore plein de choses qui se produisent pour la première fois et, quelquefois, les gens ne s'y attendent pas, c'est tout.

Tout le monde devait savoir qu'une nouvelle guerre allait arriver. Après ça, Herr Stiegler n'était souvent pas là, il partait démarrer des nouveaux programmes de recrutement dans les grandes et les moins grandes villes de la région. Il y avait tout dans le journal. Au bureau, les femmes avaient découpé une photo de Herr Stiegler qui souriait et qui saluait, avec des leaders du parti nazi.

Et puis un jour, il a choisi ma mère pour ouvrir un bureau dans la ville de Venlo, à la frontière hollandaise. Il fallait refaire toute l'organisation et il avait besoin d'une « aide dynamique ». Alors, parmi toutes les femmes du service, c'est elle qu'il a choisie pour ce travail important. Elle était très contente et un peu gênée, parce que ses collègues lui jetaient des coups d'œil jaloux. Elle a préparé ses affaires, elle a pris le train pour Venlo et elle s'est mise au travail tout de suite, avec énergie. Fini les fautes de frappe, elle s'est juré. On lui a donné une petite chambre au dernier étage de l'immeuble d'administration, où elle pouvait loger, et c'était agréable d'avoir la maison entière pour elle toute seule, le soir.

Le deuxième soir, Herr Stiegler est revenu au bureau parce qu'il avait oublié quelque chose d'important. Elle l'a entendu, en bas. Il a été très poli et il est monté jusqu'à sa chambre, juste pour être sûr qu'elle n'avait pas eu peur d'entendre quelqu'un dans le bureau. Il l'a rassurée : ce n'était que lui. Quand il a essayé d'ouvrir sa porte et qu'il s'est aperçu qu'elle la fermait à clé pour la nuit, il a ri : elle n'avait rien à craindre. Mais même là, elle n'a pas ouvert parce que ce n'est pas bien de laisser entrer un homme dans sa chambre le soir.

Herr Stiegler est descendu chercher ce qu'il lui fallait. Et après, il est remonté lui parler à travers la porte. Tout à l'heure, il avait oublié de lui dire qu'il avait quelque chose pour elle, un livre de poèmes. De Stefan George. Elle a dit merci, c'est très gentil de votre part, mais elle était déjà couchée et elle espérait que ce n'était pas impoli d'attendre demain matin pour le prendre au bureau. Alors Herr Stiegler a dit qu'il voulait juste lui montrer un ou deux vers en vitesse.

– Ma femme est en bas. Je ferais mieux de ne pas la faire attendre.

– Elle est ici, à Venlo ?

– Naturellement, Herr Stiegler a répondu.

Alors, elle a dû vite s'habiller et ouvrir la porte. Et, avant qu'elle ait eu le temps de dire ouf, il était dans la chambre à lire un des poèmes et à lui expliquer ce que ça voulait dire. Elle n'était pas tranquille, elle n'aimait pas sa façon de parler du poème. Il avait le souffle court. Elle avait peur que Frau Stiegler arrive tout d'un coup : là, il y aurait des embêtements !

– Maintenant, je dois vous demander de sortir, elle a insisté mais lui, il a juste souri et demandé de quoi elle avait peur.

– Voyons ! il a dit.

Il a posé le livre et il a fait un pas vers elle. Elle pouvait sentir l'odeur de cognac de son haleine quand il a posé les mains droit sur sa taille. Elle a essayé de le repousser. De lui rappeler que sa femme était en bas et l'attendait.

– Frau Stiegler… elle répétait tout le temps mais ça ne l'arrêtait pas.

– Voyons, Fraülein Kaiser, ne faites donc pas tant d'histoires !

Et là, elle a eu peur parce qu'elle savait ce qui l'attendait mais elle ne pouvait pas l'empêcher.

Je peux voir les branches qui dansent dehors devant le réverbère. Je les vois se balancer sur le mur de ma chambre. Je peux entendre ma mère qui tape-tape sur la machine en bas, qui met tout sur le papier pour plus tard. Elle ne peut pas empêcher les choses de se passer mais elle peut les écrire, écrire comment elle s'est débattue pour écarter Herr Stiegler. Tout ce qu'elle pouvait faire, c'était crier pour que sa voix passe par la porte ouverte et descende dans le couloir vide.

– Frau Stiegler ! elle appelait. Ici, au dernier étage !

Mais ça n'a rien changé. Elle a enfin compris : sa femme n'était pas là du tout. Il était venu seul. L'immeuble entier était vide et il n'y avait personne qu'elle pouvait appeler à l'aide. Herr Stiegler l'avait prévu. C'était peut-être même à cause de ça qu'il avait organisé toute l'expansion du bureau. Elle a protesté : je suis une honnête femme ! Elle a menacé d'aller à la police, la Gestapo, mais apparemment, il s'en fichait. Rien n'allait l'arrêter, pas même quand elle s'est mise à hurler – elle pouvait entendre l'écho de sa voix dans toute la maison. Mais personne n'était là pour l'entendre. Alors, lui, il l'a juste frappée à la figure, deux gifles, très fortes, pour avoir fait une telle comédie. Elle avait le visage qui brûlait et le goût salé du sang dans la bouche.

– Il faut savoir faire un sacrifice, il a dit.

Alors là, c'était le pire : qu'il l'accuse de ne pas savoir faire des sacrifices ! Elle s'est mise à pleurer désespérément parce qu'elle savait qu'il était beaucoup plus fort et que maintenant, elle était prise au piège : elle ne pourrait pas l'empêcher de faire ce qu'il voulait. Elle ne pouvait plus rien faire pour résister. Alors, elle a répété le non silencieux dans sa tête, sans arrêt, jusqu'à ce que ça soit fini. Et puis Herr Stiegler a dit qu'elle devait sourire.

« Fais-moi un petit sourire », il a répété plusieurs fois après, mais elle n'a pas pu. Alors il l'a forcée à sourire. Il lui a ordonné de sourire. Il a mis les doigts sur sa bouche et a forcé ses lèvres à s'ouvrir, pour qu'elle soit obligée de montrer ses dents.

Il y avait plein de glace sur la route et il faisait encore nuit quand on est allés à la messe. Les réverbères étaient toujours allumés et je pouvais voir un éclat sur la route, là où il y avait du verglas. Ma mère nous a dit de lui donner la main, Franz d'un côté et moi de l'autre. Et quand on a traversé la rue, ma mère a brusquement retiré sa main et elle est tombée en avant. Je l'ai entendue tomber et j'ai entendu un crac quand sa bouche a cogné par terre. Franz aussi est tombé en même temps et il s'est retrouvé assis par terre. J'ai essayé d'aider ma mère à se relever mais elle est restée là sur les genoux, elle regardait autour d'elle comme si elle ne savait pas où elle était, comme si elle venait de se réveiller en Irlande pour la première fois. Elle ne disait rien. Elle cherchait quelque chose, elle tâtait par terre dans le noir, avec sa main, comme si elle était aveugle. Elle a sorti un petit mouchoir blanc – des fois, elle s'en sert pour m'essuyer la figure au dernier moment, avant d'entrer à l'église. Et elle s'est mise à ramasser des trucs et à les mettre dans le mouchoir.

– Mutti, ça va ? a demandé Franz parce qu'il était le seul qui pouvait parler.

Ma mère a remué la tête de haut en bas et a posé la main sur la tête de Franz. Mais quand elle s'est relevée, j'ai vu qu'elle avait du sang dans la bouche. Je pouvais voir qu'elle n'avait plus de dents de devant, plus de sourire. Elle a mis la main sur sa bouche et on est repartis en marchant très lentement, cette fois. Et quand on est arrivés à l'église, on n'est pas allés à la messe. On a juste fait le signe de la croix, dit une prière en vitesse et puis un monsieur est venu nous ramener à la maison dans sa voiture. En chemin, l'auto dérapait tout le temps et elle partait de traviole. On avait de la chance qu'il n'y ait pas d'autres voitures sur la route, le monsieur a dit.

Ma mère me sourit avec de nouvelles dents et dit : maintenant, tout ça est oublié. « Tout peut se réparer, elle explique, sauf la mémoire. Il y a des trucs bien pires qui sont arrivés à d'autres gens, des trucs qu'on ne devrait jamais oublier. Les Allemands leur ont cassé les dents. Mais on ne peut pas aller s'imaginer que les choses ne vont pas arriver. On peut faire attention, pour être sûr qu'elles ne se reproduiront pas, mais on ne peut pas s'entêter à vouloir arrêter les choses qui sont déjà arrivées. » De nouveau, elle rit et elle sourit. Avec les yeux aussi, cette fois. Et puis elle se met à chanter la chanson de l'homme qui embrasse le chien.

XVIII

Mon père a annexé la *Kinderzimmer*. C'est la pièce où on joue et où on met nos jouets. Celle que les gens appellent en général la salle à manger. C'est là qu'il y a encore la purée au plafond. Maintenant, mon père dit qu'il va démarrer une nouvelle fabrique et il a besoin d'un endroit. D'abord, il a monté un établi dans un coin et c'est si lourd qu'on ne pourra plus jamais le bouger. Il y a un étau à un bout, avec plein de place en dessous pour ranger des bouts de bois qui pourraient être utiles plus tard. Ensuite, il a fabriqué un placard au mur pour suspendre des tas d'outils comme des ciseaux à bois, une scie et un maillet en bois. Mais avant d'acheter des trucs comme le bois, la colle ou les vis, avant même de commencer à mesurer ou à scier, il faut avoir une idée. Il faut dessiner un plan.

Mon père a des idées formidables de choses drôlement nécessaires en Irlande, comme les *Wägelchen*. Il y en a plein en Allemagne, explique ma mère, mais pas du tout en Irlande. Alors il en a dessiné un : ça avait l'air d'une boîte avec plein de mesures dessus. Lui, il peut le voir dans sa tête. Il peut voir exactement à quoi ça ressemblera quand ce sera fini, un chariot-jouet allemand avec des images de forêts, de montagnes et de contes de fées collées sur les côtés. Il appelle ça un « prototype » et on a le droit de le regarder pendant qu'il travaille tous les soirs, une fois qu'il est rentré du boulot.

– C'est pour nous ? demande Maria.

– Oui et non.

– C'est pour l'Irlande ?

– Oui et non.

Il plisse le front tout le temps en travaillant. Il est obligé de se concentrer dur et on peut voir le bout de sa langue qui dépasse au coin de sa bouche. Il faut tout mesurer deux fois, il dit, parce qu'on ne peut couper qu'une seule fois. Et puis on voit la sciure tomber par terre comme de la neige. On voit des boucles en bois qui tombent comme des cheveux blonds. Il y a aussi des chutes de bois minces qui ont l'air d'épées – on pourrait se battre avec, entre nous. Des fois, on peut l'entendre siffler un air quand il bosse jusque très tard, tous les soirs. Même quand on est déjà couchés depuis longtemps, on entend toujours grincer la perceuse à main et aussi des coups de maillet de temps en temps. Jusqu'à ce que ma mère aille dans la Kinderzimmer mettre son bras autour de lui et lui dire que le monde ne s'est pas fait en un jour, qu'il y aura encore plein de temps demain. Mais, lui, il veut quand même finir encore un petit truc et après, le silence revient quand tout le monde dort.

Un soir, il a travaillé si tard qu'il était plus de minuit. On l'entendait poncer tout le temps : « Chhh… Chhh… Chhh… », comme s'il disait à tout le monde de se taire.

Et après, toute la maison s'est remplie d'une odeur de peinture plus chouette que n'importe quelle odeur au monde. Et le lendemain matin, quand on s'est levés, le premier Wägelchen était prêt : il était là dans le couloir, peint en rouge avec des roues noires et avec une corde attachée devant, pour le tirer. Ma mère a applaudi, elle a dit que c'était beau, exactement comme les petits chariots qu'elle avait eus quand elle était petite. Il y avait un nouveau bébé à la maison qui s'appelait Ita et tout le monde se rassemblait toujours autour d'elle pour essayer de la faire sourire. Ma mère a pris le bébé et l'a installé dans le Wägelchen rouge tout neuf ; nous, on devait faire sourire Ita pour que mon père puisse prendre une photo. Et puis, ça a été l'heure que mon père parte au travail avec le chariot sous le bras et une liste tapée par ma mère, avec tout ce qu'il avait fallu pour le fabriquer, avec le prix de chaque chose, du bois aux roues et sans oublier le moins cher : la colle.

Les gens, dans les magasins de Dublin, ils ont trouvé ça beau mais trop cher. Même quand mon père leur a dit que c'était fabriqué en Irlande, même quand il leur a montré la liste des matériaux et qu'il leur a expliqué le temps qu'il avait passé dessus, ils ont secoué la tête : non, personne en Irlande n'avait d'argent à dépenser pour un petit chariot. Ce n'est pas un truc qu'on achète dans les magasins, même si c'est très beau. Quand mon père fait les boutiques de la ville tous les jours, à l'heure du déjeuner, avec le Wägelchen sous le bras, les gens s'arrêtent pour lui demander où il l'a déniché. Ça ne veut pas dire qu'ils veulent en acheter un ou que les magasins veulent des trucs faits à la main, non. Mais lui, ça ne l'empêche pas de continuer. Tous les soirs, il rentre par le train et il va dans la Kinderzimmer travailler sur le chariot suivant. Parce qu'un jour, les Irlandais cesseront d'acheter uniquement des choses fabriquées en Grande-Bretagne, il dit. Un jour, l'Irlande aura ses grandes inventions à elle.

Chez nous, tout le monde est très occupé, on travaille et on invente des trucs. Franz construit un pont en Meccano et Maria apprend à tricoter. Quand mon père n'est pas en train de fabriquer un autre chariot, il est dans la serre et il sème des graines dans des caisses pour pouvoir planter plein de fleurs d'autant de sortes que possible, quand ce sera l'été. Il y aura des tas de trucs à manger aussi, comme des choux, des petits pois et des tomates de la serre. Ma mère est toujours occupée aussi, elle essaie d'apprendre au nouveau bébé à parler et à s'asseoir, mais Ita n'arrête pas de filer et ma mère est obligée de lui courir après. Ita passe ses journées sur le pot, pendant que ma mère essaie toujours de lui faire manger sa dernière cuillerée. Ita connaît le moyen le plus rapide de se déplacer dans la maison : assise sur le pot, elle avance en poussant sur les talons de ses chaussures sans dire un mot, parce qu'elle n'a toujours pas avalé sa dernière cuillerée et qu'elle a la bouche pleine.

Ma mère essaie de ne pas dépenser d'argent et un jour, elle a acheté une grosse langue chez le boucher, une langue de vache. Très bon marché et goûteuse, elle dit. On est montés sur les chaises pour la regarder, recroquevillée dans un grand bocal sur la fenêtre de la cuisine, à côté de Notre-Dame. Elle était violette et grise, avec des tas de petites épines et des craquelures. Maria a tiré sa langue à elle pour la regarder dans la glace et moi, je me suis demandé comment ce serait de mettre la langue dans l'étau, parce que ma mère va devoir faire ça avec la langue de vache, elle a expliqué. Elle va la bouillir et la serrer dans l'étau.

Des fois, quand mon père est à son travail, je rentre dans la Kinderzimmer et j'invente mes inventions à moi. Je mets plein de trucs dans l'étau et je les serre aussi fort que je peux, jusqu'à ce qu'ils changent de forme. Franz aussi, il aime écrabouiller des bonbons durs pour qu'ils tombent en poussière. J'ai des mots anglais dans la tête et j'ai envie de les dire et de les répéter tout fort parce que je les aime bien : «*Don't forget the fruit gums, chum*[1].» Je prends des bouts de bois et des boutons qui ne servent plus, pour voir au bout de combien de temps ils vont se tordre ou se casser. Et pendant tout ce temps-là, je répète mes mots secrets : «*Don't forget the fruit gums, chum.*»

Un jour, j'ai attrapé une esquille dans le pied parce que je courais sur le plancher pieds nus. Mais mon père a tout de suite su quoi faire : il a pris une aiguille et il m'a dit de poser le pied sur la table. Il a enlevé ses lunettes et il s'est mis à me piquer avec l'aiguille jusqu'à ce que j'enlève mon pied, parce que j'ai cru que ça allait faire mal. Mais lui, il a dit : rien ne fait mal, sauf ce qu'on a dans la tête. Alors, il a soulevé la peau avec l'aiguille, tout doucement, et il a enlevé l'esquille sans me faire mal. Et après, il m'a montré la petite écharde qui avait causé tellement d'embêtements et tout le monde a souri, parce que ça n'avait pas fait mal du tout.

– La douleur, ça n'existe pas, a expliqué ma mère. La seule chose qui fait mal, c'est la honte. On a mal partout quand on a honte.

Et c'est vrai. Un jour, j'avais volé de l'argent dans la poche du manteau de ma mère, elle m'a amené au salon et elle a voulu me taper les jambes avec sa main. Ça n'a pas fait mal parce qu'elle ne sait pas très bien s'y prendre. Mais j'avais honte et je n'avais rien à dire. Je regrettais, c'est tout, et c'était bien pire. Mon père, lui, il est plus fort en punitions et un jour, quand il a entendu que j'avais rapporté des mots anglais dans la maison, il s'est mis très en colère.

1. Slogan publicitaire des années cinquante : «N'oublie pas les gommes aux fruits, mon pote.»

Je ne pouvais pas m'arrêter de répéter : «*Don't forget the fruit gums, chum*», parce que les mots me collaient à la bouche. Je ne pouvais pas non plus m'arrêter de taper des gens comme Franz et Maria, parce que j'étais obligé de les taper, même si je ne le voulais pas. Mon père, lui, il savait quoi faire. Il a pris une baguette dans la serre et il a dit qu'il fallait qu'on fasse un sacrifice. Il m'a fait monter au premier et ma mère a fermé toutes les portes de la maison pour que personne n'entende. Quand on est arrivés sur le palier, mon père nous a dit de nous agenouiller et de prier pour qu'il fasse ce qui était bon pour l'Irlande. On s'est agenouillés et on a demandé à Dieu combien de coups de baguette étaient justes à son avis. Mon père a dit quinze. Moi, j'espérais que Dieu dirait pas de coups, parce que je n'avais pas voulu faire de mal et c'était peut-être mieux pour l'Irlande de me donner une dernière chance. Mais mon père a entendu Dieu dire « quinze » et pas un de moins. Alors, il m'a emmené dans une chambre, il m'a dit de m'étendre sur le lit et de baisser mon pantalon. J'ai entendu la baguette siffler dans l'air mais ça ne m'a pas fait mal du tout parce que je savais que je faisais un sacrifice. Mon père m'a dit de compter jusqu'à quinze pour être sûr qu'il n'oublie pas à quel numéro il en était ou pour qu'il n'en saute pas un. Si seulement je n'avais jamais appris à compter en irlandais ! Quand ça a été fini, on a dû encore s'agenouiller et remercier Dieu. J'avais honte, je croyais que maintenant, les gens du monde entier étaient en train de se moquer de moi. Quand les gens se moquent de vous, c'est pire que la baguette et tout ce qui peut arriver avec. Même serrer son doigt dans l'étau, même serrer sa langue dedans, c'est pas aussi mal que d'avoir honte et de ne pas pouvoir parler.

Je sais que les gens se moquent de notre famille. Nous, on est bizarres parce qu'on ne parle pas anglais quand on mange ou quand on joue sur les marches de granite, devant la maison. On est bizarres, parce que mon père va dans une quincaillerie acheter du bois en irlandais à un homme qui sait parler cette langue. On est bizarres aussi parce qu'on est allemands, que ma mère ferme les portes et répète toujours les mêmes choses à tout le monde : ce n'est pas bon de gagner, il vaut mieux faire comme si la douleur était un truc qui n'existe pas, personne ne peut vous forcer à sourire et il faut toujours dire le non silencieux. J'ai honte dans la rue, parce que les gens savent que j'ai eu droit à la baguette sur le derrière et que je ne peux pas parler anglais. Les gens du dehors, on s'en fiche pas mal, dit mon père : on va leur montrer ce que c'est d'être irlandais. Nous, on doit être aussi irlandais que possible et faire un sacrifice.

Et puis mon père s'assied et il me raconte encore l'histoire de son grand-père, Tadhg Ó Donnabháin Dall, Ted O'Donovan Blind. Ce n'est pas parce qu'il était aveugle qu'on l'appelait O'Donovan l'Aveugle, mais parce qu'il était le fils d'un aveugle. Lui, c'était un parle-irlandais avec une barbe et qui écrivait des livres. Il était arpenteur-géomètre, il avait passé sa vie à voyager dans tout le West Cork et il adorait la poésie écrite en irlandais.

Dans la province de Munster, d'où vient mon père, il y avait des tas de poètes qui parlaient et écrivaient dans leur propre langue. Mais c'était il y a longtemps, du temps où les gens parlaient encore irlandais partout. Du temps où les poètes trouvaient bon accueil dans n'importe quel foyer et où ils étaient traités comme des rois. Si un poète frappait à la porte d'une grande maison où vivaient des nobles, mon père racontait, on lui offrait à manger et un lit pour la nuit. Quand on était gentil avec les poètes, en les invitant si on était en train de faire la fête, ils vous écrivaient des grands poèmes pour dire au monde entier que vous étiez tellement généreux et cultivé. Mais si vous étiez méchant et que vous les renvoyiez, ils écrivaient sur vous des méchants poèmes qui vous donnaient honte. On les appelait des « bardes », mais ce qui s'est passé un jour, c'est que tous les gens qui s'occupaient des poètes, les comtes et les autres nobles, ils ont perdu la guerre contre les Britanniques et ils ont dû quitter leurs maisons et s'enfuir en France. Les poètes, eux, ils n'avaient plus nulle part où aller, alors ils ont disparu aussi et l'Irlande est restée un moment sans poésie.

Après, les noms des rues et des villages ont été mis en anglais, et les Irlandais ne savaient plus où ils allaient. Les gens se perdaient parce qu'ils ne reconnaissaient plus le paysage autour d'eux. Léim Uí Dhonnabháin est devenu Leap. Gleann d'óir est devenu Glandore, et Cionn tSáile – Kinsale. Les noms de gens aussi ont été changés. Ó Mathúna est devenu O'Mahony et Ó hUrmoltaigh

– Hamilton. Tous les Irlandais se baladaient en titubant parce qu'ils ne savaient plus qui ils étaient ou à qui ils parlaient, raconte mon père. Ils ne retrouvaient pas le chemin pour rentrer à la maison. Ils n'avaient plus de chez-eux. Et ça, c'était la pire douleur de toutes : être perdu et honteux, et avoir le mal du pays.

Et voilà comment mon arrière-grand-père est devenu aveugle, parce qu'il descendait d'un poète qui avait perdu son chemin et qui était devenu aveugle. Ted O'Donovan Blind a trouvé du travail comme arpenteur-géomètre et, toute sa vie, il a parcouru le West Cork. Il parlait irlandais et il récitait des vieux poèmes gaéliques pour que les gens aient l'impression d'être chez eux. Mais c'était trop tard : la plupart des gens parlaient déjà anglais et suivaient les pancartes en anglais. Et personne ne voulait plus que ses enfants parlent irlandais, on avait peur qu'ils n'arrivent pas à trouver leur chemin dans des endroits comme l'Amérique, le Canada ou l'Australie.

En Irlande, le « gaélique » s'appelle « l'irlandais », pour que les Irlandais se rappellent dans quel pays ils vivent. Il y en a qui disent que l'irlandais, ça leur rappelle la grande famine, quand il n'y avait plus rien à manger que des vieux poèmes en irlandais. Les gens ont mis en anglais tout ce qui leur appartenait, mon père explique : leurs histoires, leurs chansons, même leurs souvenirs et leurs photos de famille. Ils disent que l'irlandais n'a plus rien à voir avec eux, n'empêche que, même s'ils ne le savent pas, une partie de leur façon de dire les choses, elle vient des vieux bardes. En Irlande, le temps n'a pas commencé avec l'anglais, dit mon père. Et juste parce qu'ils parlent tous si bien anglais, ça ne veut pas dire que les Irlandais ne sont plus aveugles ou qu'ils savent où ils vont. Il y a des choses qu'on ne peut se rappeler qu'en irlandais.

Un jour, les Irlandais se réveilleront et ils se demanderont s'ils sont encore irlandais, il dit.

Et c'est pour ça que c'est important de ne pas rapporter à la maison des vilains mots comme *fruit gum*. C'est pour ça que c'est important de travailler dur et d'inventer des tas de nouveaux trucs en Irlande, et de se battre pour les petites langues qui sont en train de mourir. Parce que votre langue, c'est votre maison ; votre langue, c'est votre pays. Et si toutes les petites langues disparaissaient et que le monde entier ne parle plus qu'une seule langue ? On serait tous perdus et aveugles, il dit, comme les poètes du Munster sans personne pour les accueillir, rien que des portes qui battent au vent.

– Nous vivons à la veille de l'extinction, mon père explique ; un jour, il n'y aura plus qu'une seule langue et tout le monde sera perdu.

» Le monde est plein de gens qui ont le mal du pays.

Le soir, mon père reste dehors au jardin aussi longtemps qu'il peut, parce qu'il fait encore jour. C'est le moment de planter toutes les fleurs et les légumes, et de se débarrasser des trucs qu'il ne veut pas, comme les pissenlits. Il y a aussi des fleurs roses et blanches qui poussent sur les murs de granite, elles sont jolies mais tout le monde les déteste parce qu'elles sont sauvages, qu'elles bousillent les murs et qu'elles font des bonnes cachettes à escargots. Il y a des buissons qu'on ne trouve qu'au bord de la mer, avec des fleurs mauves et des feuilles qui poussent tout le temps de l'intérieur : si on enlève les feuilles extérieures, on n'en finit pas pour arriver à un tout petit bouton vert, au centre. Avant, toutes les plantes étaient sauvages, mon père raconte, et il fait pousser des pois de senteur. Il allume toujours un feu qui crépite et qui siffle. On ne voit pas de flammes mais plein de fumée qui part dans tout le jardin, comme s'il envoyait un message dans le monde entier.

Ma mère, à l'intérieur, elle fait bouillir la langue de vache et ça sent fort dans toute la maison. Ce soir-là, on la regarde emballer la langue dans un torchon blanc et la mettre dans l'étau. Elle fait tourner le levier et elle serre la langue aussi fort qu'elle peut. Et puis elle la laisse là toute la nuit.

Le lendemain, on se met à table pour dîner et ma mère apporte la langue sur un plat : elle est toute rose et pressée en forme de carré par l'étau, et il y a aussi de la colle autour. Mon père prend le couteau et commence à découper. Tout le monde en a une tranche avec du chou. Franz demande : est-ce qu'on va se mettre à faire meuh, si on mange une langue de vache ? Ma mère rit mais maintenant, il faut cesser les plaisanteries et manger. Je n'aime pas le goût de la langue. On dirait qu'on mange du caoutchouc. Je regarde Franz et Maria : eux aussi, ils se sont arrêtés de mâcher.

Maria a la permission de recracher la langue sur son assiette parce qu'elle va vomir, mais nous, on doit continuer de manger jusqu'à ce qu'on ait fini et apprendre à ne pas avoir peur des goûts nouveaux.

– C'est exactement pareil que du jambon, dit ma mère.

Elle la mange, mon père la mange et ils remuent la tête de haut en bas en se regardant.

– Excellent ! dit mon père.

Mais je ne crois pas qu'ils aiment ça non plus. Je crois qu'ils font juste semblant, parce qu'ils ne veulent pas que ce soit gaspillé et que les autres sachent qu'ils ont tort. Alors, nous, on doit continuer à mâcher, même si moi aussi je vais presque vomir. Je ne peux pas m'empêcher de penser que je vais me mordre la langue et que toute la colle sortira de l'intérieur. Tout s'arrête. J'ai un gros morceau dans la bouche et je reste comme Ita sur son pot – sans avaler la dernière cuillerée, sans dire un mot –, jusqu'à ce que ma mère dise : ça va, vous n'êtes pas obligés de finir, aussi longtemps que vous liquidez le chou.

– Je suppose que vous n'avez pas envie de manger un truc que quelqu'un d'autre a déjà eu dans sa bouche, elle explique.

Et je peux voir ses épaules se secouer. Elle se met à rire si fort qu'elle ne peut plus manger non plus. Mon père aussi rit et il est obligé d'enlever ses lunettes. Cette fois, il a des larmes aux yeux et ils rient encore longtemps. Alors, ma mère nous dit de débarrasser la table et elle promet que nous ne serons plus jamais obligés de manger de la langue, aussi longtemps que nous vivrons.

XIX

Mon père boite parce que, quand il était petit, il a eu une très vilaine maladie qui s'appelle la polio. Et le chapitre est clos, il dit. Sauf que ce n'est pas vrai. Ce n'est pas un mensonge, mais pas la vérité non plus parce qu'il n'a jamais parlé du docteur qu'il avait vu, de l'hôpital où il était allé et des bonbons qu'on lui avait offerts. Il n'a jamais eu la polio : Onkel Ted m'a raconté un jour que mon père était né comme ça. Alors, sa mère a peut-être inventé cette histoire de polio, parce que les gens avaient peur de ceux qui étaient déformés à la naissance et c'était mieux de dire qu'on avait une maladie, comme tout le monde. Ou bien c'est mon père qui l'a inventée parce que les autres se moquaient toujours de lui. Ils le suivaient en boitant quand il allait à l'école et disaient qu'il avait eu un père dans la Marine britannique.

Des fois, le dimanche, on va voir notre parenté. Tante Roseleen me sourit tout le temps avec ses yeux. Onkel P. J. a un bracelet-montre avec un couvercle d'argent dessus, pour protéger le verre et l'empêcher de se casser si on part à la guerre. Tante Lilly a deux fils qui s'appellent Jimmy et Pat et qui jettent des pièces en l'air et nous apprennent à jouer aux cartes. Des fois, c'est eux qui viennent tous chez nous et ils apportent de la limonade rouge; Tante Kathleen vient de Middleton et Tante Eileen de Skibbereen avec Geraldine et Carmel. Alors, la maison est pleine de fumée et d'anglais. Moi, j'ai toujours peur d'apporter des mauvais mots à la maison mais mon père se met aussi à raconter des histoires en anglais et tout va bien, aussi longtemps que les invités sont là.

Personne en Irlande ne sait faire un gâteau aussi bien que ma mère, ils disent. Personne n'est capable de fabriquer un petit chariot en bois aussi bien que mon père, et il n'y a pas d'enfants aussi chanceux que nous, avec nos trois langues, parce qu'on ne sera jamais sans patrie. Ils s'asseyent autour de la table et parlent jusqu'à très tard, mais personne ne dit jamais rien au sujet de la jambe boiteuse de mon père. Nous, on ne savait pas quelles questions poser, jusqu'au jour où j'ai raconté à Onkel Ted que la pire maladie du monde, c'était la polio, parce qu'elle vous raccourcit les jambes et on boite.

– La polio, hein. Vraiment ?

Ma mère dit qu'il y a des choses, c'est dur d'en parler. Il y a des trucs « intimes ».

– Tu te rappelles le bâton dans l'eau ? elle explique. Tu te rappelles le jour où on était à la mer, là où le chien aboyait, et il y avait un bâton dans l'eau qui était tordu. On sait qu'il n'est pas tordu ou cassé pour de vrai. C'est une illusion, mais ça ne veut pas dire que c'est un mensonge.

Il n'y a rien au monde que ma mère déteste plus que le mensonge. Elle veut qu'on soit franc et qu'on dise la vérité quand on nous interroge, parce que les mensonges, c'est pire que le meurtre et personne ne vous fera plus confiance. Vous ne vous ferez même plus confiance à vous-même. Elle ne veut plus de mensonges, pas même un petit, pas même un mensonge irlandais. Mensonges irlandais, mensonges allemands : pour elle, ça ne change rien, c'est toujours mal. Et de toute façon, chez nous c'est impossible de mentir, parce que ma mère a un bon nez et elle sait flairer quand quelque chose crame. Aussi, mon père a une très bonne oreille pour la musique ; il peut entendre craquer le plancher à des kilomètres, même quand il est au bureau où il travaille à Dublin, à la Compagnie de l'électricité. Un jour, je suis retourné regarder dans son placard. Cette fois, j'étais seul et j'ai retrouvé la photo du marin que mon père ne voulait pas que je voie. J'ai trouvé les photos de l'*HMS Nemesis* et toutes les médailles de la Marine britannique. Quand mon père est rentré de son travail ce soir-là et qu'on s'est tous assis à table pour dîner, il le savait et il avait le front plissé.

– Qu'est-ce que tu as fait aujourd'hui ? il a demandé.

– Rien, j'ai répondu.

– Rien, il a dit très fort. C'est la plus vieille réponse qui existe en Irlande.

Toutes les réponses d'Irlande, il les connaît puisqu'il a été instituteur dans le temps. Je pouvais me voir deux fois dans ses lunettes mais je n'arrivais pas à savoir s'il avait les yeux doux ou durs. Il attendait que je parle, alors je lui ai dit que je voulais être marin quand je serais grand. Je voudrais avoir un uniforme et faire le tour du monde sur des bateaux.

– As-tu regardé dans mon placard ?

– Non.

Je savais que personne ne me ferait plus jamais confiance parce que j'avais dit un mensonge. Mon père m'a reposé la même question. Il a dit que j'étais le champion des mauvaises réponses : réfléchis bien parce que, cette fois, je veux la bonne.

– Il ne faut jamais avoir peur de la vérité, a dit ma mère.

Elle doit sentir le cramé, j'ai pensé. Et mon père me regardait beurrer une tranche de pain avec du beurre dur, je faisais des gros trous, je massacrais la tartine.

– Non, j'ai répété.

– Nous devons le croire, a dit ma mère.

Mais après le dîner, quand la table a été débarrassée, j'ai dû rester là avec mon père qui me regardait. Lui, il est capable d'entendre ce que vous avez dans la tête. Il a attendu un petit moment et puis il m'a demandé si j'avais des questions à lui poser.

– Non.

– Mais alors, pourquoi es-tu allé regarder dans mon placard ?

Je ne savais pas bien quelles questions pouvaient le mettre en colère et quelles questions pouvaient le faire sourire. Il est resté en face de moi un bon moment jusqu'à ce qu'il parte au jardin, parce que le vent se levait. Il m'a dit de rester assis là et de réfléchir. Je pouvais l'entendre dans la serre faire du bruit avec des baguettes et j'ai pensé que j'allais encore y avoir droit et qu'on allait remonter au premier prier pour l'Irlande. La porte de derrière a claqué avec colère. Mais après, j'ai entendu qu'il était dans le jardin avec les baguettes et qu'il attachait les nouveaux arbres.

J'ai entendu le vent souffler. J'ai entendu ma mère parler à mon père et, quand il est rentré s'asseoir à table, il faisait nuit. Il m'a regardé et il a juste souri. Il n'était plus en colère. Il a dit que c'était mal de mentir, que c'était mal de s'intéresser davantage au passé qu'à l'avenir. Ça ne servait à rien de toujours regarder en arrière et il préférait me montrer autre chose.

– Je vais te montrer ton avenir, il a annoncé.

J'ai attendu qu'il dise ce que c'était mais il a juste souri.

– Ce sera dans peu de temps, attends de voir. Nous allons bientôt y aller.

Cette nuit-là, il y a eu une grande tempête. La fenêtre faisait du bruit et la pluie tapait sur la vitre. Par moments, le vent poussait si fort que même le bruit de la fenêtre s'arrêtait et je croyais que le verre allait casser. Je pouvais voir l'ombre des arbres sur le mur, elle tremblait tellement que des fois, les arbres disparaissaient complètement. Dehors, le vent était si déchaîné et si en colère que j'ai cru que le toit allait s'envoler. La porte d'entrée s'ouvrirait toute seule et tout le monde pourrait entrer dans la maison et nous voir. J'ai entendu mon père monter l'escalier avec un pied dur et un pied doux. Ma mère est venue dire bonsoir et m'a dit de prier pour tous les gens en mer, et alors j'ai pensé que la maison bougeait comme un bateau.

Je sais que quand mon père était petit, il s'appelait Jack, à cause de son père, John. Il ne savait rien de son père jusqu'au jour où sa mère lui a dit que c'était un marin aux yeux doux. Le marin avait une voix douce aussi et sa femme, il l'appelait toujours « bébé » parce qu'elle avait été la plus jeune de sa famille. Il était tout le temps parti en mer, même à Noël. Mon père ne pouvait se rappeler qu'une seule chose qu'il avait vue : l'uniforme de marin posé sur la table de la cuisine un soir, tout prêt. Le lendemain matin, son père était déjà reparti et il ne restait rien, juste la photo sur la cheminée et toutes les lettres qu'il écrivait à la maison – elles étaient rangées dans une boîte en fer avec des roses sur le couvercle.

Chaque fois qu'il y avait une tempête, la mère de mon père restait debout toute la nuit et elle priait pour tous les gens qui étaient en mer. Plus tard, elle savait que tout allait bien quand elle recevait une carte postale de Gibraltar avec un message court :

« Chère Mary Frances,
« Dure traversée. Plus le mal du pays que le mal de mer.
« Toute mon affection,

« JOHN. »

Ça, c'est la dernière carte qu'il a envoyée. Il avait dû la mettre dans la boîte aux lettres avant de sortir travailler sur le pont. Une vague a dû arriver par le côté et faire pencher le bateau, il paraît, parce qu'il est passé par-dessus la rambarde et il est tombé sur le pont du dessous. Il serait passé par-dessus bord et il se serait noyé, sans ses amis pour le tirer de là et l'emmener à l'intérieur sur sa couchette, pour dormir un coup. Mais quand il s'est réveillé, il ne se souvenait plus de rien. Il n'avait pas l'air malade, il n'avait pas d'os cassés. Il n'y avait rien du tout qui clochait jusqu'à ce qu'il débarque à Gibraltar : là, il s'est perdu. Il était comme les poètes du Munster, il a tourné en rond dans la ville sans savoir où aller, jusqu'au moment où le capitaine s'est rendu compte qu'il n'était pas là. Il a envoyé des hommes à sa recherche pour l'arrêter comme déserteur.

Les premières nouvelles que Mary Frances a eues, c'est quelques semaines plus tard, quand elle a reçu une lettre de Manchester disant que son mari était là, à l'hôpital. Il était tombé et il avait perdu la mémoire sur le *HMS Vivid*. Comme elle ne pouvait pas aller le voir, elle a demandé à une cousine qui était sœur à Liverpool d'aller le voir à sa place. Et puis, au bout d'un long moment, il a eu la permission de rentrer chez lui, à Leap. Il n'a plus jamais remis l'uniforme de marin. Et il ne risquait plus jamais d'avoir le mal de mer, parce que la Marine l'avait « réformé pour invalidité ». Un invalide, ça ne touche plus d'argent de la Marine britannique et lui, il ne pouvait pas faire d'autre travail à Leap. Alors, Mary Frances s'est occupée de lui et elle allait à la messe avec lui tous les matins pour essayer de faire revenir sa mémoire. Il se souvenait de la figure et du nom de Mary Frances mais, au bout d'un moment, il s'est mis à oublier même ça, alors des fois il ne pouvait rien faire, juste mettre sa tête dans ses mains et dire qu'il voulait rentrer à la maison. Il était un étranger chez lui. Et puis un jour, il a complètement perdu l'esprit et il a pris un couteau dans sa main. Mon père était encore un petit garçon et il pleurait si fort que le bruit est rentré dans la tête du marin comme un clou dans le mur. Il s'est levé et il a dit qu'il allait le tuer s'il ne restait pas tranquille. Tout le monde dans le West Cork savait que ce n'était pas le genre de John Hamilton de faire une chose pareille, mais sa tête ne marchait plus bien après qu'il était tombé sur un bateau britannique. Il était debout, devant sa propre photo en uniforme, avec un couteau de cuisine dans la main et il criait. Mary Frances a dû venir se planter devant lui, devant l'homme qu'elle aimait plus que n'importe qui au monde, et lui dire de la tuer d'abord.

Des fois, c'est une erreur d'être le fils de gens qui s'aiment trop. Mary Frances allait le voir à l'hôpital de Cork aussi souvent qu'elle pouvait. Un jour, après la naissance de Ted, ils sont tous allés lui rendre visite ensemble, mais il n'a reconnu personne et il s'est juste tourné de l'autre côté dans son lit. Alors, un prêtre a dû venir et le marin est mort tout seul. Onkel Ted raconte qu'un jour d'hiver très froid, son corps a été ramené en train à Skibbereen et là, une charrette l'a porté jusqu'au cimetière sur la colline, à Glandore. Après ça, il ne restait plus que la photo du marin sur la cheminée et la boîte avec la dernière carte qu'il avait envoyée chez lui. Mary Frances n'avait plus rien d'autre dans l'esprit que prier et se battre pour une pension de la Marine britannique – peu importe le temps que ça prendrait –, pour pouvoir éduquer ses enfants et être sûre qu'ils ne seraient pas obligés d'aller dans la Marine ou d'émigrer en Amérique. Ça a été le plus beau jour de sa vie quand ses deux fils sont revenus la voir à Leap et que l'un était ingénieur et l'autre jésuite.

– Ce n'est pas bon de regarder en arrière, explique mon père. (Il est de nouveau assis en face de moi à la table du petit déjeuner et il sourit.) Tu devrais regarder en avant. Tu es comme une feuille de papier vierge, tu devrais seulement regarder en avant.

C'est peut-être pour ça qu'il a dû mettre la photo du marin aux yeux doux dans le placard, avec toutes les médailles et la boîte avec la carte postale du mal du pays. C'est peut-être pour ça qu'il ne veut pas que les gens sachent qu'il boite, parce que maintenant, on vit dans un pays neuf et on ne peut plus jamais revenir au passé. Et c'est peut-être pour ça qu'il a changé son nom et l'a mis en irlandais : pour qu'on ait jamais le mal du pays.

– Encore dix jours, et on sera dans l'avenir, Maria dit.

La tempête était finie. Il n'y avait plus du tout de vent et le soleil brillait mais, quand mon père est parti au travail, il a vu les ardoises cassées par terre et il a dit qu'il y avait un trou dans le toit. Aussi, il y avait des branches cassées plein partout dans la rue et il nous a dit de ne pas toucher aux fils électriques, jamais. En bas, sur le front de mer, les vagues avaient jeté plein de sable et d'algues sur la route, comme si elle faisait partie de la mer, comme si Dublin allait bientôt vivre sous l'eau.

Un monsieur est venu réparer le toit. Il s'appelait Mr McNally et quand je suis rentré de l'école, j'ai vu l'échelle dans la maison, elle montait jusqu'à la lucarne. Il était déjà sur le toit depuis un bon moment, a dit ma mère, et à ce train-là, ça ferait bientôt un temps infini. Je savais que l'infini, c'est encore plus loin que le futur, mais je ne savais pas que c'était aussi dans le passé. Elle ne pouvait pas attendre qu'il descende, alors elle s'est plantée au bas de l'échelle et elle l'a appelé.

– Mr Mc*Ne*lly ! elle a crié, parce qu'elle dit tout avec un accent allemand. Mr Mc*Ne*lly, j'ai une tasse de thé qui vous attend.

En Irlande, on ne peut rien demander aux gens, elle dit. Ce n'est pas comme en Allemagne, où une question, c'est juste une question. En Irlande, les gens se vexent quand on pose des questions, parce que c'est une façon de dire ce qu'on pense. Le seul moyen de demander quelque chose poliment à Mr McNally, c'était de lui offrir une tasse de thé. Ma mère ne pouvait pas grimper à l'échelle, alors elle appelait d'en bas, à travers la lucarne. Elle a expliqué : plus Mr McNally passerait de temps là-haut et plus le trou du toit s'agrandirait, et plus on aurait d'argent à payer.

De temps en temps, le téléphone sonnait, c'était mon père qui appelait du bureau : où en était Mr McNally, le trou était gros comment ? Puisque mon père ne pouvait pas rentrer tôt à la maison et grimper à l'échelle lui-même, ma mère a été obligée de monter au premier et d'appeler en se tournant vers le haut, vers l'infini, pour dire que le thé était prêt et qu'il refroidissait. En plus, il y avait des biscuits allemands maison, juste sortis du four, couverts de sucre glace et de petits vermicelles en sucre de toutes les couleurs. Mais comme Mr McNally n'était toujours pas descendu, elle est allée l'appeler du jardin de derrière et ensuite, du jardin de devant la maison. Toute la rue savait que le thé était prêt et que ma mère s'inquiétait, parce que ce n'était jamais arrivé que quelqu'un ne descende pas manger ses biscuits. Le téléphone a encore sonné et elle a dit à mon père que Mr McNally avait peut-être du mal à entendre. Et pendant ce temps-là, plus il restait là-haut, lui, plus le trou s'agrandissait. La prochaine fois qu'il y aurait des ennuis au toit, ma mère demanderait deux hommes pour le réparer : un pour faire le travail, et l'autre pour monter à l'échelle et dire au premier de descendre pour le thé et les biscuits.

Finalement, elle a enlevé son tablier et elle nous a dit de tenir l'échelle pendant qu'elle essayait de grimper elle-même. Le soleil brillait à travers la lucarne et elle n'est pas montée très loin parce que l'échelle s'est mise à trembler et elle est redescendue. Elle m'a dit que je n'avais rien à craindre, elle tiendrait elle-même l'échelle et il n'arriverait rien. Alors, lentement, j'ai grimpé vers l'infini et j'ai passé ma tête dehors, sur le toit, mais le soleil était si fort que j'étais aveuglé, je n'y voyais rien. Tout ce que j'ai entendu, c'est un ronflement.

Ma mère ne pouvait pas comprendre pourquoi Mr McNally ne préférait pas s'allonger pour dormir sur le canapé plutôt que sur le toit. Elle aime que les choses soient faites correctement, là où il faut, et le toit, ce n'est pas un endroit pour dormir.

Mr McNally était très gentil. Il a souri et il a dit que le trou du toit n'était pas moitié aussi gros qu'il l'avait cru. Il aurait pu être bien plus gros. Il avait vu des dégâts épouvantables sur d'autres toitures. Il s'est assis à la table avec le journal et il a regardé une liste de noms de chevaux. Et puis il a roulé son journal, il l'a rangé dans la poche de sa veste et il a bu le thé. Il a mangé des biscuits et puis il a allumé une cigarette. Tout le temps, il parlait à ma mère et il lui a demandé si elle savait ce que ça fait de ne pas pouvoir se souvenir de quelque chose, comme du nom d'un cheval ou d'un footballeur. Ma mère a remué la tête de haut en bas comme si elle aussi, il y avait des trucs qu'elle ne se rappelait pas. Des fois, j'ai l'impression que je perds la mémoire, a dit Mr McNally. C'est la pire chose de toutes, de ne pas savoir de quoi on ne se souvient plus. Et puis, ça a été l'heure de partir et il a dit qu'il n'avait encore jamais mangé des biscuits aussi bons que les siens. Il espérait qu'il y aurait bientôt une autre tempête pour qu'il soit obligé de revenir réparer le toit. Ma mère a souri. Il m'a tapé sur la tête avec son journal et il a dit que j'étais un petit diable bien chanceux et, une fois qu'il était parti, on a compté les biscuits qui restaient.

Ma mère a senti la fumée bleue et elle a regardé par la fenêtre un long moment pour voir si elle pouvait se rappeler la chose qu'elle avait oubliée. Mais c'était juste un truc qu'elle ne pouvait pas se sortir de la tête. Un truc du temps de l'Allemagne, qu'elle avait presque liquidé en l'écrivant dans un journal pour ses enfants. Pourtant, ça revenait toujours. Des fois, c'était là, au fond de sa tête, et elle ne savait même pas ce qui la chiffonnait. Jusqu'au jour où elle s'est assise et elle s'en est souvenue. Elle a senti la fumée et elle a repensé au passé, au temps où elle était piégée, comme si elle n'arrivait toujours pas à passer à autre chose, comme si elle ne devait jamais voir l'avenir. Elle resterait toute sa vie dans ce moment-là, quand Stiegler montait l'escalier : un temps infini et sans défense. Au début, elle a essayé de résister, elle a dit qu'elle irait à la police mais Stiegler a répondu que ce n'était pas une bonne idée, parce qu'il avait trop de bons amis à la Gestapo. Ils ne la croiraient jamais.

– Je le dirai à votre femme.

Mais il n'avait même pas peur de ça :

– Je ne te le conseille pas.

Il avait le pouvoir dans ses mains, elle pas. Tous les soirs, il montait l'escalier et elle entendait le bruit de sa respiration devant la porte. Elle voyait la poignée tourner. Et puis il était là, dans sa chambre, et elle ne pouvait rien empêcher, elle ne pouvait pas venir à son propre secours. Des fois, elle essayait de croire que c'était juste, que c'était le sacrifice qu'elle devait faire dans sa vie. Elle connaissait quelqu'un qui avait dû rentrer au parti nazi, juste pour que le reste de la famille n'ait pas à le faire. Alors, peut-être qu'elle encaissait tout ça pour que personne d'autre de sa famille n'ait à le faire. C'était entièrement sa faute, elle avait attiré ça sur elle. C'était ce qu'elle avait voulu, elle en avait si souvent rêvé. Bon, ce n'était peut-être pas tout à fait ce qu'elle avait imaginé mais si on est faible et bête et qu'on vous a trompée, c'est quand même votre faute, et vous ne pouvez vous en prendre qu'à vous-même pour ce qui se passe ensuite. Si on n'est pas capable d'arrêter quelque chose dès le début, on n'arrivera peut-être pas non plus à l'arrêter plus tard et on mérite tout ce qui se passe après. Alors, elle était prise au piège et Stiegler venait dans sa chambre tous les soirs. Il se déshabillait et rangeait ses habits sur la chaise, bien comme il faut. Il pliait même sa cravate, il rangeait même chaque chaussette dans une chaussure. Il enlevait sa montre et il jetait un coup d'œil dessus avant de l'accrocher au dossier de la chaise. Il n'est jamais trop tard pour résister. Elle croyait pouvoir encore le menacer d'aller à la police. Mais il lui a sorti cette idée de la tête et il a fermé la dernière sortie de secours qu'elle avait :

– Il y a des tas de gens qui se font emmener en ce moment. Tu n'as pas envie de partir avec eux, non ? Personne ne revient, tu sais.

Après, quand il remettait ses habits, on aurait dit qu'il refaisait tout à l'envers. La montre en premier, la cravate en dernier. Et puis chaque fois, il allumait une cigarette, comme s'il voulait lui tenir compagnie encore un petit moment. Il grillait sa cigarette et des fois, il lui disait de sourire. Où ils sont, tous tes sourires ? Et puis il regardait sa montre : bon, il faut que je file. Ma mère est assise sur sa chaise, elle sent la fumée et elle regarde par la fenêtre fixement, comme si elle n'allait jamais pouvoir s'échapper.

XX

Je n'arrête pas de poser des questions à ma mère au sujet du futur. Quelle langue on parle là-bas ? Est-ce qu'il y a des autos, des bus et des rues, comme ici ? Est-ce qu'il faudra toujours marcher ou bien est-ce que les gens auront des jambes en forme de roues ? On pourra vivre sans respirer ? Il y aura des magasins avec des machines dehors où on met un penny et on tourne la poignée pour avoir un chewing-gum ? Il y aura de l'argent ou bien on pourra juste dessiner des trucs et mettre du sel sur l'image pour qu'elle devienne vraie ? Elle, à la cuisine, elle étend les mains et elle répond qu'elle ne peut pas voir l'avenir, seulement les saints peuvent le faire. Tout ce qu'elle sait, elle, c'est que l'avenir est loin et qu'il faudra une journée entière pour y aller. D'abord en car, et puis en train, et puis encore un autre car. Il pourrait bien pleuvoir un peu, elle dit, alors il faut qu'elle aille acheter un imper pour chacun de nous.

Tout le monde est occupé à préparer le voyage. Je regarde mon père fabriquer le dernier chariot, il se concentre très fort, avec sa langue qui sort sur le côté de sa bouche, et il ne dit rien, juste oui ou non. Et puis je monte au premier et je regarde ma mère préparer des piles d'affaires sur les lits, avant de les mettre toutes dans des valises. On va dormir dans des nouveaux lits, elle explique, alors on aura besoin de pyjamas neufs. Maria compte sans arrêt : plus qu'un dodo et plus qu'un bol de porridge avant de partir. Ita mélange des mots de toutes les langues dans sa bouche, comme «*bye bye Baümchen*» ou «*go go maidirín*». Elle est très gentille avec tout le monde et elle veut toujours vous donner des choses, même des trucs que vous n'avez pas demandés. Il faut lui dire merci et après, elle file chercher autre chose. Elle se balade partout dans la maison et elle revient avec un crayon, une tasse et un parapluie cassé. Et tout ça doit aussi aller dans la valise, dit ma mère, on emporte tout.

Finalement, tout a été prêt, mis dans des valises et dans le couloir. Mon père a rangé les petits chariots l'un derrière l'autre : bleu pour Franz, vert pour moi et rouge pour Maria, avec derrière la poussette d'Ita. Chaque chariot avait une corde devant et des images sur les côtés. A l'intérieur de chacun, il y avait un album à colorier, une boîte de crayons, de la pâte à modeler, des bonbons, des biscuits et un imper en plastique gris. Les valises étaient toutes à la file derrière les chariots et la poussette, comme un long train prêt à sortir de la gare. Et avant de monter se coucher pour la dernière fois, je me suis senti fort dans mon ventre parce qu'on a regardé derrière nous de l'escalier et on a vu qu'on était à deux doigts de partir.

Le lendemain matin, on s'est levés et on a déjeuné très tôt. Quand ça a été l'heure de partir, on s'est d'abord tous agenouillés dans le couloir pour prier en demandant un bon voyage. Ensuite mon père a porté chaque chariot en bas des marches de granite, et puis la poussette et les valises. Ma mère était avec nous sur le trottoir pendant qu'il est allé boucler la porte, à l'intérieur. On a entendu le gros verrou et on a attendu pendant que mon père fermait toutes les fenêtres et les portes de la maison, qu'il sortait par-derrière, qu'il passait par-dessus le mur du jardin de derrière et qu'il faisait le tour par la ruelle pour nous retrouver dans la rue. Personne n'était encore debout. Il n'y avait pas un chat pour voir le train irlandais-allemand partir vers l'avenir ou pour nous entendre avancer dans la rue avec plein de grincements et de craquements, derrière mon père qui portait les valises, avec sa casquette de tweed sur la tête, son imper plastique et le parapluie suspendus à son cou.

Il a fallu longtemps pour arriver à l'arrêt du bus parce qu'une des roues du chariot de Maria s'est décrochée et on a dû la remettre. Mais on avait le temps, a dit mon père. Le contrôleur du bus a fait bien attention en empilant les chariots l'un sur l'autre sous l'escalier et, enfin, on est partis, avec un long billet pour nous tous qu'on faisait flotter par la fenêtre comme un drapeau blanc. Dans le train, on avait une table où on a pu poser les albums à colorier et à dessiner. A Galway, on s'est assis au bord de la rivière et on a regardé les cygnes en mangeant notre déjeuner. Et puis on a pris le bus pour le Connemara et ma mère a dit que c'était plutôt comme les montagnes russes, parce que le chauffeur avait une cigarette dans la bouche et il conduisait si vite que c'était impossible de voir ce qu'il y avait derrière le prochain virage ou la côte suivante. L'autocar se conduit tout seul, elle a dit. Des poules qui étaient sur la route filaient à toute vitesse. Des fois, un chien courait à côté du car en aboyant et il essayait de mordre la roue arrière ; ma mère appelait ces chiens-là des *Reifenbeisser*, des « mordeurs de pneus ». Les gens faisaient des signes au bus et à un moment, un vieux monsieur assis dans de l'herbe haute a levé sa casquette en l'air sans même regarder, comme s'il savait que c'était l'autocar qui passait et comme si tout le monde dans le car savait que c'était lui. Une ou deux fois, le bus a dû s'arrêter parce qu'il y avait une vache au milieu de la route qui ne voulait pas arrêter de ruminer. Mais après, on est repartis et on s'est enfoncés de plus en plus dans la campagne vide et brune, pleine de rochers et de murs de pierre sèche – on se serait cru sur la lune, a dit ma mère.

Quand on est arrivés, c'était le soir et il y avait un monsieur qui nous attendait. C'était Seán De Paor, le facteur, et on allait habiter chez lui. Il fumait la pipe et il y avait une odeur de tourbe partout, des fois on ne savait plus si ça sentait la pipe ou la tourbe. Ici, ça s'appelait An Cheathrú Rua et c'était vrai, parce que c'est le mot irlandais pour dire « le Quartier rouge », la terre qui est marron-rouge partout. Il n'y avait pas de pancartes, parce que tout le monde savait les noms de rues en irlandais. On a suivi le facteur dans la rue, on est passés devant le court de pelote et on a remonté la Bóthar an Chillín jusque chez lui. Et tout le long du chemin, notre train de chariots faisait tellement de potin que les gens sortaient de chez eux pour dire aux chiens d'arrêter d'aboyer.

Mon père parlait irlandais tout le temps et riait, et je savais qu'il ne se mettrait plus jamais en colère. Il y avait Fear an tí, l'homme de la maison, et Bean an tí, la maîtresse de maison. Il y avait deux garçons qui s'appelaient Seán et Máirtín et qui n'avaient encore jamais vu de pâte à modeler. Les gens trouvaient que les lederhosen étaient les meilleurs pantalons qu'ils avaient jamais vus et ils voulaient savoir où on pouvait en avoir. Tous les hommes portaient des casquettes comme celle de mon père et ils vous demandaient quelle histoire vous aviez à raconter. Il y en avait même qui voulaient apprendre l'allemand, alors ma mère a dû leur donner des leçons d'allemand en route, en passant par l'irlandais.

On avait l'impression d'être chez nous dans cet endroit où on avait tous envie de passer le reste de notre vie. On allait faire des longues promenades tous les jours jusqu'à la mer et sur la plage, près du cimetière avec tous les noms irlandais. On rencontrait des gens vieux qui pouvaient remonter dans leur souvenir jusqu'à l'infini et qui ne savaient même pas un mot d'anglais, a expliqué mon père. Nous, on ne les comprenait pas non plus parce qu'ils parlaient très vite et sans dents, mais mon père prenait des photos d'eux devant leurs maisons au toit de chaume, pour être sûr qu'ils ne disparaissent pas. Des fois, on continuait jusqu'à Pointe, le petit port où il y avait des casiers à homards empilés. Là, on se disait qu'on était sur le bout de terre le plus avancé dans la mer, et on voyait de l'autre côté de la baie jusqu'aux îles d'Aran. Elles avaient l'air de baleines noires sortant de l'eau.

Ça, c'est vraiment l'avenir, a dit ma mère, parce que quand on jouait sur les rochers, il y avait plein d'algues qui ressemblaient à des queues de crocodiles et d'autres à des queues de lions. On riait et on tirait les queues de lions dans le sable, derrière nous. C'était l'avenir parce que la marée descendait si loin, des fois, qu'on croyait que la mer était partie et qu'elle avait disparu pour de bon. L'eau s'en allait et laissait la terre toute seule, silencieuse et déserte, avec des algues noires drapées sur les rochers, comme des cheveux. On aurait dit que tout s'était endormi. Comme si nous étions les premiers à découvrir cet endroit-là. Parfois, il n'y avait personne sous le ciel et on restait des heures sans voir un chat. C'était le futur parce que, quand on grimpait sur la colline, on aurait cru qu'on marchait sur la lune : rien que des rochers gris, partout des couleurs rouille et brun. Et derrière nous la ligne noire de la côte qui se creusait ou qui avançait, aussi loin que l'œil pouvait la suivre.

C'était un endroit où on pouvait vivre de son imagination, a dit ma mère, un endroit où tout était simple, où on n'avait pas besoin de posséder des choses. Pas comme certaines de ses sœurs en Allemagne qui voulaient toujours plus de trucs, alors elles ne savaient plus parler de rien, sauf de ce qu'elles n'avaient pas et de ce qu'il leur fallait encore. C'était un endroit plein de choses qu'on ne peut pas acheter avec de l'argent, où on peut être riche sans rien d'autre que le silence et le paysage. Tout ce qu'il fallait, c'était des sandwiches, du lait et le vent derrière vous, elle a dit, et mon père a répété ça en irlandais, mais à l'envers : et le derrière au vent.

– *Tóin in aghaidh na gaoithe*, il a dit.

Alors, nous, on riait avec nos derrières au vent et personne ne pensait jamais à revenir à la maison. Quand il pleuvait, on sortait nos impers et on s'abritait derrière les murs de pierre. Le meilleur abri de tous, on l'avait appris des moutons : si la pluie arrivait très vite quand on était loin des maisons ou d'un mur, on les imitait et on s'accroupissait derrière les rochers. Des fois, on s'abritait en se collant contre une porte et on restait là à regarder la pluie tomber à l'oblique. Il n'y avait rien à dire. Je voyais mon père partir dans un rêve en regardant fixement la pluie, sans un mot. Et ma mère, pareil. On était tous là à rêver et à se mettre à l'abri des mots, sans parler aucune langue, juste à écouter la voix de la pluie et les glouglous de l'eau entre les pierres, quelque part derrière la grange. Et puis ensuite, on pouvait voir de la vapeur monter de la route quand le soleil revenait, aussi brillant que jamais, et l'eau continuait à chuchoter au bord de la route, comme si c'était la seule langue autorisée.

Un jour, mon père a rencontré un monsieur au port qui s'appelait De Bhaldraithe et qui avait inventé un dictionnaire de mots anglais en irlandais. C'était un livre formidable, a dit mon père, aussi bien que celui sur les gens qui parlent au cimetière, parce que maintenant au moins tout le monde pouvait de nouveau apprendre l'irlandais. Et ce soir-là, mon père et ma mère ont été invités dans une maison où les gens se rassemblent pour boire du whiskey et chanter. Mon père a raconté des tas d'histoires en irlandais et ma mère a dû chanter en allemand. Le monsieur qui avait fait le dictionnaire savait aussi un peu d'allemand, alors il a pu lui parler un peu, parce que personne ici ne savait un mot d'anglais.

Et quand tout le monde a eu bien chanté et parlé, il y a eu une discussion sur l'état de la langue irlandaise et tous les gens étaient d'accord pour dire qu'elle était toujours vivante, plus vivante que jamais. Certains mettent l'irlandais dans un cercueil qu'ils portent au cimetière mais ils ne se rendent pas compte que les gens peuvent encore parler dans la tombe. Ceux qui parlent irlandais en Irlande, ils sont traités comme s'ils venaient d'un pays étranger ou d'une autre planète, a dit un homme. Mais tant qu'il y aurait des gens comme De Bhaldraithe et mon père, qui faisait parler l'irlandais à ses enfants, la langue ne mourrait pas. Ils buvaient du whiskey, ils fumaient la pipe et ils faisaient passer des plats de sandwiches au jambon. C'était une soirée formidable parce que personne ne se moquait de l'irlandais, sauf une femme qui n'était pas d'accord et qui disait qu'on ne peut pas toujours vivre de son imagination. Ça ne sert à rien d'être pauvre, elle a dit tout d'un coup, et tout le monde dans la maison est devenu si silencieux qu'on pouvait entendre la tourbe siffler dans le feu et les murmures de l'estomac de quelqu'un. La femme en avait plus que marre de voir ces gens qui venaient de Dublin en vacances : tout ce qu'ils voulaient, eux, c'était que les gens du Connemara continuent de vivre dans des chaumières sans cabinets à l'intérieur. A quoi ça sert de parler irlandais si on n'a pas de quoi remplir son assiette ? Mais là, mon père a fait un discours en irlandais et après, tout le monde a levé son verre vers lui. Il pouvait comprendre le point de vue de cette femme et ce n'était pas drôle d'être pauvre, mais c'était pour ça que les gens de Dublin travaillaient dur et faisaient des sacrifices aussi, pour que l'Irlande puisse vivre de ses propres inventions et de sa propre imagination. Pour finir, il a même retourné ce que la dame avait dit : à quoi ça servirait, des cabinets dans la maison et des assiettes bien remplies, si on avait perdu sa langue ? On aurait peut-être le ventre plein mais le cœur vide.

Ma mère et mon père sont rentrés par la route dans le noir, toutes les lumières étaient déjà éteintes. Il faisait si noir qu'on n'arrivait même pas à voir ses chaussures, ma mère a raconté. A un moment donné, ils se sont arrêtés et ils ont parlé à voix basse parce qu'il y avait quelqu'un sur la route, juste devant eux. Quelqu'un qui était juste là à respirer et à les regarder, et qui ne les laissait pas passer. Mais ce n'était qu'un âne : tout d'un coup, il a eu encore plus peur qu'eux et il a filé.

Ç'avait été la meilleure soirée de toutes, a dit ma mère, sauf qu'il s'est passé une drôle de chose, au beau milieu de la nuit. Mon père a dû se lever pour aller au leithreas, dehors. Les cabinets étaient dehors au Connemara, dans une petite cabane en bois avec plein de mouches et une mauvaise odeur de journaux qui me donnait toujours envie de vomir. En dessous, il y avait un seau que Fear an tí portait de temps en temps dans un champ à côté, pour le vider et tout enterrer. Cette nuit-là, mon père a dû marcher à tâtons le long des murs pour sortir par-derrière, dans le noir. Il a trouvé le leithreas et a bouclé la porte. Mais quand il s'est retourné pour s'asseoir, il n'y avait pas de planche en bois sur le cabinet et il est tombé, avec carrément le derrière dans le seau.

Il n'y avait pas de bruit du tout. Il faisait noir partout, tout le monde dormait au Connemara. Mon père n'arrivait pas à se relever. Il était coincé dans le seau, ses jambes pendaient par-dessus la caisse en bois, son pyjama était tombé sur les chevilles. Il avait des chaussures mais pas de chaussettes et ses lacets étaient défaits. Il a pensé qu'il allait rester coincé là pour toujours, alors il s'est mis à appeler au secours en irlandais. Personne n'est venu. Tout ce qu'il pouvait faire, c'était continuer à crier et à taper sur les côtés de la cabane. Il a fait un tel raffut que les chiens se sont mis à aboyer jusqu'à Casla, il paraît. Dans la maison, tout le monde s'est réveillé et Fear an tí est enfin descendu délivrer mon père du leithreas. Il a d'abord dû enfoncer la porte pour entrer, et puis il a mis les bras autour de mon père pour le soulever et lui enlever le seau du derrière. Et après il a dit à tout le monde, y compris les voisins d'en face, d'aller se recoucher, que ce n'était rien du tout. Il a proposé une cigarette, une pipe et du whiskey à mon père qui a juste dit qu'il remontait se coucher, et après un bon moment les chiens ont cessé d'aboyer et tout est redevenu silencieux.

Le lendemain matin, on a pu voir la porte du leithreas couchée sur le côté et le verrou cassé. Personne n'a parlé de ce qui s'était passé. Fear an tí avait peut-être peur que mon père se soit fait mal et n'ait pas envie d'en parler. Bean an tí était peut-être encore plus gênée, parce que ça ne serait jamais arrivé s'ils parlaient tous anglais et s'ils avaient eu des vrais cabinets dans la maison. Maria n'arrêtait pas de répéter qu'elle ne retournerait plus jamais aux W.-C., jamais de la vie. Elle se tenait les genoux dans les bras et on s'est mis à faire semblant de tomber dans le leithreas à tout bout de champ : en descendant l'escalier ou en marchant dans la maison, Franz criait brusquement : « Oh ! » et tombait dans un trou invisible. On a fait ça plein de fois et on rigolait bien.

Et même à la table du petit déjeuner, c'était dur de ne pas penser au leithreas. On était dimanche et mon père est descendu dans son plus beau costume, fin prêt pour la messe. Personne n'a rien dit. Franz essayait de ne pas rire, il avait l'air très fâché avec la bouche serrée très fort. On savait que mon père ne pouvait pas se mettre vraiment en colère, sinon tous les gens de la maison l'auraient regardé. Moi, chaque fois que je regardais Franz, je ne pouvais pas m'empêcher de pouffer et ça grognait dans mon nez. Mon père a fini par me faire les gros yeux et ma mère nous a dit que ce n'était pas gentil de rire du malheur des autres.

– Ce n'est pas juste, elle a dit. Parce que votre père, il a fait un si bon discours hier soir… et puis il est tombé dans les cabinets.

Le chapitre était clos, tout le monde se taisait de nouveau, mais ma mère est devenue toute rouge sur la figure. J'ai vu ses épaules qui commençaient à se soulever, et puis il y a eu un gros grognement dans son nez aussi et, tout d'un coup, elle a dû se précipiter dans l'escalier. Nous, on est restés à table avec mon père qui nous regardait. On avait peur de rire et la maison était silencieuse. Enfin, mon père s'est mis à parler pour lancer la conversation. Il y avait une pancarte près de la porte avec une phrase célèbre en irlandais : « *Níl aon tinteán mar do thinteán féin* », il n'y a pas de coin du feu qui vaille le vôtre. Alors mon père l'a retournée à l'envers et il a essayé d'en faire une blague : « *Níl aon tóin tinn mar do thóin tinn féin* », il n'y a pas de derrière douloureux qui vaille le vôtre.

Alors, tout le monde dans la maison a éclaté de rire. Ç'avait beau être une vieille blague qu'ils avaient tous entendue des centaines de fois, ils ont tous trouvé que c'était le truc le plus drôle jamais entendu de leur vie. Ma mère est redescendue et elle a dit que le mieux, c'est de se moquer de soi-même avant que les autres le fassent. Si vous riez de vous-même, le monde entier rira avec vous, mais si vous riez des autres, vous rirez seul, a expliqué mon père. Pourtant, pour ce qui est de rire de lui-même, mon père n'est pas très fort. Mais il ne rit jamais des autres non plus. Il est bien plus fort question sacrifices. Après la messe, on a de nouveau rencontré le monsieur du dictionnaire et tous ses amis devant l'église. Mon père avait peur d'être connu dans tout le Connemara pour être tombé dans le leithreas, plutôt que pour son discours. Mais personne n'a parlé de ça, tout était oublié parce qu'il y avait beaucoup trop d'autres choses à se rappeler, et puis les Irlandais ne disent pas tout ce qu'ils ont dans leurs têtes.

On repartait à Dublin le lendemain, alors ma mère nous a demandé ce qu'on aimerait le mieux faire pour le dernier jour. On est retournés à la mer et on a joué avec les queues de lion, et puis on a grimpé sur la colline derrière la maison pour être les derniers à regarder la mer jusqu'aux îles d'Aran. On s'est assis sur l'herbe avec les moutons tout autour de nous et on a attendu que le soleil se couche. On a regardé la côte, là où la mer se mélangeait avec la terre, et il y avait des criques, des îles et des péninsules aussi loin qu'on pouvait voir. Le soleil s'est couché et An Cheathrú Rua était même plus rouge que jamais. C'est l'heure de rentrer, a dit mon père, mais ma mère a dit qu'on attendrait jusqu'à la toute dernière minute, jusqu'à ce qu'il fasse complètement noir, que toute la couleur ait disparu et qu'il ne reste plus rien que les lumières des maisons et là-bas, plus loin, des plus petites lumières qui clignotaient le long de la côte, pour vous montrer où était la terre.

Personne n'était triste de rentrer à la maison le lendemain parce que ma mère a dit que cet endroit-là, on se le rappellerait pour toujours. Personne n'était triste, parce que mon père a dit qu'on reviendrait bientôt. Rien ne changerait, promis. Pas un rocher, pas même un mur de pierre. On reviendrait et on verrait que tout était encore là au même endroit qu'avant. Rien ne serait dans le passé.

XXI

Le jardin était plein de fleurs, cet été-là. Il y avait tellement de fruits aussi – des framboises, des cassis et des prunes – que ma mère a recommencé à faire des confitures. Il y avait tellement de tomates aussi dans la serre qu'on a dû en donner des tas aux voisins. On avait des fleurs sur la table tous les jours et mon père a dit qu'on devrait prendre des abeilles. Il s'est mis à acheter des livres sur l'apiculture et il a expliqué que ça serait une bonne idée de mettre quelques ruches sur le toit du breakfast room : elles pourraient aller directement récolter le miel et « faire la pollinisation des arbres fruitiers ».

Les mêmes choses restaient toujours interdites chez nous. Il y avait une chanson qui passait à la radio : la voix la plus basse du monde disait qu'on avait tout le temps du monde. Ma mère l'aimait bien aussi cette chanson, mais seulement quand mon père était au travail. Ita s'était mise à dire *good morning* à tous les gens dans la rue et s'il n'y avait personne, elle le répétait toute la journée aux réverbères et aux portails. Et quand elle était à la cuisine, elle disait good morning à la cuisinière et à la machine à laver. Mon père a dit que les règles étaient là pour être respectées, même si c'était encore un bébé. Alors, il y a eu des embêtements, parce que Ita a fait la grève de la faim ; elle ne voulait plus manger ni parler, et mon père a dû lui tenir la tête d'une main et essayer de la forcer à ouvrir la bouche pour pousser la cuillère dedans avec son autre main. Elle, elle n'arrêtait pas de remuer la tête et j'ai pensé que c'était drôle : Ita était en train de gagner. Mais ma mère n'a pas voulu qu'on voie la suite, alors elle a fermé les portes et nous a emmenés dehors en nous disant de courir au magasin acheter des glaces, en attendant que ce soit fini et qu'Ita ne pleure plus.

Mon père a dit qu'il ne comprenait pas pourquoi la baguette ne marchait plus. Il faisait de son mieux. Tout était pour nous. Il nous avait fait des chariots, un tapecul en bois et il était même en train de nous fabriquer un vrai théâtre de marionnettes. Alors, si on continuait de ne pas respecter les règles, il serait obligé de trouver de nouveaux moyens de nous punir qui feraient plus mal. Des fois, moi, j'essayais de punir Franz et Maria pour voir s'ils avaient mal, et mon père a dit que tout ce que je leur ferais, il me le rendrait cent fois. Moi, j'ai dit, tout ce qu'il me ferait, je le rendrais cent fois aussi à Franz et à Maria, jusqu'à ce que personne ne sente plus rien. Il m'a emmené à l'étage et on s'est de nouveau agenouillés devant Notre-Dame pour prier et pour être sûrs qu'il faisait bien. Mais ça n'a pas marché, alors il a eu une meilleure idée : un truc qui me rendrait honteux. Il a confisqué les bretelles de mon lederhosen et j'ai dû aller me faire couper les cheveux chez le coiffeur en tenant mon pantalon avec mes mains dans les poches.

Chez le coiffeur, on s'est assis sur le banc de bois et on a lu des illustrés. Ils étaient presque tous déchirés et ils tombaient en morceaux, mais c'était chouette de les regarder, même ceux que j'avais déjà lus. Je n'aimais pas *Hotspur* autant que le *Dandy*, et je n'aimais pas non plus quand un élève était puni et qu'il devait se courber sur les genoux du maître. Des tas d'autres garçons attendaient et lisaient des illustrés, mais pas un n'a remarqué que je n'avais pas de bretelles et que je ne pouvais pas marcher sans garder les mains dans les poches. Le coiffeur remuait ses ciseaux sans arrêt en faisant clic-clic, même quand il ne coupait pas de cheveux, et il y avait un énorme tas de cheveux par terre, dans un coin. Nous, on attendait en lisant autant d'illustrés qu'on pouvait et on faisait semblant d'être des Irlandais qui parlent anglais comme tout le monde, même si tout le monde pouvait voir qu'on était d'un autre pays.

Quand on est ressortis, j'ai voulu parler anglais avec Franz mais il avait peur. Le coiffeur, Mr Connolly, il rendait toujours un penny à chaque garçon pour qu'on puisse s'acheter un gros caramel avec, mais ce jour-là on a réuni nos pennies, avec en plus d'autres que Franz avait encore de Tante Lilly, et on s'est acheté un illustré tout neuf qui s'appelait *Beano*[1]. On le lisait chacun son tour et on se parlait irlandais entre deux. Ma mère a dit que c'était bien d'acheter quelque chose qui dure plus longtemps, pas comme une pipe en réglisse qui était liquidée en deux minutes sans laisser de souvenir, mais qu'on aurait des ennuis si on apportait le *Beano* à la maison. Alors, on a fait comme s'il n'était pas à nous et on l'a caché dans les haies du jardin de Miss Hart.

Ce soir-là, j'ai pensé à Mr Connolly toujours en train de remuer les doigts, même quand il dînait et qu'il n'avait pas de ciseaux dans la main. J'ai pensé à tous les cheveux mélangés pour faire une énorme perruque, comme la crinière d'un buffle. J'ai pensé à Mr McNally qui lisait le journal avec des lunettes tordues, tenues par une seule branche sur son oreille droite, et à Mr Smyth du magasin de fruits et légumes en train de se déshabiller et de se coucher avec un seul bras. En bas, mon père, lui, il fabriquait le théâtre de marionnettes pendant que ma mère faisait les costumes et le rideau. Dehors, il pleuvait et j'ai pensé au *Beano* qui se mouillait et à toutes les couleurs qui coulaient.

Après ça, ma mère a dit qu'on se mettait tous à devenir fous parce qu'un jour, j'ai demandé à Maria de grimper sur le mur du jardin de devant la maison et de montrer son derrière au vent. Elle l'a fait parce qu'elle avait toujours confiance quand je lui disais quelque chose, même des trucs qu'elle n'avait pas envie de faire ou des trucs qui n'étaient pas bien et elle le savait. Je lui ai promis que nous, on ferait pareil après, mais elle devait y aller la première parce qu'elle était la plus jeune et que chez nous, on faisait toujours tout en partant du plus jeune pour arriver au plus vieux. Alors, Maria, elle s'est mise debout sur le mur et elle a ri en montrant son derrière au vent pour que tout le monde le voie. Un des voisins est venu dire à ma mère que ce n'était pas très bien de faire ça devant des Irlandais, catholiques ou protestants. Alors, on a tous été obligés de passer la journée à l'intérieur. Il y avait trop

1. Un des illustrés les plus célèbres et les plus en vogue parmi les petits Anglais des années cinquante et soixante.

longtemps qu'on vivait dans notre imagination, ma mère a dit, on avait besoin d'amis pour jouer avec nous.

Mon père a dit qu'on pouvait seulement jouer avec des enfants qui parlaient irlandais. Il est allé voir des tas de gens et on a d'abord joué avec un garçon qui habitait tout près et qui s'appelait Seán Harris, fils d'un peintre-décorateur, mais ils ne parlaient pas assez bien irlandais chez lui. Et puis un jour, mon père nous a emmenés en bus de l'autre côté de la ville jusqu'à Finglas, pour jouer avec un garçon qui s'appelait Naoise. Une ou deux fois, des enfants d'autres quartiers ont été amenés en bus chez nous pour jouer en allemand, mais ils n'ont pas dit grand-chose. Ils sont restés plantés là à regarder nos affaires sans même jouer avec, ils ont juste mangé les biscuits que ma mère avait faits. Il y a aussi des garçons de notre école qui sont venus mais même eux, ils ont trouvé idiot de jouer en irlandais et ils n'ont pas voulu revenir, même pour les biscuits. On ne peut pas jouer aux cow-boys en irlandais. On ne peut pas s'approcher de quelqu'un en douce, par-derrière, et l'attacher à une chaise en irlandais. Ce n'est pas marrant de mourir en irlandais. Et c'était vraiment trop idiot de se cacher derrière quelque chose et de crier : « Uuugh ! » ou « Haut les mains ! » en irlandais, parce qu'il y a des trucs qu'on ne peut faire qu'en anglais, comme se battre contre les Indiens et les tuer. Mon père, il n'était pas doué pour se faire des amis, alors ma mère s'en est occupée et elle nous a dit de devenir enfants de chœur. Mais les autres garçons, ils avaient seulement envie de casser de l'Allemand, alors nous, on servait juste la messe et on rentrait à la maison.

Un jour, je jouais avec le parapluie dans le hall, j'essayais de tuer tous les manteaux en gardant un bras dans le dos, et Franz était dehors dans la rue avec sa trottinette. Il écoutait les trains entrer en gare et il attendait le retour de mon père. Mais il a vu des garçons qui jouaient dans la rue avec des bâtons et des revolvers. Eux, ils l'ignoraient, ils ne l'ont pas insulté, alors il est resté planté là, un pied sur la trottinette, l'autre par terre, à les regarder de loin, même s'il ne pouvait pas les rejoindre. Ils jouaient aux cow-boys qui se battent contre des Indiens et qui les tuent. Franz, lui, il faisait semblant que sa trottinette était un cheval et qu'il avait un vrai revolver dans la poche de son lederhosen. Il a continué jusqu'à ce que mon père arrive au coin de la rue en boitant et en balançant son porte-documents. Franz a fait demi-tour et il a essayé de foncer à la maison en trottinette à toute blinde, mais c'était déjà trop tard. J'ai entendu la clé dans la porte et j'ai vu Franz entrer ; il n'avait rien à dire. J'ai vu mon père se retourner pour regarder les garçons dans la rue avant de refermer la porte et de poser son porte-documents. Ma mère est venue l'embrasser, mais ça ne l'a pas empêché de dire qu'il allait falloir punir Franz, parce qu'il avait fait semblant de jouer avec les autres dans la rue.

– Mais pourquoi donc ? ma mère a demandé.

– Il les écoutait parler anglais, a répondu mon père.

– Mon Dieu ! Tu ne pousses pas les choses un peu loin ?

Mon père a secoué la tête d'un côté, et puis de l'autre. Elle, elle a fait tout ce qu'elle pouvait pour l'arrêter. Elle a voulu le distraire en racontant que c'était la sainte Brigid, que le rideau du théâtre de marionnettes était terminé et qu'elle avait reçu une lettre de sa sœur Marianne. Elle a essayé de dire qu'on devrait téléphoner à Onkel Ted pour voir ce qu'il en penserait. Et quand mon père a continué à secouer la tête, elle a essayé de mettre ses bras autour de Franz pour l'empêcher d'avoir mal.

– Pas de violence ! elle a supplié mon père. Je t'en prie, pas de violence !

Alors, à la place, mon père a confisqué la trottinette et il l'a portée en haut. Ça voulait dire que maintenant, il y avait deux trottinettes dans la chambre de mon père et de ma mère. La mienne y était déjà depuis plusieurs jours, parce que j'avais écouté des chansons à la radio.

– Il y a deux chevaux qui broutent, là-haut, elle nous a dit plus tard.

Je savais qu'elle faisait une plaisanterie, parce qu'il n'y avait pas d'autre moyen d'en sortir. Mais je savais aussi que ce n'était pas fini, cette histoire de trottinettes et, après dîner, quand on était déjà couchés, ma mère a encore essayé : elle a demandé à mon père de mettre de la musique et de verser un cognac. Ils ont parlé longtemps. Lui, il a dit qu'il n'allait pas se laisser embobiner pour changer d'avis, parce que ce serait marcher à reculons et laisser les langues les plus fortes l'emporter sur les plus faibles. Elle a répondu que punir des innocents et confisquer des affaires, ça, c'était marcher à reculons. Et puis elle a ri et elle a demandé comment ils allaient pouvoir dormir avec deux chevaux dans la chambre. Mais lui, il s'est juste remis en colère et elle lui a demandé de monter et de nous donner un signe, pour montrer que tout était encore positif dans notre famille. Elle voulait qu'il aille nous embrasser sur le front.

– Je vous aime, chacun de vous, il a dit – et je pouvais sentir l'odeur de cognac dans son haleine. Il n'y a pas d'autres enfants comme vous au monde.

Et au beau milieu de la nuit, ma mère s'est levée et elle a descendu les deux trottinettes, l'une après l'autre. Le lendemain matin, elles étaient là dans le couloir et elles nous attendaient. Ça ne voulait pas dire que tout allait de nouveau bien mais, au moins, on avait récupéré nos chevaux et bientôt, on commencerait les leçons de natation.

Après ça, ma mère demandait toujours dans les magasins s'il y avait des enfants avec qui on pourrait jouer, et un jour elle a rencontré le docteur Sheehan : il avait un fils qui s'appelait Noel, avec des cheveux roux et des lunettes qui lui entouraient les oreilles. Elle nous a emmenés chez lui pour jouer dans un énorme jardin près de l'église, avec des bouledogues et des pommiers. C'était notre ami et sa maison était le plus chouette endroit au monde pour habiter. Il y avait des bicyclettes et on pouvait faire du vélo dans l'allée, comme sur une piste de course. On pouvait se lever de la selle pour attraper des pommes sur les arbres, au-dessus de nous. Des fois, la cloche de l'église sonnait et on n'entendait rien du tout, sauf un des chiens qui hurlait. Un jour, Franz a trouvé un robinet dans le jardin et il a bu de l'eau mais il a eu la bouche pleine de perce-oreilles et il a cru qu'il allait mourir. Une autre fois, on a trouvé un nid de guêpes et on s'est mis à jeter des pierres dessus et les guêpes sont devenues très furieuses. On a joué en anglais toute la journée, et puis la mère de Noel nous a invités à prendre le thé. Elle avait du mal à respirer, elle a parlé très doucement pour dire qu'elle avait téléphoné à ma mère. Mon père ne pouvait rien faire pour empêcher ça. Et même quand on a marché dans la rue pour rentrer à la maison à la fin de la journée, Franz et moi, on a continué à parler anglais aussi loin qu'on a pu – jusqu'au dernier réverbère.

Après, mon père a voulu savoir si Noel parlait irlandais. Noel, il devait d'abord passer un examen au salon avant de pouvoir venir jouer chez nous. Le samedi suivant, mon père lui a posé plein de questions en irlandais : comment il s'appelait, quel âge il avait, qu'est-ce que son père faisait dans la vie. On était tous plantés autour à regarder. On espérait que Noel saurait répondre – si seulement on pouvait lui souffler les réponses ! Mais il ne savait pas un mot d'irlandais. Lui, il pouvait juste sourire, cligner les yeux derrière ses lunettes et répéter la seule chose qu'il se rappelait de l'école :

– *Níl a fhios agam*, il a dit. Je ne sais pas.

C'était la plus vieille réponse d'Irlande et mon père s'est mis à secouer la tête. Non, ça n'allait pas, il répétait. Mais alors, ma mère a eu une idée formidable :

– Il a envie d'apprendre l'irlandais. Le docteur Sheehan veut qu'il l'apprenne. C'est sa seule chance.

Mon père avait l'air très fâché, mais ma mère continuait d'essayer. Noel n'était pas encore très fort en irlandais, elle a dit, mais s'il pouvait venir chez nous, il le parlerait vite comme un petit gars du pays. Et alors, qui sait, peut-être même que sa famille deviendrait « un foyer irlandais pur jus », et peut-être même que le docteur Sheehan se mettrait à parler irlandais à ses patients et après, tous les habitants de Dublin aimeraient leur propre langue. Ce serait dommage de rater une telle occasion.

Comme ça, on a eu un ami pour la vie. On a appris à nager et à plonger et, pendant tout l'été, on est allés à la piscine municipale tous les jours. On a économisé et on s'est acheté des lunettes de plongée pour pouvoir aller sous l'eau et faire des concours pour repêcher des pennies au fond de la piscine. On jetait la pièce au fond du grand bassin et on la regardait tourner pendant qu'elle s'enfonçait dans l'eau et qu'elle disparaissait. Après, on plongeait pour la chercher sous l'eau et là, il n'y avait pas de langue, juste des bulles qui bourdonnaient tout autour de nous. On se chronométrait chacun son tour pour voir qui pouvait tenir sous l'eau le plus longtemps et je gagnais presque toujours parce que je pouvais rester là jusqu'à ce que mes poumons éclatent presque, quand je risquais de mourir et que j'étais obligé de remonter pour retrouver des mots. J'étais champion du pas-respirer. Des fois, on descendait tous les trois ensemble et on se serrait la main. On avait l'impression qu'on pourrait vivre là en bas, juste assis au fond de la piscine à se faire des signes. Quand on ressortait de l'eau, on avait les genoux violets, les mains violettes, les lèvres violettes. Et on claquait des dents. Et puis, c'était l'heure de rentrer à la maison et on s'achetait du chewing-gum. Noel trouvait qu'il avait encore de l'eau dans une oreille et il devait se pencher d'un côté pour la laisser se vider, comme une cruche. On était amis pour la vie et on rentrait à la maison avec nos serviettes autour du cou, on tapait nos maillots de bain sur les murs et ils laissaient des traces, comme des signatures sur tout le chemin. On attendait d'arriver au dernier réverbère avant d'arrêter de parler anglais.

XXII

Vous êtes debout derrière le théâtre de marionnettes avec la marionnette dans votre main, vous êtes complètement caché. Personne ne sait que vous êtes là. Et puis vous tirez sur la ficelle pour ouvrir le rideau et vous faites marcher la marionnette pour qu'elle arrive devant les spectateurs. Vous pouvez raconter ce que vous voulez. Vous pouvez changer de voix et inventer n'importe quelle histoire. Vous pouvez vous cacher derrière l'histoire, ça ressemble un peu à quand on est sous l'eau, parce que tout ce que vous dites remonte à la surface comme des bulles.

– Vous avez vu le chien ? demande Kasper la marionnette.

– Quel chien ? répond l'homme-marionnette.

– Le chien qui n'a pas de nom, qui n'appartient à personne et qui aboie toute la journée, il aboie tellement qu'il est enroué et qu'il n'a plus de voix.

Ma mère nous aide à inventer une histoire. Elle monte chercher le sèche-cheveux. Elle sort de sa coiffeuse une écharpe bleue très mince et quand elle redescend, elle vient se mettre derrière le théâtre avec moi. Elle branche le sèche-cheveux : l'écharpe bleue vient s'écraser sur la plage et le chien se met à aboyer et à mordre les vagues, parce qu'il ne sait pas grand-chose.

Tout le monde a une histoire et se cache derrière, explique ma mère. Un jour, au magasin de fruits et légumes, Mr Smyth s'est mis à lui parler d'un mur en Allemagne. D'habitude, il ne dit pas grand-chose mais, ce jour-là, il a parlé d'un mur que personne n'avait encore assez de courage pour arrêter. Il a demandé à ma mère si elle allait rentrer en Allemagne mais elle a donné la plus vieille réponse d'Irlande : elle ne savait pas. *Missersmiss*, elle l'appelle, à cause de son accent. Il m'a demandé si j'étais déjà allé en Allemagne. Le petit garçon allemand qui n'a jamais été en Allemagne, il a dit. Lui, même s'il n'a qu'un bras, il est capable de parler, de mettre des pommes de terre dans un sac marron et de rendre la monnaie – tout ça avec une seule main. Moi, j'avais envie de savoir pourquoi il n'a qu'un bras et derrière quelle histoire il se cache, lui, mais on ne peut pas poser des questions pareilles. Des fois, il se sert de son menton pour tenir les choses, comme si c'était un bras de plus. Il prend le sac de pommes de terre pour le mettre sur sa hanche et il le glisse dans le filet à provisions de ma mère. L'Allemagne, c'est très loin, il a dit. Il parlait comme s'il y était déjà allé mais qu'il ne pouvait pas en dire plus à cause de son bras qui manque. Et ma mère a continué de regarder les lettres Outspan accrochées dans la vitrine jusqu'à ce que Mr Smyth dise qu'elle n'aurait pas longtemps à attendre pour pouvoir rentrer en Allemagne, « plaise à Dieu ! ». Lui, il avait des frères et des sœurs en Amérique et ils auraient donné n'importe quoi pour revenir en Irlande, même un seul jour.

D'autres gens se sont mis à parler du mur et à poser les mêmes questions. Un jour, après la messe, une dame qui s'appelait Miss Ryan a demandé à ma mère si elle allait rentrer chez elle. Non, elle a répondu, elle n'osait même pas en rêver. Mais ce n'était pas vrai, parce que plus tard elle a dit qu'en Irlande on a toujours l'impression que les gens savent ce que vous pensez, longtemps avant que vous y pensiez vous-même. Vous n'avez pas le temps d'ouvrir la porte pour sortir qu'ils savent ce que vous avez dans l'idée, même des trucs que vous aviez déjà sortis de votre tête pour de bon. Elle a inventé une histoire pour se cacher derrière : il n'y avait nulle part où elle était plus chez elle qu'en Irlande avec les siens.

Les gens savent bien que l'Allemagne, c'est loin : il suffit de regarder notre famille. Ma mère a le mal du pays, ils le savent. Ils peuvent le voir dans ses yeux. Ils ont pu la voir recommencer à rêver, ce matin-là. Ils ont pu nous voir tous de dos, debout devant la mer à regarder les vagues, jusqu'à ce que ma mère entende les cloches et se rappelle quelle heure il était et dans quel pays elle était. Sur le chemin du retour, ma mère essayait de ne pas marcher sur les fissures du trottoir. Moi, je me cachais en m'aplatissant contre les portes et elle faisait semblant de ne pas savoir où j'étais. Maria parlait toute seule et s'arrêtait pour montrer un endroit, sur le mur. Ita souriait, elle disait *thank you* à tous les réverbères et aux portails. Franz marchait devant ; il nous attendait au coin de la rue avec sa trottinette, un pied dessus, l'autre sur le trottoir, et pendant ce temps-là Maria traînait toujours loin derrière. Peut-être qu'on ressemble aux enfants qui pensent tout le temps à leur chez-eux. Aux enfants qui ont le mal du pays.

Le lendemain, devant l'église, Miss Ryan nous a arrêtés pour reparler à ma mère et lui demander si elle voulait emprunter de l'argent pour rentrer en Allemagne. Pour le remboursement, ce n'était pas pressé, elle a expliqué, mais ma mère a secoué la tête. Elles ont parlé à voix basse pendant longtemps, jusqu'à ce que tous les gens soient sortis de l'église et que Miss Ryan lui ait dit de rentrer à la maison et de réfléchir. Mais mon père n'a pas voulu. On n'emprunte pas d'argent à ses voisins, il a dit, et il ne veut pas que ma mère rentre au pays toute seule, parce qu'elle n'aurait peut-être jamais envie de revenir ici.

Ma mère a dit qu'il était temps d'arrêter de rêver. Alors, à la place, elle a demandé à ses sœurs de lui envoyer des tas de livres et de magazines sur l'Allemagne, pour qu'elle nous raconte ce qui se passait là-bas. Elle nous a montré des photos de gens qui couraient dans les rues avec des valises. Les Russes avaient construit un mur en plein milieu de l'Allemagne, elle a expliqué, et les Britanniques et les Américains ne pouvaient rien faire d'autre que regarder. Il y avait plein de barbelés et de tanks dans les rues. Des gens partaient par les fenêtres, ils faisaient descendre les enfants avec des cordes, tout doucement. Une fois le mur construit, les gens essayaient toujours de s'enfuir de l'autre côté, mais on leur tirait dessus et on voyait des photos d'eux par terre : ils saignaient à mort et personne ne pouvait rien faire pour les aider.

Onkel Ted est venu parler à ma mère parce qu'elle ne savait pas quoi faire. Elle lui a raconté : Miss Ryan lui avait proposé l'argent pour aller en Allemagne, elle n'aurait pas besoin de le rembourser ni même d'en reparler. Il y avait deux Miss Hart, deux Miss Doyle et deux Miss Ryan, et elles allaient toutes à la messe par deux, le dimanche. Les Miss Ryan disaient qu'elles avaient mis cet argent-là à part, pour lui en faire cadeau, mais mon père ne voulait pas de l'argent des voisins. Après le dîner et après les bonbons pris dans la poche d'Onkel Ted, nous, on est montés se coucher. Ils sont restés au salon jusqu'à ce qu'ils n'aient plus rien à dire là-dessus. J'ai entendu mon père sortir le cognac et mettre de la musique. C'était le disque des deux dames qui font un duo en français. J'entendais les deux voix hautes, comme si deux sœurs chantaient ensemble. On aurait dit les deux Miss Ryan qui grimpent l'escalier ensemble, bras dessus bras dessous, qui montent une ou deux marches, qui en redescendent une ou deux, qui en remontent trois ou quatre, qui en redescendent deux, jusqu'à ce qu'elles arrivent sur le palier en se tenant par la taille, qu'elles se disent bonsoir et qu'elles aillent se coucher dans leurs lits tout doux.

Après ça, Onkel Ted a eu peur que ma mère ait le mal du pays, alors il s'est mis à lui envoyer des livres et des articles sur l'Allemagne découpés dans les journaux. Il lui écrivait aussi des longues lettres en allemand et elle lui répondait, mais mon père a dit que ça devait cesser, il ne voulait pas qu'Onkel Ted devienne son ami pour la vie – ça, c'était juste lui. Il ne voulait pas que quelqu'un d'autre sache plus de choses sur l'Allemagne que lui, ou lise plus de livres que lui. Il était capable de lire cinq livres à la fois, avec un ticket de bus qui dépassait de chacun, mais Onkel Ted savait lire si vite qu'il n'avait pas besoin de ticket de bus, et ses livres avaient encore l'air tout neufs quand il les passait à ma mère. Mon père n'aimait pas que ma mère lise des livres s'il ne les avait pas d'abord lus lui-même. Il n'aimait pas non plus qu'elle parle trop avec les voisins, qu'elle soit amie avec les gens des magasins, qu'elle aille à des matinées-café pour récolter les idées des autres – non, il fallait seulement des idées catholiques. Il avait peur qu'après, elle ne l'écoute plus. Il s'est mis à claquer toutes les portes de la maison parce qu'il n'aimait pas que d'autres gens l'appellent Irmgard. A un moment donné, il y avait une Française dans notre rue qui venait souvent voir ma mère et lui parler. Elles étaient de pays différents, mais elles avaient les mêmes questions et les mêmes réponses quand elles parlaient ensemble. La dame, elle voulait devenir l'amie à vie de ma mère mais mon père a arrêté tout ça, parce qu'elle parlait de rentrer en France pour divorcer de son mari irlandais – lui, il était ami pour la vie avec d'autres femmes. Si les Irlandais se mettaient à avoir des idées françaises, a dit mon père, ce serait la pire chose qui puisse arriver ! Ce serait la fin de la famille. La fin de l'Irlande.

Alors, Onkel Ted a envoyé Eileen Crowley parler avec ma mère à sa place. Son père, P. J. Crowley, il avait eu une bonne affaire à Dublin mais son magasin avait dû fermer parce qu'il avait prêté de l'argent à un ami et il ne l'avait jamais récupéré. Ils s'étaient endettés et il avait dû tout vendre et déménager. Ça, c'est très dur, ma mère le savait, parce que son père avait dû fermer sa boutique aussi, à Kempen. C'était de la déveine. Ma mère voyait ça comme un échec mais Eileen, elle n'aurait jamais dit ça. Elles avaient des façons différentes de voir les choses. Et même des mots différents, et ça causait des malentendus. Peut-être qu'en Irlande, ce n'était pas un échec, juste de la déveine, et peut-être qu'en Allemagne ce n'était pas de la déveine mais un échec. Elles étaient amies et Eileen était douée pour aider les gens à sortir de leurs embêtements. Ma mère n'avait pas envie que notre famille soit un échec, parce que c'était la dernière chance qu'elle avait dans sa vie. Ce serait sa faute si elle se retrouvait dans les rues d'Allemagne avec des valises et des enfants, comme les gens qui s'enfuyaient par le mur de Berlin. La famille, c'était une bonne histoire pour se cacher derrière et c'est pour ça qu'elle a dit qu'il était temps d'arrêter de rêver. Elle est allée voir les Miss Ryan pour tirer un trait là-dessus, une bonne fois pour toutes. C'était très gentil de lui proposer cet argent, elle a dit, mais il y avait d'autres gens qui en avaient peut-être plus besoin, des gens qui n'avaient même rien pour les faire rêver, des gens qui ne pouvaient même pas se languir de chez eux, parce qu'ils n'avaient pas de chez eux.

Après, tout est redevenu normal. Les portes ont arrêté de claquer et ma mère s'est mise à écrire dans son journal tous les jours parce qu'un journal, c'est votre seul vrai ami pour la vie. Elle a rassemblé encore des tas de photos de ce qui se passait en Allemagne. Il y avait des endroits où le mur passait en plein milieu d'une maison, elle a raconté. Alors, l'arrière était dans une partie de l'Allemagne et le devant, dans l'autre partie. Elle nous a montré des photos de tous les avions qui apportaient de la nourriture à Berlin et des photos de John F. Kennedy dans la ville. C'était formidable d'entendre John F. Kennedy dire qu'il était berlinois, parce que la plupart des Américains avaient peur d'être allemands et ils changeaient de nom – Busch devenait Bush ; Schmidt, Smith – et on ne pouvait peut-être pas leur en vouloir.

Tous les jours, on jouait avec les marionnettes et ma mère a dit qu'on allait faire un spectacle pour la famille et on inviterait tous les voisins aussi. On restait à la maison pour répéter la pièce sur le chien qui aboie en rouspétant contre les vagues. On avait même un livre chez nous qui parlait de vivre à l'intérieur de la maison. C'était ce qu'il fallait faire si une bombe atomique tombait près de chez nous, comme à Hiroshima. Il y aurait des radiations nucléaires partout dans les rues. C'était toujours des points rouges qui montraient les radiations, comme s'il y avait de la maladie dans l'air. Le livre expliquait comment construire un abri nucléaire, par exemple mettre des sacs de sable à toutes les fenêtres pour pouvoir rester à l'intérieur et vivre en mangeant des boîtes de flageolets pendant quelques années, jusqu'à ce qu'il n'y ait plus de points rouges.

Un jour, Eileen nous a emmenés en haut de la Colonne de Nelson, Franz et moi, et mon père n'a rien dit, pourtant c'était un truc que les Britanniques avaient laissé. Quand on est rentrés à la maison, Onkel Ted était là avec des bonbons dans la poche et on lui a raconté qu'on allait faire un spectacle pour la famille et les voisins. Il a trouvé que c'était une fameuse idée et Eileen a dit qu'on était « bourrés de talent ». A la table du dîner, ce soir-là, ma mère a raconté l'histoire d'une famille qui avait eu un théâtre de marionnettes du temps des nazis. Le père avait peur de dire quelque chose contre Hitler, il avait peur que les enfants sortent dans la rue et le répètent et qu'il y ait des embêtements. Alors, tous les soirs, ils faisaient un spectacle de marionnettes, juste pour eux. Le père se mettait derrière le théâtre avec ses enfants et il inventait une histoire sur un homme très méchant qui s'appelait Arnulf. Et à la fin de chaque pièce, il fallait toujours trouver un moyen de tuer Arnulf pour que les autres marionnettes soient de nouveau en sûreté.

– Remarquable ! Onkel Ted a trouvé.

Il a incliné la tête, lentement : c'était un signe formidable, ça montrait que les gens avaient du courage, il a dit. Il avait lu des tas de livres sur des gens comme ça, des livres qui vous donnent l'impression d'être fort. Il n'y a pas de chansons allemandes qui vous aident à vous sentir fort dans le ventre mais il y a des histoires comme celle-là. Eileen remuait la tête de haut en bas, parce qu'elle mâchait un caramel et mon père n'avait rien à dire non plus. Ils ont tous avalé l'histoire en se taisant, la pièce était silencieuse.

Ma mère raconte des histoires comme ça parce qu'il y en a d'autres qu'elle ne peut pas raconter. Quand il y a du silence, elle pense à toutes les choses qu'elle doit garder secrètes. Si seulement elle avait pu résister plus ! Pendant une minute, elle reste assise là et tout le monde attend qu'elle raconte une autre histoire. Elle, elle pense : maintenant elle est prise au piège en Irlande, avant elle était prise au piège en Allemagne – rien n'a changé. Si seulement elle avait eu l'idée du spectacle de marionnettes qui tuait Arnulf !

Ma mère était rentrée à Düsseldorf, dans le même bureau qu'avant, et elle travaillait comme si de rien n'était. Personne ne lui avait rien demandé et maintenant, elle ne savait plus à qui parler. Un soir, Stiegler l'a même de nouveau invitée au théâtre avec sa femme, comme si tout allait bien, comme si le monde pouvait simplement continuer comme avant. Frau Stiegler l'a embrassée sur la joue comme toujours, et on aurait dit une famille bien gentille, où tout le monde est très content de ne pas dire un mot qui pourrait mettre mal à l'aise. Ma mère ne se souvient pas de la pièce qu'on jouait. Elle se rappelle juste ses lèvres qu'elle mordait et sa colère impuissante. Elle ne pensait qu'à ce qui s'était passé à Venlo et à son envie de partir pour aller travailler ailleurs. Elle ne voulait plus jamais revoir Stiegler. Elle avait envie d'une nouvelle vie, peut-être dans un nouveau pays. Elle pensait même à s'enfuir pour aller se cacher, à cause de la honte qu'elle risquait d'apporter à sa famille si ça se savait. Elle était assise au théâtre, Stiegler était au milieu et Frau Stiegler de l'autre côté, avec une écharpe en renard avec des yeux de renard et des pattes qui pendaient. A l'entracte, Herr Stiegler les a laissées seules un moment, et ce n'est qu'à ce moment-là que ma mère a eu le courage d'ouvrir la bouche.

– Je crois qu'il y a une chose que vous devriez savoir. Au sujet de votre mari.

Alors Frau Stiegler a ouvert de grands yeux et elle a écouté ce qui s'était passé à Venlo. C'était dur à décrire avec des mots mais ma mère a expliqué que Herr Stiegler avait dû tout organiser et qu'elle n'avait rien pu faire pour arrêter ça.

Frau Stiegler a crié : « Quoi ? » et on aurait cru que ça sortait de la gueule du petit renard sur ses épaules. Elle avait des yeux furieux et ma mère a pensé qu'enfin, il y avait de nouveau quelqu'un de son côté. Tout allait redevenir normal. Mais non : Frau Stiegler la regardait avec des yeux méchants. Le renard aussi, comme si ce n'était pas du tout à Herr Stiegler qu'ils en voulaient, mais à elle. Ma mère était peut-être trop polie. Peut-être que dans sa tête, elle n'avait pas de mots assez mauvais pour décrire ce qui lui était arrivé. Peut-être qu'elle n'avait pas une manière assez laide de décrire Herr Stiegler et ce qu'il avait fait, parce que Frau Stiegler s'est simplement retournée contre elle. Comme si c'était ma mère qui avait commencé et que Herr Stiegler était innocent. Comme si elle l'avait bien cherché, alors que lui, il ne pouvait rien faire de mal.

– Si je t'entends encore parler de ça, si tu dis encore un mot là-dessus devant moi ou à n'importe qui, j'appelle tout de suite la police. Je ne laisserai pas détruire la réputation de mon mari comme ça, sous mes propres yeux. Herr Stiegler est un homme bien, comment oses-tu même inventer une histoire pareille !

Ils ont même regardé la fin de la pièce et, ensuite, ils sont allés boire un verre comme d'habitude dans un café à côté, mais il n'y avait plus rien à dire.

Ma mère est une rêveuse, et des fois elle reste juste assise là, les yeux fixes. Elle espère encore pouvoir trouver une sortie, des choses à dire, un moyen futé de s'en tirer, même maintenant. Elle reste dans le passé quelques minutes et, des fois, elle n'entend pas quand on lui parle. Elle est encore en train de penser à s'enfuir.

Un soir, très tard, une enveloppe a été glissée par la fente de la porte. Elle était au nom de ma mère. Elle l'a ouverte et elle s'est aperçue qu'elle était pleine d'argent. Il n'y avait pas de message avec, pour expliquer de qui ça venait, mais ma mère a tout de suite compris. Elle savait aussi que mon père ne permettrait pas ça, que les embêtements recommenceraient et que toutes les portes de la maison claqueraient. Alors, elle a rangé l'enveloppe et elle n'a rien dit. Le lendemain, elle est allée droit chez les Miss Ryan pour leur rendre l'argent. C'était si généreux de leur part, mais elle ne pouvait pas accepter ça, parce que ce serait la fin de leur famille et la fin de l'Irlande. Les Miss Ryan étaient sur le seuil de la porte toutes les deux et elles ont secoué la tête :

– Mais quel argent ? elles ont demandé.

Elles se sont regardées : il devait y avoir erreur. De l'argent dans une enveloppe, ça ne voulait pas dire automatiquement que ça venait des Miss Ryan. Elles n'avaient pas pour habitude d'aller glisser de l'argent dans la boîte aux lettres des gens avant de monter se coucher dans leurs lits tout doux. Mais si ce n'était pas les Miss Ryan qui avaient glissé l'argent dans la fente de sa porte, alors qui d'autre ? a demandé ma mère. Les Miss Ryan se sont gratté la tête et elles ont réfléchi un moment : l'argent venait probablement de Dieu.

Il n'y avait plus d'autre solution que de rapporter l'argent à la maison et mon père ne pouvait rien y faire. Ma mère lui a expliqué que l'argent venait de Dieu et qu'on ne pouvait pas le rendre, sauf s'il voulait qu'on le mette dans les troncs des pauvres à l'église, mais lui, il ne voulait pas ça non plus. Cette fois, les portes n'ont pas claqué mais il a dit qu'elle n'avait toujours pas le droit d'aller en Allemagne toute seule. Lui, il avait des tas de cousins en Amérique et en Afrique du Sud qui ne pouvaient pas rentrer en Irlande quand ça leur chantait, il a dit. Alors, elle a rangé l'argent : elle attendrait qu'il y en ait assez pour qu'on puisse tous aller en Allemagne ensemble. Alors, tout est redevenu normal et tout le monde chez nous s'est mis à rêver et à garder des sous dans des bocaux à confiture.

Ma mère nous a aidés à tout préparer pour le spectacle de marionnettes. Mon père nous a dit qu'on pouvait prendre sa lampe de bureau comme projecteur. Onkel Ted est venu, et Tante Roseleen et Tante Lilly, et aussi Eileen Crowley et Kitty de Cork. Cette fois, Tante Eileen est venue de Skibbereen avec Onkel John parce qu'il assistait au Fianna Fáil Árd Fheis et savait tout sur la politique. Anne était là et aussi son frère Harry, et tout le monde avait peur qu'il parte au Congo, parce que l'armée irlandaise, elle est juste bonne à une chose : faire la police. Des tas de voisins sont venus aussi, comme les Miss Ryan et les Miss Doyle. Il y avait une table pleine de sandwiches et de gâteaux. Les gens ont apporté de la limonade et il y avait même du vin, du whiskey et des bouteilles de bière noire.

On a pris tout ce qu'il y avait comme chaises et comme sièges dans la maison et on les a mis en rangs dans la Kinderzimmer. Ma mère a attaché une grosse boîte de bonbons autour de la taille de Maria pour lui faire un plateau sur le ventre, et Maria a pu faire le tour des spectateurs pour leur en offrir. Ita était assise sur les genoux de Harry et elle essayait de lui peigner tous ses cheveux en avant, Tante Eileen de Skibbereen montrait à tout le monde comment on allume une nouvelle cigarette avec une vieille. Et quand tous les gens ont été installés, ma mère a fermé les gros volets de bois de la fenêtre et elle a allumé le projecteur. C'était comme un vrai théâtre avec des gens qui toussent dans la salle et qui essaient d'arrêter de faire du bruit. Ma mère s'est installée derrière le théâtre avec nous et quand tout le monde a eu fini de parler et de tousser, Franz a tiré le cordon pour ouvrir les rideaux.

– Vous avez vu le chien ? Kasper a demandé.

Ita s'est mise tout d'un coup à parler aux marionnettes, parce qu'elle croyait ce qu'elles disaient et ma mère a dû sortir la tête et lui dire de se taire et de ne pas révéler la fin. Nous, on a continué et c'était tout en allemand, alors personne ne pouvait comprendre sauf Onkel Ted et mon père. Tous les autres n'étaient pas dans le pays qu'il fallait, ils ne pouvaient pas nous secourir.

Il y avait un bonhomme qui s'appelait Arnulf, comme dans l'histoire que ma mère avait entendu raconter en Allemagne, et il ne voulait jamais laisser parler les autres marionnettes. Tout le temps, Kasper se baladait et il rencontrait d'autres personnages comme Hansel et Gretel, la grand-mère, la reine, le roi et les autres marionnettes qu'on avait faites, nous, avec du papier mâché. Mais pas un seul ne pouvait parler à Kasper, parce que Arnulf disait qu'ils n'avaient pas le droit. Kasper leur demandait où était le chien, mais eux, ils avaient tous peur de parler, des fois qu'Arnulf viendrait les punir. Alors, Kasper a dû trouver un moyen de tuer Arnulf pour que toutes les autres marionnettes puissent de nouveau parler. Et quand Arnulf est mort, avec la tête qui pendait au bord du théâtre, ma mère a branché le sèche-cheveux et l'écharpe bleue s'est mise à flotter sur toute la longueur de la scène. Alors Kasper est arrivé au bord de la mer et il a trouvé le chien qui aboyait en rouspétant contre les vagues. C'était la fin. Et quand Franz a tiré sur la ficelle pour fermer le rideau, les spectateurs ont applaudi longtemps.

XXIII

C'est loin, l'Allemagne. Il faut prendre deux bateaux et cinq trains différents. Mon père nous montre les billets et ma mère compte les bagages alignés dans le couloir : six valises, quatre enfants. Elle rit et elle bat des mains, parce qu'on rentre au pays et qu'on est tous si excités qu'on a presque envie de dégobiller. D'abord, on prend le bateau qui va à Holyhead. On marche sur la passerelle et mon père rit devant la pancarte au-dessus de la porte. Elle dit : « Gare à votre tête ! » comme un avertissement pour dire à ceux qui quittent l'Irlande de faire attention, de ne pas oublier d'où ils viennent ou de ne pas faire de bêtises. Dehors sur le pont, on peut voir passer le phare et la terre qui s'éloigne de plus en plus jusqu'à ce qu'elle devienne invisible. Maria veut savoir si on va avoir le mal de mer, parce que le bateau bouge d'un côté et puis de l'autre et on n'arrive pas à marcher droit. Il fait nuit maintenant, pourtant les mouettes continuent de nous suivre ; il n'y a plus rien à voir que de la lumière jaune sur l'eau, elle vient du bateau. Pendant la nuit, on prend un train pour aller à Londres voir les taxis noirs. Et le lendemain matin, on prend un autre train et un autre bateau jusqu'en Hollande, et encore trois trains après, avant d'arriver à Kempen et de retrouver le film de ma mère.

Ils nous guettaient à la fenêtre. Ta Maria est sortie : elle a jeté ses bras autour de ma mère et l'a gardée serrée longtemps, sans un mot. Et puis, ça a été le tour de Tante Lisalotte, qui ne voulait plus la lâcher. Elles étaient dehors dans la rue, elles se tenaient dans leurs bras et elles se regardaient de haut en bas, une fois, plein de fois, en répétant juste : « Ja, ja, ja ! » et « Nein, nein, nein ! » comme si elles n'en croyaient pas leurs yeux. Les valises étaient oubliées par terre. Elles ont serré la main de mon père et l'ont appelé Hans, comme si à partir de maintenant il allait être allemand aussi. Elles connaissaient tous nos noms mais elles répétaient sans arrêt : « *Ach, Du lieber Himmel!* » comme si elles croyaient que ma mère était juste partie en Irlande quelques jours et revenait avec quatre enfants.

Et puis, ça a été l'heure du café et on nous a envoyés acheter des gâteaux au Kranz Café. L'odeur de pâtisserie était comme un oreiller chaud sur la figure quand on est entrés. Toutes les dames du Kranz Café nous posaient des questions, elles trouvaient qu'on avait des voix douces, comme les enfants allemands d'il y a longtemps, avant la guerre. On était les enfants de dans le temps, elles ont dit, avec des bonnes manières, le dos droit et pas de chewing-gum. Le gâteau était enveloppé en forme d'église pour que le papier ne touche pas le sucre glacé, dessus. Elles nous ont dit de tenir le paquet bien à plat pour qu'il arrive sur la table pareil que quand il avait quitté le café. Et Ta Maria avait la même pelle à gâteau en argent que ma mère : avec, on peut prendre une tranche sur le plat et on est sûr qu'elle n'a jamais été touchée par des doigts humains.

Ma mère s'est baladée en ville avec nous pour voir tout ce qui n'avait pas changé. L'église au clocher rouge était toujours là, exactement comme sur les photos, pareil pour le cinéma qui s'appelait le Kempener Lichtspiele et pour le moulin sur la Burgring. Les boutiques avaient toutes leurs marchandises en vitrine, exactement comme le jour où elle était partie. La seule chose qui manquait, c'était la maison de la place Buttermarkt où elle avait habité quand elle était petite. La fontaine était toujours là, dehors, mais la maison n'y était plus. Les maisons avaient des nouvelles portes, des nouvelles fenêtres. Tout le monde avait une cuisine et une cuisinière neuves, a dit ma mère. Voilà ce qui arrive quand on a perdu la guerre et qu'on ne veut plus regarder en arrière vers les vieilles choses. Il faut du neuf partout. Les rues et les gens avaient encore les mêmes noms en allemand et pourtant, des fois, elle se perdait, elle ne retrouvait pas des trucs qu'elle se rappelait.

C'était comme si elle avait de nouveau six ans, et peut-être qu'elle avait le mal du pays dans sa propre ville natale. Ou peut-être qu'elle était partie depuis trop longtemps, elle a dit, et qu'elle s'était habituée à vivre au bord de la mer, parce qu'elle s'attendait toujours à voir un verre d'eau bleu vif au bout de chaque rue. Tard dans l'après-midi, on avait marché si loin qu'on était presque à la campagne, et on a entendu une brise souffler haut dans les arbres, on aurait dit de l'eau. A la limite de la ville, on est restés à regarder la terre plate qui continuait jusqu'à jamais et on a regardé une auto traverser l'horizon derrière une rangée de grands arbres.

Elles ont beaucoup causé du dîner et de qui allait manger quoi. Est-ce que les enfants irlandais aimaient la *Wurst* ? Est-ce qu'il y avait des trucs qu'on ne mangeait pas ? Elles avaient du pain noir et de la confiture noire, et des assiettes fabriquées en bois. Elles rangeaient sans arrêt, même pendant qu'elles mangeaient, parce que personne n'aime que la table soit *abgegrasst*, comme un champ où les vaches ont déjà mangé toute l'herbe. Ensuite, il y a eu encore plein de trucs à discuter pour savoir qui allait dormir où. Tout le monde comptait les têtes et les lits. Et au milieu de tout ça, elles repensaient de temps en temps à une histoire et elles riaient tellement qu'elles étaient obligées de s'appuyer quelque part pour ne pas tomber. « *Zu Bett, zu Bett wer ein Liebchen hat, wer keines hat geht auch zu Bett.* » (Au lit, au lit si tu as un amoureux, au lit aussi si tu n'en as pas.) Le savon était différent, et aussi les lavabos et les W.-C. Les oreillers étaient carrés et il y avait un gros édredon à la place des couvertures. J'ai eu le droit de dormir sur le canapé avec les rideaux qui bougeaient lentement et la lumière qui venait de la rue dehors, comme sur le mur dans le film de ma mère, et quand je me suis réveillé le lendemain matin, j'ai vu que j'étais encore en Allemagne et que mon bras pendait par-dessus le côté du canapé.

On se serait cru à la maison, parce qu'elles parlaient tout le temps de trucs à nettoyer. Il y avait une odeur de lessive et les draps blancs étaient suspendus dehors sur la corde à linge, alors nous, on pouvait foncer dedans les yeux fermés et c'était comme si on fonçait dans l'odeur de pâtisserie du Café Kranz. Tante Lisalotte n'arrêtait pas de vérifier nos affaires : elle regardait les cols, elle prenait les chemises et elle demandait si on les avait portées, on aurait dit qu'elle ne pouvait pas être contente avant d'avoir trouvé des trucs à laver. Et puis, on a dû aider à plier les draps. Chacun tenait un coin et on marchait vers le centre, comme dans une danse irlandaise, et on a fait ça jusqu'à ce qu'ils soient tous pliés. Et puis ils ont été repassés, comptés et rangés.

Tante Lisalotte, c'était la tante qui avait une fabrique de cravates à la maison, alors on a eu chacun une cravate en couleur. Elle était mariée avec Onkel Max et ils avaient deux garçons qui s'appelaient Stefan et Herbert. Ils nous ont montré comment jeter des bombes à eau par la fenêtre. Ils avaient une boîte d'allumettes et un cigare au sous-sol, mais Tante Lisalotte savait flairer les embêtements, alors elle est descendue avant qu'ils aient pu l'allumer. Quatre garçons en lederhosen, elle a dit, comme *Max und Moritz*[1] multipliés par deux. Tante Minne était docteur et elle voulait collectionner plein d'antiquités de valeur, Onkel Wilhelm était opticien et il avait des centaines de fusils et de bois de cerf sur les murs de chez lui. C'était lui, l'oncle qui gardait une bouteille de schnaps cachée dans l'aquarium de son cabinet, derrière des plantes artificielles et deux carpes paresseuses qui nageaient en rond. Ils avaient deux enfants qui s'appelaient Mathias et Ursula : ils portaient aussi des lederhosen et ils nous apprenaient des nouveaux mots allemands. Ursula avait aussi des nattes blondes et savait siffler avec deux doigts dans la bouche.

Toutes nos tantes d'Allemagne avaient le même nez. Elles étaient capables de flairer ce qui se passait n'importe où, même des choses qui n'étaient pas encore arrivées. C'était un don et les filles Kaiser en héritaient au fil des générations, expliquait ma mère, et peut-être que tous les Allemands l'avaient aussi. Elles pouvaient flairer n'importe quel signal d'alarme, n'importe quel danger, n'importe quel malheur possible. Ma mère pouvait flairer un men-

1. Ces personnages de Wilhelm Busch (fin XIXe siècle) sont des petits espiègles qui font les quatre cents coups et jouent toutes sortes de vilains tours aux autres, prétextes à des leçons de morale et de bonne conduite, un peu à la manière des *Fables* de La Fontaine. Il semble que les histoires de Max et Moritz servent depuis des générations à donner aux petits Allemands un modèle de discipline autoritaire.

songe à des millions de kilomètres et Tante Lisalotte savait flairer les embêtements qui étaient en route. Tante Minne, elle vous regardait longtemps et elle pouvait flairer ce que vous aviez dans la tête. Elles savaient si vous vous étiez brossé les dents ou lavé les mains. Elles savaient si vous aviez fait votre prière ou pas. Elles étaient capables d'entrer dans une pièce et de vous dire de quoi vous parliez. Elles savaient flairer où vous étiez allé et si vous aviez gaspillé vos sous à acheter du chewing-gum. Les tantes et les oncles irlandais, ils vous donnaient de l'argent mais les tantes allemandes jamais, juste des habits et des jouets. Les tantes et les oncles allemands vous disaient de ne rien dépenser, même l'argent que les tantes et les oncles irlandais vous avaient donné.

En Allemagne, mon père était différent. Il portait une cravate et un costume neuf et Onkel Wilhelm lui avait fait une paire de lunettes neuves teintées en foncé et qui lui donnaient l'air plus allemand. Il avait arrêté de mettre sa casquette de tweed et il avait la figure bronzée par le soleil jusqu'au col de sa chemise. Il faisait plein de sourires et un jour, Maria lui a même donné du chewing-gum à mâcher, juste pour essayer. Il aimait parler aux gens de trucs techniques, de toutes les nouvelles inventions en Allemagne. Il avait des tas de nouveaux amis comme Onkel Willi, le prêtre qui conduisait trop vite avec un cigare dans la bouche et qui jouait aux échecs avec une boîte de cigares sur la table à côté de lui. Un après-midi, je les ai regardés jouer en silence jusqu'à ce que la pièce soit pleine de fumée. Mon père a gagné et ils se sont serré la main, comme des amis pour la vie.

Mon père buvait de la bière et des fois, il était presque aussi allemand que n'importe quel oncle ; il racontait des histoires et il rigolait. Il avait l'air si allemand avec sa figure brune et sa nouvelle cravate que j'ai pensé qu'il allait acheter une auto et se mettre à fumer le cigare aussi. Nous, on n'avait pas besoin d'être irlandais et ça ne servait à rien de parler irlandais aux gens dans les bus, en Allemagne. Tante Minne savait que l'Irlande était pleine de ruines de monastères et d'antiquités de valeur, Onkel Wilhelm savait qu'elle était pleine de rivières avec des saumons et des truites. Onkel Max disait que c'était un petit pays avec plein de grands écrivains. Onkel Willi savait que l'Irlande était pleine de prêtres, de moutons et de petits sanctuaires au bord de la route. Et pour Tante Lisalotte, elle était pleine d'arcs-en-ciel et d'arbres courbés par le vent. Ils disaient tous que les Irlandais étaient très gentils et très généreux, mais mon père a expliqué : c'est juste parce que les Irlandais ne savent pas avoir de biens ou garder d'argent en poche. Plus on est pauvre, plus on est généreux. Les Irlandais avaient si peur d'être pauvres qu'ils dépensaient tout leur argent; les Allemands, eux, ils avaient si peur d'être pauvres qu'ils économisaient chaque sou.

Les Irlandais vivent comme s'il n'y avait pas de lendemain, a dit mon père. Et les Allemands, comme s'il n'y avait pas d'hier, Onkel Wilhelm a continué. Onkel Max a expliqué : c'est pour ça que les Allemands se démènent pour inventer des tas de nouveaux trucs comme des voitures et des lunettes teintées, et que les Irlandais se démènent pour inventer des histoires et de la littérature. Mais les Irlandais, ils ont aussi inventé des tas d'autres choses, mon père a dit, comme la grève de la faim et l'irish coffee.

– Quel dommage que personne en Allemagne n'ait pensé à faire la grève de la faim contre les nazis ! a dit Tante Minne.

– Quel dommage que les Allemands ne soient pas un peu plus comme les Irlandais ! a dit Onkel Wilhelm.

– Quel dommage que les Irlandais ne soient pas un peu plus comme les Allemands ! a dit mon père. Et que l'Irlande ne soit pas plus près de l'Allemagne.

– Dommage que l'Allemagne ne soit pas entourée d'eau ! a dit Onkel Max.

Ma mère a dit que l'Irlande était un endroit où on avait encore besoin de prières et de chance, et Ta Maria a ajouté : l'Allemagne est un pays où la chance, on la fait soi-même et on mérite tout ce qui vous arrive. Ils étaient tous d'accord sur une chose : les Irlandais ne font jamais de mal à personne. « Les Allemands ont essayé de causer l'extinction de tous ceux qui n'étaient pas allemands, à la différence des Irlandais qui ont presque causé leur propre extinction. » Vous préféreriez tuer ou être tué ? a demandé mon père, et personne n'a su répondre à cette question-là. Vous aimeriez mieux piétiner les autres ou être piétinés ? parce qu'il y a toujours une langue qui finit par s'éteindre au bout du compte. Et personne n'a su répondre à ça non plus. Mais tout le monde était d'accord pour dire que l'Irlande et l'Allemagne étaient encore des pays divisés. La seule différence, c'était que les Irlandais avaient gagné la guerre et détestaient toujours les British, alors que les Allemands, ils avaient perdu la guerre mais ils n'avaient rien contre les British. Après, il y a eu une discussion : Tante Minne voulait que Mathias et Ursula s'exercent à parler anglais avec nous, mais mon père a dit qu'on n'avait pas le droit. Alors, Tante Minne a protesté : mon père était le bienvenu dans la maison, mais il ne pouvait pas commencer à faire les règles chez elle.

– Si vous détestez tant les Britanniques, eh bien, pourquoi ne pas apprendre à vos enfants l'anglais le plus parfait ? a demandé Tante Minne.

Ma mère, elle, elle ne savait plus répliquer comme ça, même si elle était dans son propre pays. Elle avait d'autres moyens de contourner les embêtements. Et de toute façon, ça a été vite oublié parce qu'il était temps d'aller voir d'autres gens et de voyager un peu en Allemagne. On a pris le train pour Neuss pour aller voir un évêque qui avait une grosse coupe de fruits sur la table et un tableau d'une coupe de fruits au mur. Il m'a demandé si je préférais les vrais fruits ou la peinture des fruits, alors j'ai montré la coupe sur la table et sa bonne a mis tous les fruits dans des sacs pour nous. Il m'a donné son nom aussi : Hugo. Et puis son chauffeur nous a emmenés jusqu'à Cologne par l'*autobahn* qui continuait tout droit tout le temps. On pouvait être sûrs de ne pas rencontrer de vaches qui ruminent sur la route ni de chiens Reifenbeisser qui se précipitent pour essayer de mordre les pneus. On a vu la cathédrale de Cologne, la gare, le pont qui est tombé dans la rivière un jour, pendant la guerre ; et le gros chiffre 4711 qui s'éclairait la nuit.

Et puis on a dû se séparer. Ma mère a emmené Maria et Ita en train pour aller chez Tante Elfriede à Rüsselsheim et, après ça, pour partir jusqu'à Salzbourg voir Tante Marianne et rencontrer tous les écrivains et les artistes qui venaient là. Et mon père nous a emmenés visiter le Drachenfelz, Franz et moi. Il était plus heureux qu'il l'avait jamais été de sa vie, parce que c'était comme pendant sa lune de miel. On s'est assis dans un bateau qui descendait le

Rhin et il a parlé beaucoup, bien plus que jamais. Il nous a montré les montagnes et nous a raconté comment il avait rencontré ma mère. Il voulait tout nous expliquer, et nous, on devait écouter. On a bu de la limonade qui s'appelait Miranda et on a mangé sur le bateau en regardant d'autres bateaux passer près de nous. Il y en avait des plats, avec plein de charbon entassé dessus. La rivière était si large qu'on aurait cru un autobahn avec des bateaux – d'un côté, ceux qui montent ; de l'autre, ceux qui descendent.

Quand on est sortis du bateau, c'était le soir et on s'est mis à escalader le Drachenfelz. On a d'abord monté des marches et puis on a pris le chemin. Mon père boitait et il n'a pas fallu longtemps pour qu'on ralentisse, c'était très raide. On s'est arrêtés pour se reposer et on s'est retournés pour regarder la rivière en bas, avec les bateaux qui continuaient de monter et de descendre lentement, sans un bruit, presque comme des jouets. Au bout d'un moment, on a recommencé à grimper mais on avançait à peine. Mon père a enlevé sa cravate et l'a mise dans sa poche. Il a déboutonné sa chemise et on pouvait voir son cou blanc. Il a enlevé sa veste et l'a mise sur son bras. Et puis il s'est arrêté pour nous demander si on voulait toujours continuer jusqu'au sommet. Je savais qu'il avait drôlement envie de revoir l'hôtel où il était allé avec ma mère. Un endroit comme ça, on ne peut pas le raconter, je le savais, il faut le voir de ses propres yeux. Il voulait y retourner et voir si c'était toujours pareil. Et peut-être qu'il avait peur d'y retourner et de trouver que ce n'était plus pareil.

– Vous avez faim ? il a demandé.

– Non.

On a continué un moment mais il s'est de nouveau arrêté et il s'est assis sur un banc, comme si ses jambes ne pouvaient plus continuer à le porter. On n'était plus très loin, mais il s'est mis à parler et à nous dire des choses qu'il n'avait encore jamais racontées. Ce n'était pas vrai qu'il avait sauvé ma mère, c'était le contraire. Sans elle, il serait devenu prêtre comme son frère Ted. Un jour, il était allé à Rome pour prier et il avait demandé à Dieu s'il devait devenir prêtre ou se marier. Il était allé voir un médecin italien qui pouvait à peine lui parler mais qui se servait beaucoup de ses mains. Le docteur lui avait dit de se marier, parce que se marier et avoir des enfants, c'était le seul moyen de ne plus boiter. Mon père a pensé que c'était comme si Dieu lui avait parlé en anglais de petit-nègre. Il a même pleuré et le docteur lui a mis la main sur l'épaule. Et puis ma mère est venue en Irlande et « elle l'a sauvé de la prêtrise ». C'était pour ça qu'il ne pouvait pas remonter au sommet du Drachenfelz sans elle. Après ça, il s'est tu et il n'a rien dit pendant tout le voyage en train pour rentrer à Kempen.

Cette nuit-là, chez Ta Maria, en essayant de m'endormir, j'ai pensé à comment ce serait si on venait tous habiter en Allemagne et si on avait tous la même langue. Personne ne nous appellerait plus « nazis ». Mon père aurait des tas d'amis et ma mère aurait toutes ses sœurs pour parler. Mon père serait plus allemand et ma mère apprendrait à répliquer et à faire des règles, comme sa petite sœur Tante Minne. Couché là, je voyais plein de sortes d'ombres. J'étais de nouveau dans le film en noir et blanc qui faisait si peur à ma mère.

« Mon Dieu, je vous en supplie, aidez-moi à sortir de ça ! » elle a écrit dans son journal.

Elle ne savait plus quoi faire. La nuit, elle priait à genoux et elle faisait les cent pas dans sa chambre. Elle avait peur de ce qui allait lui arriver maintenant. Elle était rentrée à Düsseldorf mais elle n'avait personne avec qui parler. Elle avait envie de rentrer chez elle à Kempen mais elle avait peur de causer des ennuis à Ta Maria et à Onkel Gerd. Ils n'avaient pas d'argent, ils ne pouvaient pas la nourrir. Elle avait peur d'être une mendiante sans travail. Elle voyait Stiegler au bureau tous les jours, avec son costume. Elle pouvait sentir son after-shave. Elle n'avait pas appris les mots pour décrire ce qui lui était arrivé à Venlo. Elle ne pouvait faire confiance à aucune des autres femmes du bureau et elle ne savait pas comment aller à la police, parce que Herr Stiegler avait plein d'amis dans la Gestapo et la Waffen SS. Il pouvait l'accuser de ne pas aider l'Allemagne et, alors, on l'emmènerait. Finalement, la seule personne qu'elle pouvait aller trouver, c'était Stiegler lui-même, parce qu'elle n'avait que dix-neuf ans et, des fois, on croit que la personne qui vous fait le plus peur, c'est la seule qui peut vous aider.

Un jour, elle a eu le courage d'aller droit à son bureau, après le travail. Toutes les machines à écrire se taisaient. Herr Stiegler est resté assis à regarder par la fenêtre pendant qu'elle parlait.

– Je suis content que tu m'en aies parlé, il a dit.

Alors, il lui a demandé de rentrer chez elle, dans son logement. Il fallait l'attendre là-bas et n'en parler à personne. Il viendrait discuter de ça chez elle. Il ne fallait s'inquiéter de rien, « il veillerait personnellement à ce que tout aille bien ». Elle, elle avait peur que tout recommence comme avant. Elle ne pouvait pas le laisser s'approcher d'elle. Mais il était si calme et si assuré qu'elle s'est mise à penser que tout allait bien. Elle savait que tout était en train de mal se passer, mais elle voulait croire que ça allait. Comme si c'était plus facile de croire un mensonge. Elle est rentrée chez elle et ce soir-là, elle a fait les cent pas : est-ce qu'il fallait juste s'enfuir, juste partir et recommencer ailleurs dans une autre ville où personne ne savait qui elle était ?

Il était à peu près minuit quand Stiegler est arrivé chez elle. Elle a entendu son pas dans l'escalier. Il était très silencieux parce qu'il y avait des voisins dans les autres appartements. Il est entré chez elle. Il portait sous son bras une trousse noire et brillante, avec un élastique autour. Il lui a dit de s'étendre sur le lit et il s'est assis à côté d'elle. Il lui a tenu le bras et lui a demandé où étaient partis tous ses sourires. Il lui a pris le menton avec le pouce et l'index et lui a dit de se détendre, ça ne prendrait qu'une minute et, ensuite, tout irait de nouveau bien. C'était la solution. Il lui ferait une petite piqûre, elle n'aurait pas mal du tout. Ça lui donnerait peut-être un peu la nausée après, mais ça passerait et elle serait de nouveau pleine de sourires et de fossettes et elle retournerait au théâtre. Elle a voulu savoir ce qu'il y avait dans la piqûre et il a dit que c'était une préparation simple, à base d'ingrédients entièrement naturels, comme le vinaigre et l'alcool. Il était déjà en train de lui remonter sa manche et de lui frotter le bras avec un petit coton imbibé d'alcool. Il s'était procuré ça auprès d'un très bon médecin avec qui il était ami, il a expliqué. Ça la rendrait forte. Ça enlèverait le mal au cœur et le dégoût. C'était une piqûre contre le dégoût.

– Voilà, ça y est, il a dit, comme un vrai docteur.

Il a été très gentil et très poli. Il est resté assis près d'elle un moment en lui caressant le front, et il n'y a pas de défense contre la gentillesse, explique ma mère. Il n'arrêtait pas de dire qu'il admirait sa force et son courage. Elle était très brave et très belle, une vraie Allemande. Elle pouvait sentir le cognac dans son haleine. Et puis elle s'est endormie et quand elle s'est réveillée, il n'était plus là. Elle avait la tête qui tournait et envie de vomir. Elle a essayé de se lever, elle s'est agenouillée et puis elle s'est couchée par terre, comme si maintenant, plus rien n'avait d'importance. Elle avait tout vomi, elle avait le ventre vide, mais elle avait de plus en plus mal. Elle est sortie de la chambre et elle est allée en titubant vers la salle de bains, dans l'entrée, en se tenant aux murs comme si elle était sur un bateau. Elle essayait de ne pas attirer l'attention. Mais après, elle s'est mise à saigner et à pleurer doucement en voyant son sang tout autour d'elle. Elle avait peur que les gens des autres appartements sortent et la trouvent là.

Stiegler est revenu quelques heures plus tard. Il l'a trouvée par terre dans la salle de bains. Elle avait la figure blanche et il n'arrivait presque pas à la réveiller. Il avait peur que ça tourne mal et qu'elle risque de mourir. Et lui, il serait obligé de donner des explications. Maintenant, il fallait aller vite. Il n'avait pas le temps de nettoyer le sang à la salle de bains. Il l'a tirée jusque dans sa chambre sans faire de bruit, pour ne réveiller personne. Il l'a laissée par terre et, vite, il a emballé ses affaires dans une valise. Il n'a pas traîné et ensuite, il est parti organiser les choses pour qu'une voiture vienne la chercher. Il avait déjà jeté l'aiguille et la trousse du docteur dans des poubelles un peu partout dans Düsseldorf. Quand la voiture est arrivée, il a fait monter le conducteur pour l'aider à descendre ma mère.

Elle s'est réveillée une ou deux fois et elle a vu qu'elle bavait sur la veste de Herr Stiegler ; il y avait une marque blanche sur son col, comme un nouvel insigne. Alors, ils l'ont mise à l'arrière de la voiture avec sa valise à côté d'elle et Stiegler a tendu de l'argent au conducteur. Elle a entendu le moteur démarrer avec un grognement. La voiture a roulé, elle a levé les yeux et elle a vu Herr Stiegler sortir son mouchoir pour essuyer son costume.

XXIV

Et puis, ça a été le temps des abeilles.

Mon père préparait ça depuis longtemps, il avait parlé au téléphone avec d'autres apiculteurs, il avait tout prévu, comme pour une nouvelle affaire. Il avait calculé d'un côté de la page combien il faudrait dépenser, et de l'autre côté combien les abeilles lui rapporteraient de miel. Il a acheté un casque de jungle avec une cage de grillage autour de la figure, et des gants de cuir qui montaient jusqu'en haut des bras, plus haut que les coudes. Il a acheté les ruches, les cadres et un pistolet à fumée – on met dedans un morceau de toile à sac roulée qu'on fait brûler et on chasse la fumée par le bec pour calmer les abeilles. Tout le reste était gratuit. Les abeilles s'envoleraient du toit du breakfast room du matin au soir, et personne ne pourrait les empêcher de récolter le pollen.

Le soir où les abeilles sont arrivées, ma mère a sorti sa nappe spéciale – on aurait dit que des invités venaient prendre le thé, que c'était de la famille d'Allemagne ou de West Cork. On aurait cru une fête : à cause des abeilles, ma mère avait mis des fleurs sur la table et acheté de la limonade. On savait qu'à partir d'aujourd'hui, on ne serait plus pareils que n'importe quelle autre famille, parce qu'on avait des amies qui étaient des abeilles, et tous les gens de notre rue croyaient que les abeilles étaient à table avec nous pour manger du pain et de la confiture. On a même dit une prière spéciale pour elles et, quand on a entendu la sonnette, on s'est tous levés de table d'un bond et on a couru à la porte. Il y avait là un grand monsieur avec une ruche en paille dans la main. Il a souri et il a parlé à mon père en irlandais. Et puis, ils sont montés à l'étage tous les deux, ils sont passés par ma chambre et, nous, on a regardé de la chambre d'au-dessus. Mon père est sorti par la fenêtre et il a marché sur le toit du breakfast room avec la cage autour de la tête.

Dans son journal, ma mère avait une photo d'un monsieur qui s'appelait John Glenn et qui était habillé comme un apiculteur. Il avait été le premier homme à aller en orbite mais un jour, plus tard, il avait perdu l'équilibre dans sa baignoire, il s'était cassé l'oreille moyenne et, après ça, il était resté en orbite pour le restant de ses jours. Mon père avait l'air de partir dans l'espace pour toujours quand il est sorti en combinaison avec ses gants longs et ses grosses chaussures lourdes. Le monsieur grand a dit que ce n'était pas nécessaire d'envoyer de la fumée parce que les abeilles étaient très heureuses de venir chez nous. Il a tapé sur la ruche de paille et il a jeté les abeilles sur une planche. Elles se sont toutes mises à marcher vers la nouvelle ruche avec leurs queues blanches en l'air.

Ma mère et mon père, ils n'avaient pas peur d'être différents. Les autres familles, elles s'achètent une auto et une télé. Et nous aussi on a envie de ces trucs-là, mais on est allemands et irlandais et on a des abeilles comme amies. On a de la chance d'être si différents, il paraît, parce que les abeilles, c'est meilleur pour le monde et meilleur pour nous. La plupart des autres enfants, ils ne connaissent même pas la différence entre une abeille et une guêpe. Ils se fichent pas mal de la famine. Ils se fichent pas mal des bateaux-cercueils et des camps de concentration.

Tout ce qui les intéresse, c'est si on peut se battre ou pas. Ils nous appellent Hitler et Eichmann et ils veulent voir si on peut se battre comme les Allemands. Ils veulent nous entendre dire aaargh et uuumph, comme les gens dans les illustrés et dans les films. Nous, on essaie de s'enfuir en courant. Un jour, quand ils nous coursaient, j'ai filé dans une direction et Franz dans une autre. Je suis arrivé à la maison le premier, en passant par le terrain de football, les ruelles et la porte de derrière. Je ne savais pas où était Franz. Il est arrivé plus tard : il était à la porte de devant avec du sang sur la figure et sur sa chemise.

– *Mein Schatz*, que s'est-il passé ? a demandé ma mère.

Il n'y avait rien à faire. Elle ne pouvait pas nous dire d'arrêter d'être allemands, alors elle a amené Franz à la cuisine et elle s'est mise à lui nettoyer le sang qu'il avait sur la figure. Elle a sorti des chocolats du placard pour arranger les choses. Elle a dit que c'était bien qu'on ne se soit pas battus, parce qu'on n'était pas des gens du poing. Nous, on est des gens de la parole et un jour, on arrivera à les convaincre. Un jour, le non silencieux les convaincra.

Quand mon père est rentré à la maison, il était très en colère parce que personne n'avait le droit de frapper Franz, sauf lui. Il a regardé la chemise avec le sang dessus : non, il ne pouvait pas laisser passer ça. Formidable, j'ai pensé, il va leur faire payer ce qu'ils ont fait à Franz. Il va peut-être trouver les garçons qui ont fait ça et il les fera agenouiller pour demander à Dieu : combien de coups de baguette ? Il a remis sa casquette et il est allé droit au bout de la rue, vers une des petites maisons. Ma mère avait essayé de le retenir par le coude à la dernière minute, pour être sûre qu'il reste aimable.

– Je n'y vais pas avec les poings, mon père lui a expliqué.

Il a pris la chemise ensanglantée et il a emmené Franz avec lui. Quand ils sont arrivés devant la maison, ils ont sonné, une femme a ouvert la porte et elle a fait semblant qu'ils s'étaient trompés de maison. C'était drôle de répondre ça, parce que le garçon qui avait tapé Franz, il était là, caché derrière la rampe d'escalier, à côté d'elle. Mon père a souri : il n'était pas venu avec des poings mais il ne partirait pas avant qu'on l'ait écouté faire un discours. Alors l'homme de la maison a dû sortir en pantoufles, avec ses manches remontées et une ancre tatouée sur le bras. Il était très grand, presque deux fois la taille de mon père. Il avait aussi deux fois plus d'enfants que mon père et leur maison n'était même pas la moitié aussi grande que la nôtre. Il était fatigué, il avait de la barbe pas rasée sur la figure. Il avait l'air de n'avoir pas le temps d'écouter les discours de gens des maisons plus grandes. La télévision marchait dans le salon et il était en train de rater la moitié de son match de football. Mon père, lui, il s'en fichait que l'homme soit grand, que sa maison soit petite et qu'il regarde la télé toute la journée. Il ne cherchait pas de revanche. Il a juste tendu la chemise avec le sang dessus et il a laissé le grand la regarder longtemps en penchant la tête pour voir.

– C'est votre propre sang, a expliqué mon père.

Et puis il a récité des trucs qu'il se rappelait par cœur et qu'il avait lus dans des livres. Il était temps de se battre pour les droits des petites gens et des petites nations, il a dit. Si on était tous sur les genoux, c'était parce que les autres pensaient qu'ils étaient si grands. Ça ne servait à rien de se battre tout le temps entre nous, parce que comme ça, l'Irlande n'aurait jamais ses propres inventions et sa langue à elle.

L'homme avec un tatouage s'est mis à se gratter le ventre. Il se croyait de nouveau à l'école. Pourquoi mon père venait chez lui pour lui réciter des trucs sortis des livres et pour dire des mots en irlandais, en tenant dans sa main une chemise ensanglantée ? Il n'en avait pas idée. Il croyait peut-être que c'était comme une nouvelle religion ou un nouveau parti politique qui cherchait de l'argent. Il croyait peut-être que mon père était communiste. Et ça, c'était même pire que d'être un nazi, c'était comme le machin nucléaire, quand l'air est plein de points rouges et que tout le monde vit à l'intérieur pour le restant de ses jours et regarde la télévision. L'homme avec un tatouage, il a posé ses yeux sur la surelle qui poussait à la porte, à côté de ses pantoufles. Alors, mon père a dit bonsoir et il a insisté pour qu'ils se serrent la main. Il n'a même pas parlé du garçon qui avait frappé Franz. Il n'a rien dit de plus. Il a même fermé le portillon en repartant. Le portillon, lui, il n'avait jamais été fermé de sa vie, parce que l'homme avec un tatouage et toute sa famille le laissaient ouvert tout le temps. Ils s'en fichaient pas mal si des chiens entraient dans le jardin pour lever la patte ou gratter l'herbe. Mon père a dit à Franz de ne pas se retourner en partant.

– Vous les avez convaincus ? a demandé ma mère.

– Ils ont ri, Franz a dit.

Peu importe : ce sont des gens du poing, eux, a expliqué ma mère, et vous avez eu raison de ne pas vous battre, autrement vous seriez devenus juste comme eux. Mon père, lui, ça ne l'avait même pas gêné qu'ils rient et qu'ils ignorent son discours.

– Ce qui compte, c'est qu'un homme petit ait pu aller trouver un homme grand sans avoir peur, il a dit.

Moi, je savais que ce n'était pas fini. Ils reviendraient nous chercher, parce que j'étais Eichmann et je ne pouvais rien y faire. J'avais envie d'être un des gens du poing pour pouvoir me défendre, pour ne pas avoir peur dans la rue. A partir de ce moment-là, j'ai voulu être un vrai nazi. Être si cruel et si méchant qu'ils auraient peur de moi. La nuit, dans mon lit, je pensais à toutes les choses que je ferais. Je leur taperais la tête contre le mur. Je flanquerais un caillou dans les dents d'un gamin. Je serais célèbre partout. Les gens auraient même peur d'aller nager quand je serais dehors. Je les imaginais qui filaient en courant et qui se cachaient en s'aplatissant contre les portes des maisons quand ils m'entendaient venir, ils tremblaient au son de mon nom : Eichmann.

Je me suis mis à m'entraîner tout seul. J'ai appris à faire un sourire méchant. J'ai appris à rire comme les nazis dans les films, lentement, pendant que je m'apprêtais à torturer quelqu'un. Je me suis parlé anglais avec l'accent allemand. Je répétais tout le temps des trucs comme « mon ami » et j'étais très poli pour que les gens aient encore bien plus la frousse quand ils se rendraient compte que j'allais les tuer. Je poignardais les marionnettes et je faisais des petits sourires devant la glace. Je lançais des cailloux aux chats. Je m'exerçais à torturer Franz et Maria. Et un jour, j'ai même lancé une chaise à ma mère et elle n'a rien pu y faire. Elle a laissé la chaise là où elle était tombée : personne ne la ramasserait, elle pourrait rester là pendant des centaines d'années.

– Pourquoi veux-tu être un des gens du poing ? elle m'a demandé.

– C'est rasoir d'être un gentil.

J'avais envie d'être aussi méchant que c'est possible. Quand on est méchant, on se sent bien parce que les gens ont l'air choqué et inquiet et ça vous donne envie d'être encore pire. Quand vous êtes gentil, personne ne vous regarde.

– Je suis Eichmann. Je vais tuer des gens et bien rire.

Elle m'a emmené au salon et elle m'a montré un livre où il y avait une photo d'un garçon dans la rue, avec les mains en l'air et qui disait : « Ne tirez pas ! » Elle m'a parlé d'un endroit qui s'appelle Auschwitz et elle m'a raconté qu'Eichmann, c'était celui qui s'occupait des trains qui amenaient les gens là-bas. Elle pouvait se rappeler les Juifs à Kempen. Les gens les appelaient : *die Jüdchen*, les petits Juifs, parce qu'ils habitaient dans des petites maisons. Elle n'en avait jamais vu emmener, mais il n'y avait qu'un seul Juif de Kempen qui était revenu après la guerre et il n'était pas resté. Il était juste venu faire un tour une fois et puis il était reparti, et maintenant, il n'y a plus de Juifs à Kempen. C'étaient les nôtres, elle dit. Les nôtres sont morts dans les camps de concentration.

Je me demande comment c'est pour mes cousins en Allemagne et s'ils sont encore obligés d'y penser tous les jours, comme moi. Est-ce qu'on les traite de nazis dans la rue ? Ici, je dois faire attention quand je marche parce que, s'ils m'attrapent, ils me feront un procès et ils m'exécuteront.

– Je ne veux pas être allemand, je dis.

Elle a les larmes aux yeux : les Allemands ne pourront jamais revenir chez eux. Les Allemands n'ont pas le droit d'être des enfants. Pas le droit de chanter des comptines ou de raconter des contes de fées. Ils ne peuvent pas être eux-mêmes. C'est pour ça que les Allemands veulent être irlandais, écossais ou américains. C'est pour ça qu'ils aiment la musique irlandaise et la musique américaine, parce que ça leur donne un endroit pour rentrer chez eux et pour avoir le mal du pays.

– C'est comme une tache sur la peau qu'on a de naissance, elle a expliqué.

C'était l'heure de descendre à la mer pour regarder les vagues. Parce qu'elle, elle avait du travail. Elle est restée à la porte pour nous regarder traverser la rue jusqu'à ce qu'on disparaisse au coin.

Je savais que j'étais dans l'endroit le plus chanceux du monde, avec la mer à côté. Le soleil brillait et on sentait la poussière dans l'air. Le goudron faisait des bulles sur la route et, un peu plus loin, on pouvait voir la lumière trembler, comme si le sol se soulevait à cause de la chaleur. Certaines boutiques avaient des auvents qui claquaient sous la brise. Les bateaux étaient dans la baie et il y avait une brume de chaleur sur le port. On allait nager, Noel, Franz et moi. On plongeait et on restait sous l'eau aussi longtemps qu'on pouvait. Je savais que je pouvais m'arrêter de respirer plus longtemps que n'importe qui. Je pouvais rester là-dessous jusqu'à ce que mes poumons éclatent presque. J'étais champion du pas-respirer et du pas-parler. J'entendais les voix autour de la piscine mais elles étaient étouffées, loin. Ici au fond, c'était bleu et calme, comme si on était dans une boisson fraîche.

Des fois, des abeilles rentrent dans ma chambre le soir. Elles vont vers la lampe parce qu'elles croient que c'est le jour et elles veulent s'approcher du soleil autant qu'elles peuvent. Elles deviennent folles et elles tournent autour de la lumière jusqu'à ce qu'elles s'écrasent contre l'ampoule au milieu de la chambre et qu'elles tombent. Et puis, elles se redressent et elles se remettent à tourner autour de la lampe, elles sont de plus en plus excitées et impatientes, jusqu'à ce qu'on éteigne la lumière et qu'elles partent vers la fenêtre. Ensuite, elles passent un temps fou à monter et à descendre contre la vitre en bourdonnant, elles essaient de sortir pour aller au réverbère de la rue mais, finalement, elles sont si fatiguées qu'elles retombent par terre et qu'elles se mettent à tourner en rond en rampant. Elles tournent toujours en rond quand elles vont mourir, comme si elles voulaient s'étourdir. On ne peut pas les laisser sortir et je suis obligé de dormir avec la tête complètement couverte, juste au cas où elles viendraient me piquer en pleine nuit.

C'est les plus petites choses qui font le plus mal, je le sais parce qu'un jour, j'ai été piqué dans le jardin quand j'ai posé la main sur une abeille dans l'herbe. Une goutte de pluie lui avait tapé dessus et elle devenait folle en tournant en rond. J'ai posé la main par terre et elle m'a piqué. Après, plus personne n'a voulu jouer dans l'herbe. Mon père a dit que les piqûres, c'était bon pour nous, qu'on n'aurait jamais de rhumatismes. Il a expliqué : si on veut avoir moins mal, il faut retirer le dard très vite pour empêcher le poison de rentrer. Une piqûre d'abeille, c'est très différent d'une piqûre de guêpe, parce qu'une abeille, elle a un crochet au bout, et une fois, il nous l'a montré, sous un microscope. On s'habituera vite aux piqûres d'abeille, on ne les sentira même plus. Et ma mère dit qu'on ne devrait pas hurler comme ça chaque fois qu'on est piqués, parce que les voisins vont croire qu'on nous torture à mort.

Des fois, quand je suis dans la maison, j'entends quelqu'un hurler dehors et je sais que c'est une piqûre d'abeille. Maria, Ita, Franz : chacun a son cri. Des fois, ils hurlent même avant d'être piqués. Si une abeille vole près d'eux, ils se mettent à crier et à se précipiter dans la maison, comme s'ils allaient mourir. Ce n'est même pas la faute de l'abeille. Elles, les abeilles, elles volent au-dessus du jardin et elles reviennent avec les poches pleines de pollen, on dirait des grosses valises. Et quand le vent se met à souffler tout d'un coup et arrive par le coin, derrière la maison, il les pousse par terre, dans le jardin, et elles ont du mal à se redresser. Des fois, le vent les pousse dans les cheveux de quelqu'un et ce n'est pas leur faute, parce que tout ce qu'elles veulent, elles, c'est rentrer et rapporter le pollen à la ruche. Mais elles restent accrochées dans les cheveux. On entend Maria ou Ita crier et se précipiter dans la maison. Pourtant l'abeille ne les a même pas encore piquées, elle est seulement prise au piège et elle bourdonne comme une folle en essayant de sortir.

Un jour, c'est arrivé à ma mère et on a inventé un moyen d'empêcher l'abeille de piquer. Ma mère est rentrée en courant et en criant qu'elle avait une abeille dans les cheveux. Elle tenait ses cheveux serrés dans sa main, pour essayer d'éviter que l'abeille ne vienne trop près de la tête. L'abeille, elle, elle devait se démener et essayer de piquer tout ce qu'elle pouvait toucher, parce qu'elle était coincée dans une prison de cheveux, comme dans une toile d'araignée, et qu'elle n'avait aucun espoir d'en sortir vivante. Mais il y avait encore une chance de l'empêcher de piquer, aussi longtemps qu'elle ne pouvait pas s'approcher de la peau. Ma mère m'a dit d'apporter un torchon et de le poser à l'endroit où était l'abeille. J'ai senti le bourdonnement sous mes doigts et j'ai pressé fort, jusqu'à ce que le bruit monte très haut, comme une moto très loin. Alors j'ai pressé encore plus fort et j'ai senti un craquement sous le torchon et l'abeille était morte. Personne n'en a parlé ensuite, des fois que mon père se mette en colère parce qu'on lui tuait ses abeilles. Après c'était moi l'expert pour empêcher les piqûres. J'étais le « stoppe-piqûres ».

XXV

Après ça, on a essayé d'être aussi irlandais que possible.

Il y avait un nouveau bébé à la maison qui s'appelait Bríd. Onkel Ted est venu exprès dans notre église pour dire la messe en irlandais, et Franz et moi on a fait les enfants de chœur. Il y avait des gens qui toussaient et qui ressortaient parce qu'ils croyaient s'être trompés de pays, et ils ne pouvaient pas prier Dieu en irlandais. Mais Onkel Ted a continué sans même jeter un coup d'œil derrière lui. Il a baptisé Bríd et versé de l'eau bénite sur sa tête et ensuite, il y a eu un gros gâteau à la maison avec une spirale celte en Smarties. Peu importe que des gens sortent de l'église en toussant très fort, mon père a dit, parce que maintenant, Bríd était née et baptisée, et ces gens-là seraient bientôt les moins nombreux. Ma mère avait envie de savoir pourquoi ils avaient plus peur de la langue irlandaise que des abeilles. La piqûre, c'est peut-être pire, a répondu Onkel Ted. Mais Franz a dit : ceux qui parlent irlandais, ils ne piquent pas, et tout le monde a ri et mangé du gâteau avec la spirale.

Après, on est retournés passer trois mois au Connemara, pour être aussi irlandais que possible. On avait des casquettes neuves et des impers neufs, et on a pris le train avec un groupe de garçons qui allaient tous vivre dans « un foyer irlandais pur jus ». On partait dans une école du Gaeltacht[1] et on en reviendrait en parlant

1. Les contrées de l'ouest et du sud-ouest de l'Irlande ont toujours été les plus pauvres, avec des terres peu fertiles qui ne suffisaient pas à nourrir une population souvent acculée à l'émigration. Le Gaeltacht désigne collectivement les comtés de l'ouest irlandais (au nombre desquels le West Cork dont était originaire le

comme ceux qui étaient nés là-bas. A la gare, un photographe a pris une photo pour les journaux et ma mère l'a gardée dans son journal à elle. Franz et moi et les autres garçons, on fait des signes d'au revoir sur le quai, parce qu'on va rester sans voir personne de la famille et sans leur parler, jusqu'à ce qu'on revienne à la maison, irlandais pur jus.

Franz est allé à An Cheathrú Rua et moi dans un nouvel endroit qui s'appelait Béal an Daingin, mais j'ai encore été malade et les hurlements dans ma poitrine ont recommencé tous les soirs. Les gens de la maison étaient très gentils avec moi mais, des fois, j'avais envie de rentrer chez nous, parce que je ne pouvais pas respirer. J'avais plein d'embêtements avec les chiens qui hurlaient dans ma poitrine. Le médecin du coin est venu et il a dit que j'aurais vite fait de me remettre. Mais je toussais tout le temps et j'ai été obligé de rester au lit. Alors, Bean an tí m'a donné des cigarettes qui étaient bonnes pour l'asthme. Elle a acheté un paquet de Sweet Afton et les a mises à côté de mon lit avec une boîte d'allumettes. Elle m'a dit que si je n'arrivais pas à respirer, il fallait que j'allume une cigarette et que je la fume comme un brave type, parce que ça m'aiderait à faire sortir toute la saleté en toussant et à ne pas avoir peur dans le noir. Et puis je me suis remis, j'ai oublié que j'étais allemand et j'ai commencé à apprendre à vivre en irlandais.

Il y avait un garçon à la maison qui s'appelait Peadar et il m'a montré comment puiser de l'eau et comment traire les vaches. Bean an tí m'a appris à trouver les endroits où les poules pondaient leurs œufs. J'ai aidé Fear an tí à empiler la tourbe contre le côté de la maison et j'ai appris à dire «*go dtachtfaidh sé thù*», qui veut dire «pourvu que t'en crèves !» en irlandais. J'ai appris à changer des mots anglais en mots irlandais, à dire «*mo bhicycle*» et «*mo chuid biscuits*». J'ai appris à aller à l'école en marchant à reculons pour empêcher la grêle de me piquer les jambes. J'ai regardé les hommes ramasser les algues et les charger sur des gros camions. Ils les emportaient à Dublin pour faire du sirop contre la toux. J'ai vu des gens étendre le poisson salé sur des murs de pierre pour les sécher au soleil. J'ai vu la marée descendre tous les jours comme si elle

père de Hamilton). Cette région représente le dernier bastion du gaélique et le conservatoire de la culture traditionnelle.

n'allait jamais revenir et j'ai vu des ânes avec les pattes attachées ensemble pour les empêcher de s'enfuir et de se moquer du monde.

Une bande de papier brun collant et tortillé était suspendue au milieu de chaque pièce, avec des mouches mortes collées dessus. Le chien au coin du feu avait le menton par terre et les yeux fermés, il levait juste une oreille pour entendre si quelqu'un entrait. Tous les jours, un monsieur qui s'appelait Cóilín venait en visite et il s'asseyait près de la fenêtre. C'était un cousin de la dame de la maison. Il regardait la route et il leur disait qui passait. Ils avaient une radio dans la maison mais pas de télé, et il n'y en avait pas besoin parce que le monsieur à la fenêtre, c'était lui qui annonçait les nouvelles. La maîtresse de maison pouvait continuer à préparer le repas et l'homme de la maison pouvait rester assis au coin du feu avec sa pipe sans lever les yeux. « Ah, maintenant voilà Joe Phait qui se dirige vers l'ouest avec son manteau neuf sur le dos, disait Cóilín. Voilà Nancy Seóige qui revient de la direction est avec des biscuits pour sa sœur. » On pouvait prendre quatre directions différentes : aller vers l'ouest, revenir de l'ouest, aller vers l'est, revenir de l'est. Des fois, les gens entraient et alors la maison entière devenait comme une émission de télévision, avec le monsieur à la fenêtre qui faisait parler tout le monde. Nancy Seóige entrait pour fumer un clope à l'abri du vent et pour expliquer que les biscuits, c'était pour sa sœur – elle était malade et couchée depuis longtemps et les Sweet Afton ne lui faisaient plus de bien. Elle était arrivée de l'est, Nancy Seóige, et elle est repartie vers l'ouest quand elle a eu fini son histoire.

« Ah, maintenant, voilà Tom Pháidin Tom qui va vers l'est avec sa bicyclette et son chien derrière lui », disait le monsieur à la fenêtre. La maîtresse de maison posait des fois des questions comme : à quoi pense Tom Pháidin Tom ? – et il donnait la réponse : « Il pense qu'aujourd'hui il a passé assez de temps à la tourbière en sa propre compagnie, et il va vers l'est jusqu'à Teach Uí Fhlatharta pour s'acheter des cure-pipes et du tabac. » Le monsieur à la fenêtre, il savait qui passait et qui ne passait pas. Il savait tout ce qu'on disait au Connemara, tout ce qui se racontait en Angleterre et même en Amérique, jusqu'à Boston. « Je vois que le *sagart*, le père ÓMóráin, il n'est pas encore allé trouver les Johnson au sujet de leur fils à

Birmingham. Páraic Jamesey a dû partir en bus à Galway pour la journée : paraît-il que c'est très bien engagé pour lui avec une infirmière d'Inishmore qui travaille à l'hôpital régional de Galway. Paraît que Patricia Mhuirnín Leitih Mochú va se marier en Amérique au printemps, avec un étranger. »

Le monsieur à la fenêtre pouvait dire qui était à Teach Uí Fhlatharta et il connaissait les histoires de chacun. Il savait que Tom Pháidin Tom achetait autre chose que des cure-pipes, parce que son chien revenait déjà de l'est, et ça voulait dire que Máirtín Handsome était sûrement là-bas aussi et que Tom Pháidin Tom rentrerait tard à la maison, sauf si Peigín Dorcha aux cheveux noirs allait le chercher. Il savait ce que disaient tous les vivants et aussi ce que racontaient les morts au cimetière. Il savait que le frère de Tom Pháidin Tom, Páidin Óg, criait du fond de sa tombe qu'il avait le gosier sec comme un vieux bout de bois. Que s'il était encore de ce monde, s'il ne s'était pas noyé un jour au large de Ros a Mhíl, il serait à Teach Uí Fhlatharta à l'heure qu'il était. Et personne, pas même le prêtre, le pape du Vatican ou Eamon De Valera lui-même, ne pourrait l'en déloger avant qu'il ait chanté «*Barr na Sráide*» et les «*Rocks a Bawn*».

Un soir, j'ai dû aller à Teach Uí Fhlatharta avec un pot à lait bleu et blanc. Le maître de maison n'avait pas le droit d'y aller lui-même parce que le prêtre lui avait dit de ne jamais prendre la direction de l'est, sinon il ne reviendrait jamais à l'ouest. Alors, c'est moi qui ai dû aller à l'est à sa place et il m'a dit de faire bien attention sur le chemin du retour, de ne pas renverser une seule goutte. Il faisait nuit, je marchais sur la route vers les lumières de Teach Uí Fhlatharta, et je savais que le monsieur à la fenêtre racontait ce que je faisais à l'homme de la maison. Ah, voilà le petit gars de Dublin qui entre avec le pot à rayures blanches et bleues. Maintenant le petit gars de Dublin sort l'argent de sa poche et il achète des bonbons. Mais ça, c'était juste pour blaguer.

Teach Uí Fhlatharta, c'était une grande boutique avec tout ce qu'on pouvait avoir besoin d'acheter, comme de la confiture, des bonbons et des trucs comme du ciment et du bois aussi. Il y avait plein de fumée et plein de grands bonshommes en bottes de caoutchouc debout au comptoir, et ils parlaient tous en même temps. Ils racontaient toutes les histoires du Connemara et même de Boston. J'ai vu Tom Pháidin Tom. Il riait et il fumait une pipe avec un couvercle dessus, contre la pluie. J'ai attendu derrière eux un moment. Je regardais les balais et les seaux neufs suspendus au plafond, et puis un des hommes s'est retourné et m'a pris le pot. Il a dit au monsieur derrière le comptoir de le remplir jusqu'en haut parce que le petit gars de Dublin avait très soif. J'ai posé l'argent sur le comptoir et, quand le pot a été plein, ils me l'ont passé et ils m'ont dit de le tenir avec les deux mains. Il y avait de la crème dessus pour vous empêcher de voir ce qu'il y avait dedans, mais on pouvait le sentir. Un d'eux est venu ouvrir la porte et je suis rentré en marchant tout doucement dans le noir, sans renverser le pot, sans rencontrer de fantômes, sans tomber dans le fossé et sans me faire avaler par la terre et disparaître pour toujours. Je n'ai pas renversé une seule goutte. Mais quand je suis arrivé, l'homme de la maison a regardé dans le pot pendant un bon moment. Il m'a demandé si j'en avais bu la moitié, mais la maîtresse de maison a dit que non. Le monsieur à la fenêtre a voulu savoir si j'avais vu quelqu'un avec une casquette de tweed tournée devant derrière : c'était Máirtín Handsome. Le maître de maison a bu sur le côté du pot et il s'est mis à raconter une histoire de fantômes qui lui était arrivée, un jour qu'il était rentré de Teach Uí Fhlatharta dans le noir.

Quand j'ai dû repartir à Dublin, la maîtresse de maison est allée m'attraper une poule pour que je la ramène en train. Elle l'a mise dans un sac attaché avec un ruban, pour que la tête de la poule sorte d'un côté et les plumes de l'autre. Le monsieur à la fenêtre continuerait à parler de moi longtemps après mon départ, je le savais. « Maintenant, voilà le petit gars de Dublin dans le train avec la poule à côté de lui qui regarde les murs de pierre sèche défiler devant la fenêtre. Voilà le petit gars de Dublin qui rentre chez lui, plus irlandais que n'importe qui au Connemara, qui parle à la poule en irlandais et qui lui donne un bout de son sandwich à manger. »

Après ça, on est allés dans une nouvelle école irlandaise pur jus à Dublin, chez les Frères chrétiens. Tous les jours, on devait prendre un train pour aller en ville, et puis on continuait à pied et on passait devant la Colonne de Nelson, Cafollas et le Gresham Hotel. Tout se faisait à travers l'irlandais dans la nouvelle école : le latin, l'algèbre, le hurling et même l'anglais. Les Frères chrétiens étaient en noir avec un col blanc et des marques de craie blanche autour des épaules. L'un d'eux avait les doigts bruns, il fumait une craie en classe toute la journée et finissait avec des lèvres blanches d'avoir parlé. Il m'a demandé de lire un passage d'un livre et toute la classe a dû écouter. « C'est un miracle qu'un garçon de Dublin puisse devenir si irlandais ! » il a dit. Et il s'est enfui de la classe en me prenant par la main, il a dévalé les escaliers trois par trois en laissant les autres garçons tout seuls à se battre à l'épée avec leurs règles. Il voulait m'emmener partout dans l'école pour lire devant tout le monde. Je devais aller dans chaque classe et leur montrer ce que c'était de parler « comme un natif ». Le directeur a dit que je devrais passer à la télévision pour l'exemple, pour montrer qu'on pouvait changer le cours de l'histoire.

Tout le monde était fier de moi et j'aimais bien être irlandais. Mais je savais que tous les garçons de l'école se fichaient de moi. Personne n'avait vraiment envie d'être irlandais à ce point-là. Si vous vouliez avoir des amis, il fallait commencer par se parler anglais à soi-même pour que personne ne vous traite de *mahogany gaspipe*[1] ou de

1. Cette expression haute en couleur – littéralement « tuyau de gaz en acajou » – nous semble appartenir au registre des insultes folkloriques semblables à celles que profère le capitaine Haddock, dans le style bachi-bouzouk, kroumir ou mitrailleur à bavette, où l'incongruité des associations renforce l'effet comique de sons ou de notions exotiques. La genèse de la formule est assez passionnante et j'en suis redevable au scénariste anglais Niall Leonard. L'auteur de l'expression est Flann O'Brien (1911-1966), romancier et chroniqueur à l'*Irish Times* pendant près de trente ans, célèbre pour sa verve satirique et la brillance de ses « feux d'artifices littéraires et linguistiques ». La phrase en question – « *Ta sé Mahogany Gaspipe* », c'est un *Mahogany Gaspipe* – figurerait dans un passage du livre où il raconte un concours de gaélique dans le village du narrateur, au cours duquel les concurrents doivent s'exprimer uniquement en gaélique et sur un seul thème : le gaélique. Sa parfaite maîtrise de l'anglais a pu évoquer l'idée d'une revanche sur l'autorité paternelle : O'Brien eut droit au même genre d'éducation « fondamentaliste » que Hamilton, puisqu'il fut élevé lui aussi par un père qui était un partisan fanatique du cent pour cent gaélique et qui interdisait l'anglais à ses enfants. Mais pourquoi ce choix particulier de « Mahagony Gaspipe » ? Il pourrait tenir à l'effet phonétique des deux mots anglais, destinés à reproduire des mots irlandais ou simplement à imiter des sons proches de ceux du gaélique en général. Ceci dans le seul but de donner une impression de charabia pour ridiculiser celui qui parle, à la manière des jeunes voisins des petits Hamilton débitant des mots « allemands » lus dans des illustrés.

pauvre putain de polar. Ou pour qu'on ne vous croie pas sorti du Connemara de dans le temps. Vous n'auriez jamais pu entrer au Waverley Billiard Hall en parlant irlandais. Il fallait faire semblant de ne pas avoir d'amis du temps jadis, du genre de Peig Sayers[1]. Il fallait se moquer de Peig Sayers pour ne pas être suspecté d'être irlandais par en dessous. Il fallait faire comme si la musique et la danse irlandaises, c'étaient des idioties; comme si les mots irlandais puaient autant que des sandwiches à l'oignon. Il fallait faire semblant de ne pas avoir peur que la famine revienne, faire semblant de ne pas manger de sandwiches maison, faire semblant d'avoir toujours une chanson anglaise dans la tête. Il fallait se balader dans O'Connell Street comme si on n'était même pas en Irlande.

Partout dans Dublin, on fêtait l'anniversaire des Pâques sanglantes. C'était arrivé il y a cinquante ans et mon père disait que ça recommencerait, parce que l'Irlande ne serait jamais libre, tant que nous n'aurions pas plus d'inventions bien à nous. Les Irlandais étaient forcés de répéter leur histoire à cause de tout ce que les Britanniques avaient laissé derrière eux. Et un jour, nous, on a vu les Pâques sanglantes se dérouler sous nos propres yeux. Ils faisaient un film là-dessus et j'ai vu Patrick Pearse[2] sortir et se rendre en tenant un drapeau blanc, avant d'être exécuté par les Britanniques. On voyait des portraits de Patrick Pearse dans les vitrines des magasins de chaussures et des confiseries, et il y avait dans toutes les boutiques des drapeaux irlandais et des exemplaires des proclamations qu'on devait tous apprendre par cœur. Nous vendions des lys de

1. Célèbre conteur traditionnel s'exprimant en gaélique. Originaire des îles Blasket, au sud-ouest de l'Irlande, il possédait un extraordinaire répertoire d'histoires et d'épopées. Il put en conter plus de 375 aux membres de la Commission du folklore irlandais; certaines étaient si longues qu'il fallait une soirée, voire plusieurs pour les narrer en entier.

2. Patrick Pearse est reconnu comme le père de la tradition républicaine irlandaise et un grand défenseur de la langue gaélique qu'il préconisait comme une arme contre la domination britannique. Poète et fondateur d'une université bilingue assurant la transmission de la culture et de la tradition irlandaises, il fut l'un des grands meneurs de l'insurrection du lundi de Pâques 1916 à Dublin. Nommé président du gouvernement provisoire de la république d'Irlande proclamé ce jour-là, il dut se rendre aux Britanniques cinq jours plus tard, au terme de combats acharnés qu'il avait orchestrés, et il mourut fusillé.

Pâques et il n'y avait pratiquement personne en ville qui n'en portait pas un à la boutonnière. A l'école, un monsieur de l'Abbey Theatre est venu pour organiser un spectacle ; on nous a donné des rôles de *croppy-boys*[1], ou de tuniques rouges, et tous les soirs, on mourait. Il y avait des petites torches et des petites épées dans les autobus, et des drapeaux sur tous les réverbères de la ville pour que tout le monde se rappelle à quel point c'était formidable que les Irlandais soient libres de se promener dans la rue – dans n'importe quelles rues du monde, y compris les leurs. Personne ne disait aux Irlandais quand ils devaient descendre du bus. Certains croyaient voir revenir l'empire britannique chaque fois qu'un contrôleur leur demandait de payer leur billet, comme d'autres croyaient voir revenir les nazis chaque fois qu'un inspecteur voulait vérifier leur billet. Les drapeaux, les timbres spéciaux, les photos dans toutes les boutiques : c'était pour rappeler à tout le monde que les Irlandais n'étaient plus les gens les plus tristes du monde, que maintenant ils riaient et que personne ne pouvait les en empêcher.

Un jour, on est allés avec toute l'école voir un film qui s'appelait *Mise Éire* – ça veut dire : « Je suis l'Irlande » en irlandais. Des garçons de la classe ont demandé si Sean Connery était dedans et s'il y avait une femme qui fumait, qui battait des paupières et qui ne portait rien sous son peignoir. Mais ce n'était pas ce genre de film-là. Il n'y avait pas non plus de chevaux qui se cabrent et qui hennissent. Ça parlait surtout des Pâques sanglantes, avec des images en noir et blanc de fenêtres fracassées et de trous de balles dans les murs. Il y avait plein de grosse musique qui ressemblait à la grosse musique country à la fin d'un western – on se sent fort dans le ventre quand on l'entend. Deux garçons montaient la garde et protégeaient la tombe d'O'Donovan Rossa[2] avec des crosses de hurling. Les gens défilaient dans les rues avec des crosses de hurling sur les épaules et prenaient une grosse voix pour dire : « Une Irlande pas libre ne sera jamais en paix ! » Ça n'avait pas d'importance que James Bond ne soit pas dans le film parce qu'il y avait

1. *Croppy-boys* : rebelles irlandais de 1798 qui manifestaient leur sympathie pour la Révolution française en se coupant les « cheveux ras », sens de leur nom. Les tuniques rouges désignent les soldats britanniques.

2. Grande figure du nationalisme irlandais extrémiste, membre du Sinn Féin.

Patrick Pearse, et lui, il s'était drôlement bien battu, même s'il avait été tué à la fin.

J'avais de nouveaux amis à l'école et l'un d'eux avait un frère qui travaillait dans un magasin de jardinage. Un jour, il a apporté à l'école un sac de teinture verte qui est normalement mélangée à l'engrais pour que les gens sachent que ça ne se mange pas. Comme on ne nous laissait pas encore entrer au Waverley Billiard Hall à midi, on a emporté le sac d'engrais dans le nouveau jardin du souvenir qui était en face de l'école. Là, j'ai eu l'idée de jeter la teinture dans la fontaine dédiée à l'Irlande. Elle a verdi avant même qu'on ait eu le temps de ressortir du jardin et les gardiens ont été prévenus. Le hic, c'est qu'il suffisait de toucher la teinture pour avoir les mains et la figure vertes, alors c'était facile de voir qui avait fait le coup. J'ai essayé de me laver la figure dans les W.-C. publics près de la Grand-Poste, mais chaque fois que je me mettais de l'eau sur le visage, il devenait plus vert encore. Ça a fait plein d'embêtements à l'école parce que je suis arrivé en classe en retard, avec la figure toute verte, et j'ai cru que j'allais être renvoyé, mais il ne s'est rien passé. Ils ont dit qu'au moins c'était la bonne couleur !

Dans le train pour rentrer à la maison, tout le monde a cru que c'était à cause des fêtes du souvenir de Pâques et que tous les garçons d'Irlande verdissaient. Moi, je voulais être aussi irlandais que possible pour ne jamais avoir à redevenir allemand. Je voulais faire partie des gens les plus tristes, pas de ceux qui tuaient les gens les plus tristes. A la maison, j'ai essayé de reparler irlandais à ma mère mais elle ne comprenait pas un mot, alors je m'asseyais près de la fenêtre quand elle travaillait et je faisais semblant d'être le présentateur des nouvelles, comme le monsieur à la fenêtre de Béal an Daingin. J'attendais que mon père rentre de la gare et je parlais à ma mère de tous les gens qui passaient.

Ah, maintenant, voilà Miss Ryan qui va vers l'est pour acheter de la viande hachée pour sa sœur et elle. Voilà Miss Hosford qui se dirige vers l'est aussi, à vélo, et personne ne sait ce qu'elle part faire à cette heure-là, avec un sac à dos. Il paraît que la nièce de Mrs MacSweeney va bientôt se marier à Dublin. Paraît-il qu'une des Miss Doyle a failli épouser un inconnu, dans le temps, mais elle est plus heureuse maintenant : elle vit avec sa sœur « jusqu'à ce que la mort nous sépare » et elles lisent à haute voix un livre pas convenable de James Joyce, chacune son tour. Voilà les Miss Lane qui sortent et qui lèvent les yeux vers le drapeau irlandais accroché à la fenêtre de chez nous, elles croient qu'elles se sont trompées de pays. Elles regardent dans le jardin pour vérifier que personne n'a envoyé de ballon de football dans leur territoire et elles disent : « Dommage qu'il n'y ait pas eu plus d'Irlandais tués en combattant les nazis ! Les Irlandais ont été des lâches, parce qu'ils ne se sont pas battus contre les nazis. » Mais elles oublient que les Irlandais, ils se sont battus contre les Britanniques. Ah, voilà Miss Tarleton qui sort : elle ramasse des bouts de papier dans son jardin sur la rue et elle se demande pourquoi ma mère n'est pas morte en se battant contre les nazis. Elle ne sait pas que ma mère a *vécu* contre les nazis. Il paraît que Miss Tarleton déteste les abeilles encore plus que la langue irlandaise, sauf qu'elles sont bien utiles pour avoir une belle récolte de *loganberries*[1]. Un jour, Miss Tarleton est allée chez le boucher, il paraît, et elle a demandé à Mr Furlong ce que le portrait de Patrick Pearse faisait dans sa vitrine, à côté de toute la viande. Lui, il a dit qu'il était temps de mourir pour l'Irlande. « Alors, ça signifie qu'il est temps de tuer pour l'Irlande », elle a répondu, mais mon père a dit qu'ils avaient tort tous les deux, parce que c'est le moment de vivre pour l'Irlande et d'être irlandais. Il paraît qu'une fois, Mrs Creagh est allée en Angleterre pour les courses de chevaux à Cheltenham, et quelqu'un lui a demandé si les Irlandais avaient toujours des cochons sous leurs lits. Elle a répondu que ce n'était pas moitié aussi grave que d'avoir des cochons dans son lit, comme on fait en Angleterre. Tiens, voilà Mr Clancy qui va à l'*Eagle House*, il a eu une grosse dispute avec mon père dans la rue, un jour. Mon père lui a dit qu'on essayait d'être aussi irlandais que possible. Mr Clancy a répondu qu'il était tout aussi irlandais que nous mais qu'il ne parlait pas un mot de la langue.

– L'irlandais est une langue aborigène qui n'est plus d'aucune fichue utilité pour personne.

1. Sorte de baie hybride obtenue par le croisement de deux variétés de baies américaines, l'une de framboise, l'autre de mûre.

– Vous serez bientôt en minorité, a répondu mon père.

– Eh bien, vous feriez mieux d'avoir encore des flopées de mioches !

Ah, voilà mon père qui arrive au coin de la rue : il dit que personne ne nous empêchera de parler irlandais, et on ne nous forcera pas à enlever le drapeau irlandais de la fenêtre avant qu'on ait envie de le faire. Mon père et Mr Clancy vont se croiser sur le trottoir et on se dit qu'il va y avoir une grosse bataille et du sang par terre, mais mon père n'est pas un des gens du poing et Mr Clancy non plus, alors ils se saluent poliment de la tête en passant.

Mon père m'a réveillé tôt un matin et m'a montré le journal. Il avait encore de la crème à raser sur la figure et il respirait vite parce qu'il avait couru dans l'escalier. Il a ouvert le journal à plat et il m'a montré une photo de Dublin après l'explosion d'une bombe. C'était une bombe pour l'Irlande, il a expliqué. Je me suis frotté les yeux et j'ai regardé la photo mais je n'ai pas compris ce qui s'était passé avant qu'il me lise le journal à haute voix. Une bombe avait détruit la Colonne de Nelson pendant la nuit. Je me souvenais d'être monté en haut de la Colonne de Nelson avec Eileen et maintenant, il n'y en avait plus, personne n'y monterait plus. « L'empire s'écroule, a dit mon père en tapant sur le journal du dos de la main. Toutes les choses que les Britanniques ont laissées derrière eux disparaissent enfin. Enfin nous vivons dans notre propre pays, nous racontons nos propres histoires et nous parlons notre propre langue. » Sur le chemin de l'école, j'ai vu des centaines de gens en rond qui regardaient les restes de la Colonne de Nelson. Aucun bus ne circulait plus dans la rue parce qu'il y avait des morceaux cassés dans tous les coins. Les vitres aussi étaient cassées, il y avait du verre partout. Ce jour-là, les gens n'ont pas pu aller faire des courses ou passer par là pour entrer à la Grand-Poste. J'ai vu un magasin avec du verre plein les chaussures neuves. J'ai levé les yeux et j'ai vu le moignon de la Colonne de Nelson, on aurait cru quelqu'un avec un bras coupé. La tête de Nelson était par terre et la poussière de l'empire un peu partout.

XXVI

Je continue à penser que ce n'est pas arrivé.

Un jour, j'ai dû aller chercher Bríd à l'école parce qu'elle se languissait de la maison. Le vent hurlait dans sa poitrine, alors j'ai dû aller à l'école des filles et la ramener chez nous. J'ai dû monter l'escalier, passer devant la cage de verre avec des oiseaux empaillés et frapper à la porte de la classe des filles. Quelqu'un a ouvert la porte et j'ai vu Bríd assise, avec autour d'elle trois filles et la maîtresse. Elle avait la figure blanche et elle respirait la bouche ouverte. Elle avait les cheveux mouillés par la sueur et on lui épongeait la figure avec une serviette, mais elle était heureuse et elle souriait parce que j'allais la ramener à la maison. J'ai ramassé son sac d'école, je l'ai prise par la main et on a descendu l'escalier tout doucement. Elle se tenait à la rampe et elle s'asseyait de temps en temps pour se reposer, la tête penchée, les cheveux sur la figure, comme si plus rien n'avait d'importance.

Quand on est arrivés dehors, j'ai dû la porter parce qu'elle ne pouvait pas marcher. Elle se penchait en avant et s'arrêtait tout le temps pour se tenir aux balustrades, alors j'ai suspendu son sac à mon cou et elle, je l'ai portée sur mon dos jusqu'à l'arrêt du bus. Dans le bus, je l'ai fait allonger sur le siège comme sur un lit, avec son sac comme oreiller, mais elle s'est relevée parce qu'elle toussait et elle pleurait en essayant de respirer, un bras passé autour de moi. Je savais qu'elle ne serait pas capable de marcher jusque chez nous depuis l'arrêt du bus, alors j'ai demandé au contrôleur s'il pouvait s'arranger pour que le bus la ramène à la maison. Lui, il faisait sonner les pièces dans sa main, et il a répondu qu'il n'avait pas le droit, mais je lui ai dit que ma sœur allait être malade et il a parlé au chauffeur. Alors le bus a tourné au coin de l'Eagle House. Tous les passagers étaient perdus parce qu'ils n'avaient encore jamais roulé en autobus dans cette rue-là. Le contrôleur a expliqué que maintenant, le bus était une ambulance. Il continuait à faire sonner les pièces dans sa main pour voir si quelqu'un n'avait pas payé, mais ensuite il s'est assis comme un passager, jusqu'à ce que le bus arrive dans notre rue aux maisons rouges et que le chauffeur s'arrête, parce que c'était impossible d'aller plus loin. Ici, ça ira, je lui ai dit, parce qu'on habitait au numéro deux et que ce n'était plus trop loin. Alors, le contrôleur a porté Bríd jusqu'à notre porte et après, tout le monde parlait du bus perdu parce qu'il lui a fallu longtemps pour faire demi-tour et rebrousser chemin pour retrouver la grand-route.

Le médecin a dû venir et on est allés chercher le médicament rouge et des bâtons de glucose en tortillon. Bríd n'a pris qu'une cuillerée de médicament parce qu'elle ne pouvait pas avaler et la deuxième cuillerée a dégouliné sur son menton et sur son cou – dehors au lieu de dedans. Ma mère a essayé de l'endormir avec une chanson qui parlait d'un âne – il disait qu'il savait mieux faire du bruit que le coucou – mais Bríd n'arrêtait pas de se redresser dans le lit et d'essayer de filer. Alors, on a transporté le lit en bas, à la cuisine, pour être sûrs qu'elle ne se sente pas seule en haut. Elle s'est endormie un moment et nous, on marchait tout doucement dans la maison, comme s'il y avait un gâteau au four. Quand mon père est rentré, il a su quoi faire. Il s'est assis sur le lit et il lui a caressé la tête. Il a réussi à lui faire prendre une autre cuillerée de médicament à l'intérieur du cou, et même quand on est montés se coucher, lui, il est resté là avec elle : il essayait de la faire sourire et il lui posait des devinettes comme celle du type qui arrive à un carrefour et qui ne peut poser qu'une seule question. Il lui a donné des tas d'indices mais elle ne savait toujours pas quoi répondre et il a dû finir par lui donner la réponse. On pouvait l'entendre respirer comme un soufflet dans toute la maison. De temps en temps, elle pleurait et elle mettait le bras autour de mon père, en le suppliant de l'aider à respirer. J'entendais mon père et ma mère répéter sans arrêt :

– Tout va bien, *Tutti.* Tout va bien, *mein Schätzchen*, tout va bien.

Le monsieur qui s'appelle Gearóid vient encore chez nous quelquefois, le dimanche. Pour lui, la seule chose qui pourrait aider Bríd, c'est du lait de chèvre. Il arrive dans sa Volkswagen et il dit que nous sommes un vrai foyer irlandais et qu'on devrait de toute façon boire du lait de chèvre. Il voudrait que mon père se remette à faire des discours et à écrire pour le journal *Aiséirí*, comme dans le temps. Tout le monde sait que le bureau d'*Aiséirí* est dans Harcourt Street, parce qu'on peut voir la Volkswagen bleue devant tous les jours, avec les journaux sur la banquette arrière, et des fois il y a aussi une chèvre attachée à la balustrade, pour montrer aux habitants de Dublin que les Irlandais n'ont pas peur d'être différents. Gearóid a une chèvre en ville, nous on a des abeilles en ville, pour rappeler aux gens de ne pas avoir si peur de la campagne. Ma mère a cru que la chèvre allait venir chez nous à l'arrière de la Volkswagen mais Gearóid a dit qu'elle mangerait tous les journaux *Aiséirí*. Alors, quand il est venu la fois suivante, il a apporté un bidon plein de lait de chèvre et mon père lui a donné un pot de miel en échange.

Le lait de chèvre n'a pas aidé Bríd. Elle l'a recraché partout sur son lit parce qu'il était gris et qu'il avait un goût de pipi. Certains disaient que Bríd ne devrait pas du tout boire de lait. D'autres qu'elle devrait vivre en Suisse, dans la montagne, plutôt qu'en Irlande au bord de la mer, parce que c'est humide – des fois, on ne voit même pas par la fenêtre. Miss Tarleton a dit que Bríd guérirait en grandissant : elle, elle avait eu la poitrine très malade quand elle était petite et regardez-la, maintenant : elle avait soixante-dix-huit ans et elle ne se rappelait pas la dernière fois qu'elle avait eu un rhume ou même une toux. Mais Bríd ne veut pas être comme Miss Tarleton quand elle sera grande, avec une chaussure différente à chaque pied. Pour les Miss Ryan, Bríd devrait aller en pèlerinage à Lourdes ou à Fatima mais il faut être en fauteuil roulant pour ça. Une Allemande qui n'avait pas le droit de venir chez nous parce qu'elle était divorcée a donné à ma mère de l'essence d'eucalyptus. Et Mr Furlong a dit à ma mère que c'était bien d'avoir de l'asthme parce que comme ça, on n'attraperait jamais la malaria.

Mais Bríd était encore malade tout le temps et elle maigrissait parce qu'elle ne voulait plus manger, pas même les tortillons de glucose ou les gâteaux de ma mère.

Le médecin a dû revenir au milieu de la nuit, parce qu'elle essayait d'ouvrir la fenêtre pour avoir de l'air du dehors. Je me suis réveillé et je l'ai entendue pleurer, supplier mon père de lui donner de l'air, pendant que ma mère répétait : « Tout va bien, mein Schätzchen, tout va bien. Maintenant, reviens donc dans ton lit ! » On avait tous peur parce que personne chez nous n'avait jamais autant pleuré. Je me suis levé et j'ai vu Bríd penchée en avant la bouche ouverte. Mon père et ma mère lui tenaient les bras de chaque côté. J'ai demandé si je pouvais aider mais mon père m'a dit d'aller me recoucher. Franz et Maria étaient plantés sur le palier aussi, ils ont couru se recoucher dès qu'ils ont entendu la voix de mon père. Ma mère est venue et elle nous a dit de prier très fort, alors j'ai écouté Bríd dans le noir et j'ai prié pour que la poitrine malade revienne chez moi. Et puis j'ai entendu la voix du Dr Sheehan en bas, dans le hall. Il a dit que Bríd était un ange, une sainte, et il lui a fait une piqûre pour la faire dormir. Le lendemain matin, elle respirait toujours comme un soufflet, mais elle avait retrouvé le sourire et ma mère a réussi à lui faire manger des tartines grillées avec de la confiture.

Gearóid est revenu le dimanche suivant avec le nouvel *Aiséirí.* Il a toujours un costume de tweed marron. Les genoux sont pliés même quand il est debout et, un jour, Franz et moi, on a ri parce que son pantalon avait l'air de vouloir rester assis. Il a aussi des poils qui poussent sur les joues, là où il a arrêté de se raser, et il fait toujours un grand sourire quand on lui répond en irlandais. Il dit que Bríd est une *páistín fionn*, une enfant blonde, vraiment irlandaise dessous. Une lutteuse. Ensuite, mon père et lui, ils partent au salon parler longtemps de toutes les choses qui ne sont pas encore finies en Irlande. Comme la seule chanson pop en irlandais : ça parle d'une chèvre devenue folle qui a dû être arrêtée par un prêtre. Et plein d'autres trucs comme les noms de rues restés en anglais et pas d'amendes de stationnement en irlandais. Et si on voulait enfreindre la loi en irlandais ? Gearóid a dit qu'on le mettrait en prison pour ne pas avoir payé sa vignette automobile de la

Volkswagen en anglais. Et mon père aussi, ils le mettraient en prison, parce qu'il attendait de payer une amende en irlandais. Ma mère leur apporte du thé et on peut entendre la voix de Gearóid qui passe sous la porte. Il ne peut pas continuer à écrire tous les articles d'*Aiséirí* tout seul, il veut que mon père écrive un gros truc, au lieu d'envoyer simplement des lettres aux journaux.

Un jour, mon père a écrit aux journaux une lettre bien sentie : ce qu'ils disaient sur le cardinal Stepinac était faux et il voulait le prouver. Ce n'était pas du tout un nazi, le cardinal, et il ne détestait même pas les juifs, même s'il était catholique. C'est une lourde erreur de croire Radio Éireann, il leur a écrit, parce qu'ils ne font que répéter les saloperies que racontent les communistes en Yougoslavie. Ils avaient enfermé le cardinal Stepinac chez lui et l'avaient fait passer en justice parce qu'ils se sentaient coupables. Ceux qui se sentent coupables pointent les autres du doigt, explique mon père, et ils accusent le cardinal Stepinac de tout ce qui s'est passé dans les camps de concentration. Après ça, il y a eu plein d'autres lettres dans le journal et un protestant de Kilkenny qui s'appelait Hubert Butler a un jour insulté le nonce du pape : le cardinal Stepinac était coupable, puisque les prêtres catholiques de Yougoslavie baptisaient les enfants dans les camps de concentration, avant qu'ils soient tués. Personne n'a jamais pu croire que les prêtres catholiques avaient aidé une grosse légume SS du nom d'Artukovic à s'enfuir en Irlande après la guerre et à passer deux ans à Dublin avant d'émigrer au Paraguay. « Le cardinal Stepinac devrait être canonisé », dit mon père. Quel dommage que mon père ne se remette pas à écrire, Gearóid répond, lui qui est si doué pour les discours, pour allumer des allumettes et aller partout dans le pays avec sa moto !

– Ses discours étaient pleins de passion, explique Gearóid à ma mère. Les gens jetaient leurs chapeaux en l'air.

C'est bien d'entendre dire ça. C'est bien d'imaginer mon père debout sur une estrade dans la rue, entouré d'une foule de gens qui jettent leurs chapeaux en l'air, sans se soucier qu'ils redescendent un jour. C'est bien d'aimer son propre père, sinon on ne s'aimerait guère soi-même. On veut croire que tout ce que son père dit est toujours vrai.

– *Aiséirí*, résurrection, dit Gearóid. Et l'insurrection quotidienne ?

Mon père a souri : il continue de se réveiller pour l'Irlande chaque matin mais il a aussi des tas d'autres choses qui l'occupent beaucoup en ce moment. Comme les abeilles, fabriquer des meubles allemands en chêne, lire des trucs sur les moyens de guérir l'asthme sans écouter les docteurs. Aussi, il a commencé à traduire un livre allemand qu'Onkel Ted a donné à ma mère sur la façon d'éduquer les enfants sans baguette. Il essaie aussi d'écrire d'autres lettres pour expliquer que le cardinal Stepinac n'a pas aidé les nazis à tuer des enfants, et un article sur *Guernica* pour dire que même si le tableau de Picasso avec des vaches qui hurlent et des jambes dressées en l'air est un chef-d'œuvre, ce n'est peut-être pas les Allemands qui avaient fait le coup. Gearóid dit : les Irlandais ont passé trop de temps à construire des murs de pierre sèche, à toujours dire le contraire et à faire semblant que les Britanniques n'étaient pas là ; et mon père est un vrai Irlandais, il est doué pour être contre. Gearóid lève le poing en l'air et il explique que mon père pourrait faire croire à n'importe qui que le jour est la nuit. Il se tourne vers ma mère et lui fait un clin d'œil parce qu'elle est la spectatrice et elle répond : c'est bien que les Irlandais ne sachent pas se taire.

– Rappelez-vous l'article qu'ils ont voulu interdire, ajoute Gearóid.

– Quel article ? demande ma mère.

Gearóid tape du poing sur le côté de son fauteuil et raconte : un jour, mon père a écrit un article formidable sur les Juifs d'Irlande. On a voulu les empêcher de l'imprimer. On a menacé de fermer le bureau de Harcourt Street. La police est venue et elle a emporté des tas de documents mais eux, ils n'ont pas eu peur d'aller en prison. Ils sont allés se confesser et ils ont publié l'article en première page, parce que *Aiséirí*, c'est le mot irlandais qui veut dire ne pas s'asseoir.

– Vous ne l'avez jamais lu ? il était très bien écrit. Très mesuré et juste. Il n'allait peut-être même pas assez loin.

Après ça, ma mère était très fâchée, elle ne faisait même plus la vaisselle. Elle se servait tout le temps du non silencieux. Elle a dit à Bríd qu'elle allait rentrer en Allemagne. Elle allait faire sa valise et emmener Bríd avec elle, dans un endroit où elle pourrait respirer.

Ensuite, il y a eu des tas de portes claquées chez nous. Bríd sursaute dans son lit quand la porte du salon claque. Des fois, on a la frousse aussi quand il y a un courant d'air et que la porte de derrière claque toute seule avec colère. Je sais où est mon père grâce au bruit de la dernière porte qui a claqué. Un jour, je me suis mis à claquer les portes aussi, mais il a dit que je n'avais pas le droit et qu'il n'était pas encore trop tard pour qu'il sorte la baguette, qu'il m'emmène à l'étage et ferme toutes les portes pour que personne n'entende. Ma mère lui rappelle qu'il traduit un livre sur la façon de punir les enfants sans baguette, alors il enfile sa veste, il claque la porte d'entrée et tout le monde croit qu'il part et qu'il ne reviendra pas. Dans la maison, tout tremble et puis c'est le silence pendant un long moment. Un jour, moi j'ai dit à tout le monde que je m'en allais et j'ai claqué la porte d'entrée en restant à l'intérieur. C'était une blague, juste pour les embêter. Je me suis caché derrière la malle de chêne dans l'entrée, pour que tout le monde croie que j'étais parti pour toujours. Mais Bríd s'est mise à pleurer et ma mère a dit qu'un de ces jours, elle aussi elle allait se mettre à claquer les portes pour qu'on voie comme c'était drôle. Et un beau soir, elle l'a fait. Il était très tard mais elle l'a fait pour de vrai. Mon père était rentré en claquant la porte et n'avait pas mangé son dîner. Il restait assis là à regarder les dessins du tapis. Ma mère ne voulait pas qu'il se croie malheureux, alors elle est allée s'asseoir à côté de lui et elle a mis un bras autour de lui, comme un véritable ami pour la vie. Elle voulait l'entendre dire qu'il avait fait une erreur, mais il l'a juste repoussée. Alors, elle est allée dans le hall et elle a enfilé son manteau, lentement. Elle est sortie en refermant la porte très, très doucement, comme si elle partait, comme si elle allait rentrer en Allemagne pour toujours.

« Bon Dieu ! Crénom de Dieu ! » j'ai dit. Personne n'avait jamais entendu une porte être fermée autant que ça. Si doucement qu'on avait à peine entendu le déclic de la serrure et, ce coup-ci, on avait vraiment peur qu'elle ne revienne plus jamais. Cette fois, le silence était plus grand qu'après le vlan ! le plus bruyant. J'ai couru à la fenêtre du haut et j'ai regardé dehors, mais elle avait déjà tourné le coin, on ne pouvait plus la voir. Je me suis dit que j'allais lui courir après mais, finalement, j'ai attendu. La maison entière attendait qu'elle revienne. Et quand enfin elle est revenue, tout le monde était heureux, même mon père. Il a dit qu'il ne claquerait plus jamais les portes, aussi longtemps qu'il vivrait.

C'est la chose la plus difficile au monde de reconnaître qu'on a tort, dit ma mère. Elle veut que nous, on n'ait pas peur de faire des erreurs. Elle veut que, quand on fait nos devoirs, jamais on ne se serve d'une gomme, jamais on n'arrache de feuilles du cahier. Elle veut que tout le monde soit sincère. Onkel Ted vient chez nous spécialement, parce qu'il est prêtre et qu'il est au courant de toutes les erreurs qui ont été faites en Irlande. Il apporte toujours un livre en allemand pour ma mère et on ne croirait pas qu'il l'a lu parce qu'il a l'air neuf. Cette fois-ci, c'est un livre sur Eichmann et un autre sur un prêtre qui s'appelle Bonhöffer. Ils se sont assis à table dans le breakfast room et ils ne sont pas ressortis parce qu'ils avaient tellement de choses à discuter. Nous, on est allés au salon écouter la radio et on a entendu une chanson qu'on aime bien : «*I Heard it Through the Grapevine*». On écoutait la radio d'une oreille et on tendait l'autre pour guetter mon père, pour savoir s'il allait arriver avec son pied doux et son pied dur.

Le lendemain, mon père était au travail et nous à l'école, ma mère est montée dans sa chambre sans bruit, avec plein de linge propre. Bríd continuait de respirer comme un soufflet, alors ma mère l'a installée dans le grand lit pour qu'elle puisse regarder dehors et lui raconter ce qui se passait dans la rue, comme un présentateur de nouvelles. Lui dire qui allait vers l'est, qui allait vers l'ouest. Ma mère a allumé la lumière, parce qu'il commençait à faire un peu nuit dehors et les maisons rouges au bout de la rue disaient qu'il allait pleuvoir. Bríd a raconté qu'il y avait un monsieur de la Municipalité qui enlevait les mauvaises herbes du chemin en les coupant avec une pelle. Et puis Miss Tarleton est sortie et elle a jeté d'autres mauvaises herbes sur le chemin pendant que le monsieur ne regardait pas. Et un chien est entré dans notre jardin parce que la barrière était ouverte, mais il a juste gratté l'herbe et il est ressorti.

Ma mère a ouvert le placard de mon père et elle a rangé des tas de chemises propres et des chaussettes roulées en boule. Elle a laissé les portes ouvertes et elle s'est mise à regarder toutes les affaires qui avaient appartenu à mon père avant qu'ils se marient. Elle a trouvé la photo du marin aux yeux doux tournés ailleurs – celle qu'il voulait que personne chez nous ne revoie plus jamais. Elle a trouvé d'autres photos de mon grand-père quand il travaillait sur des bateaux appartenant à la Marine britannique. Elle a trouvé la dernière carte postale qu'il avait envoyée chez lui, à sa femme : « Plus le mal du pays que le mal de mer. » Il y avait le rosaire de ma grand-mère Mary Frances et une boîte pleine de lettres et d'un tas de médailles qu'elle avait reçues de la Marine après qu'il était mort tout seul dans un hôpital de Cork. Il y avait d'autres boîtes avec des lettres de gens en Amérique et en Afrique du Sud qui ne pouvaient pas rentrer au pays. Et aussi des lettres que Mary Frances avait écrites à mon père quand il était à l'université de Dublin pour qu'il ne soit jamais obligé de quitter l'Irlande, d'avoir le mal de mer ou d'aller travailler en Amérique. Des lettres aussi que mon père avait envoyées à la maison, à Leap, pour dire qu'il avait bien reçu l'argent et donner la liste de toutes les choses qu'il devait payer avec, comme le loyer, des lames de rasoir et un penny pour la messe le dimanche. Des lettres de sa mère lui demandant d'envoyer son linge à Leap pour qu'elle le lave. Des lettres pour lui demander s'il avait eu des nouvelles de son frère Ted.

Bríd a dit qu'il pleuvait et que le monsieur de la Municipalité avait laissé la pelle appuyée contre notre mur. Il était sous l'arbre, de l'autre côté de la rue, il s'abritait en fumant une cigarette. Mrs Robinson a ouvert la porte pour tendre la main et voir s'il pleuvait vraiment, parce qu'elle a une horloge dans le couloir qui dit le temps qu'il fait, mais ce n'est pas toujours juste et il faut tapoter dessus avec le doigt. Bríd a raconté que maintenant, il pleuvait fort : des grosses gouttes tombaient sur le trottoir et il n'y avait plus personne dans la rue pour aller vers l'est ou vers l'ouest.

Ma mère était assise par terre et elle regardait les photos de mon père avant qu'il se marie. Elle a trouvé des photos de l'époque où Onkel Ted était en train de devenir prêtre et mon père ingénieur. Elle a trouvé les leçons d'allemand du Dr Becker et les devoirs que faisait mon père. Il y avait des tas de trucs de pendant la guerre, quand mon père avait rencontré Gearóid à l'université de Dublin et démarré le parti *Aiséirí*. Il y avait une photo de mon père marchant dans O'Connell Street à la tête d'une grande manifestation et tenant une pancarte qui disait : « Pour qui sonne le glas, *Éire Aiséirí.* » Et une autre photo de mon père et de Gearóid dans son costume de tweed marchant dans Harcourt Street, ils souriaient comme s'ils n'avaient pas peur de la police.

Il y avait des boîtes pleines de tracts verts expliquant ce que *Aiséirí* ferait de l'Irlande s'ils dirigeaient le pays. Ils empêcheraient les gens d'être avides et de s'enrichir tout seuls sans partager. On n'aurait pas besoin de payer son loyer, si on était obligé de vivre avec des rats sans avoir de quoi se vêtir ou nourrir ses enfants. Les Irlandais n'auraient plus besoin de partir et d'avoir le mal de mer. Ils se débarrasseraient de toutes les inventions des Britanniques, comme les *county councils*, les taudis et les boîtes aux lettres à l'effigie de la Couronne. Ils reprendraient tout ce qui appartenait aux Irlandais, comme les rivières, les grandes maisons et les six comtés du Nord. L'heure était venue : il fallait que les Irlandais reprennent les usines et les magasins, et qu'ils remplacent *Exit* au-dessus de la porte des cinémas par le mot irlandais *Amach*. Mon père et Gearóid, ils en avaient marre que les Irlandais changent d'avis tout le temps et qu'ils ne sachent pas démarrer un nouveau pays en commençant depuis le début. Il était temps que les Irlandais arrêtent de rester assis à regarder par la fenêtre, comme s'ils avaient une peur effroyable. Ce qu'il fallait, c'était un grand chef fort, pas comme Hitler ou Staline, mais plutôt comme Salazar, parce que c'était un bon catholique et que le Portugal était un petit pays, comme l'Irlande, avec des murs de pierre et des pauvres qui vivent de leur imagination.

Ma mère ne comprend pas grand-chose à la politique, elle ne voit pas la différence entre les trucs que les gens racontent avant les élections. Ce qu'elle sait, c'est qu'ils ont des belles mains et des belles chaussures et qu'ils font des tas de promesses. Elle ne voit pas ce qu'*Aiséirí* aurait pu faire de différent si plus de gens avaient jeté leur chapeau en l'air pour mon père et si on n'avait pas gardé les choses que les Britanniques avaient laissées, comme les trains, les tribunaux et les élections. Elle a trouvé les notes de tous les discours d'O'Connell Street, écrites sur des cartes d'une toute petite écriture. Des notes sur la paresse, sur l'aveuglement et sur les « pratiques immorales ». Sur l'avidité et les prêts d'argent. Sur comment faire boire les ânes qui n'ont pas soif. Sur mordre la main qui vous donne à manger et mettre du sel sur les plaies. Sur la bêtise que c'était de vivre en Irlande sans être irlandais. Sur ceux qui se disaient encore « britanniques ». Et sur ceux aussi qui se disaient juifs. Des notes sur les Juifs donnant des tapis aux Irlandais et les faisant payer pour le restant de leurs jours. Des tracts sur une conspiration internationale des banquiers juifs. Une des cartes citait un homme du nom de Belloc, demandant si quelqu'un avait déjà entendu parler d'une chose pareille : « un Juif irlandais ». Et puis ma mère a trouvé le journal dont Gearóid avait parlé. Il était si vieux qu'il était devenu jaune et presque marron. Il y avait un gros titre sur la première page : « Le problème juif de l'Irlande ». La date en haut était 1946. Gearóid avait aussi écrit une note à la main : « Ne va pas assez loin. »

Quand on est petit, on ne sait rien et quand on devient grand, il y a des choses qu'on ne veut pas savoir. Je ne veux pas qu'on sache que mon père voulait que les Juifs d'Irlande parlent irlandais et pratiquent les danses irlandaises comme tout le monde. Je ne veux pas qu'on sache qu'il était furax avec de l'écume à la bouche. Je ne veux pas qu'on sache que l'irlandais aussi, ça peut être une langue qui tue, comme l'anglais ou l'allemand. Je ne veux pas qu'on sache que mon père croit qu'on peut juste tuer ou être tué. C'est la chose la plus difficile de reconnaître qu'on a tort.

Un jour, en rentrant de l'école, j'ai aperçu mon père dans la rue. Lui aussi, il rentrait à la maison, il achetait un journal dans O'Connell Street. Il avait l'air différent quand il était dehors, il ressemblait plus à un Irlandais ordinaire qui rentre du travail avec sa casquette, son porte-documents dans la main droite. J'étais près de l'étal d'un kiosque à journaux et je regardais les livres et les magazines. Il y avait un livre avec un revolver et un oiseau mort sur la couverture et j'avais envie de savoir ce que ça racontait dedans. Le bonhomme criait sans arrêt *Herald-ah-Press*, les journaux sous le bras. Un écho arrivait de l'autre côté de la rue où un autre vendeur faisait pareil et criait *Herald-ah-Press*. Quand quelqu'un voulait un journal, le bonhomme en sortait vite un de la pile sous son bras et tendait sa main ouverte pour qu'on puisse y mettre l'argent. Les gens pouvaient attraper le journal qu'il tenait entre ses doigts et s'éloigner rapidement sans perdre de temps. Le bonhomme avait la main noircie par les journaux et il avait des marques noires sur la figure.

Et puis j'ai entendu la voix de mon père, juste à côté de moi. J'ai eu peur, parce que j'ai cru qu'il venait me chercher, mais il demandait simplement l'*Evening Press*. Il ne savait pas du tout que j'étais là. J'ai levé les yeux et je l'ai vu là, près de moi, déposer l'argent dans la main du vendeur. J'avais reconnu cet accent doux, l'accent de Cork de mon père. C'était bien le porte-documents de mon père et je savais même ce qu'il y avait dedans – sa Thermos, son imper et son livre sur Stalingrad avec au milieu le billet de train qui dépassait pour montrer combien de pages il lui restait à lire.

– Vati, j'ai dit, c'est moi.

J'ai attendu qu'il pose son regard sur moi mais il ne m'a pas vu. Il pensait à toutes les choses qu'il n'avait pas encore finies, à tout ce qu'il allait encore faire quand il aurait le temps. Il a glissé le journal sous son bras et il est reparti. J'ai eu envie de lui courir après, comme si c'était mon père. De le tirer par la manche de son manteau. J'avais envie qu'il me parle de trucs comme les films et le football. Mais il n'y connaissait rien. Et de toute façon, après je serais obligé de faire comme si c'était mon ami et de faire tout le chemin en train avec lui, jusqu'à la maison. On serait obligés de parler irlandais ensemble, comme s'il n'y avait pas d'autre langue au monde. Tout le monde nous regarderait. Les gens sauraient que nous étions sans pays à nous et que nous n'avions nulle part où aller, parce que nous avions perdu la guerre des langues. Ils comprendraient que nous étions encore enfermés dans le placard et que nous ne savions pas grand-chose.

Je n'ai pas bougé. Je ne lui ai pas couru après. Je savais que je faisais la même chose que lui il avait faite à son propre père, le marin. Je suis resté immobile, j'ai entendu grincer les freins des bus. J'ai vu une longue queue de gens qui attendaient. J'ai vu les vitres des bus couvertes de buée et les endroits où les gens avaient essuyé pour faire un trou rond et regarder dehors. J'ai entendu le bonhomme crier *Herald-ah-Press* et l'écho qui continuait à venir de l'autre côté de la rue, par-dessus la circulation. J'ai regardé mon père marcher vers la gare, comme un Dublinois ordinaire. Je l'ai regardé, avec son boitement et son porte-documents qui se balançait, et c'était comme si je ne l'avais jamais vu de ma vie.

XXVII

Un jour, un homme a mis une bombe dans un porte-documents et il est parti travailler, comme mon père. Il a regardé sa montre parce qu'il avait un rendez-vous important et qu'il voulait être à l'heure. Il faisait chaud, il avait emporté une chemise propre. Avant la réunion, il a demandé à tout le monde d'attendre quelques minutes qu'il change de chemise. Ils lui ont dit de se dépêcher et ils ont attendu dehors pendant qu'il entrait dans une pièce, qu'il ouvrait la serrure de son porte-documents avec une bombe dedans à la place du casse-croûte et de la Thermos. Il a sorti la chemise et il a tout de suite commencé à régler la bombe. Il y avait deux bombes, en fait, mais il n'a pu ajuster le détonateur que sur une d'entre elles, parce qu'il avait été blessé pendant la guerre et qu'il n'avait qu'un bras, comme Mr Smyth du magasin de fruits et légumes. Il ne voyait que d'un œil aussi, parce qu'il avait un bandeau sur l'autre, mais il n'avait pas peur de mourir et il a sorti des petites pinces et il a fait de son mieux. Tout le monde sait combien de temps il faut pour changer de chemise, même si on n'a qu'un bras. Il prenait si longtemps que quelqu'un est venu à la porte demander ce qu'il fabriquait. Alors, sa main s'est mise à trembler et, finalement, il a décidé qu'une bombe, ça suffirait largement. Vite, il a vite changé de chemise et il est ressorti, la serviette à la main. La manche vide du bras en moins était glissée dans la poche de sa veste, comme faisait Mr Smyth. Il n'avait pas besoin de serrer la main des gens et personne ne savait ce qu'il pensait, parce qu'il était comme Onkel Ted, il n'avait pas peur du silence. Eux, ils ne savaient pas qu'il y avait une bombe dans la serviette, pour le bien de l'Allemagne, et quand il est arrivé à la réunion où ils étaient tous debout autour d'une table et ils regardaient la carte du monde, il a tendu le porte-documents à un autre homme et lui a dit de le poser aussi près de Hitler que possible. Et puis il s'est éloigné et il a entendu l'explosion, juste derrière lui. Il a cru que Hitler était mort et que tout le monde était de nouveau libre, mais c'était une grosse erreur parce que, malgré tout le mal qu'il s'était donné, Hitler n'était même pas blessé : il s'en tirait avec juste un peu de poussière sur son uniforme.

– Vérifie bien ! dit ma mère. Pour l'amour du ciel, ne te contente pas de partir en laissant ça à quelqu'un d'autre !

L'homme qui avait posé la bombe avait été arrêté à Berlin très peu de temps après. Il s'appelait Claus Schenk Graf von Stauffenberg et il avait été immédiatement emmené sur une place pour y être fusillé par un peloton d'exécution, en même temps que d'autres gens de son camp. Plus tard, son frère et tous ses amis avaient été arrêtés aussi, et jugés pour avoir préparé un spectacle de marionnettes contre Hitler. Ils avaient été tués d'une manière très cruelle, leurs enfants avaient été emmenés et on leur avait donné de nouveaux noms pour qu'ils oublient qui ils étaient. Un des garçons avait écrit son vrai nom à l'intérieur de ses lederhosen mais ils avaient tous été envoyés dans une école spéciale, pour être élevés comme des nazis et pour qu'il n'y ait plus jamais de marionnettes qui osent parler contre Hitler.

Plus tard, Hitler est allé à la radio annoncer au monde entier qu'il était vivant, qu'il avait encore deux yeux, deux oreilles et deux de tout. Pour qu'il n'y ait pas d'erreur possible, et au cas où certains n'auraient pas entendu la radio, ils ont rassemblé tous les gens dans des salles, dans les théâtres et dans les écoles pour leur dire que Hitler allait mieux que jamais. Ma mère était sur un quai de gare et elle attendait le train quand elle a appris la nouvelle qu'il n'était pas mort et que la guerre continuait. Sa sœur Marianne travaillait à Salzbourg et elle avait dû aller à un grand meeting à l'opéra pour entendre la nouvelle, comme s'il y avait eu un concert. Quand tout le monde était assis sur son siège, un SS était venu sur scène faire un discours. Il y avait de mauvaises nouvelles : quelqu'un avait trahi l'Allemagne et essayé de tuer Hitler avec une bombe. Mais il ne fallait pas s'inquiéter, parce que Hitler était toujours vivant, c'était impossible de le tuer, même avec une bombe dans la pièce. Alors Marianne s'est levée.

– *Leider!* elle a dit très fort pour que tout le monde entende. Quel dommage !

Les gens se sont retournés pour la voir debout, les bras croisés contre les nazis. Tout le monde dans la salle d'opéra attendait qu'elle soit emmenée et peut-être exécutée sur-le-champ. Mais à la dernière minute, une femme plus âgée – qu'elle n'avait jamais vue – est venue se mettre à côté d'elle et a parlé avec un grand calme :

– *Ja, leider*, elle a dit. Oui, quel dommage qu'il soit arrivé une chose pareille !

Alors, tout le monde a cru que ç'avait juste été une erreur. Peut-être que Marianne n'était pas contre Hitler, les bras croisés, mais qu'elle était au contraire tellement pour Hitler qu'elle n'avait pas peur de se lever et de le dire à haute voix. Avant que Marianne ait eu le temps d'ajouter autre chose, d'expliquer qu'elle aurait vraiment souhaité que Hitler ait été tué par la bombe et que « ses deux de tout » aient volé en morceaux, la dame l'a vite fait rasseoir et lui a dit d'arrêter d'essayer de se faire tuer.

Cette histoire est dure à raconter, explique ma mère, même si elle est vraie. Personne n'y croit plus, parce que tellement de gens ont inventé des trucs comme ça, après la guerre. Ils veulent tous prouver qu'ils étaient contre les nazis, qu'ils n'ont jamais dit un mot de leur vie contre les Juifs et qu'ils en ont même sauvé des tas de la mort. Si toutes ces histoires sont vraies, alors comment se fait-il que Hitler soit resté en vie si longtemps et qu'on n'ait pas retrouvé plus de Juifs en Allemagne après la guerre ? Ceux qui sont coupables ont l'habitude de pointer les autres du doigt. C'est ceux qui étaient vraiment contre les nazis qui n'ont pas envie de s'en vanter. La plupart de ceux qui étaient contre les nazis, ils ont disparu, ils ne peuvent plus rien dire.

Dans le livre sur Eichmann qu'Onkel Ted a donné à ma mère, il y a l'histoire d'un Allemand qui a aidé des Juifs en Pologne. Il leur a donné des fusils contre son propre pays, contre l'Allemagne. Quand les nazis se sont aperçus de ce qu'il faisait, ils l'ont tué tout de suite. Et après, tout le monde l'a oublié : son acte n'avait pas suffi à arrêter ce qui était arrivé en fin de compte. Il aurait aussi bien fait de ne pas s'enquiquiner à ça. Personne ne voulait savoir. Les livres et les films sont tous sur les méchants, dit ma mère, pas sur les gentils. Pareil pour l'homme qui a changé de chemise et qui a apporté la bombe dans une serviette quand il allait voir Hitler. Il a été oublié. Lui aussi, il aurait aussi bien fait de ne pas s'enquiquiner à ça, puisqu'il y a eu tellement de gens assassinés par les nazis que c'est difficile de penser aux autres choses. Il n'était pas très fort dans la fabrication des bombes, parce qu'il n'était pas fort pour haïr les gens. Et c'est dur d'aller se vanter à propos de quelqu'un qui n'a pas été très fort pour tuer Hitler, ou pour armer les gens contre les nazis, ou pour se lever en croisant les bras et en disant que c'était dommage que Hitler ne soit pas mort.

Il y avait du brouillard partout ce jour-là. Je regardais par la fenêtre de la chambre de ma mère et de mon père et on aurait cru des voilages devant les vitres. Le brouillard ondulait légèrement. J'arrivais à peine à voir les maisons d'en face. J'écoutais ma mère et je ne savais plus dans quel pays j'étais. Elle allaitait le nouveau bébé sur le lit, mon petit frère Ciarán. Quand elle a eu fini de raconter « la bombe pour l'Allemagne » et qu'il ne restait plus rien à ajouter, on a juste écouté la corne de brume pendant un bon moment, sans parler. Ciarán souriait et remuait la tête d'un côté et de l'autre, il essayait de se donner le vertige et l'impression d'être soûl. Ita et Bríd jouaient avec lui et elles imitaient de temps en temps la voix de la corne de brume jusqu'à ce qu'il rie. Mrs Robinson a écarté ses voilages et regardé vers moi, de l'autre côté de la rue, je lui ai fait signe mais elle ne m'a pas vu à travers le brouillard. Des fois, elle nous laisse regarder la télévision chez elle et je connais l'odeur de sa maison. Ça sent différemment dans chaque maison : avec certaines odeurs, on se sent tout seul; avec d'autres, on se sent chez soi. La maison de Miss Tarleton, elle a une odeur de serre et de chou bouilli; chez Miss Hosford, ça sent comme chez le pharmacien. La maison de Mrs McSweeney sent le caramel et le cirage. L'appartement des Miss Doyle, à l'étage, sent toujours les *beans on toast*[1].

1. Flageolets sauce tomate en boîte servis sur du pain grillé, un grand classique de l'alimentation britannique.

Chez les Miss Ryan, ça sent la lessive et le repassage, avec aussi une petite odeur de réglisse ; et chez Miss Brown, on dirait un mélange de savon, de fumée de cigarette et de l'odeur qu'il y a derrière un poste de radio qui marche depuis un moment. Je ne sais pas ce qui rend l'odeur de chaque maison si différente mais chez nous, ça sent comme être heureux et comme avoir peur. Chez notre ami Noel, ça sent comme quand personne ne se met jamais en colère, parce que son père est médecin, que sa mère ne crie jamais et qu'ils ont un chien. La maison de Tante Roseleen sent la limonade rouge, et chez Onkel Ted ça sent comme dans un autre pays, comme dans la maison à la porte jaune et à la crème anglaise, là où on se languit toujours d'être chez soi.

Ma mère a dit que, quand elle aura fini, on descendra voir où était la corne de brume. Nous, on est allés attendre dehors et on n'arrivait pas à voir jusqu'au bout de la rue, seulement jusqu'au numéro six. Elle a enlevé toutes les miettes et les bouts de biscuits ramollis au fond du landau et, quand elle est sortie, Ciarán était assis dedans, l'air sérieux, et il avait un bonnet sur les oreilles avec dessus un gros pompon fourré. On est descendus vers la mer avec Ita et Bríd qui se tenaient au landau comme si elles le conduisaient. Les autos et les bus avaient leurs phares allumés, pourtant on était en plein jour. On voyait juste de temps en temps des lumières jaunes qui avançaient comme des fantômes dans le brouillard. Les gens roulaient si lentement qu'on aurait cru qu'ils avaient peur de l'endroit où ils allaient, peur de ce qu'ils risquaient de trouver dans le brouillard.

C'était comme un nouveau pays, un pays du brouillard, où tout le monde se tait et ne dit rien. Il n'y avait plus d'autres pays loin comme l'Allemagne, l'Angleterre ou l'Amérique, parce qu'on ne pouvait même pas regarder de l'autre côté de la mer. Il n'y avait plus du tout de vagues. Le plafond était très bas. C'était comme une petite chambre avec des voilages à la fenêtre. Comme une salle de bains avec la baignoire qui se remplit, des mouettes qui flottent au-dessus, la glace couverte de buée et des drôles de voix en écho autour de vous. Quand on regardait en arrière, on ne voyait même pas la route, les voitures ou les maisons. Rien ne bougeait. Pas même un bout de papier. Les arbres faisaient le mort et la corne de brume répétait tout le temps le même mot.

« Roooooom... » Maintenant, on l'entendait très clairement. Le même mot tout le temps, comme si la corne n'en avait qu'un seul à dire.

Nous, on criait pour lui répondre : « Roooooom... Room the Roooooom... »

J'ai traversé en courant l'espace vert devant la mer, jusqu'à ce que ma mère et tous mes frères et sœurs disparaissent derrière moi. Je les ai entendus appeler et je suis revenu en marchant doucement, comme un fantôme qui sort du brouillard. Ma mère avait l'air différente. J'ai cru que c'était quelqu'un d'autre, que j'étais arrivé à un autre endroit. Elle était de dos et elle regardait en direction de la mer, on aurait dit une personne d'un autre pays, quelqu'un dont je ne savais pas le nom, à qui je ne pouvais pas parler. Un bateau approchait très lentement, avec tous ses phares allumés. Il n'y avait pas de vent et pas de langue, le seul mot qui restait, c'était : room. Elle était debout devant la rambarde bleue qui a de la rouille brune, on aurait dit une Allemande ordinaire.

On a marché vers le port. Le son de la corne de brume devenait de plus en plus fort. On a vu le phare se rapprocher aussi, la lumière revenait toutes les quelques secondes et nous pointait du doigt à travers le brouillard. On dirait un homme qui porte une lanterne jaune, a dit ma mère. Bríd a eu peur d'aller plus loin, alors ma mère a changé d'avis et elle a dit que c'était juste le phare qui nous faisait des clins d'œil. On a compté le temps entre chaque mot de la corne de brume et entre chaque clin d'œil du phare. On est arrivés à l'endroit où on peut crier dans un trou du mur et entendre un écho. « Bon Dieu, crénom de Dieu ! » a crié Franz et tous les autres sauf ma mère ont dû faire la queue pour crier, chacun son tour. On criait : « Room the Roooooom... nom de Dieu, crénom de Dieu et couché, espèce de gros bidon de brute ! » On a marché tout le long de la jetée et ma mère nous a dit de faire attention au bout, de ne pas aller droit dans la mer.

On est arrivés à l'endroit où il y a un monument de granite pour les hommes du canot de sauvetage qui se sont noyés en essayant de sauver des gens d'un bateau, pas très loin du rivage. C'était très triste de les imaginer là, ma mère trouvait : ils se lèvent par une nuit de tempête et ils quittent leur maison en disant qu'ils rentreront vite. On est restés à regarder les noms des hommes écrits là, à penser à eux qui s'enfonçaient dans l'eau noire, si près de chez eux, sans dire au revoir à personne. Quand on est arrivés là où il y a l'appareil à mesurer le vent, les coupelles étaient coincées et elles ne bougeaient même pas du tout, elles attendaient juste que le vent revienne pour pouvoir se remettre à tourner. Les bateaux qu'on arrivait à voir ne bougeaient pas beaucoup non plus et la corne de brume parlait si fort que, nous, on ne pouvait plus s'entendre. Bríd et Ita avaient les mains sur les oreilles et on n'a pas pu s'approcher plus, parce que Ciarán s'est mis à pleurer. On s'est assis sur un banc bleu et ma mère a sorti une tablette de chocolat. Il n'y avait personne d'autre sur la jetée. On était là, comme la dernière famille d'Irlande, en train d'écouter le papier d'argent et d'attendre que le chocolat soit partagé.

Si Hitler avait été tué, tout le monde aurait dit que ç'avait été une bonne bombe, une bombe pour l'Allemagne. Au lieu de ça, les gens ont raconté que ceux qui avaient organisé le spectacle de marionnettes contre les nazis, c'étaient des menteurs et des traîtres. Des mauvais Allemands, pas très forts pour haïr les autres. Ç'avait été une mauvaise bombe, on disait, une bombe contre l'Allemagne, et ils auraient aussi bien fait de ne pas s'enquiquiner à ça, puisque personne n'allait même s'en souvenir. Des fois, une bonne bombe peut être une mauvaise bombe, et une mauvaise peut en être une bonne. Mais celle-là, c'était une bombe inutile et il fallait attendre que les bonnes bombes se mettent à tomber sur l'Allemagne. Et puis les trains ont brûlé et les rues étaient pleines de gens qui couraient. Ça, c'était vers la fin du film en noir et blanc dans lequel était ma mère. Elle, elle était obligée de travailler pour l'armée allemande, comme sa sœur Marianne. Ses autres sœurs n'avaient pas eu à le faire, explique ma mère, parce qu'elles avaient déjà des enfants et Hitler ne voulait pas de mères qui fassent la guerre. C'était au moment où les bonnes bombes tombaient sur les villes et où les gens brûlaient pendant qu'ils dormaient – il fallait être sûr qu'ils apprennent à haïr les nazis.

Après la bombe qui n'avait même pas fait mal à Hitler, Marianne avait eu l'impression d'être suivie tout le temps. Elle avait peur que ce qu'elle avait dit à l'opéra lui ait causé des embêtements et que tout le monde sache qu'elle était contre les nazis. Quand elle marchait dans les rues de Salzbourg, il lui arrivait de se retourner pour vérifier qu'il n'y avait personne derrière elle. Des fois, on vous suivait parce qu'on croyait que vous étiez un nazi, que vous vous sentiez coupable et que vous ne pouviez plus vous fier à vous-même. Et un jour, en rentrant du travail, elle a découvert qui la suivait. C'était la femme qui s'était levée à l'opéra et qui l'avait empêchée de se tuer.

– *Leider!* a dit la femme, et elle a souri.

Ma mère explique que tout le monde avait peur de sourire, peur de parler d'autre chose que trouver assez à manger et faire le nécessaire pour que tous les vôtres soient à l'abri des bombes. La femme s'est mise à parler des endroits où on pouvait trouver du beurre, trouver des œufs. Ah, comme c'était difficile de faire un bon gâteau en ce moment ! Marianne a répondu que c'était impossible de trouver le moindre morceau de viande. La dame était très sympathique, elle lui a demandé où elle habitait. Marianne lui a expliqué qu'elle habitait au Mönchberg, tout là-haut, la dernière maison avant le château. Ah, ça devait être si agréable de vivre là-haut sur la montagne et loin de tout, avec du bon air, pas de bruit et plein de tranquillité ! Elles ont parlé encore un moment, parce que personne n'avait peur de parler de bon air, de mauvais poumons et de vivre à l'écart des gens qui toussent.

– Ce serait un endroit formidable pour une maison d'hôtes, là-haut, a dit la dame.

Marianne n'y avait jamais pensé. Elle attendait un bébé, elle travaillait tous les jours pour l'armée allemande et elle s'occupait aussi de sa belle-mère qui était très âgée. Le travail ne lui faisait pas peur mais son mari était à la guerre et elle ne savait pas où elle pourrait trouver de la nourriture pour des hôtes. Et pas seulement ça : elle ne pensait pas que les gens pouvaient encore se permettre de partir en vacances.

– Je connais des gens qui ont de mauvais poumons, a répondu la femme. Ils adoreraient être là-haut.

– C'est loin, là-haut, sans voiture.

Mais même ça, ça leur rendrait service, a expliqué la dame. Ce serait bon pour eux de respirer le bon air en montant la côte. Et c'est ainsi que Tante Marianne a eu l'idée d'ouvrir une maison d'hôtes, a raconté ma mère. C'est comme ça que les gens ont commencé à venir chez elle de partout, pour l'air pur et la tranquillité, et c'est comme ça qu'elle s'est fait la réputation d'avoir aujourd'hui une des plus belles maisons d'hôtes de toute l'Autriche, un endroit où il y a une longue liste d'attente. Vous n'en entendrez jamais parler au bureau de tourisme, juste par le bouche à oreille. C'était grâce à l'homme à un bras et à un œil qui avait mis la bombe dans un porte-documents. La mauvaise bombe avait au moins été bonne à une chose : elle avait démarré une maison d'hôtes au Mönchberg, là où il n'y avait rien eu avant. C'est bizarre que personne n'y ait pensé plus tôt, dit ma mère. Ça n'a pas commencé comme une grosse affaire, pas comme un grand hôtel. Juste un hôte à la fois, ou deux au plus. Ils pouvaient séjourner là-haut et respirer à fond, comme si la guerre n'existait pas.

Tante Marianne n'a pas eu besoin de réfléchir longtemps, ma mère raconte. Elle est rentrée chez elle et elle a organisé la maison. Et quelques jours plus tard, le premier pensionnaire est arrivé : d'abord une Juive sans nom, sans visage et sans adresse. Elle n'est pas restée longtemps, juste deux ou trois jours, et puis elle est repartie pour aller dans une autre maison, ailleurs.

Des choses comme celle-là, on ne peut pas s'en vanter, explique ma mère. On peut se les raconter à soi-même. On peut être fier que quelqu'un ait été courageux, mais on ne peut pas se balader en racontant au monde entier que votre tante a donné asile à des Juifs et qu'elle a fait de sa maison du Mönchberg un refuge sûr. Il faut se souvenir aussi de tous ceux qui n'ont pas été sauvés. Se souvenir de toutes les voix qui parlent de la tombe. J'ai envie de dire à tout le monde que j'ai une tante qui n'a pas eu peur de perdre et qui s'est levée, parce qu'elle était contre le massacre. J'ai envie de sortir en courant pour aller raconter au monde entier qu'elle a aidé les gens à respirer en Allemagne.

– On ne me croira peut-être pas, je dis.

Des fois, on sait que quelque chose est vrai, parce que personne ne s'en vante, explique ma mère. Personne ne cherche à en faire une grosse histoire à la radio, en demandant aux gens d'applaudir. On sait que c'est vrai que Tante Marianne a gardé le non silencieux dans sa tête jusqu'au jour où elle a pu faire quelque chose, on le sait parce que personne n'en parle beaucoup. Parce que ce n'est pas écrit dans un journal.

La première Juive qui était venue à la maison d'hôtes n'avait pas été tuée par les nazis et elle était partie en Amérique après la guerre. Elle n'est jamais revenue, mais elle a parlé aux gens de cette merveilleuse maison où elle était allée, au Mönchberg. Et plus tard, quand d'autres Juifs comme Ernst Rathenau ont commencé à revenir d'Amérique après la guerre, ils sont allés droit au Mönchberg pour leurs vacances, comme s'il n'y avait aucun autre endroit en Autriche où l'air était pur. Ils sont revenus à la maison d'hôtes, plein de fois, année après année, et ils ont amené avec eux d'autres gens célèbres qui avaient aussi été contre les nazis, comme le peintre Oskar Kokoschka, le sculpteur Giacomo Manzú et la cantatrice Elisabeth Schwarzkopf. On sait que c'est vrai parce que, sinon, pourquoi est-ce qu'un Juif du nom d'Ernst Rathenau amènerait des amis comme ça jusqu'au Mönchberg, juste pour l'air pur ? Et pourquoi Ernst Rathenau, cousin de Walther Rathenau, assassiné par les nazis avant même le début de la guerre, reviendrait d'Amérique et irait droit chez une Allemande qui a perdu son mari à la guerre ? Marianne n'a plus jamais eu de nouvelles de son mari Angelo mais elle a eu une fille, Christiane. Ernst Rathenau a même donné de l'argent pour que Christiane fasse des études à l'université et devienne médecin. Parce que Tante Marianne avait un jour rendu service aux Juifs et que, maintenant, ils faisaient pareil pour elle.

On ne peut être vraiment courageux que si l'on sait qu'on va perdre, explique ma mère. Et le non silencieux, ça ne ressemble à aucun autre silence : un jour, on dira ce qu'on pense, tout fort et les bras croisés, comme Marianne. Il ne faut pas avoir peur de dire le contraire, même si vous avez l'air d'un imbécile et tout le monde croit que vous vous êtes trompé de pays et que vous ne parlez pas la bonne langue. L'homme à la bombe dans le porte-documents : les gens l'avaient tous pris pour un imbécile et ne pensaient qu'à se moquer de lui. Et Tante Marianne, elle avait dû avoir l'air bête, debout en plein opéra de Salzbourg, à vouloir se faire tuer en disant quel dommage que Hitler ne soit pas mort !

Ma mère se rappelle la vapeur des trains, comme un brouillard sur le quai. Elle se rappelle l'écho du sifflet dans la gare. Elle se rappelle avoir vu des gens qui pleuraient dans toute l'Allemagne. Elle me montre les photos des villes d'Allemagne qui ont été bombardées. Elle a entendu l'histoire d'une femme qui emportait son enfant mort avec elle dans une valise. Des fois, on ne peut penser à rien d'autre qu'aux gens qu'on connaît. On a peur de regarder plus loin que sa propre famille. C'est à ce moment-là qu'il faut être courageux.

Quand l'hiver est arrivé, ma mère a reçu l'ordre d'aller à Hambourg rejoindre un grand camp plein de femmes. De là, on les envoyait presque toutes vers l'Est, pour combattre avec les troupes allemandes. Les gens disaient que ça n'avait pas de sens d'aller à l'Est, parce que la guerre était déjà perdue. Certains ont eu l'occasion de rentrer chez eux une fois, pour dire au revoir à leur famille, comme s'ils ne devaient pas en revenir. Ma mère recevait des lettres de Tante Marianne demandant de la nourriture, elle a répondu en disant qu'elle ferait de son mieux. Mais c'était pratiquement impossible de trouver quoi que ce soit, à moins d'être dans l'armée qui partait se battre. Et puis, ma mère a réussi à avoir un seau plein de choucroute et, au lieu de rentrer à la maison, à Kempen, elle a décidé d'essayer d'aller plutôt à Salzbourg. Elle a demandé un billet pour une autre ville du nom de Kempten. Ça sonnait un peu pareil, mais ce n'était pas du tout dans la vallée du Rhin mais quelque part en Bavière. Elle a trimballé ce dernier seau de choucroute avec elle pendant tout le voyage, et il neigeait très fort quand elle est arrivée pour le livrer.

Personne n'avait envie de retourner se battre. Ma mère aurait voulu rester au Mönchberg et se cacher là jusqu'à ce que tout soit terminé. Elle a pensé rester pour aider Marianne qui attendait son bébé, qui avait un mari à la guerre et une belle-mère malade. Mais elle aurait été obligée de manger une partie de la choucroute qu'elle avait apportée et ça n'aurait plus rimé à rien. Marianne aurait eu encore plus de mal. Alors, raconte ma mère, elle l'a au moins aidée à faire la lessive avant de partir. Elle a rassemblé tous les habits et les draps, et elle a fait bouillir plein d'eau. Il y avait assez de savon et d'amidon pour faire la lessive correctement, mais il faisait si froid dehors qu'elles ont mis tout à sécher à l'intérieur. Ma mère avait espéré que ça prendrait plus longtemps. Assez longtemps pour qu'on annonce à la radio que la guerre était finie. Une fois les draps secs, ma mère a aidé à les repasser jusqu'à ce qu'ils paraissent neufs. Elle riait, elle aidait Marianne à les plier en prenant un coin dans chaque main et en avançant vers le milieu en dansant, comme dans les danses irlandaises. A cause de l'odeur du linge, ma mère avait l'impression d'être de nouveau une petite fille. Elle ne voulait pas que ça s'arrête, la danse des draps. C'est seulement quand tout a été fini, que la lessive a été entièrement faite, que ma mère s'est rendu compte du nombre de draps qu'il y avait. Elle les a comptés dans sa tête : c'était bien trop pour trois femmes.

Elle a demandé : « Tu as l'intention d'ouvrir une maison d'hôtes ? » mais c'était une blague et Marianne n'a pas su quoi répondre. Elles ne savaient pas comment en parler. Tout le monde avait peur de parler, dès que ça allait plus loin que des choses comme la lessive et le repassage. Et puis, le jour est arrivé où ma mère a dû repartir. Elles se sont regardées longtemps, elles ont dit « ja, ja, ja » et « nein, nein, nein », et puis ma mère a enfilé son manteau et elle est sortie dans la neige.

La descente du Mönchberg a été plus dure que la montée, raconte ma mère. C'était verglacé et elle était de temps en temps obligée de s'agripper au garde-fou pour être sûre de ne pas glisser et se casser les dents. A la gare, on a contrôlé ses papiers. Elle a eu des embêtements, parce qu'elle était très en retard : elle aurait déjà dû être à Hambourg depuis une éternité. On lui a dit de prendre le prochain train pour Nuremberg et là, elle a été arrêtée et emmenée dans un commissariat. On l'a accusée de ne pas avoir obéi aux ordres, comme tout le monde en Allemagne. On lui a posé des tas de questions et elle a répondu qu'elle avait juste voulu apporter de quoi manger à sa sœur qui avait un mari à la guerre et une belle-mère malade. On ne l'a pas crue. On a trouvé qu'elle n'avait pas l'air d'avoir très envie de retourner à la guerre. On l'a traitée de déserteur. *Fahnenflucht*, ils ont appelé ça : avoir fui le drapeau. On l'a mise dans un train pour l'Est, en bouclant la porte du wagon. On ne lui a pas dit où elle allait, elle savait juste que c'était à l'Est, c'est tout. Elle était enfermée dans le wagon avec un jeune soldat qui n'avait pas beaucoup plus de quatorze ans et qui était enchaîné à la banquette par les chevilles.

Le brouillard commence à s'évanouir mais la corne de brume continue, juste au cas où. Il s'est mis à pleuvoir un peu, juste quelques gouttes sur la vitre. Maintenant, il fait nuit mais assez clair pour voir par-dessus les jardins jusqu'à la rue voisine. De ma chambre, je peux voir le réverbère et les branches devant. Il y a une petite brise et les branches dansent sur le mur derrière moi, et devant ma figure aussi. Si on me voyait, on croirait que je ne vais pas bien : on verrait des taches sur ma figure, à cause des gouttes de pluie sur le carreau. On verrait un visage tacheté, on dirait que j'ai une maladie. Personne ne voudrait me toucher. La corne de brume continue encore mais elle a l'air de fatiguer, comme si elle commençait à en avoir marre, à force de répéter le même mot toute la journée. Dans ma chambre, j'ai des livres que ma mère m'a donnés et qu'Onkel Ted lui avait donnés. J'ai des livres sur l'histoire irlandaise et des magazines de géographie que mon père m'a donnés aussi, avec des histoires de gens d'autres pays comme l'Afrique du Sud et le Tibet qui ne sont pas encore libres. Quelquefois, je les lis ; des fois, je regarde juste les photos parce que je n'ai pas envie d'autres mots. J'ai juste envie du mot de la corne de brume, pour m'endormir en l'entendant : « Rooooooom ».

J'ai regardé les livres et j'ai remarqué que la photo de l'homme qui avait mis la bombe dans un porte-documents pour le bien de l'Allemagne, elle ressemblait un peu à celle de celui qui avait démarré l'insurrection de Pâques en Irlande. J'ai dû tordre un peu les livres mais, quand j'ai rapproché les deux photos, elles se ressemblaient. Ils étaient face à face, comme s'ils se parlaient. Patrick Pearse regardait vers la droite et Claus Schenk Graf von Stauffenberg vers la gauche. Ils ne semblaient même pas étonnés de se retrouver ensemble dans la même pièce. Patrick a dit à Claus qu'il avait l'impression d'être en Allemagne. Claus l'a regardé à son tour : lui, il n'était en Irlande que pour une visite rapide, il a expliqué. Il y avait des tas d'embêtements en Allemagne et il voulait savoir s'il y avait des gens en Irlande qui pouvaient donner un coup de main. Il avait entendu dire que les Irlandais étaient doués pour dire le contraire. Patrick Pearse a répondu que lui, il avait des tas d'ennuis avec les Britanniques en ce moment, et que la seule chose à faire, c'était un sacrifice. Il ne faut pas avoir peur d'avoir l'air bête.

Ils se ressemblaient comme des frères, Claus et Patrick. Assis sur le lit, je tenais leurs deux photos côte à côte. Claus préparait un spectacle de marionnettes contre les nazis et Patrick en préparait un contre les Britanniques. Claus savait qu'on risquait de se moquer de lui en Allemagne, Patrick savait qu'on se moquerait sûrement de lui en Irlande. Les gens diraient qu'ils auraient aussi bien fait de ne pas s'enquiquiner, ils le savaient tous les deux. Patrick a dit : « L'Irlande ne sera jamais en paix tant qu'elle ne sera pas libre », et Claus : « Vive la vraie Allemagne ! » Ils se sont demandé s'ils avaient le temps de marcher jusqu'à la mer avant de devoir partir. Ou peut-être même d'aller boire un verre à l'Eagle House. Mais ils étaient pressés, il n'y avait pas de temps à perdre. Ils n'étaient pas non plus sûrs que leurs plans marchent, parce qu'ils n'étaient pas encore très forts, question de haïr les autres. Mais ils n'avaient pas peur de perdre. Pas peur d'être mis contre un mur et exécutés. Et c'est ce qui leur est arrivé à tous les deux, en fin de compte, dans des pays différents mais pour la même raison. Ils se voyaient une dernière fois dans ma chambre, au son de la corne de brume qui résonnait toujours. Ils se sont serré la main et ils ont dit : « Couché, espèce de gros bidon de brute ! » Ils ont ri parce qu'ils n'avaient pas peur d'être irlandais, pas peur d'être allemand. Je leur ai dit que Tante Marianne allait sauver les Juifs qui ne pouvaient pas très bien respirer et que mon père allait aider les gens qui voulaient respirer en Irlande. Quand ils sont partis et qu'il n'y avait plus de lumière, je suis resté étendu à écouter la corne de brume. Elle a continué à répéter le même mot, encore et encore, jusqu'à ce qu'elle soit enrouée et qu'elle n'ait plus de voix du tout.

XXVIII

Tout se reproduit toujours. Maintenant, je descends au bord de mer et je tiens la main de mon petit frère Ciarán. On va regarder la mer et jeter des cailloux aux grosses brutes de vagues. Je l'aide à marcher sur le mur en lui tenant la main pour être sûr qu'il ne tombe pas. Il chante la même chanson que Franz quand on était petits et qu'on ne savait pas grand-chose. Il dit good morning en anglais à tous les gens qu'on croise et il chante : « *Walk on the wall, walk on the wall...* » Maintenant, je suis le grand frère de Ciarán et je dois faire attention qu'il ne tombe pas et ne se casse pas le nez.

Le chien est toujours là, tous les jours, mais il n'aboie plus tellement. Des fois, il reste juste assis sur les marches sans rien dire, comme s'il en avait marre de se battre, comme s'il savait que ça ne rime à rien d'essayer d'arrêter les vagues. Il les a toujours à l'œil et il en attend peut-être une grosse, ou bien il attend que quelqu'un vienne jeter des pierres, et alors il s'y remettra et il aboiera autant qu'avant. Il n'a toujours pas de nom, il n'est à personne, il suit le premier venu qui fait mine d'être son ami pour la vie. Alors, on a décidé qu'à partir d'aujourd'hui, il nous appartiendrait. On a claqué des doigts et il nous a suivis. Maintenant, on avait un chien qui allait nous protéger et on lui a donné un nom, Cú na mara – chien de mer en irlandais. Mais c'était trop long, alors on a essayé Wasserbeisser à la place, « mordeur d'eau ». Mais c'était encore plus dur, alors finalement on ne lui a rien donné comme nom, on disait juste : « Ici, mon chien. » Chaque fois qu'on se retournait, il était toujours là. Même quand on est allés acheter du chewing-gum et une sucette glacée pour Ciarán dans un magasin, il est resté dehors et il a attendu. Mais ensuite, on a rencontré une bande qui venait vers nous.

– Hé, Eichmann ! a crié l'un d'eux.

Le chien ne leur a pas du tout fait peur. Ils ont traversé la rue et ils m'ont demandé si j'avais des cigarettes. J'ai répondu que je ne fumais pas encore. Ils m'ont traité de Boche et ils voulaient le chewing-gum à la place. Ils se sont mis à m'envoyer des coups de pied, Ciarán pleurait. Le chien ne disait rien mais un monsieur qui travaillait dans un jardin tout près s'est levé et leur a dit d'arrêter.

– Laissez-les tranquilles ! a dit le monsieur. Allez, filez et occupez-vous de ce que vous avez à faire.

Mais ils n'avaient rien à faire, parce que c'étaient des gens du poing. Ils ont voulu faire croire qu'on était très bons amis. Un d'eux m'a passé le bras autour du cou et m'a dit à l'oreille :

– Écoute un peu, Eichmann ! On n'en a pas fini avec toi !

Et puis ils sont partis en riant et en mâchant le chewing-gum que j'avais acheté. L'un d'eux a sifflé et le chien les a suivis. Le monsieur du jardin nous avait sauvés, on avait eu de la chance. On était libres de rentrer à la maison, mais je savais que ce n'était pas fini. Je savais qu'ils cherchaient toujours à m'avoir.

Et tout recommence. Ma mère découpe dans le journal la photo d'un homme qui s'est fait brûler parce qu'il ne pouvait pas vivre dans un pays qui n'était pas le bon. Elle l'a mise dans son journal, avec celles des tanks russes dans les rues de Prague. Elle se rappelle Prague avec les troupes allemandes. Une nouvelle guerre a commencé au Vietnam et ma mère découpe des photos d'un nouveau genre de bombe, là-bas. Elle a aussi une photo d'un Noir du nom de Martin Luther King qui a été assassiné en Amérique. Maintenant, ils veulent les droits civiques en Irlande du Nord aussi, et elle découpe des photos de gens avec des pancartes et du sang qui leur dégouline sur la figure. Certains ont dû partir de chez eux parce qu'ils n'étaient pas dans le pays qu'il fallait, parce qu'ils n'avaient plus de nom ou de visage. Alors maintenant, le cahier de ma mère est plein de photos de soldats russes en Tchécoslovaquie, de soldats britanniques en Irlande du Nord et de soldats américains au Vietnam. Dire qu'il y en a qui s'imaginent qu'on peut faire taire les gens de cette manière ! explique ma mère. Ceux qui ont le mal du pays, ils emportent de la colère dans leurs valises. Et c'est la chose la plus dangereuse du monde, des valises de colère impuissante, de colère pleine de mal du pays.

A l'école, des garçons ont fabriqué une effigie de la Colonne de Nelson avec du carton et ils l'ont fait exploser dans O'Connell Street avec du chlorure de soude et du sucre. Ils ont fait un petit discours intitulé : « Vive la République ! » La mèche sortait de la porte qu'on prenait avant pour monter par l'escalier en colimaçon et aller regarder la vue sur la ville. Ils l'ont allumée et il y a eu une explosion qui a fait tomber le petit soldat avec une épée posé tout en haut et qui a mis le feu au truc. Tous les gens de Dublin qui rentraient du travail ont cru que ça recommençait. A la radio, ils passent une chanson qui parle de gens avec de la « rosée brumeuse[1] » aux yeux et une autre qui s'appelle : *Nelson en miettes*. A la télévision, on peut voir un homme en Irlande du Nord, furax avec de l'écume à la bouche : il parle d'une araignée qui invite une mouche à rentrer au salon. On voit des gens défiler avec des gros tambours qui font tellement de bruit que les autres marionnettes ne peuvent rien dire. Un garçon à l'école m'a dit que sa mère était de Derry[2], qu'on lui avait déchiré sa robe de communiante quand elle était petite et qu'elle ne l'avait jamais oublié.

Dans le Nord, on appelle les catholiques des *Fenians*[3] et les protestants des *Prods*. Les Fenians ont peur d'être britanniques et les Prods ont peur d'être irlandais, parce qu'ils ne respirent pas bien en Irlande. Ils s'insultent mutuellement parce que chacun a envie de tuer l'autre. Les gens apprennent à se détester, parce qu'ils ont peur de l'extinction. A l'école, si vous n'avez pas de chewing-gum

1. L'expression *Foggy dew* est à l'origine issue d'un chant nationaliste célébrant l'insurrection de Pâques. *Up went Nelson* : chanson pop du groupe Go Lucky Four, numéro un en Irlande dans les années soixante.

2. Ville d'Irlande du Nord où la minorité catholique s'est soulevée contre l'administration britannique dans les années 1968-1969, en revendiquant l'égalité des droits civiques.

3. Société secrète de nationalistes irlandais, très active dans les années 1860 en Irlande, aux USA et en Grande-Bretagne. La branche irlandaise de la société survécut sous le nom d'*Irish Republican Brotherhood* et ce fut l'un de ses membres qui fonda le Sinn Féin (« Nous-seuls ») en 1905.

à partager, on vous traite de Juif. Les Britanniques, on les appelle les Brits ; les Irlandais, les Paddies ; et les Allemands, les Boches. Et ça, c'est pire que d'être britannique ou irlandais, ou même que les deux à la fois. Nous, on continue à nous appeler des foutus Boches, bien qu'on soit des foutus Paddies. Des fois, on nous dit fichez le camp et repartez d'où vous venez, mais ça ne tient pas debout, vu que nous venons d'Irlande. Un jour, ils ont traité Franz de « putain de Juif nazi » et ils l'ont coincé contre la balustrade du Jardin du souvenir. Comme il n'avait pas de chewing-gum, ils lui ont tapé sur la tête jusqu'à ce qu'elle se mette à saigner. Frère Kinsella les a tous punis à cause de ça, y compris Franz qui n'avait rien fait, et tout le monde en a ri longtemps après. Punir l'innocent comme les coupables. Frère Kinsella a dit que le seul moyen d'empêcher les choses de se reproduire, c'était de frapper également les victimes et les fautifs.

Mon ami de l'école a cessé d'être mon ami. Moi, je l'aime bien. J'aime la tête qu'il a et sa façon de parler. Et des fois, j'ai envie d'être lui plutôt que moi. Il ne m'a jamais insulté mais un jour, il a cessé de me parler. Il se contente de passer devant moi sans un mot. Peut-être que lui aussi, il punit l'innocent avec les coupables, parce qu'il raconte à tout le monde que les nazis ont fait du savon avec les gens, on ne peut pas le nier. Il ne sera plus mon ami pour la vie parce qu'il croit que je vais fabriquer des chaises avec les os des gens, et je ne peux pas le nier non plus, bien que je ne l'aie pas encore fait. Je sais que je ne peux pas avoir d'ami pour la vie. Autant être tout seul à partir de maintenant, parce qu'on découvrira tôt ou tard ce que j'ai fait.

A la maison, ma mère veut empêcher les choses de se reproduire. Elle dit que nous ne sommes pas des gens du poing. Alors, un jour elle a pris toutes les baguettes de la serre et elle les a cassées sur son genou, à la cuisine, jusqu'à ce qu'elles soient en mille morceaux et que mon père n'ait plus rien pour nous frapper. Lui, il pouvait encore vous taper la figure avec les gants de caoutchouc et vous coller la « rosée brumeuse » aux yeux. Et il pouvait aussi vous jeter des casseroles, puisque c'était toujours lui qui faisait la vaisselle. Mais il ne pouvait plus m'emmener à l'étage et prier pour être sûr de faire ce qui était bien pour l'Irlande, alors j'ai commencé à discuter avec lui à table, au point qu'il en clignait des yeux et que je pouvais me voir deux fois dans ses lunettes. J'aime bien donner la mauvaise réponse. Un jour, mon père a dit qu'il n'y avait rien au-delà de l'infini. L'univers est comme une caisse en carton avec Dieu assis dehors, entouré de lumière, il a expliqué, mais moi, j'ai demandé si par hasard Dieu n'était pas assis dans un autre carton avec la lumière allumée, et comment on pouvait être sûr du nombre de cartons qu'il y avait. Ma mère a dit que je le rendais fou avec mes mauvaises réponses. Lui, il savait qu'il ne restait plus de baguettes mais il y avait un compotier plein d'*Apfelkompot* sur la table. Il l'a regardé pendant une minute. Et puis il l'a pris et il l'a retourné sur ma tête. La compote était encore chaude. Je la sentais dégouliner sur ma figure et dans l'encolure de ma chemise. Mais j'avais le sourire parce que je savais que mon père était en train de perdre la guerre des langues. Ma mère a débarrassé en tâchant de ne pas rire. Elle a dit qu'il fallait de l'imagination pour jeter de l'Apfelkompot sur la tête de quelqu'un et qu'elle devrait peut-être en faire plus souvent si on aimait tant ça. Mais plus tard, elle m'a dit de ne jamais acculer les gens dans un coin. Il y a trop de disputes chez nous, comment l'Irlande pourra-t-elle jamais être en paix si on continue comme ça ?

Un jour, je me suis enfui de la maison avec un autre garçon de l'école qui s'appelait Evil. On est restés dehors toute la nuit jusqu'à ce qu'il se mette à pleuvoir, et le seul endroit de la ville où on a pu s'abriter, c'était la cabine d'un camion. Il faisait si froid dedans qu'on frissonnait. Au matin, on est entrés dans une église pour se réchauffer et j'ai compris que je ne voulais plus jamais me trouver sans toit. Les sans-logis sont toujours tout recroquevillés à cause du froid, alors que les gens qui ont chaud se tiennent bien droit. Je savais qu'il y avait un garçon qui vivait à la dure sous le Top Hat, le Haut-de-forme. (Le Top Hat Ballroom est un dancing devant lequel on passe en allant à l'école.) Il y avait un énorme haut-de-forme noir sur le toit jusqu'à ce qu'il soit arraché par la tempête, une nuit, et qu'il tombe dans la ruelle, à côté du dancing. Maintenant, un garçon sans-logis vit là-dessous et je n'ai pas envie d'être comme lui, recroquevillé de froid, sans maison et sans langue.

Alors, je suis rentré et j'ai dit à mon père que je le tuerais. Je ne parlerais plus une langue moribonde, je lui ai annoncé, seulement les langues tueuses, et puis je lui ai demandé si ça lui plairait d'être tué par son propre fils. Il a enlevé ses lunettes et m'a dit : vas-y ! Mais je n'ai rien fait. J'ai juste répondu comme à l'école, quand on a la frousse : « Ça ne vaut pas la peine de gaspiller mon énergie. » Ma mère a signalé que, de toute façon, je n'aurais plus de maison où aller, si je faisais une chose pareille. On ne peut plus revenir en arrière quand on a tué quelqu'un – jamais. Alors maintenant, elle essaie de nous tenir à l'écart l'un de l'autre, dans différentes parties de la maison, à une distance d'au moins une ou deux portes claquées. Elle m'aide à filer. Des fois, elle me laisse manquer l'école et aller au cinéma où il fait noir et où personne ne sait qui je suis. Alors, je me parle en anglais. Je fais semblant de ne plus être du tout allemand ou irlandais. Mais un soir, mon père a découvert ce qui se passait et il est monté dans ma chambre quand je dormais déjà. Il s'est mis à me cogner dans mon sommeil et je me suis réveillé pour le voir là, furax avec de l'écume à la bouche, avec ma mère qui le tirait par le coude et Franz debout à la porte de la chambre qui demandait la paix. Mon père avait perdu la guerre des langues et tout le monde le savait. Ma mère dit que la colère enlaidit les perdants et les prive de leurs moyens. Personne ne veut être un perdant. Personne ne veut rester en gare avec une valise pleine de colère impuissante.

Quelquefois, je me dispute avec ma mère aussi. Je me mets à déformer tout ce qu'elle dit, à faire comme si ça n'avait pas de sens. Je lui demande pourquoi elle a essayé de m'élever comme si je devais vivre sous le régime nazi. On a toujours dû vivre comme si les Britanniques étaient encore en Irlande, et les nazis encore en Allemagne.

– Le non silencieux ne sert à rien, je lui dis.

– Je ne peux plus discuter avec toi, elle réplique. J'ai aussi d'autres enfants dont je dois m'occuper.

– Des enfants, tu en as eu bien trop, je lui ai lancé.

Là, elle m'a regardé pendant un bon moment et elle a attendu un peu pour chercher ce qu'elle allait dire.

– Peut-être bien que j'aurais dû sauter ton tour.

Alors, je lui ai jeté un œuf. Je l'avais pris dans la main et je la menaçais, mais elle prétendait s'en ficher : Vas-y donc ! Moi, je ne voulais pas lui faire mal. Je ne savais pas encore très bien haïr, alors je l'ai lancé doucement pour qu'elle puisse le rattraper sans le casser. Elle, elle me l'a renvoyé et je l'ai rattrapé aussi. Alors, depuis ce moment-là, on s'est mis à se jeter des œufs tous les jours et à les rattraper jusqu'à ce qu'on éclate de rire. Personne ne s'était encore jamais autant amusé avec des œufs sans les manger.

Je passe beaucoup de temps debout, seul, devant la mer. Des fois, je jette des galets aux vagues. Des fois, je m'assois juste sur un rocher et je pense que je suis dans l'endroit le plus chanceux du monde, avec la mer bleue devant moi et le soleil qui me pique le dos. Des fois, j'ai envie de m'enfuir dans un autre pays où personne ne sait d'où je viens. Et des fois, je suis piégé, plein de colère impuissante. Il y a des jours où je déteste tout, même le chien sans nom et sans maître. Il s'est contenté de suivre les gens du poing quand ça lui a chanté. C'est un traître. Un jour je l'ai trouvé près du port, je l'ai poussé dedans et je lui ai dit de se noyer.

Il n'y avait personne dans les parages, personne pour voir ce que j'étais en train de faire. Je lui ai lancé des cailloux parce que j'étais Eichmann. J'étais la personne la plus cruelle du monde. J'avais le sourire en le regardant essayer de s'en sortir. Je riais comme les nazis dans les films, et je ne voulais pas le laisser remonter par les marches. Je punissais l'innocent et pas le coupable, je le savais. Il s'est éloigné en nageant pour essayer de sauver sa peau ailleurs. Je le regardais griffer le flanc des bateaux mais ça ne servait à rien. Il nageait en cercles, impuissant, il cherchait un endroit, n'importe où, pour pouvoir survivre, pour éviter l'extinction. Il fatiguait et là, j'ai commencé à me sentir vraiment triste pour lui parce que, maintenant, c'était un vieux chien de mer. Je n'étais plus en colère, juste honteux. Je me suis dit que c'était la pire chose que j'avais faite de ma vie et j'ai voulu le sauver. J'ai couru jusqu'à l'escalier suivant et je l'ai appelé mais il ne voulait plus me faire confiance et moi, je n'allais jamais pouvoir me refaire confiance non plus. Maintenant, je faisais partie des gens du poing. Je ne savais pas grand-chose. Le chien avait la gueule ouverte, il essayait de respirer sans boire encore plus d'eau de mer. Il commençait à s'enfoncer et je n'ai pas pu regarder plus longtemps. J'ai dû partir en courant. J'étais écœuré par ce que j'avais fait, je savais que jamais je n'aurais d'amis. J'avais les genoux tremblants, j'avais envie de disparaître, de me noyer moi aussi. J'étais tellement écœuré par ce que j'avais fait que j'ai couru jusqu'à la maison ; je frottais le mur avec la main, la peau s'est arrachée et il y avait des petits cailloux noirs mélangés avec le sang.

Mon père sait qu'il a perdu la guerre des langues parce que maintenant, il agit plus comme les autres pères. Il a acheté une télévision et il s'est mis à regarder des émissions en anglais, comme l'histoire du détective qui fait semblant de ne rien y comprendre. Il s'est aussi acheté une voiture, il achète de l'essence en anglais et il mange même des biscuits qui ne sont pas ceux de ma mère. Des fois, il a l'air fatigué de se battre, fatigué d'avoir fait des sacrifices toute sa vie, et triste aussi, parce qu'il aurait aussi bien pu ne pas s'enquiquiner à ça. Ça ne rime plus à rien d'essayer de repousser les vagues. Il dit qu'il a fait des erreurs. Ce n'est pas facile de reconnaître qu'on a perdu, mais un jour il est venu vers moi et il m'a serré la main : si seulement il pouvait tout recommencer, il a dit, cette fois, il ne ferait pas les mêmes erreurs ! Des fois, si on perd, on a tout faux. Et si on gagne, on a tout juste.

Et puis un jour, à Derry, les soldats britanniques ont tué des gens par balles dans la rue. Eux aussi, ils avaient perdu la guerre des langues et ils ont tiré droit sur une foule de gens qui manifestaient pour les droits civiques. A la télévision, on a vu un prêtre accroupi qui agitait un mouchoir blanc. Les Britanniques ont peut-être peur de l'extinction. Mon père a tout regardé à la télévision, il n'a pas pu articuler une parole. Il est resté assis longtemps là, les yeux fixés sur toutes ces choses qui s'étaient passées en Irlande pendant des centaines d'années et qui recommençaient, une fois de plus. Plus tard, il est monté à l'étage et il m'a dit qu'il ne voulait pas que je fasse les mêmes erreurs que lui. Il n'avait jamais eu d'arme à la main et ça ne rimait à rien que moi j'en aie. C'était mieux de se servir de la machine à écrire, parce que si on faisait des erreurs, on pouvait encore les corriger sans tuer personne. J'ai compris qu'il voulait réparer toutes les fautes qu'il avait faites.

Onkel Ted est venu et il m'a donné un livre qui s'appelait *Black*

Like Me. Ça parlait d'un homme qui avait changé de peau, il était passé du blanc au noir, juste pour voir comment c'était pour les autres. Il m'a dit : il faut être du côté des perdants, des gens aux mauvais poumons. Être avec ceux qui ont le mal du pays et qui n'arrivent pas à respirer très bien en Irlande. Ça n'a pas de sens d'avoir un bâton à la main, il a expliqué. Il y aura encore bien plus de gens sans patrie, si tu parles la langue tueuse. L'Irlande n'a pas qu'une seule histoire. Nous, nous sommes l'histoire allemande-irlandaise. C'est comme mon père qui a un pied doux et un pied dur, une bonne oreille et une mauvaise ; nous, nous avons un pied irlandais et un pied allemand, et un bras droit qui est en anglais. Nous sommes les enfants *brack*. Un pain *brack* irlandais maison, truffé de raisins allemands. Nous sommes les gens bigarrés, nous n'avons pas qu'un seul porte-documents. Nous n'avons pas qu'une seule langue, qu'une seule histoire. Nous dormons en allemand et nous rêvons en irlandais. Nous rions en irlandais et nous pleurons en allemand. Nous nous taisons en allemand et nous parlons en anglais. Nous sommes les gens tachetés.

XXIX

Ensuite, mon père a été tué par ses propres abeilles.

Tous les ans en mai, les abeilles essaimaient, parce qu'elles voulaient un nouvel endroit où habiter, pas toujours seulement les mêmes jardins, les mêmes fleurs et les mêmes pommiers. Quand il y avait un essaim, on avait l'impression d'un nuage dans l'air, tout autour de la maison. En levant les yeux, on voyait les abeilles voler en faisant des zigzags aussi pointus que des aiguilles sur le fond de ciel. Ça se passait toujours par une belle journée de soleil, sans pluie. Elles ne piquaient jamais quand elles essaimaient. Mon père a expliqué : c'était là qu'elles étaient les plus heureuses, quand elles allaient partir se chercher un nouvel endroit. Pour elles, c'était comme partir en vacances au Connemara ou en Allemagne. On pouvait rester dessous sans protection et sans avoir peur. On pouvait regarder le nuage jusqu'à ce qu'il s'éloigne de la maison comme un tourbillon. Elles n'allaient pas très loin pour commencer, juste dans un arbre voisin où elles pouvaient s'installer un peu en attendant que les éclaireurs aillent leur trouver une nouvelle adresse. A ce moment-là, on pouvait encore les attraper et les ramener avant qu'elles aient émigré et disparu pour de bon. Mon père m'avait appris à le faire. On repérait l'essaim, comme une barbe noire qui pendait de l'arbre, on grimpait en portant une ruche de paille et il ne fallait pas avoir peur de la poser dessus. On n'avait pas besoin de gants ni rien. Les abeilles croyaient que c'était une nouvelle maison et elles emménageaient. Autrement, on pouvait aussi tenir la ruche par-dessous et secouer la branche jusqu'à ce que la barbe tombe dedans. Et puis, on la posait par terre et toutes les abeilles finissaient par s'y installer. Il fallait être rapide et calme à la fois, parce qu'on devait faire tout ça avant que les éclaireurs reviennent avec la nouvelle adresse. Des fois, on croyait les avoir attrapées mais le nuage se remettait à tourbillonner en l'air et s'envolait par-dessus les toits des maisons.

J'étais très doué pour attraper les essaims pendant que mon père était au travail et lui, il était doué pour les faire rentrer dans leurs anciennes ruches, comme si c'était une maison toute neuve. Mais avec le temps, les abeilles sont devenues très colériques, elles voulaient toujours repartir à la campagne. C'était peut-être à force de croisements à l'intérieur du même essaim qu'elles devenaient agressives, a supposé mon père. Et puis un jour, alors qu'il était sur le toit du breakfast room et qu'il vérifiait les ruches, les abeilles l'ont attaqué. Je n'étais pas là pour arrêter ça. Je n'étais pas là pour faire mon petit tour de stoppe-piqûre avec le torchon et écraser les abeilles avant qu'elles puissent faire mal. J'étais parti marcher seul toute la journée, je traînais au bord de la mer en jouant avec l'idée de me baigner.

Personne n'a pu empêcher ce qui s'est passé. Mon père était habillé comme pour aller sur la lune, avec la cage autour de la tête et les gros gants qui remontent au-dessus du coude. Il était en train de sortir les rayons, en essayant de faire bien attention que les abeilles n'aient pas de nouveau l'intention de filer, et puis elles sont devenues folles. Elles se sont mises à zigzaguer autour de lui, on aurait cru un nuage fâché. Ma mère a compris que quelque chose ne tournait pas rond, alors elle a fermé les fenêtres et dit à tout le monde de rester à l'intérieur. Peut-être que mon père n'était pas destiné à l'apiculture. Peut-être qu'il n'était pas assez calme pour être un père. Les abeilles savaient peut-être qu'il continuait de se battre et de penser au temps où il était gamin et où personne ne l'aimait, à part sa mère. Elles pouvaient peut-être sentir la colère dans l'air, venant du temps où l'Irlande était encore sous la domination des Britanniques. Ou du temps où l'Irlande était libre mais ne se souvenait de rien d'autre que de la domination britannique. Elles arrivaient peut-être à flairer des trucs comme la colère impuissante, puisqu'elles s'acharnaient à vouloir le tuer. Et finalement, l'une d'elles a réussi à entrer sous la cage qu'il avait autour de la tête et elle lui a piqué l'oreille.

Mon père a pensé qu'il ne pourrait plus jamais entendre de musique de sa vie, alors il s'est mis à paniquer et il a laissé tomber le rayon qu'il tenait. Les abeilles ont bondi en l'air comme un chat noir. Maintenant, elles bourdonnaient aussi fort qu'un moteur furieux. Il a essayé de sortir l'abeille de son oreille mais les autres étaient déjà en train de piquer les gants de cuir. Chaque fois qu'il voulait les empêcher d'entrer sous la cage, il ne réussissait qu'à en laisser entrer d'autres. Il a failli tomber du toit parce qu'il tentait de les repousser en battant l'air autour de lui. Il a appelé au secours et il est rentré dans la maison par la fenêtre pour leur échapper. Ma mère l'a entendu appeler et elle s'est précipitée dans l'escalier avec un torchon mais, maintenant, il y avait des abeilles partout dans la maison. Tout le monde a couru se cacher. Ita s'est fourrée sous les couvertures de son lit et elle n'est plus ressortie. Bríd a emmené Ciarán dans la salle de bains pour jouer avec l'eau et elle a bouclé la porte pour de bon. La maison grouillait d'abeilles. Il y en avait dans toutes les pièces, elles bourdonnaient devant les fenêtres et elles essayaient de piquer tout ce qu'elles pouvaient trouver – des choses molles comme les rideaux, les oreillers et les manteaux qui avaient notre odeur.

Mon père courait dans le couloir, des abeilles plein le dos et les bras. Ma mère, derrière lui, essayait de les enlever à coups de torchon et se faisait piquer elle aussi. Il hurlait et il essayait de se débarrasser de la cage qu'il avait sur la tête. Ils criaient tous les deux – ce qui était le pire de tout, parce que les abeilles savent quand on n'est pas calme. Ça les rend encore plus agressives. Et elles piquaient mon père : sur le cou, autour des yeux et à la lèvre. Sous sa chemise, sous le bras, et même dans l'autre oreille, pour qu'il ne puisse plus rien entendre. Alors, ma mère a juste ouvert la porte d'entrée à toute allure et s'est précipitée dehors, dans la rue, toujours suivie par les abeilles. Les abeilles sont sorties de la maison par la porte grande ouverte. Ma mère a entraîné mon père de l'autre côté de la rue et a fait signe aux voitures qui passaient. Les voisins rentraient chez eux en courant, parce qu'ils avaient peur des abeilles et peur de la langue irlandaise. Finalement, une femme s'est arrêtée pour les emmener à l'hôpital. Mais même là, les abeilles sont montées dans la voiture et n'ont pas cessé de piquer mon père. Et même quand il est entré dans l'hôpital, elles l'ont suivi et elles ont continué à le piquer jusqu'à ce qu'il ne puisse plus se battre et qu'il ne puisse plus rien dire. Elles bourdonnaient contre le verre dépoli des fenêtres de l'hôpital et autour des néons. Elles essayaient toujours de piquer tout ce qu'elles pouvaient trouver, comme des tubes de caoutchouc, des gants de plastique. Quand les médecins et les infirmières ont commencé à le déshabiller, ils ont trouvé des abeilles sous ses vêtements; elles le piquaient toujours, alors que lui, il ne bougeait plus. Ils en ont trouvé une carrément à l'intérieur de l'oreille. Ils ont compté trente-huit piqûres en tout, bien plus qu'il n'en faut pour espérer survivre avec un cœur en mauvais état.

En rentrant à la maison, j'ai trouvé la porte ouverte : n'importe qui au monde pouvait rentrer chez nous. J'ai compris qu'il y avait un truc qui clochait en entendant un bourdonnement dans le hall. Les abeilles étaient toutes à la fenêtre. Elles étaient en train de mourir par terre, elles tournaient en rond et s'étourdissaient. J'ai su que quelque chose n'allait pas, parce que Ita était toujours sous les couvertures et avait peur de ressortir. Tout le monde pleurait et puis, on n'a pas envie que son père meure. On veut rester ami avec lui, sinon on ne s'aimera pas beaucoup soi-même non plus. Je n'avais pas envie d'avoir un père tué par ses propres abeilles avant que j'aie pu lui parler.

Mon père a travaillé toute sa vie à la Compagnie de l'électricité. Il a aidé à installer l'électricité dans des tas d'endroits d'Irlande, comme le Connemara, Mayo et les îles d'Aran. Ça s'appelait l'électrification rurale. Mon père était responsable de tous les fils tendus entre les réverbères, partout dans le pays. Il était respecté, avec son long nom irlandais que personne ne pouvait prononcer mais qui restait toujours en mémoire. Et puis, il a eu un dernier travail à faire avant de mourir : acheter des câbles à haute tension en Allemagne. Comme il était le seul à la CE à savoir l'allemand, il a été envoyé là-bas pour obtenir les meilleurs prix possibles. Il a visité des usines, admiré toutes les inventions allemandes. Il est allé partout dans le pays et il a trouvé que les Allemands étaient des gens formidables. Et c'est là-bas qu'il est mort. Les abeilles l'ont suivi jusque là-bas et elles l'ont tué à l'aéroport de Francfort, le dernier jour de son séjour, alors qu'il rentrait à la maison. Il était assis, il allait dire au revoir à l'un des hommes à qui il devait acheter les câbles, quand il s'est écroulé sur les genoux de l'autre, piqué à mort.

Le coup de fil est arrivé dans l'après-midi. Ma mère est ressortie du salon avec des ombres sous les yeux. Elle a marché dans la maison comme si elle était perdue et ne savait pas où aller. Le cercueil de mon père est rentré en Irlande quelques jours plus tard. Sa valise aussi, pleine de cadeaux qu'il avait achetés en Allemagne, pour réparer toutes les erreurs.

J'avais déjà vu des enterrements mais je n'avais jamais pensé que ça aurait pu être celui de l'un de nous. Ma mère avait l'air si différente, à l'église. C'était ma mère mais je l'ai vue pleurer : elle était redevenue une enfant. Elle pensait à toutes les choses qui lui étaient arrivées dans la vie depuis ses neuf ans et la mort de son père. Maintenant, la revoilà orpheline et tout le monde doit s'occuper d'elle. Elle était faible en rentrant de l'église, alors Eileen et Tante Roseleen ont dû l'aider et la tenir par le bras. Devant l'église, il y avait des tas de gens qu'on ne connaissait pas. Des gens que je n'avais jamais vus de ma vie me serraient la main, je n'avais pas idée que mon père avait eu tant d'amis. Tout le monde nous regardait et chuchotait avec de la rosée brumeuse dans les yeux. Maintenant, il n'y avait plus d'homme comme mon père en Irlande, ils disaient ; il était bien le dernier à se faire tuer par ses propres abeilles, les Irlandais ne s'intéressaient plus qu'à des trucs comme les voitures et les téléviseurs. Onkel Ted était là pour aider ma mère à monter dans la voiture noire pour toute la famille, parce que maintenant, elle n'avait plus nulle part où rentrer à la maison. On aurait dit qu'elle venait d'arriver en Irlande et qu'elle ne savait pas où elle était.

Depuis, c'est parfois difficile de parler à ma mère. Elle aurait dû se rebeller bien plus tôt, elle dit. Elle était piégée par mon père, elle ne pouvait pas s'enfuir. Si elle avait le choix, elle naîtrait toujours en Allemagne et elle viendrait toujours en Irlande, mais il y aurait des choses qu'elle changerait et, cette fois, elle ne ferait pas les mêmes erreurs. Les gens viennent quelquefois la voir et lui demandent s'il y a quelque chose qu'ils peuvent faire. Gearóid vient dans sa Volkswagen et avec son costume de tweed, mais elle ne veut pas le voir. Des voisins l'invitent mais ils ne comprennent pas toujours ce qu'elle dit, avec son accent allemand. Des fois, elle a de la visite d'Allemagne et la maison se remplit de nouveau d'une odeur de gâteau. Mais la plupart du temps, ma mère préfère s'asseoir au salon, lire, et écrire son journal, parce que c'est votre seul ami pour la vie. Elle recommence : « A mes enfants. Quand vous serez grands, je ne veux pas que vous disiez que vous ne saviez rien. »

Mon père n'est plus là et la maison est très silencieuse. Un jour, l'homme de haute taille est venu remporter les abeilles et maintenant, il n'y a plus rien sur le toit du breakfast room. Le chapeau et les gants d'apiculteur de mon père sont dans la serre. Toutes les affaires qui lui appartenaient dans la maison sont toujours là. Rien n'a changé. Ses livres sont sur le bureau avec au milieu un billet de train qui dépasse, pour indiquer combien de pages il lui reste à lire. Ses outils sont là, dans la Kinderzimmer, et il y a un placard de salle à manger qui attend d'être terminé. Tout le monde a peur de toucher quoi que ce soit. Ses chemises et son costume du dimanche sont suspendus dans l'armoire, en haut. Maintenant, je peux sortir n'importe quand et descendre au bord de la mer. Il n'y a plus personne pour me dire ce qu'il faut faire et quelle langue je dois parler. Mais des fois, j'ai encore l'impression qu'il va débarquer d'une minute à l'autre. J'ai l'impression qu'il est de retour dans la maison, j'entends sa voix pleine de colère.

On peut hériter de ce genre de chose. C'est comme une pierre qu'on a dans la main. J'ai peur de boiter comme lui un jour. J'ai peur de me mettre à tirer le bout de ma langue sur le côté de la bouche quand je réparerai un truc. Je suis obligé d'être différent, je le sais. Il faut que j'écoute de la musique différente, que je lise des livres différents. Je dois faire semblant de ne pas avoir eu de père. Il faut que j'aille nager beaucoup, plonger sous l'eau et y rester aussi longtemps que possible. Il faut que j'apprenne à retenir ma respiration aussi longtemps que je peux et à vivre sous l'eau, là où il n'y a pas de langue.

Je sais qu'ils me cherchent toujours. Un jour où je nageais tout seul, ils m'ont trouvé en train de faire comme si je n'étais pas un nazi ou un parle-irlandais en train de mourir. Ils savaient que j'étais Eichmann parti nager et plonger sous l'eau. Cette fois-ci, c'était une grande bande, je ne pouvais pas filer. Il n'y avait personne d'autre dans le coin pour me sauver. Pas de jardinier. Pas de vieux monsieur à la peau rose qui nage comme si l'eau n'était pas froide. C'était un dimanche matin, les cloches sonnaient, la pluie allait arriver. Ils se sont mis à me jeter des cailloux, chaque fois que je remontais pour reprendre de l'air. Alors, j'ai dû sortir de l'eau et ils m'ont fait un procès.

J'étais dans la cabine où on se change. Mais je n'ai pas pu me rhabiller, parce qu'ils ont commencé à faire voler mes affaires à coups de pied dans tous les sens. Ils riaient et ils me posaient des questions auxquelles je ne pouvais pas répondre. L'un d'eux avait un couteau et il a dit qu'il avait les moyens de me faire parler. Ils se tenaient tous debout autour de moi, ils me donnaient des coups de poing et des coups de pied pour voir si j'étais coupable ou pas.

C'était à cause de ça que ma mère était venue en Irlande au départ, je le savais. Un jour, au salon, elle m'a raconté qu'après la guerre, on lui avait donné un travail à Wiesbaden, dans l'armée américaine. Elle travaillait dans les tribunaux de « dénazification », elle a expliqué, où on questionnait les gens pour voir s'ils avaient vraiment été des nazis ou pas. Avant de pouvoir recommencer à travailler et vivre comme des gens normaux et convenables, certains Allemands devaient passer en jugement et on leur posait des tas de questions, pour savoir ce qu'ils avaient fait pendant la guerre et s'ils avaient aidé les nazis. Ma mère devait prendre en note tout ce que racontaient les gens et taper ces notes à la machine ensuite. C'était un bon boulot, tout le monde pensait qu'elle avait bien de la chance. Qui sait, elle pouvait peut-être même rencontrer un Américain et l'épouser ? Mais un jour, il y a eu un vieux monsieur qui a comparu devant le tribunal, un gynécologue. Il a dit que Hitler ne l'intéressait pas, il n'avait fait qu'aider des femmes à accoucher de leurs bébés. Il se fichait pas mal que ces bébés soient allemands ou pas, pour lui, c'étaient tous des bons bébés. Mais ils ne l'ont pas cru. Finalement, une Juive est revenue exprès en Allemagne, d'Angleterre, pour témoigner en sa faveur : il avait toujours été gentil avec elle et il l'avait aidée, à un moment où c'était difficile d'avoir un bébé. La question aurait dû être réglée, mais plus tard, alors que ma mère tapait ses notes, ils sont venus lui demander de changer des mots. Ils voulaient que la femme juive dise que le docteur avait toujours été très en colère, qu'il ne voulait que les bébés nazis. Ma mère n'a pas pu le faire. Alors, elle a écrit une lettre pour annoncer qu'elle ne travaillerait plus là. Tout le monde a trouvé qu'elle était folle de renoncer à un boulot formidable comme celui-là, avec un appartement à Wiesbaden et des provisions américaines, alors que toute l'Allemagne crevait de faim. Mais elle, elle ne pouvait penser qu'au vieux gynécologue assis au tribunal, silencieux, qui n'essayait même pas de se défendre. Il avait expliqué : il aimait la musique allemande et les livres allemands, mais ça ne le faisait pas détester les autres gens pour autant. C'était un des derniers hommes bien en Allemagne, et ils essayaient de le changer en nazi.

Elle a quitté son travail et elle est partie en pèlerinage en Irlande.

Des coupables, il y en a déjà assez comme ça, on n'a pas besoin d'en inventer d'autres, dit ma mère. Il reste assez d'assassins dans le monde d'aujourd'hui, on n'a pas besoin d'inventer des nazis qui n'ont pas existé. Et ce n'est pas la peine de faire des nazis de grandes stars de cinéma, parce que les gens seront aveugles à toutes les autres choses qui se passent pendant ce temps-là.

Ce n'est pas la peine non plus d'expliquer ça à la bande de la plage. Pas la peine de leur dire que ce n'est pas à la bonne personne qu'ils donnent des coups de pied, que je ne suis pas vraiment Eichmann, qu'on m'a élevé dans l'idée de vivre *contre* les nazis et que je ne veux tuer personne. Pas la peine de leur dire qu'ils font une erreur et qu'ils ne savent pas grand-chose.

Je n'avais pas non plus de cigarettes ou de chewing-gum à leur donner, alors j'ai pensé que le mieux, c'était d'essayer d'être drôle et aussi irlandais que tout le monde. J'ai essayé de prendre le petit sourire lent des nazis dans les films, je me suis levé et j'ai crié : « *Sieg Heil, Donner Messer Splitten, Himmel Blitzen !* » Il y en a qui ont un peu ri mais ça ne leur a pas donné envie de me prendre pour ami. Ils étaient plantés là, tâchant de décider comment ils allaient m'exécuter. Moi, tout ce que je pouvais faire, c'était rester dans la cabine et attendre. J'avais une mare d'eau à mes pieds et je sentais la pierre froide sous mes talons. J'ai essayé de m'arrêter de frissonner. Il y avait de la rouille sur la balustrade bleue et des algues vertes sur les rochers. Une brume flottait sur la mer et l'eau léchait les marches : elle en montait deux, elle en redescendait une, et deux, et puis elle en remontait trois, comme les notes d'une chanson. Les mouettes étaient postées sur les rochers tout autour, à regarder et à écouter ; il y en avait juste une de temps en temps qui levait les ailes et qui criait, comme si elle était le juge.

J'ai essayé de leur parler. J'ai voulu leur raconter mon histoire mais ça ne servait à rien. Je leur ai demandé : vous n'avez pas confiance en moi ? Ils ont juste ri. Ça ne servait à rien de vouloir être innocent. Ma mère dit qu'on ne peut être innocent qu'en acceptant la culpabilité. On ne peut grandir qu'en acceptant la honte.

Alors, ils sont passés à l'exécution. Un d'eux m'a envoyé un coup de pied, si fort que j'ai dû me plier en deux. Une douleur noire m'est montée dans le ventre, j'ai cru que j'allais vomir. Je n'ai pas pu arrêter la rosée brumeuse dans mes yeux, mais j'ai essayé de faire comme si les Allemands ne sentaient pas la souffrance. L'un d'eux m'a flanqué un coup de poing dans la figure et j'ai vu du sang sur ma serviette. J'ai compris qu'ils apprenaient à haïr. Et c'est permis de haïr les Allemands. Ils voulaient que je me rende.

J'ai levé les yeux pour montrer que je n'avais pas peur de rester silencieux. Et c'est alors que j'ai vu le chien. J'ai carrément failli oublier l'exécution quand j'ai vu le chien derrière eux, celui qui aboie toute la journée jusqu'à être enroué. D'abord, je n'y croyais pas, j'ai dû m'essuyer les yeux pour en être sûr. Le chien sans nom arrivait pour aboyer en rouspétant contre la mer, comme si rien ne clochait, comme s'il ne s'était jamais noyé.

– Bon Dieu, crénom de Dieu ! C'est le chien ! j'ai dit.

Ils se sont retournés, comme si j'essayais de leur jouer un tour pour filer. Ils ont dit que tous les Allemands perdaient la boule : j'appelais un chien pour me sauver la vie !

– C'est le chien sans nom ! j'ai répété.

Finalement, il ne s'était pas noyé. Il avait dû réussir à sauver sa peau. Il avait dû remonter les marches, se secouer pour se sécher et oublier même ce qui s'était passé, parce qu'il est venu droit dans ce tribunal du bord de mer où on se trouvait tous, debout. Il s'est mis à renifler mes habits et mes chaussettes éparpillés par terre. Il est venu droit vers moi et m'a reniflé aussi. Il ne m'a accusé de rien et j'ai pu le caresser, comme si on était amis pour la vie. Je les ai entendus rire et dire que le Boche avait complètement perdu les pédales. Je les ai entendus dire qu'ils m'exécuteraient encore plus après ça, pour être si bête, mais je m'en fichais et ils pouvaient bien le répéter jusqu'à ce qu'ils soient enroués et qu'ils n'aient plus de voix, parce que le chien était vivant et que je ne l'avais pas tué.

– Bon Dieu, crénom de Dieu ! Bon Dieu, crénom de Dieu d'un bidon de brute de Bon Dieu !

Maintenant, ils ne pouvaient plus rien inventer qui me fasse mal. Alors, j'ai ramassé une de mes chaussures et je l'ai jetée dans la mer. C'était la seule chose qui me venait à l'esprit, puisque j'avais grandi en étant doué pour dire le contraire et pour donner la mauvaise réponse. Je n'avais plus peur. Moque-toi de toi-même et le monde rira avec toi. Exécute-toi toi-même, et personne ne pourra plus te toucher. Je les ai entendus dire que je débloquais et que les nazis étaient dingues. Alors, j'ai ramassé l'autre chaussure et je l'ai jetée dans l'eau aussi ; le chien sans nom a couru après et s'est mis à aboyer. Mes chaussures flottaient sur l'eau et eux, ils ne pouvaient rien faire. Ils ne savaient plus comment m'exécuter. Ils ne pouvaient plus me toucher, parce que le chien était vivant et aboyait. Il a essayé de descendre les marches pour rapporter mes chaussures en aboyant de plus belle, comme s'il ne s'était jamais noyé.

En rentrant à la maison, j'ai marché le long du mur, le chien derrière moi. Mes chaussures ont grincé pendant tout le chemin. Il y avait des traces blanches de sel, là où elles avaient déjà séché un peu. Le soleil commençait à percer la brume, finalement il ne pleuvrait pas. Je me suis retourné et j'ai vu sortir le soleil. L'eau était si blanche et si pleine de lumière bondissante que je ne voyais rien du tout. Ça me donnait envie de fermer les yeux et d'éternuer. Alors, j'ai regardé les ombres au pied des arbres, c'était si sombre que je n'y voyais rien non plus. Quand on est petit, on ne sait rien. Je sais que la mer est comme un morceau de papier d'argent au soleil. Je vois des gens qui marchent sur le front de mer avec des cornets de glace. J'entends les cloches et je n'ai plus peur d'être allemand, irlandais ou n'importe quoi entre les deux. Peut-être que votre pays, c'est juste un endroit que vous vous fabriquez dans votre tête. Un truc qui vous fait rêver et chanter. Ce n'est peut-être pas du tout un endroit sur la carte, mais juste une histoire pleine de gens que vous rencontrez et de coins où vous allez, pleine de livres et de films que vous avez vus. Je n'ai pas peur d'avoir le mal du pays et de ne pas avoir de langue dans laquelle vivre. Je ne suis pas obligé d'être comme n'importe qui d'autre. Je marche sur le mur, *Walk on the wall*, et personne ne peut m'arrêter.

XXX

Maintenant, nous essayons de rentrer « chez nous ». Nous essayons toujours de trouver le chemin mais c'est parfois difficile de savoir où il peut bien être. Ma mère est retournée une fois en Allemagne après la mort de mon père, juste pour voir tout le monde là-bas et les endroits où elle a grandi. Mais elle était perdue. Elle n'a rien pu reconnaître. Maintenant, elle a envie de trouver un coin d'Irlande dont elle a le souvenir. On va partir en virée pour retrouver des choses, elle dit. Elle fait un gros gâteau, on remplit nos sacs de sandwiches et d'impers, on se lève tôt le matin pour prendre le bus. On sillonne la campagne pour voir des endroits où elle est allée avant de se marier, quand elle est venue en pèlerinage en Irlande, du temps où l'Irlande était un pays saint, plein de prêtres et d'ânes avec des croix sur le dos.

On est arrivés dans une ville où il y avait un carnaval, avec des tas de gens et des haut-parleurs qui diffusaient de la musique dans la grand-rue. Il y avait des camionnettes qui vendaient des trucs, un stand où on pouvait jeter des anneaux de bois autour d'une bouteille de whiskey et la gagner. On sentait des odeurs de sucreries, comme la barbe à papa, et de temps en temps un mélange de frites, de vinaigre et de diesel des camions. On est montés sur la grande roue et j'ai vu rapetisser ma mère et Ciarán qui nous faisaient des signes d'en bas. On s'est assis sur un banc en dehors de la ville pour manger le dernier petit morceau de gâteau, avec la musique du carnaval portée par le vent, tantôt tout fort, tantôt tout doux. C'est formidable de voir ma mère rire, mais rire, parce que je lui ai lancé une pomme et qu'elle l'a attrapée. Et quand est venu le moment de repartir et qu'elle a voulu se lever, on l'a poussée pour la faire rasseoir sur le banc jusqu'à ce qu'elle rie et rie encore, si fort qu'elle en avait les larmes aux yeux. Comment savoir si elle est heureuse ou triste ? Il se faisait tard et elle s'est mise à chercher l'endroit qu'elle se rappelait. Elle voulait retrouver la maison où elle avait passé la nuit un jour, quand elle était en pèlerinage après la guerre et qu'elle revenait de Station Island.

– Ça doit être ici, elle disait toujours.

On a marché longtemps et elle voyait toujours des tas de trucs qu'elle se rappelait, comme des murs en pierre sèche et des champs pleins de vaches. Des fois, les vaches arrêtaient de ruminer pour nous regarder, comme si elles étaient étonnées de nous voir en Irlande, si loin de chez nous. C'était l'été et on continuait de marcher pour garder des longueurs d'avance sur les mouches. On est passés devant une maison avec un chien qui aboyait. Une fois ma mère a parlé avec un homme pour lui demander des indications et on a su qu'on avait retrouvé la bonne route. Il suffisait de tourner le coin et on arriverait à un portillon d'où on verrait les montagnes, a dit ma mère, avec le soleil couchant, comme sur les images pieuses. Elle avait envie de reparler avec la femme de la maison où elle s'était arrêtée. Là où la pluie avait dit le rosaire toute la nuit. Mais nous ne l'avons jamais retrouvée. La nuit est arrivée, juste derrière nous. On a encore cherché jusqu'à ce qu'il fasse noir, que la couleur s'en aille de la terre et qu'on n'y voie goutte. On pouvait juste sentir l'odeur de foin et de bouse de vache. Il faisait si noir qu'on ne voyait plus qu'avec son nez, a dit ma mère. Elle s'était peut-être trompée de route, ou de vue des montagnes. Elle a dit que l'Irlande avait un peu changé. Ou qu'elle n'avait existé que dans son imagination.

– Je l'ai peut-être rêvée.

On apercevait les lumières de la ville voisine au loin. Ma mère a sorti une cigarette, puisqu'elle était libre de fumer depuis que mon père était mort. Debout sur la route, on a regardé son visage s'éclairer à la lueur de l'allumette. On sentait l'odeur de fumée fraîche dans l'air pur et on attendait. Elle a dit que maintenant, elle ne savait plus dans quelle direction on devait aller. On était perdus, mais elle a ri et ça n'avait pas d'importance.

La Dame en blanc, roman
(également en collection « libretto »)
Armadale, roman
(également en collection « libretto »)
Sans nom, roman
(également en collection « libretto »)
Histoires regrettables, nouvelles
Seule contre la loi, roman
Cache-cache, roman
Basil, roman
Secret absolu, roman
Mari et Femme, roman

RODERICK CONWAY-MORRIS
Djem, roman

JOHN CRANNA
Les Visiteurs, nouvelles
(Nouvelle-Zélande)

R. B. CUNNINGHAME GRAHAM
El Paso, nouvelles

STEPHEN DOBYNS
Quel dommage, nouvelles

DAVID DONACHIE
Une chance du diable, roman
Trafic au plus bas, roman
Haut et court, roman

MARGARET DRABBLE
La Sorcière d'Exmoor, roman
La Phalène, roman
La Voie radieuse, roman
en collection « libretto »

DAPHNÉ DU MAURIER
Le Général du Roi, roman
(également en collection « libretto »)
Mary Anne, roman
(également en collection « libretto »)

L'Amour dans l'âme, roman
Le Bouc émissaire, roman
(également en collection « libretto »)
Le Vol du Faucon, roman
La Maison sur le rivage, roman
Les Souffleurs de verre, roman
Le Mont-Brûlé, roman

CARLO GÉBLER
Exorcisme, roman
Comment tuer un homme, roman

ELIZABETH GOUDGE
L'Arche dans la tempête, roman
La Colline aux Gentianes, roman
Les Amants d'Oxford, roman
Le Pays du Dauphin Vert, roman

F. L. GREEN
8 heures de sursis, roman

RICHARD HUGHES
Cyclone à la Jamaïque, roman
Péril en mer, roman

TED HUGHES
Contes d'Ovide, poèmes

ROBERT IRWIN
Les Mystères d'Alger, roman
Nocturne oriental, roman
Cadavre exquis, roman
Satan & Co, roman

ROSAMOND LEHMANN
Le Jour enseveli, roman
Poussière, roman

MEYER LEVIN
Crime, roman
(également en collection « libretto »)

NORMAN LEWIS
Torre del Mar, roman
Comme à la guerre, roman
L'Ile aux chimères, roman
Le Sicilien, roman
Naples 44
(également en collection « libretto »)

WYNDHAM LEWIS
Condamné par lui-même, roman

RICHARD LLEWELLYN
Qu'elle était verte ma vallée! roman

ROSE MACAULAY
Les Tours de Trébizonde, roman

GEORGE MACKAY BROWN
Le Dernier Voyage, roman

DAVID MADSEN
Le Nain de l'ombre, roman

FREDERIC MANNING
Nous étions des hommes, roman

JOHN MASEFIELD
La Course du Thé, roman
Par les moyens du bord, roman
Martin Hyde, roman

NICHOLAS MONSARRAT
La Mer cruelle, roman
(également en collection « libretto »)

JOSEPH O'CONNOR
Les Bons Chrétiens, nouvelles
Desperados, roman
(également en collection « libretto »)
Le Dernier des Iroquois, roman
Inishowen, roman
(également en collection « libretto »)
L'Étoile des Mers, roman

JULIA O'FAOLAIN

Gens sans terre, roman

CHARLES PALLISER

Le Quinconce (5 vol.)
I. *L'héritage de John Huffam*, roman
II. *Les Faubourgs de l'enfer*, roman
III. *Le Destin de Mary*, roman
IV. *La Clé introuvable*, roman
V. *Le Secret des Cinq-Roses*, roman
(les 5 volumes également en collection « libretto »)
Trahisons, roman
Les morts reviennent toujours, roman

MERVYN PEAKE

Titus d'Enfer, roman
Préface par André Dhôtel
Gormenghast, roman
Titus errant, roman

TIM PEARS

Un été brûlant, roman

CHARLOTTE PERKINS GILMAN

La Séquestrée, roman
Postface de Diane de Margerie

JOHN COWPER POWYS

Wood and Stone, roman
Owen Glendower, roman :
I. *Les Tours de Mathrafal*
II. *Les Forêts de Tywyn*

LLEWELYN POWYS

L'Amour, la Mort, roman

THEODORE FRANCIS POWYS

Dieu et autres histoires
Préface de Patrick Reumaux

JOHN B. PRIESTLEY

Adam au clair de lune, roman

KEITH RIDGWAY

Mauvaise pente, roman

Puzzle, roman

RAFAEL SABATINI

Pavillon noir, roman

Captain Blood, roman

(également en collection « libretto »)

Le Faucon des mers, roman

SIEGFRIED SASSOON

Mémoires d'un chasseur de renards, roman

FRANCIS STUART

Liste noire, roman

WILLIAM TREVOR

En lisant Tourgueniev, roman

(également en collection « libretto »)

Ma maison en Ombrie, roman

(également en collection « libretto »)

Le Silence du jardin, roman

Le Voyage de Felicia, roman

Mourir l'été, roman

Mauvaises nouvelles, nouvelles

Très mauvaises nouvelles,nouvelles

Lucy, roman

(également en collection « libretto »)

Les Anges dînent au Ritz, nouvelles

JAMES WADDINGTON

Un tour en enfer, roman

HELEN ZAHAVI

True romance, roman

Donna et le gros dégoûtant, roman

Dirty week-end, roman

en collection « libretto »

Cet ouvrage
réalisé pour le compte des Éditions Phébus
a été mis en pages par In Folio,
reproduit et achevé d'imprimer
en novembre 2004
dans les ateliers de Normandie Roto Impression s.a.s.
61250 Lonrai
N° d'imprimeur : 04-2912

Imprimé en France

Dépôt légal : novembre 2004
I.S.B.N. : 2-7529-0017-1
I.S.S.N. : 1157-3899